옮긴이_ 김난주

1958년 부산에서
국
(昭
학우
도쿄   를 연구하며
우리 문학과 일본 문학을 두루 공부했다.
현재 대표적인 일본 문학 전문 번역가로 활동하며 다수의 일
본 문학을 번역했다.

옮긴 책으로 《창가의 토토》《모래의 여자》《나는 고양이로소
이다》《박사가 사랑한 수식》《호텔 아이리스》《꽃밥》《날개》
《일각수의 꿈(원제: 세계의 끝과 하드보일드 원더랜드)》《어깨
너머의 연인》《막다른 골목의 추억》《그녀에 대하여》《냉정과
열정 사이》《신참자》《하느님의 보트》《쿨하고 와일드한 백일
몽》《수박향기》《GO》《부드러운 양상추》《오 해피데이》《바
나나 키친》《레볼루션 NO 3》《소란한 보통날》《아르헨티나
할머니》《영화처럼》《데이지의 인생》《반짝반짝 빛나는》《서
비스의 신》《천일의 유리》《무라카미 하루키 에세이 걸작선
세트》《겐지 이야기 세트》 등 다수가 있다. 이 외에도 수많은
작품들을 섬세하고 부드러운 우리말로 풀어내고 있다.

별을 담은 배

별을
담은 배

무라야마 유카 **장편소설**

김난주 옮김

예문사

지금 돌이켜봐도,
서로에게 다른 선택의 여지가 있었다고는 생각되지 않는다.
원인과 결과가 한없이 이어지는 도미노 게임처럼,
뒤에서 밀면 넘어질 수밖에 없다.
그리고 넘어지면서 앞에 있는 도미노를 밀 수밖에 없다.
도중에 멈추게 할 방법은 어디에도 없다.

– 본문 중에서 –

차례

그래도
사랑이니까

수화기를 내려놓고 고개를 들자 새벽이었다. 거실 창가로 걸어가 담배에 불을 붙인다. 발아래 펼쳐진 짙은 회색 거리 위로 두꺼운 구름이 깔려 있다.

수화기 저편에서 훌쩍거리던 소리가 귓전에 들러붙어 떠나지 않는다.

아키라는 유리창에 이마를 대고 눈을 감았다. 저 아래 지상이 내려다보이는 유리창이 생각보다 차가워, 웃통을 벗고 있는 그의 가무잡잡하게 그을린 맨살에 소름이 확 돋는다.

그 후로 몇 년이나 지났을까. 태어난 동네를 뛰쳐나온 때가 대학교 2학년 시절 ……. 그렇다면 벌써 십오 년이나 되는 셈인가. 그동안 한 번도 고향을 찾지 않았다. 가고 싶은 마음도 없었다. 앞으로도 다시는 돌아가지 않을 생각이었다. 그랬다, 지금까지는.

"당신, 왜 그래?"

돌아보니 침실 문에서 여자가 내다보고 있었다.

순간, 또 술에 취해 알지도 못하는 여자를 끌고 들어온 줄 알았다.

하지만 그런 것은 아니었다. 료코가 화장을 지운 얼굴에 졸린 표정을 짓고 있어서 평소보다 어려 보였을 뿐이었다.

그녀가 가슴에 둘둘 만 시트를 질질 끌면서 거실을 가로질러 품 안으로 쏙 파고들었다. 고양이처럼 나긋나긋한 몸짓 덕분에 그만그만한 생김보다 훨씬 예뻐 보이는 여자다. 료코는 아키라의 입술에서 담배를 살짝 빼내, 그의 가슴에 기대어 피웠다.

"전망이 정말 좋네."

멀리서 빨간빛을 내며 점멸하는 철탑을 향해 천천히 연기를 뿜어낸다.

"공중에 떠 있는 것 같아."

"이 전망 하나 때문에 산 거야."

"나, 놀랐어. 미즈시마 씨가 부자라는 소문, 사실이었네."

그런 거 아니야, 그리고 얼마 안 있어 여기와도 작별이야, 라고 말하려다가 그만두었다. 대신 가녀린 어깨 위로 늘어진 머리카락을 헤치고, 드러난 목덜미에 키스를 했다. 료코는 가쁜 숨을 내쉬었다.

요즘 들어 스스키노에 있는 그녀의 가게에서 밤늦게까지 술을 마시곤 한다. 하지만 잔 것은 물론 집 안에 들여놓은 것도 어젯밤이 처음이다. 아키라는 그녀이길 다행이라고 생각한다. 지금은 더 이상의 성가심을 견딜 수 없을 것 같다.

"누구한테서 온 거야?"

"응?"

"아까 온 전화."

"아아, 여동생."

료코는 고개를 비틀어 아키라를 쳐다보았다.

"안 좋은 소식인가 보다."

"왜?"

"새벽에 걸려오는 전화가 다 그렇잖아."

아키라는 어깨를 으쓱했다.

"꼭 그런 건 아니지. 첫애가 태어났을 때도 이런 시간에 전화가 왔는걸."

"그래요? 그럼 그때도 당신, 이런 표정이었어?"

쓸쓸하게 웃으면서 료코의 손가락에서 담배를 빼내 창틀에 재를 떤다.

"엄마가."

턱을 그녀의 정수리에 올려놓고 아키라는 말했다.

"위독하대."

"어머. 엄마는 당신 어렸을 때 돌아가셨다고 한 거 같은데."

"어. 그러니까, 키워준 엄마."

"…… 어디 아프셔?"

"지주막하출혈."

료코가 미간을 살짝 찌푸리고 올려다보았다.

"갈 거지?"

"글쎄."

"안 가면 나중에 후회해요. 난, 아버지 돌아가셨을 때 오기로 안 갔던 거, 지금도 후회스럽고 가슴 아파."

아키라는 아무 대꾸도 하지 않았다.

"지금 준비해서 출발하면 오전 중에는 도착할 텐데. 그러니까 다녀와요."

그녀가 말했다.

잠자코 연기만 뿜어낸다.

후회 따위는 조금도 두렵지 않았다.

두려움은 다른 곳에 있었다.

아키라는 자신을 낳아준 어머니의 얼굴을 기억하지 못한다. 다 커서도 그 일이 있을 때까지 그는 자신을 길러준 시즈코가 친엄마가 아닐 줄은 상상조차 못 했다.

아버지 미즈시마 시게유키는 도쿄의 서쪽 변두리에서 목수 노릇을 했다. 할아버지도 목수였고, 증조할아버지는 신사나 절을 짓고 보수하는 목수였다.

시게유키에게 시집온 어머니 하루요는 남편이 전쟁에 끌려나가고 없을 때 열아홉 살 어린 나이로 사내아이를 낳았다. 그러나 그 아이는 운이 없었다. 태어나 삼 년을 채우지 못하고 폐렴으로 세상을 떠난 것이다.

하루요는 시게유키가 무사히 돌아온 지 오 년이 지나서 미쓰구를 낳았다. 그 후로는 몇 번이나 유산을 거듭하다가 마흔이 넘어서야 겨우 아키라를 낳았다. 아이를 힘겹게 낳은 탓인지, 애당초 건강한 체질이 아니었기 때문인지, 아무튼 어머니 하루요는 두 해를 버티지 못하고 죽었다고 들었다. 시게유키가 차린 건축 사무소가 막 궤도에 오른 때였다.

당시 미쓰구는 하숙을 하며 대학에 다녔기 때문에 집에는 시게유키와 두 살이 채 안 된 아키라 단둘이 남았다. 남자 혼자 손으로 집안 살림을 꾸릴 수 없어 난감해하던 시게유키는 가정부를 고용했다. 그 가정부가 시즈코였다.

시즈코는 그전에도 미즈시마 댁을 드나들며 일한 적이 있었다. 하루요가 아키라를 낳고 누워 지내는 날이 많았기 때문이다. 그때는 독신이었는데, 일 년 정도 간격을 두고 다시 가정부로 일하게 되었을 때는 아장아장 걷기 시작한 여자애가 딸려 있었다. 남편과는 딸이 태어나기 전에 헤어졌다고 했다.

시즈코와 딸 사에는 뒤뜰에 있는 별채에서 생활했다. 아키라는 자그마한 몸집으로 바지런히 일하면서도 말투는 느긋한 시즈코에게 금방 정을 붙였다. 한 살 아래인 사에는 더없이 좋은 놀이 상대였다. 그러다가 마침내 시게유키가 시즈코를 정식으로 맞아들여 후처로 삼았다. 형인 미쓰구는 몹시 반대한 것 같은데, 집을 떠나 취직까지 한 그에게는 어차피 발언권이 없었을 것이다.

아키라는 아무리 더듬어보아도 시즈코에게 몹쓸 짓을 당한 기억이 없다. 사에와 차별 대우를 받은 기억도 없다. 시즈코는 정말 좋은 여자였다.

가장 오랜 기억 속에 있는 엄마는 뜰에 내놓은 둥그런 비닐 풀 옆에서 엉엉 울며 발버둥치는 아키라를 껴안고 달래면서 사에를 꾸짖고 있다. 사에가 장난감을 휘둘렀는데 그것이 그의 이마를 쳤던지 그랬던 것 같다.

깔끔하게 손질된 정원수, 대롱에서 떨어지는 물소리에 놀라 튀어 오르는 잉어, 빛나는 물방울, 투명한 연두색 물총, 둥실둥실 떠다니는 장난감 개구리, 알몸의 리카짱 인형, 그리고 빨간 줄무늬 수영복을 입고 재잘대는 세 살 남짓한 사에. 툇마루에 앉아 온화하게 미소 짓는 엄마의 불룩 튀어나온 배, 머리 위에서는 유리 풍경이 흔들리고 있었다. 그 조금은 딱딱하고, 그러나 깊고 청명한 소리 …….

'응, 부탁이야.'

그때 배 속에 있던 막내 여동생 미키는 오늘 아침 전화에서 몇 번이나 코를 훌쩍거렸다.

'지금은 그럭저럭 버티고 있지만, 거의 가망이 없어. 보통은 곧바로 수술을 한다는데, 뇌혈관이 너무 좁아져서 지금 당장은 할 수가 없대. 아까 엄마, 잠시 의식이 돌아왔는데, 내 얼굴 보자마자 뭐라 그랬는줄 알아? 아이구, 이거 아키라한테 전해줘야 하는데, 그러더라. 기억이 나랑 오빠한테 갔던 때와 뒤죽박죽이 됐나봐 ……. 하지만 그거, 오빠를 보고 싶다는 뜻 아니겠어? 그러니까 제발 부탁이야, 좀 와, 응?'

경적 소리에 퍼뜩 정신을 차렸다.

어느 틈에 신호등이 녹색으로 바뀌었다. 서둘러 기어를 넣고 있는데, 뒤차의 운전자가 힐금 쳐다보며 앞질러 갔다.

데이네를 지나 제니바코에 접어들 무렵이었다. 오른쪽으로 펼쳐진 바다는 한낮인데도 검푸르게 꿈틀거리고 있다.

삿포로와 오타루를 잇는 이 길을 몇 번이나 오갔던가. 어제가 정기 휴일, 오늘은 일주일에 한 번인 직원 미팅이 있는 날이다. 개점 시간인 정오까지 일주일분의 일감을 인계해야 한다. 물론 오늘 하루쯤 내가 없다고 일이 꼬이는 것은 아니다. 팀장인 가즈오에게 전화를 걸어서 급한 일이 생겨 못 나가니까 뒷일을 부탁한다고 하면 그만이다.

오타루 항 근처에 있는 낡은 창고를 그대로 활용한 서양 골동품 가게 ― 아키라는 벌써 몇 년째 그 가게의 운영을 맡고 있다. 오너는 장인, 아내 나오코의 아버지다.

처음에는 그냥 아르바이트생이었다. 그것도 스스키노에 있는 어느 술집의. 모든 것을 잃고, 가장 스산했던 시절이었다. 도쿄에서 오토바이를 타고 한없이 북쪽으로 갔다. 오마사키에서 바다를 건너, 여름이 끝나가는 홋카이도를 정처 없이 돌아다니다가 돈이 떨어져 임시방편으로 시작한 일이었다. 그런데 잠시 눌러앉아 일하는 사이 오너 도모토의 눈에 들었는지, 지점을 내려고 하는데 좀 거들어달라는 부탁을 받았다.

그 무렵 사십 대 중반이었던 도모토는 삿포로에서 술집과 레스토랑을 몇 군데나 경영하고 있었다. 태어나서 한 번도 돈에 주려본 적 없는 사람이 대개 그렇듯 그는 침착하고 대범했다.

"자네, 아직 젊은데 꽤나 예의가 바르군."

아키라에게 처음으로 같이 한잔하자고 한 밤, 도모토는 그렇게 말했다. 호의를 표하려는 것인지 놀리듯 가벼운 말투였다.

"대학에서는 무슨 운동 같은 거 하나?"

아키라는 검도를 약간, 이라고 대답했다.

"그래, 역시 그랬군. 그럴 줄 알았어."

아키라는 아무 대꾸도 하지 않았다. 만약 자신이 예의 바르다면 그것은 검도 때문이 아니라 아버지 때문이라고 생각했다.

"고리타분하다고 웃을지 모르겠지만, 나는 손윗사람에게 존댓말을 쓰지 않는 사람을 아주 싫어해. 말보다는 마음이 중요하다는 사람들도 물론 있겠지. 하지만 말이란 의외로 사용하는 사람의 내면을 보여주거든. 요컨대 마음의 거울 같은 것이지. 그렇지 않은가?"

턱수염에 묻은 거품을 닦아내며 도모토는 아키라의 잔에도 맥주를 덧따랐다.

"그런데 학교는 지금 방학 중인가?"

"아니요, 그만뒀습니다."

아키라가 그렇게 대답하자, 도모토는 눈을 찡그렸다.

"그런가, 나하고 똑같군."

개점 준비 중에 있는 지점은 꽤 규모가 컸다. 중후한 느낌의 단독 석조 건물로, 일층은 앤티크 소품으로 장식된 영국식 티룸이다. 손님 앞에서 주방장이 직접 고기를 구워주는 스테이크 레스토랑인 이층은 서부영화에 흔히 등장하는 술집 분위기였다. 손님의 눈에는 전혀 다른 가게로 보이지만 경영자는 한 사람, 도모토였다.

내장공사가 거의 마무리 단계에 들어가자 도모토는 아키라에게 전시용품의 반입을 거들어달라고 했다. 옛날에 아일랜드의 선술집에서 사용했다는 스테인드글라스 가리개, 미묘한 색감의 전등갓, 해묵어 검게 빛나는 상수리나무 스툴, 알파벳이 새겨져 있는 나무 상자와 양철통, 서부 개척 시대의 말안장과 올가미, 멕시코에서 들여온 오래된 나무 문.

말이 골동품이지 그리 대단한 가치가 있는 것이 아님은 금방 알 수 있었다. 엄격하게 따지면 백 년 이상 묵은 것이라야 앤티크라 할 수 있고, 백 년에 못 미치는 것은 '정크', '컬렉터블'이라고 구분한다고 한다. 그러니까 20세기 초엽 이후의 잡동사니가 이에 속한다.

그러나 아키라는 그것들에 묘한 매력을 느꼈다. 아무리 세월이 흘러도 미술관에는 전시되지 못하는, 그러나 묵으면 묵을수록 아름다워지는 물건들. 그 감촉, 자태, 모양새. 그런 것을 의식하기는 처음이었다.

"그러니까 그게 물건의 생명이란 거야."

동지를 만났다고 생각했는지 도모토는 상당히 기뻐하는 눈치였다.

"관심 있으면 레스토랑 일보다 이쪽 일을 거들어보지 그러나."

외국으로 나가 시골을 돌아다니면서 오래된 생활 골동품을 사들이고, 어느 정도 모아졌다 싶으면 컨테이너에 실어 국내로 반입해서 앤티크 가구점이나 인테리어 하청업을 하는 건축 사무소에 넘긴다. 그것이 도모토의 또 다른 장사, 아니 도락이었다. 골동품뿐만 아니라 오래된 자재나 대들보, 기둥, 비바람을 맞은 기와와 해묵은 벽돌까지 들여와, 골프장의 클럽 하우스나 리조트의 통나무집 등을 도맡아 짓는 일도 있다고 한다.

도모토는 머잖아 일반 손님을 위한 골동품 가게를 낼 계획이라고 했다. 삿포로도 좋지만 오타루에서도 재미를 볼 수 있을 것 같다, 마침 기념품 가게가 줄지어 있는 중심가에 그런대로 쓸 만한 물건이 나와 있는데, 결정을 내리지 못하고 망설이고 있다고.

그때 아키라가 운하 옆에 있는 낡은 창고를 떠올린 것은 거의 우연이었다. 두 달 전쯤 오토바이를 타고 여행하면서 지나친 건물이 인상에 남아 있을 뿐이었다. 목수인 아버지 밑에서 나무토막을 장난감 삼아 자란 탓인지, 운치가 있는 건물을 보면 발길을 멈추고 바라보는 버릇이 있다.

지금 항구와 운하 주변은 음식점들이 빼곡하게 들어선 복잡한 거리가 되었지만, 그 무렵에는 거의 개발이 되지 않은 상태였다.

관광객들은 대부분 유리공예점에 들렀다가 이름만 거창한 초밥집에서 한심할 정도로 비싼 초밥을 먹고 나면 운하를 배경으로 기념촬영을 하고 미련 없이 오타루를 떠났다.

그런데 도모토는 번화가 일등지에 있는 물건을 제쳐놓고 굳이 아키라가 권한 낡은 벽돌 창고에 가게를 내기로 했다. 뿐만 아니라 거대한 창고를 채울 상품을 사들이기 위해 아키라를 데리고 몇 번이나 해외를 드나들었고, 물건을 보는 안목에서 거래하는 방법, 배편의 마련, 세관의 통관 절차에 이르는 장사의 노하우를 몇 년에 걸쳐 철저히 아키라에게 가르쳤다.

그리고 사 년 후, 아키라에게 떠맡겼다.

가게와.

딸을.

미팅을 끝내고 가게 문을 열고 나니, 거기에 있을 이유가 없어졌다.

대형 팬이 달린 스토브가 웅웅거리며 뜨거운 바람을 안쪽으로 보내고 있다. 천장이 높고 햇볕이 들지 않는 창고 안은 아무리 스토브를 틀어놓아도 겨우 손발이나 녹일 수 있을 정도다. 다가오는 계절, 젊은 직원들은 모두 다운재킷을 껴입고 목도리를 두르고 일하게 된다.

"아니 그러니까, 그건 무리라니까요. 우리 가게 상품은 성격상 ……, 그 점을 알아주셔야죠."

한가운데에 놓여 있는 진짜 포장마차 너머에서 손님과 통화하고 있는 가즈오의 목소리가 들린다.

"원래가 오래된 것인데, 똑같은 것을 구하기는 좀 ……. 네? 아,

네. 그렇다면 어떻게든 애를 써보죠."

가게 안으로 들어서는 두 명의 손님을 위해 아키라는 옆으로
비켰다.

실내에는 벌써 눈요기 삼아 들른 손님들이 몇 쌍이나 흩어져
있다. 돈이 별로 없는 젊은 손님들도 부담 없이 들어와 볼 수 있
도록, 입구에서 안쪽으로 자잘한 미국산 장난감과 비교적 값이
싼 아시아의 잡다한 소품들을 왜건에 담아 배치해놓았다. 사방
이 꽉 차도록 쌓여 있는 물건들 대부분은 아키라 자신이 긴 세
월 발품을 팔아 모아들인 것이다.

철거를 앞둔 보스턴의 술집에서 건진 핀볼 머신, 영국 민가의
문과 교회의 스테인드글라스, 19세기 말의 메이지 시대에 수출
용으로 제작된 게이샤 그림이 들어 있는 커피 잔, 팔다 남은 콜
라 병, 독일군 방출품인 투박한 자전거, 프랑스 국영은행의 마로
된 현금 자루, 이탈리아의 도로표지판…….

벽 앞과 통로는 물론 캣 워크(창고 같은 곳의 공중에 설치된 좁은
통로-옮긴이) 위까지 발디딜 틈이 없다. 물건이 들어왔다고 금방
팔리는 것은 아니지만 천천히, 그러나 확실하게 가게는 돌아가고
있었다.

"사장님."

아르바이트생인 마사코였다.

"물건 사러, 언제 간다고 했죠?"

얼굴도 예쁘장하고 일도 열심히 해서 직원들 모두가 귀여워하는 아이였다. 털모자를 귀가 덮이도록 푹 눌러쓰고도 추운지 목을 움츠리고 발을 동동거리고 있다.

"다음 달, 한 이십 일부터."

아키라가 대답했다.

"이번에는 어디로 가는데요?"

"베트남."

"와, 좋겠네요. 나도 한번 가보고 싶다."

"베트남에? 아니면 물건 사러?"

"음, 양쪽 다요."

마사코가 그렇게 말하면서 웃었다.

"이런 일 같은 거에, 꽤 관심 같은 거 있거든요."

뭐가 자꾸 같은 거 같은 거야, 하고 생각했지만 보조개가 옴폭 파이게 웃는 얼굴이 그 옛날의 사에를 닮은 듯해서 그만 넋을 잃고 쳐다보고 말았다.

"오늘 엄청 춥네요."

마사코는 가게 입구에서 회색 하늘을 올려다보며 말했다.

"그러고 보니 지난주였나? 설충雪蟲(늦가을과 겨울 동안 날아다니는 눈송이를 닮은 날벌레-옮긴이)이 엄청 많이 날아다녔는데."

삿포로란 도시에는 툭하면 하얗고 보송보송한 것이 날아다닌다.

겨울에만 그런 것이 아니다. 초여름에는 바람이 불 때마다 포플러 가로수에서 솜털 달린 씨가 날리고, 그것들은 역광을 받으면 하나하나가 마치 운모처럼 빛난다. 길거리에 서서 얘기를 하다 보면 입 안으로 날아들어 올 정도다. 그리고 늦가을에 날아다니는 설충. 이 도시에 살게 되면서 아키라는 처음 설충이란 것을 알았다.

무르익은 가을날 저녁, 몸에 하얀 솜을 단 조그만 날벌레가 떼지어 날면 말 그대로 눈발이 휘날리는 것처럼 보인다. 어디선가 나타나 소리 없이 낮게 떠다니는 그들은, 여름과 가을을 지낸 이 나무에서 또 다른 나무로 이동하는 여행 중인 것이다.

'설충이 날면 며칠 후에는 반드시 첫눈이 내린다.'

이 말이 그냥 있는 말이 아니라는 것도 아키라는 이미 알고 있었다.

일단 삿포로에 있는 사무실로 돌아가기 위해서, 라고 스스로를 납득시키고 차를 몰았다. 난방을 세게 틀어놓고 라디오를 켰다. 너무 따분해서 또 담배를 꺼내 물었을 때 휴대전화가 울렸다. 료코였다.

"지금 어디 있는데?"

아키라는 브레이크를 밟아 신중하게 차 간 거리를 지켰다.

"마이칼(대형 할인매장의 이름-옮긴이) 옆을 지나고 있어."

"그럴 줄 알았다니까."

료코는 요란하게 한숨을 내쉬었다.

"그래서 어디로 가고 있는 건데?"

"일단은 그쪽으로. 뭐, 같이 출근하자는 거야?"

아키라가 말했다.

"저 말이죠, 아키라 씨."

아키라의 말은 아예 싹 무시하고 료코가 말했다.

"고집도 정도껏 피워야지. 옛날에 무슨 일이 있었는지는 모르겠지만, 죽음을 앞둔 사람에게 뭘 견디라는 거야. 사형수도 마지막 소원은 풀고 가잖아."

아키라도 한숨을 쉬었다.

"당신이 왜 그렇게 신경을 쓰는데?"

"이유 같은 거 없어. 그냥 신경이 쓰여서 그래. 잘못된 거 있어?"

쓸쓸한 웃음이 나왔다. 어젯밤 처음으로 같이 잔 여자에게 훈계를 듣고 있는데 전혀 불쾌하지 않은 것이 이상할 정도다. 내게 누나가 있다면 이런 기분일지도 모르겠다.

아버지의 임종을 지키지 못한 것이 그리도 큰 후회로 남은 걸까. 그녀의 아버지는 이 당돌한 딸을 어떤 식으로 사랑했을까.

언덕길에 접어들자 앞 유리창 한가득 하늘이 펼쳐졌다.

라디오에서는 오늘 밤부터 눈이 올 것이라고 예보하고 있다.

아키라의 아버지 시게유키는 장남인 미쓰구와는 종종 부딪쳤지만 어린 자식들은 끔찍이도 귀여워했다.

평소에는 괴팍한 기분파에다 사소한 일로 버럭 화를 내곤 해도 아키라와 사에 일이라고 하면 얘기가 달랐다. 벌레에 물린 자리가 벌겋게 부어오르기만 해도 둘러업고 병원으로 달려갈 정도였다.

아이들도 어렸을 때는 아버지를 몹시 따랐다. 특히 아키라는 아버지의 어깨에 목말을 타고 건설 현장 보러 다니는 것을 좋아했다. 건장하고 말투도 거친 남자들이 거구의 아버지가 내지르는 한마디에 꼼짝 못하고 일하는 것을 보면 자기까지 우쭐해지는 기분이었다.

그런데 시즈코가 막내 미키를 낳은 해의 봄, 거래처에서 불쑥 빚보증을 서달라는 부탁이 들어왔다. 상대는 전쟁이 끝나고 시게유키가 맨손으로 건축 사무소를 시작했을 때 크게 신세를 진 목재상의 아들이었다. 액수가 웬만하지 않아 시즈코가 걱정하며 만류하는데도 시게유키는 결국 보증을 서주었다. 신의다 의리다 하고 구실을 내세웠지만, 실은 거절하고 싶어도 할 수 없었을 것이다.

목재상의 아들이 거액의 부도를 내고 도망쳤다는 사실이 알려진 것은 그로부터 얼마 지나지 않아서였다. 평화롭던 일상이 깨지고, 시게유키 가족은 그 후로 몇 년 동안이나 힘든 생활을 해야 했다. 파산 선고라는 최악의 사태는 면했지만 집도 땅도 저당을 잡힐 수밖에 없었다.

동정하는 이도 있었지만 바보 취급하는 이도 있었다. 쾌재를 부르는 이도 많았다. 사업을 확장하고 싶어도 자본이 부족했다.

적은 돈이나마 들어오면 당장 필요한 자재를 사서 간신히 다음 작업에 착수하고, 그렇게 푼돈을 벌어 입에 풀칠이나 하는 나날이었다.

시게유키는 성격이 한층 괴팍해졌다. 밖에서 태연하고 침착한 모습을 유지하려고 애쓰면 애쓸수록 집에서는 성질을 부리는 일이 많아졌다.

사업이 조금씩 궤도에 오르기 시작했는데도 그 점은 변하지 않았다. 감정의 기복도 점점 심해져서 기분이 좋을 때는 시즈코와 아이들을 곱게 차려입히고 초밥집에 데려갔지만, 일단 성질이 났다 하면 아무도 그 화를 진정시킬 수 없었다.

원인은 대개 사소한 것이었다. 이부자리 시트에 주름이 생겼다느니, 목욕을 하고 싶은데 뜨거운 목욕물이 준비돼 있지 않다느니, 된장국이 미지근하다느니. 가족끼리 길을 걸어가다가 외간 남자가 시즈코를 돌아보기라도 하면 또 기분이 상해서는 그 사내 녀석하고 정을 통한 것이 아니냐고 엉뚱한 꼬투리를 잡아 시즈코를 몰아세웠다. 술에 취해 고함을 지르다 보니 스스로 그렇게 믿게 되었는지, 시즈코가 어이가 없어 웃으면 더욱 화를 냈다.

그럴 때면 아키라는 사에와 둘이 어린 미키를 부둥켜안고 잔뜩 움츠린 채 태풍이 지나가기를 기다리는 수밖에 없었다. 시즈코의 머리칼을 움켜잡고 침실로 끌고 가는 아버지를 가로막았다가 걷어차인 후로는 고함 소리만 들어도 그만 몸이 움츠러들었다.

"오빠도 어른 되면 술 마실 거야?"

부들부들 몸을 떨며 울먹이는 사에를 꼭 껴안고, 아키라는 고개를 내저었다.

"내가 왜 술을 마셔. 절대 안 마실 거야."

이런 일도 있었다.

그날은 점심때가 지나 비가 내리기 시작하더니 순식간에 폭우로 변했다. 뒷마당에서 놀고 있던 아키라는 집 안으로 뛰어들어가 부엌에 서 있는 시즈코의 등에 대고 외쳤다.

"아빠 지금쯤 쫄딱 젖었겠지? 고거 쌤통이다."

돌아보는 시즈코의 얼굴이 파랗게 질려 있었다.

그때, 안방 장지문이 떨어져 나갈 듯 벌컥 열리더니 시게유키가 뛰어나왔다. 도망치려는 아키라의 멱살을 잡은 시게유키는 얼굴이 부어오르도록 아키라를 때렸다. 울면서 뜯어말리는 시즈코에게까지 발길질을 하면서 둘을 봉당으로 걷어차더니 관자놀이에 핏대를 세우고 고함을 질렀다.

"연놈들, 나 없을 때 그런 소리나 지껄인단 말이지! 어? 나를 바보로 아는 거야!"

"바보는 당신이잖아요!"

평소에는 고분고분하던 시즈코가 소리를 질러댔다.

"고작 아이가 한 말에 그렇게 화를 내는 사람이 어디 있어요! 때리고 싶으면 나를 때려요. 그래 봐야 비겁하게 힘없고 약한 사람이나 괴롭히는 주제에."

화가 북받쳐 소리도 내지르지 못하는 시게유키는 봉당 구석에 있는 대나무 빗자루를 대뜸 집어 들더니 시즈코를 머리며 등이며 할 것 없이 닥치는 대로 후려갈겼다. 끝내 생명의 위협을 느낀 그녀가 기어서 옆집으로 몸을 피할 때까지 매질은 그칠 줄 몰랐다.

"이런 몹쓸 것들, 누구 덕분에 더운밥 먹고 사는데! 어? 누구 덕분인지, 어디 말해봐!"

지금도 그날 일을 생각하면 아키라의 내면에서는 그때의 공포가 생생하게 되살아난다.

하지만 혼자서는 감당하기조차 어려웠던 아버지에 대한 증오

심이 언제부터인가 점차 사라져갔다. 아버지의 말이 간혹 떠올라도, 뒤따르는 감정은 끓어오르는 분노가 아니라 오히려 서글픔이었다.

"누구 덕분에 더운밥 먹고 사는지 알기나 해?"

당시의 아버지는 아내와 자식들에게 그런 궁핍한 질문을 몇 번이고 거듭하면서 대답을 확인하지 않고는 자신을 지탱할 수 없을 만큼 기댈 언덕이 없었던 것이라고 생각한다.

아버지 어깨에 목말을 탔을 때의 그 머쓱한 자랑스러움, 몸이 절로 춤을 출 것 같은 고양감, 사방 가득 빛이 차 있는 듯한 뿌듯함, 그것들은 절대 끝나지 않을 것이라고 믿었다. 어린 자신에게는 아버지야말로 기댈 언덕이었던 것이다.

과거의 그 조촐한 행복이 오래도록 계속되었다면, 나는 집을 뛰쳐나가지 않았을까?

아니, 그렇지 않다. 절대 그렇지 않다. 설사 그때 그 빚과 아버지와의 대립이 없었다 하더라도, 언젠가는 그런 때가 왔을 것이다.

그렇다, 그녀가 있는 한.

하네다에 도착할 때부터 비가 뿌리기 시작하더니 택시에서 내릴 무렵에는 비바람이 몰아쳤다.

벌써 여덟 시가 지났다.

'새삼스럽게 만나서 어쩌겠다는 거야?'

'지금 안 만나면 또 어쩌자는 거야?'

아직도 갈등하는 마음에 명치끝이 뜨끔뜨끔 아프다.

그곳은 옛날에 아키라도 신세 진 일이 있는 병원이었다. 중학교에 다닐 때, 체육 시간에 축구 골대에 부딪혀 쇄골이 부러지는 바람에 실려 갔던 곳이다. 이십 년이나 세월이 흘렀으니, 군데군데 금이 가고 얼룩진 건물이 밤눈에도 영 볼품없었다. 외등에 드러난 콘크리트 벽은 옆에서 뿌리는 비에 거뭇거뭇 젖어 있다.

돌아가는 택시의 미등이 시야에서 사라졌을 때에야 겨우 마음을 정했다.

야간 접수창구에 시즈코란 이름을 대자 비쩍 마른 경비가 연필로 조그만 안내도에 표시를 하고는, 표시된 간호실에 가서 다시 물어보라고 한다.

리놀륨이 깔린 긴 복도를 걸어간다. 늦은 시간이라서 그런지 천장의 형광등이 거의 꺼져 있어 어두컴컴한 복도에 눅눅한 발소리만 울린다.

아무도 없는 약국 앞 대합실을 지나 방사선실 앞에서 모퉁이를 돌았다. 안내도에는 그 앞쪽에 있는 엘리베이터에 동그라미가 그려져 있다. 비상구 표시판이 유난히 눈부셔 눈을 찌푸렸다.

"오빠?"

움찔 놀라 돌아보니 꺼진 형광등 바로 아래 어둠 속에서 사에가,

"왜 이렇게 늦게 왔어?"

…… 아니었다. 미키였다.

미키는 그 자리에 우뚝 선 채 울음을 터뜨렸다. 고개도 숙이지 않고, 다가오는 아키라를 똑바로 쳐다보는 두 눈에서 눈물이 뚝뚝 떨어졌다.

"왜, 바보같이. 조금만 더 일찍 ……."

아키라는 손을 뻗어 여동생의 머리를 껴안았다.

순간적으로 울음소리가 커졌다가 이내 훌쩍거리는 흐느낌으로 바뀌었다.

"…… 언제?"

자신의 목소리가 아주 멀게 들렸다.

"여섯 시쯤."

미키는 코를 훌쩍거리며 간신히 눈물을 훔쳤다.

"연락했는데, 전화를 안 받잖아. 오빠 마음이 그렇다면 이제 어쩔 수 없다고 포기할 참이었어."

"비행기 안이었어."

미키는 어깨에 멘 가방에서 화장지를 꺼내 코를 쿵 풀었다.

"미안해, 소리 질러서."

아키라는 대꾸하지 않았다.

"이쪽이야."

중얼거리며 미키가 걸음을 내디뎠다.

어둠에 녹아드는 짙은 감색 스웨터 위에 창백한 옆얼굴이 얹혀 있다. 그 얼굴이 흘끗 아키라를 돌아보고는 어색하게 미소 지었다.

"오빠, 너무 마른 거 아냐?"

"글쎄."

"하기야 사 년 만에 보는 거니까."

"벌써 그렇게 됐나?"

"그럼. 내가 출장 갔을 때 보고 처음이잖아."

"…… 그래. 그러고 보니 그렇군."

"오빠 피곤한 거 아니야? 괜찮아?"

"왜?"

"옆 침대에 노망든 할아버지가 있는데, 툭하면 똑같은 말을 하거든. '그래, 그러고 보니 그렇군' 하고."

아키라는 피식 웃고는 동생의 이마에 알밤을 먹였다.

"애써 조잘거릴 거 없어."

미키의 입술이 또 일그러졌다.

지금까지 이 막내 여동생의 변함없이 강직하고 명랑한 성격에 얼마나 큰 위로를 받았는지 모른다. 지난 십몇 년 동안 아키라가 가끔이나마 얼굴을 마주한 피붙이가 있다면 미키뿐이었다. 그 외에는 아주 먼 옛날에 시즈코를 딱 한 번 만났을 뿐이다.

집에서 뛰쳐나온 지 이 년이 되던 해인가 삼 년이 되던 해인가, 어쩌다 집에 전화를 걸었다. 울고불고 애원하는 시즈코에게 그만 있는 곳을 털어놓고 말았는데, 그다음 주에 당장 삿포로에 나타났다. 그때도 미키가 시즈코와 함께였다. 아키라를 보고는 언덕길을 종종걸음으로 내려오는 어머니가 어째 한쪽 다리를 질 질 끄는 것 같았다.

저러다 혹 넘어지는 것은 아닐까 조마조마할 지경이었다. 관성 이 붙어 걸음을 멈추지 못하는 어머니의 팔을 붙잡자 그녀는 숨 을 헉헉거리며 말했다.

"대체 이런 데서 뭐 하고 있는 거냐? 이 박정한 놈아, 부모 속 을 이렇게 썩이고. …… 뭐? 다리? 아아, 이거, 엊그제였나, 누름 돌을 떨어뜨려서. 요즘에는 정신도 멍하고 손발이 말을 안 듣는 게, 늙었나 보다. 아참, 잊어버리기 전에 미키야, 오빠에게 그거 줘라."

봉투에 든 '아버지에게는 비밀인 비상금'과 또 뭐가 있었는데 기억나지 않는다. 스웨터에 손난로, 두툼한 양말, 그런 것들이었 다고 생각된다. 방금 내려온 언덕길을 다시 올라가는데, 팔이라 도 부축해주려고 손을 뻗었다가 왠지 쑥스러워서 그만두었던 기 억도 선명하다.

복도 끝에 있는 엘리베이터 앞에 멈춰 서서 미키가 아래로 내려가는 버튼을 눌렀다.

"올케언니는 잘 있어?"

"응, 여전하지 뭐."

아키라는 대답했다.

"아이들, 많이 컸겠다."

"큰아이는 벌써 초등학교 1학년이다. …… 그보다."

"아버지, 아까 집에 가셨어."

미키가 앞질러 말했다.

"아버지까지 쓰러지시면 안 되잖아. 큰올케언니하고 마사카즈가 오늘 밤은 아버지하고 같이 지낸다고 모시고 갔어."

미키는 이어서 맥없는 목소리로 상황을 설명했다. 어젯밤 갑자기 격렬한 두통을 호소하면서 쓰러진 시즈코를 구급차에 실어이 병원에 왔는데, 곧바로 수술에 들어갈 수는 없었다. 의사들이 발작의 영향으로 뇌혈관이 수축되어 잠시 두고 보는 것이 좋을 것 같다고 판단했기 때문이다. 그런데 우려했던 두 번째 출혈이 처음 출혈보다 한층 심했다. 영원히 세 번째 출혈을 걱정하지 않아도 될 정도로.

엘리베이터가 내려오더니 눈앞에서 스르륵 문이 열렸다. 환한 상자 안으로 들어가 아래로 내려간다. 모든 것에 현실감이 없었다. 마치 우주인에게 끌려가는 꿈이라도 꾸고 있는 듯한 묘한 기분이었다.

"말해봐야 소용없는 일이지만, 세 시간만이라도 빨리 올 수 없었어?"

"일 때문에 빠져나올 수가 없었어. 너, 혹시 아까 거기서 계속 기다리고 있었던 건 아니지?"

아키라가 물었다.

"아니야. 사망진단서 받으러 갔다 오는 길이었어. 그게 없으면 화장 허가가 안 떨어진대, 아까 돈도 다 냈는데. 생각보다 너무 싸서 어처구니가 없더라. 사람 하나가 죽었는데, 뭐야 겨우 요거야 싶더라고. 하기야 뭐 수술은커녕 손도 못 댔으니까 그런 거겠지만."

문이 열렸다.

엘리베이터 홀 옆에 긴 의자가 주르륵 놓여 있고, 거기에 앉아 담배를 피우고 있던 남자가 무심히 두 사람을 보더니 허둥대며 엉덩이를 들었다.

"아키라, 너 ……."

집에 갔다는 얘기를 들었는데도 순간적으로 아버지인 줄 알았다. 생각해보니 마지막으로 봤을 때의 아버지 나이가 지금의 형 나이와 열 살밖에 차이 나지 않는다.

다가가자, 미쓰구는 고개를 절레절레 흔들면서 신경질적으로 담배를 비벼 껐다.

"이 자식, 이왕 올 거면 왜 좀 더 빨리 ……."

"오빠, 그 점에 대해서는 나도 충분히 화를 냈으니까 ……."

미키가 지친 표정으로 끼어들었다.

"두 사람 다 좀 진정하고 앉아."

"엄마는?"

아키라가 물었다.

"먼저 만날래? 그럼 저쪽이야."

복도 끝에 한쪽만 열려 있는 문을 가리키며 미키가 말했다.

"저기야. 난 여기서 좀 쉬고 있을 테니까, 오빠 혼자서 천천히 보고 와."

입구에 가리개가 세워져 있고, 그 너머로 오렌지색 빛이 아른거렸다.

한 걸음 들어섰다가 아키라는 그 자리에 섰다. 사이드 스탠드의 희미한 불빛 아래, 어머니는 입구 쪽으로 발을 향하고 침대에 누워 있었다. 봉긋하게 솟은 이불, 그 정갈함에 가슴이 뭉클했다. 얼굴에 하얀 천이 씌워져 있지 않았다. 천은 사에의, 어머니의 머리맡에 앉아 있는 사에의 무릎 위에 놓여 있었다.

아키라를 알아본 사에가 두 눈썹 끝을 늘어뜨리며 미소 지었다. 옛날에 종종 보았던, 울고 싶은 것을 참을 때의 미소였다.

아키라가 가만히 서 있기만 하자 사에는 시즈코 쪽으로 몸을 기울이고 속삭였다.

"엄마, 안심해. 오빠도 왔어."

사에의 가느다란 손가락이 어머니의 얼굴을 부드럽게 쓰다듬는다.

"조금만 더 기다렸으면 만날 수 있었을 텐데."

아키라는 천천히 불빛 쪽으로 다가갔다. 머리맡에 서서 한없이 왜소해진 어머니를 내려다본다. 볼이 밀랍처럼 투명한 것을 보고는 비로소 '정말이군, 죽었어' 하고 생각했다.

"…… 편안한 표정이네."

아키라가 중얼거리자 사에가 입술을 움찔움찔 떨기 시작했다. 늘 무엇엔가 놀란 듯 동그랗던 두 눈이 눈물에 젖어 흐려진다. 그녀는 참지 못하고 두 손으로 입을 막았다.

아키라는 살며시 손을 뻗어 시즈코의 옅은 눈썹 언저리를 어루만졌다. 그리고 용기를 내어 이마에 손을 얹었다.

아직도 조금은 온기가 남아 있는 듯한 느낌이었다.

"오늘, 아키라하고 사에가 뽀뽀했어요."

순간 얼어붙었던 그 자리의 공기를 아키라는 잊을 수가 없다.

아키라가 초등학교에 들어가기 전의 일이었다. 아직 둘 다, 피차 데리고 온 자식이란 것도 아무것도 몰랐던 때다. 아키라는 그저녁의 반찬까지 기억하고 있다. 정식으로 신축 계약을 맺었다고 밥상에는 시게유키가 좋아하는 생선회와 쇠고기 장조림까지 올라와 있었다.

또 한 가지, 건너편 집에 사는 아키라 또래의 세타로가 저녁 밥상에 함께 있다는 것도 평소와 달랐다. 세타로의 엄마가 아이를 낳기 위해 입원하는 바람에, 매일 아빠가 회사에서 돌아올 때까지 시즈코가 그를 돌봐주었던 것이다.

미키를 무릎에 앉혀놓고 밥을 먹이면서 시즈코가 너희들 오늘 대체 뭐 하고 놀았니? 하고 물었다. 저녁때가 되어서야 집으로 돌아온 아이들의 옷이 흙투성이였기 때문이다.

"연못에서 놀았어요."

사에가 대답했다.

"아키라가 가재였어요."

세타로가 말했다.

"그리고 오늘, 아키라하고 사에가 뽀뽀했어요."

천진한 한마디였다.

그런데 마시고 있던 술잔을 내려놓은 시게유키의 얼굴이 점차 붉게 물들어갔다. 그리고 때마침 뜨거운 된장국을 훌훌 먹고 있던 아키라의 머리를 느닷없이 갈겼다. 국그릇이 날아가, 미키의 무릎 위에서 뒤집어졌다.

미키가 헉하고 숨을 삼켰다가 자지러지듯 울음을 터뜨렸다.

목욕탕으로 달려간 시즈코가 딸의 무릎에 미친 듯이 찬물을 끼얹는 동안,

"이놈들, 무슨 짓을 한 거야!"

시게유키는 엉덩이를 들면서 밥상을 내리쳤다.

"아직 어린 것들이 벌써부터 그런 짓거리나 하고, 이 몹쓸 것들!"

진공 같은 침묵을 뜨뜻미지근한 오줌 냄새가 감쌌다. 세타로가 오줌을 지린 것이었다.

그러나 아키라가 바짝 움츠러든 것은 공포 때문이 아니라 지금까지 한 번도 느껴본 적 없는 수치심 때문이었다. 나는 엉뚱한 짓을 저지르고 말았다. 뭔지는 모르겠지만 용서받을 수 없는 짓을 했다. 그런 생각을 하자 온몸이 부들부들 떨렸다. 그런데 철없는 사에는 이렇게 말했다.

"몹쓸 거 아니야. 나, 오빠한테 시집갈 거야."

"이런 ……."

시게유키가 손을 휘둘렀다. 밥상 너머로 덮쳐오는 손바닥을 피해 사에가 아키라 뒤에 숨었다.

"이런 몹쓸 것들!"

술기운 때문인지 시게유키는 점점 더 언성을 높이며 고함을 질러댔다.

"이런 …… 이 망할 것들이!"

다행히 미키는 큰 화상을 입지는 않았다.

밤이 되어 간신히 미키를 재운 시즈코는 목욕을 하고 나온 사에와 아키라의 몸을 목욕 타월로 감싸 닦아주면서 말했다.

"너희들, 낮에 큰 모험을 했다면서? 아까 세타로한테 듣고서 엄마, 살기가 싫어졌다."

잘못했어, 라고 작은 소리로 사에가 말했다.

아이들이 놀러 간 곳은 근처 공원에 있는 연못이었다. 그물을 가져가 던지면 때로 작은 물고기도 잡히고 운이 좋으면 가재가 걸려들기도 한다. 그런데 그날, 연못 한가운데에 있는 섬에 창포가 흐드러지게 피어 있었다. 짙은 보라색 꽃이 한데 어우러지면 어우러질수록 오히려 고즈넉하게 보였다. 아키라는 그 섬으로 동생을 데리고 가고 싶었다. 그 꽃들 속에 그녀를 세워놓으면 얼마나 잘 어울릴까. 얼마나 좋아할까.

세타로가 말리는데도 못 들은 척 아키라는 연못으로 들어갔다. 바닥에는 부드러운 진흙이 쌓여 있었다. 깊이는 반바지 자락이 아슬아슬하게 젖지 않을 정도였다. 아키라는 사에에게 업히라고 채근했다. 세타로가 또 말렸지만, 사에도 망설이지 않았다.

발이 진흙으로 파고들었다. 생각했던 것보다 동생이 무거워 조금은 불안했지만, 이제 와서 돌아갈 수는 없었다. 아키라는 최대한 사에를 높이 둘러업고 걸음을 내디뎠다. 한 걸음, 또 한 걸음.

걸음을 뗄 때마다 섬이 눈앞으로 다가왔다. 눈이 반짝 뜨일 만큼 화사한 군청색을 보고 등에 업힌 사에가 감탄사를 뱉었다. 아키라는 마치 하늘로 날아오를 듯한 기분이었다. 그녀를 기쁘게 해줄 수 있는 자신이 자랑스러웠다.

그때였다. 내디딘 발이 푹 빠졌다. 당황해서 얼른 발을 빼려고 했지만 빠지지 않았다. 오히려 몸이 중심을 잃고 휘청거렸다. 사에만이라도 섬에 닿게 하고 싶었지만, 때는 이미 늦어 둘은 물속으로 엎어지고 말았다. 연못가에서 소리치는 세타로의 목소리가 간간이 들렸다. 흙탕물이 입과 코로 들어오는데도 정신없이 사에의 모습을 찾던 아키라는 사에가 바로 옆에 서 있다는 것을 겨우 알아챘다. 간신히 일어섰다. 물은 허리 정도밖에 오지 않았다.

사에는 분홍색 치마가 물에 잠기고 블라우스도 흙탕물에 젖어 엉망이었지만 오히려 첨벙거리며 섬으로 다가가려 했다. 아키라는 황급히 그녀를 앞질러 겨우겨우 섬에 기어올라 가서 그녀의 손을 잡고 끌어 올렸다.

맥이 쭉 빠져 뒤로 벌렁 쓰러졌다. 얼굴 바로 옆에 핀 창포 봉오리가 똑바로 하늘을 가리키고 있었다.

그때 사에가 바로 위에서 얼굴을 내려다보았다.

앗, 하고 생각할 틈도 없이 사에의 입술이 아키라의 입술을 덮었다. 놀라 몸이 굳은 아키라에게서 얼굴을 뗀 사에는 눈빛을 반짝이며 이렇게 말했다.

"좋아하는 사람에게는 이렇게 하는 거래. 얼마 전에 텔레비전에서 봤어."

그것이 낮에 있었던 그들의 큰 모험이었다.

"사에는 오빠가 그렇게 좋니?"

시즈코가 묻자, 그녀는 고개를 까딱 숙였다.

"응, 진짜 좋아."

"그러니? 하지만 사에, 아무리 사이가 좋아도 여동생이 오빠하고 결혼할 수는 없는 거야. 알겠니?"

아키라는 얼굴이 화끈 달아오르는 것을 느꼈다. 가만히 있을 수가 없어서 목욕 타월에서 벗어나려고 몸을 비틀었다. 사에는 고집을 꺾지 않았다.

"할 수 있어."

"사에."

"거짓말쟁이. 엄마도 아빠하고 결혼했잖아. 사에도 오빠하고 결혼할 거야."

왜 그때 시즈코가 갑자기 눈물을 흘렸는지, 어린 아키라는 물론 알 리가 없었다. 다만 안절부절못하고 사에와 함께 열심히 엄마를 위로했던 기억밖에 없다.

아키라가 엄마의 눈물이 뜻하는 바를 안 것은 그로부터 십 년도 더 지나서였다.

밤새 비가 내리더니 이튿날 아침에는 거짓말처럼 날이 개었다.

미쓰구가 아버지 집에 가서 자라고 하는 것을 아키라가 거절했다. 옛날부터 형이 거북했다. 아키라가 철들 무렵에는 이미 학생운동에 가담하고 있었던 것 같은데, 나이 차가 많은 탓도 있었지만 대체 형이 무슨 생각을 하는지 알 수 없었다.

아는 게 있다면 서로의 가치관이 몹시 다르다는 것뿐이었다. 가치관이 다른 사람에게 설교를 듣는 것만큼 머리 아픈 일도 없다.

결국 아키라는 미키의 아파트에서 잤다. 미키는 오 년 전, 스물다섯 살이 넘으면서 집을 나와 혼자 살고 있다.

"한시도 눈을 떼면 안 되겠지?"

서랍장에서 아주 자연스럽게 남자 잠옷을 꺼내 아키라에게 건네면서 미키가 말했다.

"어차피 입관도 발인도 보지 않고 그대로 돌아갈 생각이잖아?"

"무슨 소리."

"부탁이야, 화장터까지 같이 가줘. 오랫동안 소식 끊고 지냈는데, 그 정도쯤은 벌 받을 일도 아니잖아. 여기까지 온 이상, 그만 단념해."

미키가 강경하게 말했다.

"녀석, 집요하긴. 알았어."

그렇게 대답은 했지만, 속으로는 날카로운 녀석이라고 생각했다.

밝은 데서 보는 십오 년 만의 고향은 생각보다 많이 변해 있었지만, 옛날이나 지금이나 도쿄의 변두리라는 점은 변함없었다. 오기 전에는 보면 그리움이 북받치지 않을까 그 걱정이 앞서 견딜 수가 없었는데, 기우였다. 아담하고 깔끔하게 정비된 주택가 여기저기에 그 시절의 흔적이 남아 있는 탓에, 마치 마지막 숨을 거둘 때 나쁜 망령에 주위를 에워싸인 것처럼 거북했다. 어떤 동네에 처음 발을 디뎠을 때보다 더 서먹하게 느껴지기까지도 했다.

넓기만 했던 집은 몇 년 전에 다시 지었는지 전체적으로 작아졌고, 담과 외벽과 기와까지 다 새것이었다. 창틀은 모두 알루미늄 새시로 바뀌었고, 추웠던 부엌도 환하게 새 단장을 했다.

어떤 것을 봐도 별 감회가 일지 않았는데, 마당의 연못이 메워진 것을 본 아키라는 가슴속에서 뭔가가 뚝 부러지는 소리를 느꼈다.

연못 자리는 자그마한 텃밭으로 변해 있었다. 무, 양파, 호박, 푸성귀. 손질이 잘된 고랑 끝과 흙이 쓸려 내려가지 말라고 쌓아 놓은 돌 사이에 소담스럽게 된 보라색과 노란색 소국이 바람이

불 때마다 후드득후드득 이슬을 뿌렸다.

아키라는 어머니의 주름이 자글자글한 손을 떠올렸다. 어제 저녁, 장의사를 도와 시신을 관에 안치하고 두 손을 가슴 위에 포개어 놓으면서 보니 시즈코의 손톱 밑에 거무죽죽한 것이 끼어 있었다. 좀처럼 닦이지가 않았는데, 아마도 그것은 이 마당의 흙과 채소에서 배어 나온 물이었으리라.

툇마루로 나와 담배에 불을 붙인다. 담벼락에 나란히 핀 몇 송이 꽃이 이쪽에서는 뒤만 보인다. 상복을 입은 남자들이 마당에 천막을 치고 상중喪中 표시를 거는 중이었다.

무슨 일이 있어도 장례를 집에서 치러야 한다고 한사코 고집을 피운 것은 시게유키였다고 한다. 미쓰구와 미키는 일이 커질 테니 장례식장에서 치르자고 했다.

"옛날에는 다 집에서 치렀다."

시게유키는 그렇게 말하면서 고집을 꺾지 않았다고 한다.

옆으로 나란히 있는 다다미방 세 개 중, 가운데 방에서는 지금 장의사가 제단을 요란스럽게 꾸미고 있다. 다다미방 앞으로는 길쭉한 마당이다.

미쓰구가 씁쓸하다는 듯이 이런 말을 했다.

"허 참, 관이든 뭐든 다 등급이 있는 세상이라니까. 사람의 일생에도 등급을 매기느냐고 따지고 싶을 정도였어. 게다가 장의사란 인간, 시신에 이불을 덮어놓은 것까지는 그렇다 쳐도, 다리 위에다 커다란 드라이아이스 덩어리를 얹어놓는 건 또 뭐냐고?"

어머니와는 거의 같이 살지 않은 형인데, 그래도 가슴 찡한 뭔가가 있는 것일까, 하고 아키라는 생각했다. 아니, 그보다 나는? 나는 지금 슬픈 것일까……?

솔직히 잘 모르겠다. 뭐랄까, 끈적한 꿀 같은 감촉의 미적지근한 무언가가 가슴속에 뭉쳐 있는 듯한 느낌은 드는데, 그것을 슬픔이라 할 수 있을지는 잘 모르겠다.

무수한 발소리가 복도를 오가고, 부엌에서는 썰고 지지고 그릇 부딪치는 소리에 섞여 간혹 짜랑짜랑한 목소리가 울려 나온다. 음식 준비를 거드는 동네 아줌마들 중에 한두 명 빈소에 어울리지 않는 여자가 있는 모양이다.

"여기저기 많이 변했지?"

어느 틈엔가 미키가 옆에 와 있었다.

"저기 있던 연못, 관리하기도 힘든데 몇 번을 수리해도 물이 새서, 결국 이 집 새로 지을 때 메웠어. 뒷마당은 자재 적치장이 돼버렸고, 부엌 옆에 있던 봉당은 없어졌고. 이 툇마루도 없애자는 얘기가 있었는데, 엄마가 이것만은 꼭 남겨두고 싶다고 해서. 무슨 사연이라도 있었던 걸까?"

담배 필터가 마른 입술에 달라붙는다. 딱지처럼 말라붙은 껍질을 잡아당기자 철분 냄새가 났다. 아키라는 턱으로 가리켰다.

"저기 앉아 계셨어."

"응?"

"엄마 말이야. 네가 배 속에 있을 때였어. 남산만 한 배를 해 가지고 저기 앉아서, 마당에서 물놀이하는 우리를 바라봤어. 기억 못 하는구나?"

"응, 기억 안 나."

미키는 웃으며 그렇게 말하고는 정색을 하고 다시 말했다.

"그래 …… 그렇게 말하니까, 내 눈으로 정말 본 것 같은 기분이 드네. 언니가 입고 있었던 빨간 줄무늬 수영복도."

움찔하며 쳐다보는 아키라에게 미키가 태연하게 말했다.

"내가 그 낡은 수영복 물려 입었잖아."

"…… 그랬구나."

"그랬냐니, 아니 그럼 내가 어떻게 알겠어?"

그녀가 말했다.

"그건 그렇고, 스님한테 사례금은 얼마나 드려야 되지?"

"나한테 묻지 마."

"정말, 도움이 안 된다니까."

"그런 건 형한테 물어야지."

"저쪽에서 바쁜 것 같아서."

"그러니까 나는 한가해 보인다?"

"그런 말 안 했어. 하지만 정말 한가해 보이네."

"뭣하면 장의사에게 직접 물어보지 그래? 절에 따라서 무슨 기준 같은 게 있을지도 모르잖아."

아키라가 말했다.

"그런가? 알았어, 그러지 뭐. 그리고 겉에다는 뭐라고 쓰면 되지? 영전靈前? 아니지. 아, 꽃값?"

"너, 무슨 기생이라도 부른 줄 아니?"

아키라는 어이없다는 듯이 말했다.

"스님에게 드리는 것이니까 보시지 보시. 너 그래 가지고 어떻게 사회생활 하니?"

어깨를 으쓱하고 돌아선 미키가 문득 돌아봤다.

"아 참, 언니 아까 별채에 있던데."

"그래서?"

"아니 그냥, 쌓인 얘기가 많을 것 같아서."

아키라는 피식 웃었다.

"의외로 잔신경을 많이 쓰는구나, 너."

미키가 가버리자 사방이 묘하게 조용해졌다.

긴 담뱃재를 마당에 떨고, 깊은 한숨을 쉰다. 한가한 것은 분명한데 아무 생각 않고 슬퍼할 수 있는 여유는 없으니 아이러니다. 불과 어젯밤, 죽은 어머니의 얼굴을 보았는데 이렇게 가벼운 농담도 하고 평소대로 웃을 수 있다는 것이 한심하고 속절없게 느껴졌다.

그때 시야 끝에서 사람의 그림자가 움직였다.

시게유키가 소탈한 카디건 차림으로 툇마루 저 끝에 나와 책상다리를 하고 앉는 참이었다. 마당을 내다보면서 역시 따분함에 담배를 피우기 시작한다. 그리고 뒤따라온 자그마한 얼룩 고양이가 야옹야옹 울면서 시게유키의 무릎에 기어올라 몸을 동그랗게 웅크린다.

고양이? 아키라는 인상을 찌푸렸다. 아버지가, 고양이를?

아주 싫어했는데. 고양이든 뭐든 동물이라면 질색했다. 사에와 미키가 강아지를 주워 와 자기들이 돌볼 테니까 기르게 해달라고 애원했을 때도, 털이 날린다느니 마당에서 냄새가 난다느니 하며 허락해주지 않았다.

시게유키는 때로 담배를 입에 갖다 대기만 할 뿐, 그저 멍하니 마당만 쳐다보고 있다. 안고 있는 고양이의 등만큼이나 그의 등도 굽었다. 아키라가 툇마루 이쪽 끝에 서 있다는 것을 모를 리 없을 텐데, 얼굴은 그저 마당을 향하고 있을 뿐이다.

싸늘한 바람이 휙 불어와 흑백 천막이 펄럭거렸다.

아키라는 움직이지 않는 아버지의 시선이 닿는 곳으로 눈길을 돌렸다.

보라색 소국이 흔들리고 있었다.

동네 사람들은 물론 건축 사무소 관계자들까지 모여들어 밤

샘을 했다.

생전의 시즈코를 아는 사람들은 약속이라도 한 듯 입을 모아 그녀의 인품을 칭찬했다. 빈소에서 밤샘을 하며 고인을 치켜세우는 것은 당연한 일이지만, 적어도 누구 하나 칭찬거리가 없어 고생하지는 않는 듯했다.

아키라는 형수가 빌려다 주어 상복은 입었지만 문상객을 맞이하는 친족들의 자리에는 앉지 않았다. 일찌감치 떠들썩한 빈소를 빠져나와 마당에서 담배를 피우다 괜스레 자재 적치장을 어슬렁거리고, 평소에는 사용하지도 않는 휴대전화의 다양한 기능을 만지작거리면서 시간을 보냈다.

그리고 비로소 옛집이 그립다는 생각을 했다. 덩치만 컸던 그 집이 남아 있었다면, 이런 때 숨을 장소가 많을 텐데. 이참에 그냥 가버릴까 싶은 생각에 짐을 가지러 이층에 올라가려다가 그만 미키와 마주치고 말았다. 미키에게 끌려 억지로 제단 앞에 앉게 된 아키라는 지금 분향을 하는 문상객들에게 향을 나누어주고 있다.

아홉 시가 지나자 빈소에는 가족과, 절친한 몇 명만 남았다. 시게유키와 오랜 지기인 전파상 시미즈, 술가게 주인 가와무라, 그리고 타일 업자 데라사와. 스님이 독경을 할 때, 뚱뚱보 데라사와 옆에 말라깽이 가와무라가 나란히 앉아 아키라는 하마터면 웃음을 터뜨릴 뻔했다. 그리고 속으로 '블루스 브라더스가 따로 없네' 하고 생각했다.

아내들은 미키와 사에를 도와 부엌에서 설거지에 분주하다. 사에의 안색이 너무 창백해서 보다 못한 아키라가 몇 번이나 쉬라고 했지만 그녀는 앉지 않았다.

"아무튼 이렇게 갑자기 가실 줄은 몰랐어."

시미즈가 말했다.

"마지막 순간까지 사람들에게 폐를 안 끼치고 간 걸 보면, 과연 사모님답다 싶군. 오늘도 봐, 날씨가 얼마나 좋았어? 이게 다 돌아가신 분이 덕이 많아서라고."

미쓰구가 그의 잔에 술을 따른다.

"그건 그렇고 저 사진 말이야. 꽤나 오래된 것 같은데 용케 찾아냈군. 오래됐다고 해야 할지, 젊은 시절이라고 해야 할지."

가와무라가 옆방에 놓여 있는 영정을 돌아보며 말하고는 자기가 한 농담에 자기 혼자 웃고 있다.

"그런 게 아니고, 사진이 별로 없어서요."

미쓰구가 말했다.

"뭐 어때, 좋잖아. 거참, 미인이로세."

이번에는 시미즈가 미쓰구의 잔에 술을 따랐다.

"이왕이면 젊고 예뻤을 때 모습을 보여줘야 고인도 좋아할 거야."

"그럼그럼, 여기 왔을 때 사모님이 얼마나 예뻤는데. 사에하고 미키가 정말 엄마를 쏙 빼닮았어."

"그런데 자네 아버지는 어디 갔나?"

만취한 데라사와가 윗몸을 비틀거리며 소리를 질렀다.

"아버지 오라고 해."

"죄송한데요, 아버님이 좀 불편하신 것 같아서 먼저 쉬시라고 했어요."

미쓰구의 아내 요리코가 재떨이를 바꾸면서 그렇게 소곤거렸는데도, 데라사와는 아키라를 돌아보며 호통을 쳤다.

"어이, 자네. 가서 아버지 깨워 와. 아니면 자네가 여기 와 앉든지."

미쓰구가 재빨리 아키라에게 눈짓한다.

아키라는 한숨을 쉬고는 때마침 들어온 사에를 억지로 뒤에 앉히고 술자리에 끼어 미쓰구가 내미는 잔을 묵묵히 받아 든다. 데라사와는 술을 따르면서 힐끔힐끔 아키라의 표정을 훑었다.

"사모님도 참 고생이 많았지. 자기 배로 낳은 자식도 아닌 것을 둘이나 떠안은 것만 해도 부담이었을 텐데, 애써 키워났더니 훌쩍 나가버렸으니 말이야."

"그만하지. 다 지난 일이잖아."

시미즈가 말했다.

"뭐가 다 지난 일이야? 이놈 말이야, 한마디라도 해야 내 속이 시원하지."

데라사와는 초점이 흐려진 눈으로 아키라를 쳐다보았다.

"자네 말이야, 왜 어머니 살아 계실 때 오지 못하고 말이야, 십몇 년이나 시간이 있었잖아."

"자네 너무 많이 마셨어."

가와무라가 데라사와의 소맷자락을 잡아당겼다 .

"내일 얘기해도 되니까, 이제 그만하라고."

"시끄럿. 아키라, 이놈. 뭐라고 말 좀 해봐. 다 돌아가신 후에야 이렇게 뻔뻔스럽게 얼굴을 내밀다니. 왜 좀 더 빨리 오지 못했냐고. 어머니가 얼마나 널 기다렸는지 알아, 어? 얼마나 마음고생이 심했는지 알아? 이렇게 돌아가신 것도 다 네놈이 속을 썩여서 그런 거라고, 이 불효막심한 자식."

"데라사와 아저씨, 이제 그만하시죠."

듣다 못한 미쓰구가 나섰지만 소용이 없었다.

"이제야 나타나서, 살날이 얼마 남지 않은 아버지 유산까지 노리면 내가 가만히 있지 않을 거야."

"데라사와, 그만하라니까."

"그런 걸 말이야, 적반하장이라고 하는 거야. 어, 알겠어? 내가 틀린 말 했어, 어? 뭐라고 말 좀 해보라고. 아키라, 내가 틀린 말 했나?"

"미쓰구, 아저씨 술잔 뺏어라."

시미즈가 말했다.

"더 이상 마시면 큰일 나겠군. 어이, 이제 그만 가자고."

"뭐?"

데라사와가 팔을 뿌리쳤다.

"쪼잔하게 굴지 좀 말라고."

"이런 망할, 술은 얼마든지 있어. 하지만 자네한테 줄 술은 한 방울도 없으니까 그런 줄 알아."

몸도 제대로 가누지 못하는 데라사와의 팔을 시미즈와 가와무라가 양쪽에서 걸머지고 몸을 일으켜 질질 끌듯이 데리고 나갔다.

"참 내, 술만 마셨다 하면 이 꼴이라니까."

데라사와의 아내 가요코가 부엌에서 손을 닦으며 나온다.

"죄송해요. 정말 못 말린다니까 ……."

미쓰구가 아내와 나란히 서서 돌아가는 세 부부의 모습을 지켜보고 방으로 돌아오자, 아키라의 모습이 온데간데없었다. 상을 닦고 있던 사에가 눈짓으로 문밖을 가리켰다.

"와준 것은 고맙지만, 솔직히 민폐야 민폐. 조마조마해서 혼났네."

미키가 한숨을 쉬며 말했다.

"너, 다 듣고 있었어?"

"들어가려야 들어갈 수가 있어야지. 술 갖고 왔는데, 자꾸 그런 소리를 해서 안 내놨어. 그런데 ……."

미키가 목소리를 죽였다.

"참을성 많아졌다, 작은오빠. 옛날 같았으면 데라사와 아저씨의 앞니가 두어 개쯤 부러져 나갔을 텐데."

"변하는 게 당연하지. 세월이 얼마나 흘렀는데."

미쓰구가 말했다.

'삿포로의 하늘에도 이 달이 떠 있을까?'

툇마루로 나와 기둥에 기대어 다리를 쭉 뻗고 올려다보자 빨려 들어갈 듯 청명한 보름달이 둥실 떠 있다. 얼마나 환한지 별조차 보이지 않는다.

'아니면 눈이 내리고 있을까?'

눈이 와야 오히려 따뜻하다고 하면 도쿄에서 온 손님들은 어리둥절한 표정을 짓는다. 아키라도 처음에는 그랬다.

앞으로 몇 년 지나면 도쿄에서 산 세월보다 삿포로에서 생활한 세월이 더 길어진다. 그런데 그렇게 떠나 있으면 원치 않아도 알게 된다. 그 도시가 아직도 내게는 '돌아갈 장소'가 아니라는 것을. 지금까지 몇 년을 살았고, 앞으로 죽을 때까지 산다 해도 그 도시에서는 안정을 찾지 못할 것이란 생각이 든다. 하기야 어디에 살든 마찬가지일지도 모르지만.

문득 정신을 차리자, 마당에 누가 서 있었다. 내내 달만 쳐다보느라 눈앞이 어른어른해 얼굴이 잘 보이지 않는데도 아키라는 누군지 금방 알 수 있었다.

"…… 안 추워?"

그녀가 속삭였다.

"감기 걸리겠다."

"너야말로, 그런 데서 뭐 하고 있는 거야?"

"그냥, 잠이 안 와서."

사에는 디딤돌을 한 개씩 찬찬히 고르듯 밟고 옆으로 다가와 아키라에게서 약간 떨어진 곳에 앉았다. 상복을 벗고, 검은 스웨터 위에 큼지막한 하늘색 숄을 걸치고 있다. 아니 어쩌면 하얀 숄이 달빛을 받아 푸르게 보이는지도 모르겠다.

후, 한숨을 토하면서 사에도 하늘을 올려다보았다.

왜 그때는 알아차리지 못했을까. 그녀의 옆얼굴은 기가 막힐 정도로 미키와 똑같았다. 이마에서 코로 내려오는 선도, 도톰한 입술도, 갸름한 턱도, 이렇게 닮았는데. 아버지가 다른 자매라면, 이렇게까지 닮지는 않는다. 왜 그때는 미처 몰랐을까.

잔술을 홀짝 마신다.

알았다면 뭐가 달라졌을까. 우리를 키워준 시즈코가 이 집에서 가정부로 일할 때부터 아버지와 맺어졌던 사이란 것을 알았다면 뭐가 달라졌을까.

사에는 시즈코가 데리고 온 딸이니까 피붙이가 아니라고만 여겼는데, 사실은 이복동생이란 것을 알았다고 해서 뭐가 어떻게

달라졌을까. 모든 것을 알고 있었다면 여동생을 한 여자로 사랑하지는 않았을 것이란 말인가.

"술, 더 갖다 줄까?"

아키라는 고개를 저으며 현실로 돌아온다.

"아니, 됐어."

"달을 바라보며 술이라, 꽤 운치 있네."

"잠 안 오면 너도 한잔해."

사에가 아키라를 빤히 쳐다보았다.

"그럼, 조금만 데워 올까? 뭐 필요한 거 있어? 가는 길에 가져오게."

"…… 음, 담배가 떨어졌네."

"사둔 게 있을 거야. 잠시만 기다려."

일어나 걸어가는 사에의 뒷모습을 보면서 한 모금 또 술을 마셨다.

필요한 것은, 딱 한 가지뿐이다.

***

지금 돌이켜봐도, 서로에게 다른 선택의 여지가 있었다고는 생각되지 않는다. 원인과 결과가 한없이 이어지는 도미노 게임처럼, 뒤에서 밀면 넘어질 수밖에 없다. 그리고 넘어지면서 앞에

있는 도미노를 밀 수밖에 없다. 도중에 멈추게 할 방법은 어디에
도 없다.

사에가 성폭행을 당한 것은 고등학교 2학년 여름방학 때였다.

아키라는 지금도 책임은 자신에게 있다고 생각한다. 사에를
범한 상대는 재수생이었다. 종업식 날, 학교에서 돌아오는 사에
에게 말을 걸어 사귀자고 한 재수생. 고등학교 2학년치고는 철이
없었던 사에는 데이트 신청에 어떻게 답해야 할지 몰라 아키라
에게 의논했다.

부모가 재혼한 사이라는 것은 사에가 중학교에 올라갈 즈음
에 알았다. 그런데도 그런 일을 의논하는 자체가 자신을 남자로
여기지 않는 증거라고 생각한 아키라는 홧김에 한번 사귀어보라
고 부추겼다. 그녀가 다른 남자와 사귀면 포기할 수 있을지도 모
른다, 언제부터인가 여동생을 사랑하게 된 이 고통스러운 마음
에서 헤어날 수 있을지도 모른다고 생각했기 때문이다.

사에와 그 재수생은 휴일에 만나서 영화를 보러 갔다. 남자는
그런 일에 능숙한 듯했다. 사람을 사로잡는 화술로 사에의 긴장
을 풀고는 금방 웃음까지 끌어냈다. 팝콘을 먹으면서 넓은 공원
을 하염없이 걷고, 좋아하는 음악 얘기를 나눴다. 도넛 가게에
들렀다가 집으로 돌아오는 길에 그들은 시게유키의 건축 사무소
에서 시공 중인 건설 현장을 지나가게 되었다. 주택단지가 조성
될 공터에는 그 집 한 채만 서 있었다.

사에가 아버지가 짓고 있는 집이라고 하자 남자는 안을 보고 싶다고 했다. 벽과 창문은 있어도 현관문은 아직 달려 있지 않았다. 다섯 시가 지난 시간이라 인부들은 아무도 남아 있지 않았다. 둘은 목재와 공구들이 널려 있는 집 안으로 들어가 아직 완성이 덜 된 부엌과 목욕탕을 돌아보았다.

"그녀도 그럴 마음이 있는 줄 알았다고."

아키라에게 반죽음을 당한 남자는 그렇게 항변했다.

"단둘이라는 거 뻔히 알면서 순순히 따라왔는데, 그럴 마음이 있다는 뜻 아니야?"

그 일로 동생의 이름을 운운하면 죽여버리겠다고 했다. 내장을 끄집어내 주겠다고.

협박이 아니었다. 아버지가 현장에다 깜빡 도면을 두고 왔다며 가져오라고 심부름을 시켜서 현장에 갔다가 사에를 발견했다. 어둠에 싸인 뒤뜰의 수돗가에서 그녀는 치가 떨리는 역겨움에 토악질을 해대면서 몸을 씻고 있었다.

아키라는 자기 책임이라 했고, 사에는 아니다, 자신이 어리석었다고 했다. 그리고 그날 일은 아무에게도 얘기하지 않았다. 사에가 완강하게 거부했기 때문이다.

암울한 비밀은 둘 사이를 더욱 단단하게 붙잡아 맸다. 아니 그러지 않을 수 없는 성격의 비밀이었다.

집에 있을 때도 사에는 마음이 편치 않았다. 가족들 앞에서는 애써 명랑한 척하느라 긴장해야 하는 자신을 아키라와 있을 때만 열어놓는 여동생. 그런 그녀에게 하는 말에, 오빠가 하는 말 이상의 의미를 담지 않으려고 얼마나 억눌렀는지 모른다. 그런데 어느 날, 사건이 있은 후 한 번도 마음껏 울지 못한 사에가 아무도 없는 신사의 경내에서 울음을 터뜨렸을 때—까만 눈동자에서 넘쳐흐른 눈물이 볼을 타고 턱 끝에서 뚝뚝 떨어지고, 그렇게 어린애처럼 울면서 매달리는 사에를 품에 안는 순간—참을 대로 참고 있었던 아키라의 인내는 끝내 한계를 넘고 말았다.

정신을 차렸을 때 이미 그녀를 껴안은 팔에는 힘이 들어가 있었고, 손바닥은 그녀의 머리칼이 아니라 등을 쓰다듬고 있었다. 남자에게 폭행을 당하고 상처 입은 동생에게 자신의 욕망까지 풀려고 하는가. 머리 한구석에서 자책하는 목소리가 울렸지만, 그녀를 원하는 강렬한 욕구 앞에서는 이성도 자제력도 무력하기만 했다.

일단 입술을 포개고 나자 더 이상 억제할 수가 없었다. 처음에는 사에도 놀라 저항했다. 그러나 아키라의 두툼한 혀가 민물고기처럼 팔딱거리며 피하는 그녀의 혀를 집요하게 따라다니다 기어코 휘감아 뽑혀 나갈 정도로 세게 빨아들이자, 온몸에서 힘을 쭉 빼고 말았다. 손가락으로 서늘한 그녀의 머리칼을 쓸어내리며 뜨겁고 부드러운 입술을 음미하자, 아키라는 너무도 강렬한 도취감에 소름이 다 끼칠 지경이었다. 그리고 자신이 얼마나 이러고 싶어 했는지도 새삼스럽게 깨달았다. 오누이로 자랐으니 죄의식이 없을 리 없었지만, 그것은 마지막 선을 넘어서는 순간 오히려 서로를 부추기는 요소로 변하고 말았다.

매미 울음소리가 쏟아지는 숲. 강 둔치에 남아 있는 문 닫은 공장. 여름 내내 둘은 사람들의 눈을 피해 밀회를 가졌다. 어렸을 때, 숨바꼭질 놀이를 하면서 술래를 피해 숨었던 곳은 모두 두 사람이 몸을 나누기에 가장 좋은 장소였다.

의심받지 않도록 집에 있을 때는 세심한 주의를 기울여 오빠와 여동생을 연출했다. 부모가 알아서는 절대 안 되는 일이었다.

'아키라하고 사에가 뽀뽀했다.'

그 말에도 아버지는 노발대발했다. 이런 짓까지 하고 있다는 것을 알면 과연 무슨 날벼락이 떨어질지, 생각하고 싶지도 않았다. 가을이 지나고 겨울이 왔는데도 서로를 안고 있으면 춥다는 생각이 안 들었다. 이듬해 봄, 아키라가 대학에 들어간 후에도 둘의 만남은 계속되었다.

아키라는 자신이 독립할 때까지만 참으라고 사에에게 말했다. 취직을 하면 집을 나갈 것이다, 그러면 훨씬 더 자유롭게 만날 수 있다, 네가 따라와 준다면 둘이서 살 수도 있다, 그때까지만 참아달라고.

조심했다.

지나칠 정도로 조심했다.

그런데 어디서 어떻게 새어 나갔을까.

그날, 아키라가 검도부의 겨울 합숙 훈련을 마치고 돌아와 보니 온 집 안이 유난히 조용했다. 학원에 다니는 미키가 늦게 돌아오는 것은 당연한 일이지만 사에마저 보이지 않았다.

아키라를 앉혀놓고 진실을, 두 사람 사이의 혈연관계를 얘기해준 사람은 아버지가 아니라 시즈코였다.

미쳐 날뛸 것이라 생각했던 시게유키는 벽을 향하고 앉아 꿈쩍도 하지 않았다.

자신이 뭐라고 외쳤는지, 그리고 시즈코가 뭐라 달래고, 시게유키가 언제부터 일어나 고함을 질렀는지, 아키라는 그 전후의 기억이 전혀 없다. 기억나는 것은 그저 하기 어려운 말을 한 마디 한 마디 얘기하던 시즈코의 비통하게 일그러진 얼굴뿐. 먼저 멱살을 잡은 쪽이 아버지인지, 아니면 자신이 달려들어 주먹을 휘둘렀는지 그것도 정확하지 않다.

아버지가 불단으로 나자빠졌고, 그다음 꽃병과 위패가 쓰러졌고, 굴러떨어진 종이 기다렸다는 듯이 땡 하고 울렸다. 그 소리에 정신이 돌아왔다.

아키라는 자신이 저지른 짓이 믿어지지 않아 한참이나 그저 아버지를 내려다만 보았다. 시게유키 역시 피가 배어 나온 입을 반쯤 벌리고 아키라를 올려볼 뿐이었다.

톡, 톡, 톡, 밋밋한 소리가 났다. 꽃병에서 흘러나온 물이 다다미로 떨어지는 소리였다.

"당신 때문이야."

악문 이 사이로 아키라는 간신히 말을 밀어냈다.

"당신이란 인간이 지저분하게 바람만 피우지 않았어도, 이런 일은 ……."

몸속에서 거무죽죽한 분노가 소용돌이쳤다. 분노보다 슬픔, 아니 절망감이 더 심했다. 심장이 터질 것 같았다. 이 이상 아버지의 얼굴을 보고 있으면 죽여버릴 것만 같았다.

입을 꾹 다문 채 합숙소에서 들고 온 스포츠 가방을 둘러멘 아키라는 봉당으로 내려가 신발을 신었다. 시즈코가 따라왔다.

"어디 가는 거니!"

시즈코는 아키라의 팔에 매달려 소리쳤다.

"아키라, 진정해. 제발 부탁이야, 응. 우리 다시 시작하자. 그러자. 오빠하고 여동생으로 다시 시작하자. 응, 그렇게 하자, 아키라 ……."

시즈코는 울부짖고 있었다. 눈물범벅이 되어 매달리는 새엄마의 얼굴을 보자, 아키라는 자신이 생각해도 한심할 정도로 마음이 흔들렸다.

그때, 시야 끝에 비틀비틀 일어나는 아버지의 모습이 스쳤다.

아슬아슬하게 억눌렀던 분노가 살을 찢고 터져 나왔다. 아차 싶었을 때는 이미 아키라의 팔이 시즈코를 뿌리친 후였다. 몸집이 자그마한 시즈코는 어이없을 정도로 가볍게 휘리릭 굴러 봉당으로 떨어졌다. 윽, 하는 신음 소리가 들렸다.

"엄마!"

때마침 현관에 들어선 미키가 허둥지둥 달려왔다.

"엄마, 어떻게 된 거야!"

아키라는 스포츠 가방을 움켜잡고 밖으로 뛰쳐나갔다. 뒷마당에 세워둔 오토바이에 키를 꽂고 밀면서 올라탔다. 뒤에서 누군가가 부르는 소리가 들린 듯했지만, 뒤돌아보지 않았다. 손발이 부들부들 떨려서 핸들을 꽉 잡을 수도 없었다.

사에가 보고 싶다.

그 어느 때보다 간절하게 사에가 보고 싶었다. 사에가 보고 싶다. 사에가 보고 싶다. 사에가 보고 싶다. 사에가 보고 싶다. 사에가 보고 싶다. 사에가 ……

"어른이 돼도 술은 절대 안 마실 거라고, 그때는 정말 그렇게 다짐했는데."

따끈한 술 두 병과 담배 한 갑을 쟁반에 담아 돌아온 사에에게 그렇게 말하자 그녀는 후후 웃었다.

서로의 잔에 술을 따르고, 가볍게 건배를 한다.

"마시지 않고는 견딜 수 없는 때도 있다는 거, 어른이 되기 전에는 모르니까."

"흥. 건방진 소리 하네."

"건방지다니, 나도 벌써 서른넷인데."

아키라는 눈을 찡그리고 여동생을 보았다.

"참, 축하한다는 말을 해야지?"

사에가 어깨를 움찔했다.

"…… 누구한테 들었어?"

"어젯밤에 미키에게서."

"정말, 축하해주는 거야?"

"그럼 뭐라고 하면 되지? 안됐다고 해야 하나?"

사에는 쓸쓸하게 미소 지었다.

"하지만 놀랐어. 상대가 세타로라면서? 꽤나 가까운 곳에서 찾았군."

"일에 대해서도 들었어?"

"응. 아버지가 아주 좋아하셨겠다."

데릴사위로 맞는 것은 아닌 듯하다. 하지만 1급 건축사라고 하니 언젠가 그가 미즈시마 건축 사무소를 이어받을 것은 틀림없다. 그렇다고 불만이 있는 것은 아니다. 세타로라면 부모들끼리도 사이가 돈독하다. 사에가 시집살이를 하는 일은 없을 것이다.

"그런데 그 녀석은 아무것도 모르지?"

아키라가 용기를 내어 물어보았다.

사에의 얼굴에 점차 그늘이 어렸다. 입을 다문 채 고개만 끄덕인다.

"그럼, 아무 말 하지 마. 절대로. 죽는 한이 있어도, 절대."

아키라가 말했다.

사에는 여전히 고개를 숙이고 있다.

"아무 말 않고 있기가 미안하다는 거, 그런 거 다 자기 편하자고 하는 소리야. 우리 가족이 아는 것만으로도 충분해."

사에가 간신히 입을 열었다.

"한 가지 물어봐도 돼?"

"뭔데?"

"지금도 나 …… 원망해?"

"원망?"

놀란 아키라가 되물었다.

"왜?"

"내가 아무 연락도 안 해서."

달빛 탓도 있지만, 사에의 옆얼굴이 유난히 창백하다.

원망이라 …….

어쩌면 다소는 원망을 했을지도 모른다. 하지만 서로가 한 번 더 만났다면 어떻게 되었을까. 목소리조차 듣기가 두려워 연락을 하지 못한 것은 자신도 마찬가지다.

"이런, 바보. 영 듣기 거북하네. 지금도라니, 무슨 말투가 그래?"

일부러 거칠게 말했다.

사에는 아무 말이 없다.

"잘 들어. 나는 너를 단 한 번도 원망한 적이 없어. 지금까지 단 한 번도."

아키라는 그렇게 말하고는 입을 꾹 다물고 스스로 잔을 채웠다. 찰랑찰랑 흔들리는 달을 단숨에 들이켠다.

"마셔, 얼른."

"……."

"얼른."

사에는 자기 잔을 살며시 내밀었다.

그 눈동자에 비치는 달 역시 흔들리고 있었다.

요즘의 소각로는 성능이 아주 좋은 모양이다. 청명한 하늘 높이 솟은 굴뚝 끝에서 연기가 거의 오르지 않는다.

그 역시 허망한 일이라고 생각하면서 아키라는 담배를 물고 뻐끔 연기를 내뿜었다.

정밀 기계 공장이나 무슨 공장을 연상시키는 현대식 건물이었다. 야트막한 동산 위에 유리로 된 현관이 있고, 그곳에서 지금 아키라가 서 있는 문까지는 완만한 슬로프 길이다.

아직 좀 더 시간이 걸릴 것 같다고 해서 친족들은 대기실에서 기다렸다. 미쓰구가 잠시라도 얼굴을 내밀라고 했지만, 아키라는 전혀 그러고 싶지 않았다. 그래 봐야 어차피 어젯밤의 재연일 것이 뻔하다. 말 많은 숙모와 정의의 사도라도 되는 양 거들먹거리는 삼촌들이 드디어 내 차례가 왔다는 듯이 왜 좀 더 빨리를 운운하면서 잔소리를 해댈 테니까.

좀 더 빨리 올 수 있을 정도였다면, 애당초 그렇게 뛰쳐나가지 않았을 것이다. 온갖 것을 내던졌다. 주위에서 그녀를 생각나게 하는 모든 것을 없애버리지 않고서는 제정신을 유지할 수 없었다. 어머니만은 그런 아키라의 상태를 이해했던 것 같다. 미키와 함께 그를 찾아 삿포로에 다녀간 후로 몇 년 동안은 가끔 전화도 오더니 그나마 점차 뜸해졌다.

뒤에 있는 숲을 질러온 바람에 마른 잎이 휘리릭 날린다. 눈으로 좇자, 지면에 또렷하게 새겨진 굴뚝 그림자 끝에서 아지랑이가 하늘하늘 피어오르고 있었다.

지금 어머니의 몸과 함께 그녀가 사랑했던 물건들도 타고 있을 것이라고 아키라는 생각했다. 시즈코가 좋아해서 늘 조그만 책상 위를 장식하고 있었다는 일본 인형, 고개를 갸웃하고 있는 그 조그만 여자 인형을 길동무하라고 관에 넣었다. 그리고 좋아했던 마당의 소국과 즐겨 입었던 옷과 읽다 만 책.

그런데 출관을 위해 관에 못을 박기 직전이었다.

"잠깐."

시게유키가 말했다. 아키라가 이곳에 있는 이틀 동안 처음으로 듣는 아버지의 목소리였다.

관 주위에 모인 가족과 이미 못을 들고 있는 장의사를 기다리라 해놓고, 시게유키는 방에서 나가 현관에서 적갈색 막대기를 들고 돌아왔다. 여자용 지팡이였다.

지팡이?

아키라는 이상하다는 생각이 들었다. 어머니의 다리가 그렇게 안 좋았나?

죽음의 길을 떠날 때 쓰라고 서둘러 만든 것이 아니었다. 오랜 세월 닳고 닳도록 써서 손잡이의 칠이 벗겨진 그 지팡이를, 시게유키는 수의를 차려입은 시즈코의 손에 살며시 쥐여주었다.

그 순간 사에와 미키, 미쓰구의 아내 요리코가 소리 죽여 눈물을 흘렸다. 미쓰구도 꽉 다문 입술을 푸르르 떨고 있는데, 옆에 선 아키라 혼자 울지도 못하고 혼란스러워했다. 나만 모르는 아주 중대한 일이 있었던 것은 아닐까.

"너, 또 이런 데서."

아버지의 목소리에 움찔 놀라 돌아보니 형이었다. 모습은 물론 목소리까지 똑같다.

"어이."

아키라는 나도 한 개비 달라고 몸짓하는 미쓰구에게 담뱃갑을 내밀었다.

"너 ……."

담배를 물고 불을 붙이면서 미쓰구는 말했다.

"곧장 돌아갈 거야?"

"응. 그럴 생각인데."

"지금 바로?"

"나, 그렇게 한가하지 않아."

"그래서? 가면 또 소식 뚝 끊을 작정이고?"

잠자코 대답을 않자, 미쓰구는 어쩔 도리가 없다는 듯이 고개를 저었다.

"나 참. 너도 이제 어린애가 아니잖아. 언제까지 그렇게 삐쳐 있을 거야?"

"삐쳐 있다고. 무슨 소리야?"

아키라는 눈살을 찌푸렸다.

"모르는 척하지 마."

미쓰구가 집게손가락을 흔들었다.

"너도 봤잖아. 아버지도 옛날의 아버지가 아니야. 성깔도 많이 죽었고, 보다시피 마음도 약해졌어. 한마디로 늙은 거지. 더 이상 네가 고집을 피우고 뻗댈 상대가 아니야. 이제 그만하고 네가 먼저 ……. 야, 뭐가 우스워?"

"아니, 그냥."

"그럼 왜 웃는 거야?"

"웃는 거 아니야."

아무래도 이 형은 동생이 집을 뛰쳐나간 채 돌아오지 않는 이유가 아버지에 대한 단순한 반항심이라고 생각하는 모양이다. 그 옛날 오빠와 여동생 사이에 무슨 일이 있었는지 알기는 해도, 그런 것은 일시적인 열병에 불과할 뿐 아버지와의 불화가 오히려 뿌리 깊다고 믿고 있는 것이다.

이 남자는 아마 상상도 못 할 것이라고 아키라는 생각했다. 내가 얼마나 격렬하게 그녀를 사랑했는지, 그리고 얼마나 단호하게 그녀에게서 멀어졌는지. 오직 한 곳에만 쏠렸던 마음이 갑작스럽게 그 대상을 빼앗겼을 때, 그 아픔이 얼마나 날카롭게 숙주의 몸을 관통하는지.

"아, 끝난 것 같은데."

현관에서 상복 차림의 사람들이 하나둘 나오기 시작했다. 미키가 재빨리 이쪽을 보면서 손짓한다. 그 뒤로 세타로의 넥타이를 고쳐 매주는 사에의 모습이 얼핏 보였다.

미쓰구가 한숨 섞인 목소리로 말했다.

"어머니가 저 녀석의 결혼식, 정말 기다렸는데."

아키라가 놀란 표정으로 옆을 돌아보았다.

"처음 듣는데. 형이 그렇게 부르는 거."

"그야, 뭐 거의 처음이지. 당사자가 듣는 데서 그렇게 부른 적은 한 번도 없으니까."

미쓰구는 쓸쓸히 웃고는 높은 굴뚝을 올려다보며 눈이 부신 듯 얼굴을 찡그린다.

"넌 처음부터 잘 따랐잖아. 사에하고 같이 졸졸 따라다니면서 말이야. 솔직히 나, 화가 나더라고. 전부 알고 있었으니까. 그 여자가 누구의 애인이고, 사에가 누구의 자식인지도."

미쓰구는 갑자기 담배를 뻑뻑거리며 피우고는 신경질적으로 밟아 껐다.

"저 말이야."

말을 꺼내놓고는 입을 다물고 있다.

아키라는 미간을 찌푸렸다.

"뭐야?"

"너 ……. 아니, 됐다."

"뭐야? 말을 꺼냈으면 해야지."

미쓰구가 한숨을 쉬었다.

"너 아까 나한테 물었지? 그 지팡이에 대해서."

"뭐? 아, 응."

"옛날에 어머니가 미키 데리고 삿포로까지 너를 찾아간 적이 있었을 텐데. 그때 너, 아무것도 눈치 못 챘어?"

"뭘?"

"어머니, 그때 다리 절지 않던?"

"약간 절었는데. 하지만 누름돌을 발에 떨어뜨렸다고 ……. 아
니 혹시 그럼, 그때부터 계속 절었단 말이야?"

"허 참."

미쓰구는 하늘을 올려다보았다.

"누름돌이라고! 너 그 말을 믿었어? 참 답답한 녀석이로군."

아키라는 미쓰구를 쳐다보았다.

심장이 쿵쾅거리기 시작했다.

"하기야 이렇게 말하는 나도 미키가 말해줘서 겨우 알았다만."

미쓰구는 그렇게 말하고는 입을 다물고 잠시 머뭇거리다가 마
음을 굳힌 듯 다시 말했다.

"아버지가 봉당으로 내던져서 그렇게 됐다더라."

아키라는 헉하고 입을 벌렸다.

하지만 아무 말도 나오지 않았다.

미쓰구가 힐끔 그 얼굴을 보고는 다시 눈길을 돌렸다.

"지금 와서 너한테 얘기해봐야 아무 소용 없다는 거 알아."

언덕 위에서 계속 손짓하는 미키에게 한 손을 들어 답하면서
미쓰구가 말했다.

"그래도 우리는 다 알고 있는 일이야. 난 너도 알고 있어야 한

다고 생각해. 그래서 얘기한 거야. 그 사람은 …… 아니 어머니
는 나를 탓할지도 모르겠지만."

간신히 목구멍에서 가칠가칠 메마른 목소리를 쥐어짜 냈다.

"…… 왜?"

"그런 건, 너."

미쓰구는 필터가 타들어 가도록 피운 담배를 내던지고는 발
로 비벼 껐다.

"스스로 생각해봐."

아무리 시즈코가 몸집이 작았기로, 한 사람의 뼈가 조그만
항아리 하나에 다 들어갈 리가 없다. 화장터의 담당 직원이 뼈
를 줍는 친족들 옆에 서서 그건 등뼈, 그건 목뼈라고 설명해주면
서 항아리가 대충 가득 차는 것을 확인하고는 남은 잔뼈와 재를
아무렇게나 끌어모아 들고 가버렸다. 잠시 후 어딘가 안쪽에서
좍좍 물 떨어지는 소리가 들렸다.

아키라와 함께 있으려는 것인지, 미키와 사에만 가족들과 조
금 떨어진 곳에 모여 뼈 항아리를 살며시 들여다보았다.

"하나도 무섭다는 생각이 안 드네."

미키가 말했다.

"이렇게 고울 줄은 몰랐어."

항아리에 손가락을 집어넣고 살짝살짝 만져본다.

"하지만 정말 잔인한 의식이다."

사에가 말했다.

"죽은 사람의 뼈를 가족이 주워야 하다니. 왜 그렇게까지 해야 하는 거지."

"단념하기 위해서가 아닐까?"

아키라가 그렇게 대꾸하자, 둘은 꼭 닮은 얼굴을 들었다.

"뼈까지 줍고 나면 단념하지 않을 수 없잖아."

미키는 항아리 뚜껑을 닫고 한숨을 쉬었다.

"그렇기도 하네."

"다 그렇지 뭐."

아키라가 말했다.

"갈 데까지 다 가지 않으니까, 언제까지나 꼬리를 질질 끌게 되는 거야."

"그런 건가 ……."

사에가 중얼거린다.

"갈 데까지 다 갔는데도, 단념할 수 없는 일도 있잖아."

아키라는 자신을 바라보는 눈길을 모르는 척하면서, 이렇게 말하고는 슬쩍 웃어 보였다.

"글쎄, 나는 없는데."

핸들을 잡자마자 예쁜 여자는 거짓말쟁이라고 생각했다. 도착지의 날씨는 화창하다고 그렇게 자신만만하게 방송을 했는데, 공항 주차장에서 차를 몰고 나오는 순간 눈이 내리기 시작했다.

이틀 동안 닫혀 있었던 방에는 공기가 눅눅하게 고여 있고, 접시에 내놓은 채로 나갔던 치즈 냄새도 흥건했다. 싱크대 안에는 바짝 마른 원두커피 찌꺼기가 가득하고 침대는 정리가 안 된 채다.

베란다 창문을 활짝 열고 환기를 시켰다. 얼어붙을 듯 차가운 공기가 오히려 상쾌하게 느껴져서, 아키라는 잠시 방 안으로 흩날리는 눈발을 바라보았다.

자동응답기에 메시지가 몇 건 녹음돼 있었지만, 우편물은 쓰레기나 다름없는 광고물과 편지 한 통뿐이었다. 그 한 통과 위스키 잔을 양손에 들고 소파에 앉는다. 옷을 갈아입을 기력도 없었다. 불빛까지 신경에 거슬려 스탠드만 남기고 모든 불을 끄자 빛의 고리가 소파 주위만 감쌌다.

봉투를 들고 보낸 사람의 이름을 몇 번이나 읽는다. 모든 감상을 거부하는 사무용 봉투다.

무엇이 들어 있을지는 이미 알고 있었지만, 결국 뜯고 말았다. 용지 오른쪽에 적혀 있는 동글동글한 필적을 쳐다본다.

미즈시마 나오코.

십 년 가까이나 당연하게 사용해왔던 그 이름이 이것을 마지막으로 쓸모가 없어진다. 그녀도 같은 생각을 하고 있으리라. 봉투 겉면에 적힌 보내는 사람의 이름은 이미 '도모토 나오코'였다.

헤어지고 싶다는 말을 먼저 꺼낸 것은 그녀였다.

"난 외동딸로 애지중지 자랐기 때문에 ……."

나오코는 지친 표정으로 그렇게 운을 뗐다.

"나를 봐주지 않으면 참을 수가 없어. 당신은 처음부터 내가 아닌 다른 누구를 보고 있었어. 그렇다고 당신을 책망하는 것은 아니야. 다만, 나를 받아들이려 하지 않는 당신과 함께 살고 있는 이 상황을, 내가 더 이상 견딜 수 없을 뿐이야."

아키라는 얇은 용지를 반듯하게 접어 봉투에 다시 집어넣고, 테이블 저 끝의 어둠 속으로 밀쳐놓았다.

할 일을 찾아야 한다.

"딸과 일은 별개야, 신경 쓰지 않아도 되네."

도모토는 그렇게 말했지만, 거북한 것을 참아가면서까지 남아 있을 이유는 없다. 가게가 궤도에 오른 지금, 이 일에도 옛날만 한 정열을 쏟고 있지 않다. 미련도 거의 없다. 일뿐만이 아니다. 며칠 후면 변호사가 위자료 문제로 찾아올 것이다. 그때는 이 집과도 안녕이다.

차라리 료코에게 신세를 질까 하고 생각했다가, 혼자 피식거렸다.

'갈 데까지 다 갔는데도, 단념할 수 없는 일도 있잖아.'

그래 맞아, 사에.

'나는 없는데'라고 대답했던 자신의 목소리가 들리는 듯하다. 예쁜 여자만 거짓말을 하는 게 아니군. 나 역시 거짓말쟁이야. 어떤 여자와 연애를 하든 결과는 늘 마찬가지였다. 나는 늘 상대방의 등 뒤에서 '다른 누군가'를 보고 있다.

술기운에 몸을 맡기고 아키라는 또 피식피식 웃으며 위스키를 마셨다. 무릎을 껴안으려는데 허벅지에 무언가 딱딱한 것이 닿았다.

주머니에 손을 쑤셔 넣고 꺼내자 손바닥 위에서 데구르르 굴렀다.

도자기로 된 일본 인형의 머리.

아키라가 그것을 발견한 것은 담당 직원이 뼈 항아리에 담지 못한 시즈코의 잔뼈를 끌어모을 때였다. 재 속에 절반쯤 묻혀 있는 그것을 본 순간, 자기도 모르게 맨손으로 주워 들었다. 주머니 속에서 허벅지에 닿아 있던 그것은 잠시 따뜻했다.

지금은 싸늘하게 식은 인형의 머리를 아키라는 하염없이 바라보았다. 몸과 머리카락은 다 타버리고, 그린 눈썹과 연지도 녹아내려 그저 하얀 덩어리 위에 눈과 코의 윤곽만 남아 있다.

볼 언저리에 불길의 흔적이 남아 있을 뿐 깨끗하다. 스탠드의 부드러운 불빛이 반사되어 마치 그 자체가 빛나고 있는 것처럼 보인다.

집게손가락으로 이마를 쓰다듬는다. 초벌구이 같은 감촉이다. 불빛을 받은 하얀 얼굴이, 엊그제 밤의 시즈코의 얼굴과 겹쳐지면서 눈물이 배어 나온다.

"어머니 다리 ……."

화장터 앞에서 헤어질 때 아키라는 비로소 아버지와 나란히 섰다.

"저 때문이었죠?"

시게유키는 고개를 숙이고 땅만 내려다본 채, 오래도록 말이 없었다.

들리지 않았나 싶어 아키라가 다시 입을 열려는데, 시게유키가 간신히 대답했다.

"…… 말 않기로 약속했으니까, 말 않겠다."

뜨거운 오열이 목구멍을 비틀고 끓어오른다. 아키라는 인형의 머리에 떨어진 얼룩을 손가락으로 닦는다.

저세상에서도 지팡이가 필요할까. 아니면 지금에야 겨우 편해졌을까.

마지막으로 만났을 때, 내리막길을 구를 듯이 뛰어 내려왔던 시즈코의 한없이 너그러운 미소가 떠오른다. 자신에게 평생의 상처를 준 양아들에게 무얼 그리 마음 쓸 필요가 있었을까. 두 번 다시 찾아오지 않은 것도 그 때문이었나? 다시 만나면 애써 지어낸 거짓말이 탄로 날 것 같아서?

'누름돌이라 ……'

손바닥으로 눈물을 닦아내면서 아키라는 웃었다. 볼이 일그러 졌다. 너무도 단순한 거짓말이어서 그만 속고 말았다. 어머니도 참 대단한 거짓말쟁이다. 아니, 그 집 사람들 모두가 다 거짓말쟁이 이다.

눈을 감았다. 왜, 왜 그때, 손을 내밀지 못했을까. 걷는 것만도 힘겨워한다는 것을 알면서, 왜 한 번이라도 손을 내밀어 주지 못 했을까.

소파 깊이 몸을 기댄다. 귀 속으로 뜨뜻미지근한 눈물이 흘러 들어 차갑게 식는다.

눈을 뜨고, 인형의 머리를 불빛에 비춰보았다.

지금까지 아름다운 것들을 수도 없이 보아왔다고 생각했는데, 이처럼 애절하고 청결한 것을 보기는 처음인 듯한 기분이었다. 부러진 목이 안으로 깊이 파여 있고, 그 속에 어머니의 재가 남 아 있었다. 후 하고 살며시 불자 하늘하늘 날아 천천히 떨어지다 가, 또 후 불자 다시 날아오른다. 어둠과 어슴푸레한 빛 사이를 떠도는 모습이 마치 설충 같다.

아키라는 인형에 입술을 갖다 대고 이번에는 훅 하고 세게 불었다.

그리고 두 눈을 똑바로 뜨고 기다렸다. 앙증맞은 무수한 설충이 자신에게로 다 떨어질 때까지 조용히 기다렸다.

이별을
끝에 둔 사랑

남자의 팔을 베고 누우면 왜 이렇게 마음이 차분해지는 것일까. 어두운 방에서 머리칼을 쓰다듬는 투박한 손가락을 느끼기만 해도, 오늘 있었던 우울한 일도 내일의 걱정스러운 일도 모두 흐물흐물 녹아내릴 듯한 기분이 든다. 유리창을 두드리는 빗소리를 들으면서 미키는 무거워진 눈을 감았다.

그날 밤에도 이렇게 비가 내렸다. 어머니가 숨을 거둔 밤, 십오 년 만에 삿포로에서 돌아온 오빠를 거의 억지로 이 방에 묵게 했던 밤이다.

"있지."

살며시 부르자 남자는 그녀의 머리칼을 손가락에 감았다 풀면서 "응" 하고 건성으로 대답했다.

"당신, 죽고 싶다는 생각 해본 적 있어?"

손길이 멈췄다.

긴장된 침묵이 흐른 뒤, 찰칵 소리와 함께 스탠드가 켜졌다.

"무슨 소리야? 갑자기."

아이하라가 몸을 절반쯤 일으키고 더듬듯이 미키를 내려다보았다.

"괜히 엉뚱한 소리 하지 마, 무섭잖아."

가벼운 농담으로 넘기려 했는데, 텁수룩한 수염에 덮인 볼 언저리가 미묘하게 굳어 있다.

"미안, 미안."

미키는 웃어 보였다.

"문득 옛날 생각이 나서 그랬어."

"옛날 생각이라니, 혹시 네가?"

"설마. 그냥 좀 아는 사람."

"자살이라도 한 거야?"

"응, 미수였지만."

"뭐야."

뭐가 뭐야, 하고 생각했지만 말 대신 미키는 후후 웃었다.

"세리 아빠 같다(애니메이션 '요술공주 세리'-옮긴이)."

"뭐가?"

"이마."

"네가 헝클어놓으니까 그렇지."

아이하라는 시계를 보고 한숨을 쉬고는 엉거주춤 일어났다.

미키는 침대에 엎드려 침실에서 나가는 아이하라의 뒷모습을 바라보았다. 마흔여섯 살치고는 꽤 괜찮은 편이라고 생각한다. 몸매도 아직은 거의 흐트러지지 않았고, 엉덩이도 탄탄하고, 어깨가 듬직하고 근육질인 것도 마음에 들고, 무엇보다 그 깊은 중저음의 목소리가 좋다.

다른 여자의 남자와 사귀는 이상 알맹이 이외의 요소가 각별히 중요하다. 겉모습 정도만 그럭저럭 취향에 맞으면, 만나고 싶은데 만날 수 없을 때도 필요 이상 서글프지 않을 수 있다. 남자에게 자신은 그저 편리한 존재일 뿐임을 알고 있어도, 피차 마찬가지라고 생각할 수 있으니까.

빗소리를 지우며 물소리가 울리기 시작했다.

오늘도 아마 아랫도리만 씻을 것이다. 주간지 특집 기사를 읽고 배웠다고 한다. 하루를 밖에서 지낸 인간의 몸에는 반드시 하루치 냄새가 배어 있다. 바람을 피우고 있는데 마누라에게 들키고 싶지 않다면 애인의 집을 나설 때 너무 깨끗이 씻지 않도록 주의할 것, 그리고 될 수 있으면 술집에 들러 한잔 걸치면서 닭꼬치나 담배 냄새를 묻혀 돌아갈 것.

평소에는 큰소리를 잘도 치면서 그런 치졸한 노하우를 세심하게 실천하는 소심함이 한심하고 우습기도 하지만 밉지는 않다. 처음에는 남자가 지닌 강인함에 끌렸지만, 사 년이 지난 지금은 오히려 그의 나약함에 애착을 느끼는 것 같다.

아니, 어쩌면 처음부터 그랬는지도 모르겠다. 처음 식사를 같이 하자고 했을 때 미키는 아이하라의 와이셔츠 소매 단추가 간당거리는 것을 보는 순간, 어째서인지 이 남자와 자게 되리란 것을 예감했다. 늘 고급스러운 양복과 시계와 구두를 착용하는 남자가 무의식중에 내보인 빈틈이 사랑스러웠다. 그리고 상상했다. 만약 내가 저 단추를 제대로 달아준다면 과연 그의 아내가 눈치를 챌까……?

물소리가 그쳤다.

허리에 타월을 감고 돌아온 남자는 벌써 다른 생각을 하고 있는 듯했다. 불과 몇 분 전까지만 해도 미키의 품 안에 있던 등이 와이셔츠 한 겹에 저만치 멀어진다.

유리창을 두드리는 빗소리가 아까보다는 잦아든 듯하다. 바지를 입고 있는 남자에게 알려주려고 입을 열었다가, 그만두었다. 빗소리의 변화는 그의 귀 역시 알아차렸을 테니까.

늘 이렇다. 밤에 갑자기 비가 쏟아지면 아이하라는 아내의 부름에 허둥지둥 돌아간다. 그의 아내는 육아 잡지사의 편집부에서 일하고 있는데, 비가 내리면 남편의 휴대전화로 전화를 걸어 가는 길에 회사에 들러 자기를 데리고 가라고 부탁한다. 그는 아내를 태우고, 학원에 들러 6학년짜리 아들—뒤늦게 얻은 금지옥엽 같은 아들—을 태우고, 가족 셋이 오순도순 집으로 돌아간다. 지금까지 몇 번이나 반복된 비 내리는 밤의 의식이다.

"왜?"

묻는 소리에 미키는 퍼뜩 고개를 들었다. 자기도 모르게 엷은 웃음을 띠고 있었던 것 같다.

"아, 아니. 그냥 무슨 생각이 나서 웃었어."

"그래? 차까지 우산 씌워줄래?"

"알았어."

대답은 했으면서 일어나려 하지 않는 그녀를 보고 아이하라가 말했다.

"그래서 이번에는 또 무슨 생각이 났는데?"

"당신, 보나 마나 쓸데없다고 할 텐데 뭐."

"안 그럴 테니까."

미키는 침대에서 후다닥 빠져나와 속옷으로 손을 뻗었다.

"있지, 옛날에 「비의 모정」이라는 거 있었잖아."

"모정? 영화?"

"아니, 야시로 아키의 노래."

"어떤 노래였더라?"

브래지어를 하면서 미키는 "비야 비야 내려라 내려 ……" 하고 노래를 불렀다.

"아아, 그 노래. 한때 유행했었지."

아이하라는 은테 안경을 끼고, 의자 등받이에 걸쳐둔 넥타이를 집어 들고 거울 앞에 서서 심각한 표정으로 매기 시작했다.

"그런데?"

"옛날에 친구가 농담으로 이런 얘기를 했거든. 비가 내리면 온다는 걸 보면 노래 속 여자의 애인은 토목 일을 하는 사람이 아닐까 하고 말이야."

풋, 하고 아이하라가 웃음을 터뜨렸다.

"우습지?"

"글쎄. 혹시 정원사일 수도 있잖아."

"하긴."

미키도 웃었다.

"페인트칠을 하는 사람일 수도 있고."

아이하라는 곤추선 머리와 수염을 꼼꼼히 쓰다듬고 윗도리를 입기 전에 침대에 걸터앉았다. 그리고 스웨터와 치마를 입고 있는 미키를 멀뚱멀뚱 바라보다가 손을 잡아당겨 자기 무릎에 앉혔다. 두툼한 손가락이 입술을 더듬자 미키는 살짝 깨물어 주었다.

약간 짭짤하다.

"차라리 페인트공을 좋아할 걸 그랬나 봐."

"왜?"

미키는 가볍게 한숨을 내쉬고 속삭이듯 말했다.

"내 애인은 비가 오면 가버리니까."

'와우! 완벽한데.'

미키는 저 혼자서 감동하고 말았다. 어리광 속에 몇 방울의 외로움과 애틋함이 스미게 한다. 지나쳐서는 안 된다. 조금이라도 정도가 빗나가면 무거워진다.

아니나 다를까, 아이하라는 당황한 듯하면서도 들어줄 만하다는 표정으로 미키의 머리칼을 쓰다듬었다.

"미안해. 오늘은 모처럼 느긋하게 지내려고 했는데."

미키는 웃으며 그의 수염을 잡아당겼다.

"거짓말이야. 그런 표정이 보고 싶었을 뿐. 그보다, 빨리 안 가?"

아이하라는 미키를 일으켜 세우고 자신도 일어섰다.

"정말 미안해."

아이하라는 한 손을 얼굴 앞에 들고 그녀에게 비는 시늉을 한다.

"다음에는 둘이서 어디 좋은 데 다녀오자고. 어디가 좋아? 온천에 갈까?"

"네네, 알겠습니다. 못 들은 걸로 하고 기다리죠."

"그렇게 말하다니, 섭섭한걸."

"그럼, 마음 길게 먹고 기다려보죠."

우산을 펴고 밖으로 나서자 비는 거의 그쳐 있었다. 아파트에 여분의 주차장이 없어서 주민이 아닌 사람들은 50미터 앞에 있는 유료 주차장을 이용해야 한다.

차가운 바람 속을 뚫고 주차장까지 걸었다. 우산도, 데리러 가는 것도 이제는 필요 없을 것 같은데, 아이하라의 아내에게서 오지 말라는 전화는 없었고, 그도 걸려 하지 않았다.

아이하라가 밝은 정산기 앞에서 지갑을 열고 동전을 찾는 동안, 미키는 예의 장소를 들여다보러 갔다. 아스팔트가 깔린 주차장을 에워싼 철조망과 오래전에 문 닫은 비디오 가게 사이에 있는 사방 50센티미터 정도의 틈. 기적처럼 남아 있는 오래된 사당안, 가로등의 어슴푸레한 빛을 받고 있는 지장보살이 오늘따라 유난히 초라해 보였다. 들이친 비에 거뭇거뭇하게 젖은 발치에는 누가 갖다 바쳤는지 전통 과자가 한 개 놓여 있고, 문양이 벗겨진 찻잔에는 빗물이 흥건하게 고여 있다.

그때 어이, 하고 부르는 소리가 들렸다. 아이하라는 벌써 벤츠를 몰고 나와 운전석에서 손짓하고 있다.

"너, 굉장히 좋아하네, 그 지장보살님."

미키가 미소 짓는다.

"왠지, 애틋한 느낌이 들어서 ……. 돌아가신 엄마를 닮아서 그런가."

"알아? 지장보살은 아이들의 신이야."

"결국은 내가 어린애라고 하고 싶은 거지?"

아이하라는 은테 안경 속에서 눈가에 주름을 지었다.

"몇 살이 되든 사람은 다 누군가의 어린애잖아."

"치, 당신 같은 사람이 그런 말도 할 줄 아네."

아이하라는 소리 내어 웃었다.

"잘 자. 오늘은 정말 미안해."

또 한 손을 들고 고개를 주억거리며 돌아가는 그에게 미키도 웃으며 손을 흔들어주었다.

하지만 볼에 떠 있던 미소는 미등이 보이지 않자 슬금슬금 사라져버렸다. 빗발은 가늘어졌는데 몸에 떨어진 물방울이 찌를 듯 차갑게 느껴진다.

방으로 돌아온 미키는 식탁을 치웠다. 마시다 만 술은 싱크대에 버리고, 배가 고파지면 둘이 먹으려고 준비했던 스튜 냄비는 외면했다. 반짝반짝 윤이 나도록 닦은 술잔을 그릇장에 집어넣고, 행주를 꼭 짜서 식탁을 닦고, 엉망이 된 침대를 반듯하게 정리하고, 오늘 입었던 투피스를 옷걸이에 걸고 …….

사방을 둘러보았지만 더 이상은 치울 것이 없었다.

미키는 옷을 입은 채 침대에 쓰러지듯 누웠다. 협탁에 놓인 시계를 본다. 이제 막 밤이 시작되고 있다.

뭔가를 잃은 게 아니야, 하고 속으로 중얼거렸다. 애당초 갖고 있지 않았으니까 잃어버릴 것도 없지. 그와의 시간을 빼앗긴 것처럼 생각하는 자체가 틀린 거야. 오히려 책임져야 할 것이 많은 그가 저렇게 중간에 끼어 허둥대게 되니까, 양보할 수 있는 쪽이

양보하면 그만인 거야. 요컨대 짐이 많은 사람에게 자리를 양보
하는 거나 마찬가지지.

다만 한 가지 감당하기 어려운 것은 이렇게 돌발적으로 생긴
혼자만의 시간이다. 바빠서 다음에 시간 나면 해야겠다고 생각
한 일들이 산더미처럼 많은데, 지금은 아무것도 내키지 않는다.
무슨 일이든 하지 않으면 또 쓸데없는 생각만 하게 될 텐데
......

미키는 엎드려 베개에 코를 묻었다.

'얘는, 정신 좀 차려!'

엄마의 목소리가 들리는 듯했다.

베개에서 그의 냄새가 난다.

익숙한 냄새를 맡다 보니, 가슴속에 엉켜 있던 것이 천천히 풀
리면서 대신 따스한 것이 차올랐다.

충분하잖아, 하고 생각해본다. 불성실하고 믿음직스럽지 못한
남자라 해도, 시간에 쫓기는 밀회에 불과하다 해도, 이렇게 혼자
가 된 후에 잠시라도 충족될 수 있는 시간이 진실이라면 달리
뭐가 필요할까? 그 남자를 혼자 차지하려는 생각 따위 해본 적
도 없다. 솔직히 그렇게까지 집착하지 않는다. 이미 자립한 두 어
른이, 잠시 서로에게 기대어 즐기는 소박한 또 하나의 인생.

그 정도가 적당하다고 미키는 생각한다.

누군가와 정면으로 마주한다는 것, 내게는 너무 무겁다.

"우리 네 남매 중에 지금 엄마 아빠 사이에서 태어난 사람은 나 혼자밖에 없어 ……."

중학교에 들어갔을 때, 어쩌다 친구에게 그런 말을 했더니 측은하게 보아서 놀란 일이 있다. 얘기한 미키 자신은 당연한 일로 여기고 자랐기 때문에 동정을 받자 오히려 상처를 입었다.

다른 평범한 가정보다 복잡하다고 할 수도 있다. 네 남매 중에서 큰오빠 미쓰구와 스무 살 가깝게 터울 지는 작은오빠 아키라가 전처의 자식, 그리고 시즈코가 아키라와 한 살 차이 나는 어린 사에를 데리고 시집왔고, 네 살 아래인 미키가 태어났다.

"오빠들하고는 아빠는 같은데 엄마가 다르고, 언니하고는 엄마는 같은데 아빠가 달라요."

미키 자신은 기억하지 못하는데, 초등학교 입학식 날 담임선생님에게 그렇게 천진하게 설명하는 바람에 엄마가 몹시 당황했다고 한다.

이 집안에서 가족 모두와 피가 이어져 있는 사람은 나 혼자.

그런 자각은 미키를 우쭐하게 만들었다. 부모의 애정을 혼자 독차지할 수 있다는 특권. 그 고집스럽고 까다로운 아빠까지 막내인 내게는 꼼짝 못한다. 추석이나 설날 같은 명절이 돼야 집에 오는 미쓰구와 부모 모두를 멀리하는 아키라, 의붓아버지를 조심스러워하는 사에를 볼 때마다 동정하면서도 그들보다 높은 곳에서 내려다보는 듯한 기분이 들곤 했다. 마치 자기 혼자만 진정한 왕위 계승자이기라도 하듯, 그런 자랑스러운 기분이었다.

그런데 언제부터였을까, 그 자랑스러움이 무거운 짐으로 변했다. 무거운 짐, 아니 부담이라고 표현하는 것이 옳을지도 모르겠다. 지금까지 자신이 누렸던 특권 의식이 불만스럽게 여겨질수록 오빠와 언니에 대한 부담이 늘어갔다. 제 손으로는 내려놓을 수 없는 분동이 접시저울의 한쪽에만 올려져 있는 듯한 기분이었다. 어떻게든 그런 상황에서 벗어나고 싶었다. 벗어나 안정된 균형을 유지하고 싶었다. 내게만 허락된 특권이 있는 이상 내게만 부과된 악역도 있는 것이 아닐까.

집안에서 푼수 역을 도맡기 시작한 것은 그즈음부터였다. 부모에게 혼날 만한 일을 골라 저질렀고, 버릇없다고 꾸지람을 들을 일도 태연하게 해댔다. 정말 혼이 나겠다 싶으면 재빨리 도망치고, 화가 잦아들 무렵 시침 뗀 표정으로 돌아왔다. 결혼한 미쓰구가 가족을 데리고 찾아오는 설날에는 특히 그랬다. 모여서 식사하는 자리의 분위기를 어떻게든 화기애애하게 만들어보려고 엉뚱한 농담을 해서 모두를 웃기고, 일부러 경솔하게 행동했다.

혼이 나면 날수록 안도감을 느꼈다. 부모가 어리광을 받아주겠다 싶을 때면 스스로 몸을 비켜야 간신히 오빠 언니와 균형이 맞는 듯한 느낌이었다. 철딱서니 없는 막내, 덜렁대지만 미워할 수 없는 여동생 역을 끝까지 연기할 수 있다면 뿔뿔이 흩어질지도 모르는 이 가족을 한데 이을 수 있다, 가족 모두와 피가 이어진 나 말고는 이 역할을 해낼 수 없다.

그때는 정말 그렇게 믿었다.

지금 생각하면 그저 우습기만 한 믿음이었지만.

2월 들어 내린 눈도 어젯밤 내린 비에 다 녹은 모양이다. 어제까지만 해도 길거리 여기저기에 단팥 아이스크림처럼 거무죽죽하게 남아 있던 덩어리가 지금은 깨끗하게 흔적도 없다.

이층 창문으로 내려다보이는 주택가 공원은 한산하고, 특히 으슥한 구석 쪽에 있는 이 모델하우스에서는 큰길을 달리는 자동차 소리도 어렴풋하게만 들린다. 약속 시간까지는 아직 이십 분 정도가 남았다. 오늘 손님은 부모를 모시고 살게 된 참에 집을 이세대 주택으로 다시 지으려는 삼십 대 주부. 본부의 영업 담당과 설계 담당자 두 사람을 세 시에 이곳에서 만나기로 했다.

미키는 사무실로 사용하는 모퉁이 방에서 나와 각 방을 점검했다. 아이들 방에 놓인 장난감의 위치를 바꾸고, 아무렇게나 놓여 있는 안방의 쿠션도 반듯하게 제자리에 놓고, 마지막으로 햇살의 그림자가 가장 아름답게 침대 위를 수놓을 수 있게 블라인드의 각도를 조절하고 계단을 내려왔다.

이 집에 발을 들여놓는 손님들은 너 나 할 것 없이 현관홀의 넓이에 감탄한다. 그리고 우아한 곡선을 그리고 있는 계단의 난간과 화사하게 장식된 샹들리에에 이끌려 천장을 올려다보고는, 이층 천장까지 시원하게 뚫린 공간의 높이에 한숨을 내쉰다.

저 높은 곳의 천장에서 쏟아지는 자연광이 깔끔한 나무 바닥에 눈부시게 일렁인다. 부드럽고 차분한 색상의 벽은 최근에 유행하는 규조토, 침실 옆에는 샤워 부스와 붙박이장, 부엌 옆에는 다용도실, 거실에는 가스식 벽난로. 결론적으로 삼십 대에서 사십 대 부부가 동경하는 모든 것을 응축해 만들어놓은 것이 바로 이 모델하우스다.

구경 삼아 찾아온 손님이 잠시라도 머뭇거리지 않도록, 비나 눈이 어지간히 뿌리지 않는 한 현관문은 늘 활짝 열어놓는다. 그리고 난방은 당연히 하루 종일 풀가동. 단순한 비유가 아니라 그야말로 지구를 데우는 셈이다.

복도 끝에 나란히 놓인 슬리퍼를 하나하나 정리하면서 미키는 불어드는 바람에 목을 움츠렸다. 그때였다.

"미즈시마 씨."

건너편 길에서 영업 담당 오카다가 뛰어오고 있었다. 입사한지 삼 년이 지났는데도 양복 차림의 모습이 어린애처럼 보이는 것은 그 해맑은 동안과 헤어스타일 때문일까. 헐레벌떡 현관으로 뛰어 들어온 그가 안 해도 될 뻔한 소리를 했다.

"야, 무지 춥네요."

"일찍 왔네."

"길이 안 막혀서요. 부장님이 하도 부지런을 떨어서 일찍 나왔는데."

"아직 시간 있는데, 커피라도 끓여줄까?"

"좋죠, 라고 하고 싶지만, 안 마실래요. 도중에 손님이나 선생님이 오면 곤란하니까."

오카다는 그렇게 말하고 혀를 쏙 내밀었다.

대부분의 주택 건축 회사는 자사 설계부에서 미처 일을 다 처리하지 못해 외부의 건축 설계소에 일을 의뢰한다. 그 설계사를 내부에서는 선생님이라고 부른다.

"그건 그렇고, 욕실과 부엌 카탈로그, 여기에도 있어요? 가져오려다가 깜박했는데."

"있어, 괜찮아."

미키가 그렇게 대답하는데, 현관 쪽에서 말소리가 들렸다.

"뭐야 오카다, 또 깜박했어?"

가죽 서류가방과 커다란 종이봉투를 껴안고 설계 담당자가 들어왔다. 은테 안경 속에서 눈가에 여덟 팔 자를 그린 듯한 미소가 번진다.

"수고가 많으십니다."

오카다가 자세를 바로 하면서 말한다.

"그런데 또가 뭡니까. 사람 민망하게."

"자네 지난번에도 견본 책 깜박했잖아."

"그건 작년 얘기지요."

"하기야 겨우 두 달 전이지만, 작년은 작년이지."

아이하라가 웃으며 말했다.

"미안한데 내 차에 가서 보드 좀 갖다 줘. 다 들고 올 수가 없어서 ……."

차 키를 건네받은 오카다가 구두 뒤축을 꺾어 신은 채 뛰어나가는 동시에 아이하라가 현관 구석에서 구두를 벗었다. 미키가 다가가 종이봉투와 가방을 받아 들었다.

"아, 고마워."

그리고 작은 소리로 속삭인다.

"어제는 미안했어."

미키는 짐짓 토라진 표정으로 헛기침을 했다.

"회의, 거실에서 하실 건가요?"

아이하라가 씩 웃는다.

"아니, 이층이 좋을 것 같은데, 따뜻하니까."

짐을 다시 받아 들고 계단을 올려가려던 그가 뒤돌아본다.

"차 준비한 다음이라도 좋으니까, 맛있는 커피 끓여줄 수 있어?"

"네, 알았어요. 그런데 선생님, 양말이."

문득 눈에 띄어 미키가 말했다.

"응?"

아이하라가 고개를 숙였다.

"아이쿠, 이런."

오른쪽은 감색, 왼쪽은 검정.

"어쩌지, 많이 눈에 띄나? 뭐 바닥에 앉지 않으면 괜찮겠지."

미키는 머쓱하게 웃으며 이층으로 올라가는 아이하라의 뒷모습을 씁쓸하게 바라보았다. 참 내, 다 큰 어린애 같다니까.

보드를 들고 돌아온 오카다를 위해 욕실과 부엌 카탈로그를 찾으면서 불현듯 생각이 난 미키가 말했다.

"참, 오카다 씨. 손윗사람에게는 수고한다는 말 하는 거 아니야."

"네?"

"그건 손아랫사람에게나 하는 말이지. 선생님한테는 감사합니다, 고맙습니다, 그러는 거야."

"아, 네, 그렇군요. 죄송합니다."

그런데 벌써 삼 년째잖아, 하고 생각하면서도, 말은 다르게 한다.

"괜찮아. 조금씩 배워나가면 되니까."

그리고 싱긋 웃으며 무거운 카탈로그를 건넸다. 뒤이어 들어온 손님 부부를 이층으로 안내하고 미키는 부엌에서 차를 끓였다.

중간 정도 가격의 녹차를 맛있게 끓이려면 약간의 요령이 필요하다. 돌아가신 엄마는 그런 일에 몹시 까다로웠다. 예를 들어 세제 대신 식초나 탄산수소나트륨을 사용해서 청소하는 법, 주둥이가 작은 병 속을 깨끗하게 씻는 방법, 무 껍질과 표고버섯 줄기를 이용해서 만들 수 있는 반찬 등.

귀찮아하지 말고 좀 더 제대로 배워둘 걸 그랬다. 고등학교에 올라가면서부터 엄마가 뭐라고 잔소리를 하면 반발이 앞서 순순히 받아들이지 못했는데, 지금 생각하니 왠지 손해를 본 듯한 기분이다. 그렇게 갑작스럽게 돌아가실 줄 알았다면, 하고 싶은 얘기도 듣고 싶은 얘기도 많았는데.

현관으로 불어드는 바람에 발목과 목덜미가 싸늘하다. 미키는 카디건을 이층 사무실에 두고 온 것을 새삼스레 후회했다.

'최대한 편안한 분위기'가 회사의 방침이기 때문에 모델하우스의 직원들에게는 유니폼이 없다. 여자만 셋, 평소에는 대개 한 명이나 두 명씩 돌아가며 일한다.

주말의 분주함에 비하면 평일은 비교적 한가하지만, 그렇다고 처음에 상상했던 것만큼 편한 일은 아니었다. 이렇게 하루 종일 현관문을 열어두는 탓에 날씨에 따라 옷을 입고 벗지 않으면 금방 감기에 걸리고, 조금이라도 바람이 부는 날에는 온 방이 흙먼지로 자글자글해진다. 아침마다 온 방을 청소하는데, 넓은 데다 가구와 소품이 합리적이기보다 보기 좋게만 배치되어 있어 청소기를 돌리기가 여간 까다롭지 않다. 손님은 늘 갑자기 찾아온다. 오면 돌아다니며 안내를 하고, 침대 위에서 폴짝폴짝 뛰는 버릇없는 개구쟁이를 눈짓으로 견제하면서도 웃음을 잃지 않아야 하고, 미련 없이 돌아가려는 거만한 손님을 어떻게든 붙들어 반강제로 앙케트에 응하게 하고, 그 주소 앞으로 정중하게 답례장을 보내고 ……. 팸플릿과 홍보용 우편물을 발송하는 것도, 앙케트에서 쓸 만한 정보를 건져 본부에 보고하는 것도 모두 그녀들의 일이다. 물론 오늘 같은 날 차를 대접하는 것도.

세간에서 '보람' 운운하는 일에 대해서 이런저런 고민을 하던 시절도 이미 지났다. 삼십 고개를 넘은 지금, 일의 내용에 합당한 월급을 받는 것만으로도 축복이라고 생각한다. 일은 어디까지나 생활고를 해결하기 위한 수단. 지금 당장, 생의 보람을 느낄 만한 일은 없지만, 언젠가 일이 아닌 곳에서 찾겠노라고 마음을 먹지 않으면 도저히 해나갈 수가 없다.

그런데 미키는 요즘 들어 간혹 우울해진다. 방에서 방으로, 영업용 멘트를 청산유수로 늘어놓으면서 손님을 안내하다가도 문득 사기극에 가담한 듯한—표현이 좀 그렇지만—기분이 들어 진저리를 치고 만다. 누구에게도 거짓말은 하지 않는다, 하지만 절대 진실을 얘기하지도 않는다, 그런 어중간함에서 오는 가책.

다양한 가족들이 각각의 '이상적인 집'을 찾아 이곳을 방문해 미키가 세심하게 단장해놓은 아름다운 집 안을 돌아본다.

우리 집에도 자동 개폐식 천창이 있었으면 좋겠어.

참 좋다, 아침에 머리만 간단히 감을 수 있는 세면대도 있네.

월풀도 기분 좋겠는데.

좁아도 좋으니까 내 취미 생활을 할 수 있는 방이 있었으면 좋겠어.

지하실에 와인 저장고가 다 있는데, 굉장한걸.

내 방 가구는 다 풀세트여야 돼.

하지만 이 모든 바람을 다 이룰 수 있는 손님은 없다. 그런 손님은 애당초 모델하우스 따위 보러 오지 않는다. 거의 대부분의 가족은 한숨에 한숨을 쉬고, 포기에 단념을 덧칠하고, 꿈과 현실의 간극을 몇 번이나 어지럽게 오가다가 지치고 지친 끝에 집을 짓는다. 처음에 본 모델하우스와는 전혀 닮지 않은 집을.

미키는 찻잔을 데운 물을 싱크대에 버렸다.

이층에서 아이하라의 호탕한 웃음소리에 섞여 부부의 웃음소리가 들린다.

멋진 계획을 제시하는 것도 중요하지만 한시라도 빨리 손님의 신뢰를, 그것도 인간적인 신뢰를 얻는 것은 그 이상으로 중요하다. 이 사람에게 맡기면 일이 순조롭게 진행되겠다, 이 설계사라면 또는 이 영업자라면 우리들의 소망을 자기 일처럼 성실하게 이루어주지 않을까, 그런 기대감과 신뢰감을 얻을 수 있어야 비로소 수천만 엔짜리 계약서에 도장이 찍히는 것이다.

또 손님이 가능한 한 오래 꿈에서 깨어나지 못하도록 해야 한다. 적어도 계약금을 지불할 때까지는. 우울하든 양심의 가책을 느끼든, 회사에서 월급을 받는 한 그것이 자신의 일이다.

미키는 홀로 한숨을 쉬고 차를 들고 이층으로 올라갔다. 그들은 보드를 앞에 놓고 계단의 위치에 대해 얘기하고 있는 중이었다. 찻잔에 접시를 받쳐 남편 앞에 놓는다.

"아, 고맙습니다."

꾸벅 숙인 머리, 감추려 해도 슬슬 드러나기 시작한 두피가 언뜻언뜻 보인다. 융자금을 다 갚을 즈음에는 어떻게 돼 있을까, 하고 생각하면서 미키는 아내 앞에도 찻잔을 내려놓았다.

"그런데 계단을 여기다 설치하면 왜 안 되죠?"

야위고 가무잡잡한 아내는 미키와 찻잔에는 눈길 한 번 주지 않고 아이하라를 물고 늘어졌다. 남편보다 아내 쪽이 열심인 것은 어느 가정이나 마찬가지다.

"그쪽으로 내면 계단 아래 수납공간이 절반으로 줄어들잖아요."

"아니죠, 수납공간은 충분합니다."

아이하라는 느긋하게 대응했다.

"수납공간이 이렇게 많은데도 다 수납하지 못할 정도라면 물건을 처분해야죠."

마지막으로 오카다 앞에 찻잔을 내려놓고 미키는 고개 숙여 인사를 하고 사무실로 돌아갔다. 수신자 이름을 쓰다 만 홍보용 우편물 다발을 앞으로 끌어당긴다.

"그래도, 쉬 처분할 수 없는 것도 많이 ……."

일, 이층이 통해 있는 탓에 목소리가 울린다.

"예를 들면요?"

"설날에 선물로 받은 담요나 시트 같은 것도 부피가 크지, 답례품으로 받은 그릇 같은 것도 버리기는 아깝지."

"재활용품 센터에 보내거나 알뜰 바자에 내놓으면 되죠."

"아이들이 어렸을 때 그린 그림이나 공작물도 그렇고."

"사진을 찍어서 앨범에 간직하는 방법도 있습니다."

"아직 충분히 입을 수 있는 양복도."

"이 년 동안 안 입었으면 안 입는 옷입니다."

그러다 흥이 깨져 입을 다물어버린 아내에게 아이하라는 한층 낮은 목소리로 말했다.

"그야 물론, 물건이 나돌아 다니지 않는 방은 하나의 이상이겠죠. 하지만 사모님, 정리만 잘 돼 있는 건 집이 아니라 그냥 상자죠, 상자. 요즘은 어느 집을 가나 비슷한 외관에 비슷한 실내 구조입니다. 좋아하는 그림에 자잘한 소품으로 여기저기 장식해본

들, 뭐가 얼마나 달라지겠습니까? 장사꾼들이 지어서 파는 집을 사는 게 아니라, 내 뜻대로 설계를 해서 집을 지으시려면 좀 더 유연하게 생각하고 즐길 수 있어야지, 안 그러면 손햅니다."

"즐겨요?"

"그럼요. 예를 들면 집 안에 이렇게 드라마틱한 공간을 몇 군데 만들어주는 겁니다. 그렇게만 해도 집이 몰라보도록 넓어지죠. 유효 면적이야 한계가 있지만, 시각적으로 넓어 보이게 하는 것은 얼마든지 가능합니다. 제가 계단을 여기에 설치하는 것이 좋겠다고 말씀드리는 것도 다 그 때문입니다. 현관을 들어서자마자 벽이나 수납장의 문이 보이는 것보다는 이층이 올려다보이는 계단이 있으면 훨씬 여유롭고, 천창을 달 수 있으니까 현관도 밝아집니다. 보세요, 이 모델하우스처럼 말입니다. 손님이 들어왔을 때, 첫인상이 중요하잖습니까? 그 집에 사는 가족도 밖에서 돌아와 문을 열었을 때, 아아 역시 우리 집이 최고야, 하고 편해질 수 있는 현관이어야죠. 그 집에서 사람이 태어나고, 살고, 늙고, 죽어가죠. 집을 짓는다는 것은 그런 인생의 전부를 담는, 말하자면 인생의 그릇을 만드는 큰일입니다. 더구나 다 지었다고 완성이 아니죠. 그때부터 가족의 새로운 이야기가 시작되는 겁니다."

잠시 공백이 있었다.

멀리서 희미하게 구급차의 사이렌 소리가 울렸다. 미키는 우편물을 멍하니 바라보았다.

"영업 담당자 앞에서 이런 소리 하기는 좀 뭣하지만, 최종적으로 어떤 회사에 의뢰를 하든 '건축 회사는 이용하기 위해 있는 것'이란 정도로 생각하는 게 좋습니다. 최신 기술이나 AS 시스템에 관해서는 대기업의 좋은 점을 이용하면서 사소한 부분은 하고 싶은 대로 마음껏 하면 됩니다. 평생에 한 번 짓는 집이니까, 회사의 말을 곧이곧대로 다 믿을 필요도 없고 신경 쓸 필요도 없어요."

아이하라가 말했다.

"아, 옳은 말입니다."

오카다가 끼어들었다.

"마음껏 이용해주십시오. 할 수 있는 한 최선을 다하겠습니다."

"하지만."

남편의 목소리였다.

"현실적으로, 하고 싶은 대로 해달라고 하면 그만큼 비용이 올라가잖습니까?"

"그 점에 대해서 절충을 하는 것이 바로 제 일입니다. 많은 돈을 들여서 멋진 집을 짓는 거야 누구나 할 수 있죠. 어떻게 하면 불필요한 곳에 돈을 쓰지 않고 멋진 집을 짓느냐, 그게 바로 능력이고 수완입니다. 게다가 전 또 이런 걸 좋아해요. 요리조리 생각하는 거 말입니다."

아이하라 특유의 호쾌한 웃음소리가 울려 퍼진다.

상담 내용이 드디어 욕실과 부엌의 레이아웃으로 넘어갔다. 오카다가 카탈로그를 보여주고 있는지, 페이지를 넘기는 소리가 쉬지 않고 들린다.

슬슬 커피를 끓일 때였다. 미키는 의자 등받이에 걸어둔 카디건을 걸치고 자리에서 일어났다.

이 계약은 십중팔구 성사되리라. 다소의 억지는 있지만 저렇게 우렁찬 중저음으로 저렇게 강력하게 설득하면 내가 손님이라도 아이하라를 믿어보고 싶은 기분이 들 것 같다. 늘 그렇지만, 아무도, 어떤 거짓말도 하지 않는다. 하지만……

방에서 나와 계단을 내려가면서 미키는 힐끔 아이하라 쪽을 쳐다보았다.

저 남자는 다른 사람에게 꿈을 품게 하는 재주가 너무 뛰어나다.

간절하게 어떤 꿈을 품었던 시절이 언제였을까.

간절히 원해도 어차피 이루어지지 않는다. 기대해봐야 어긋날 뿐. 누군가를 가슴속 깊이 사랑한다는 것은 자살행위. 누구 앞에서 얘기한 적은 없지만 늘 그렇게 생각해왔다. 그렇다고 인생의 모든 것에 절망한 것도, 비관주의자도 아니다. 다만 어느 날을 기점으로, 그렇게 담담하게 여기는 것이 인생을 편하게 사는 길이라는 생각이 뼛속까지 스며들고 말았다.

그날. 오빠 아키라가 집을 뛰쳐나간 날. 중학교 2학년 겨울, 벌써 십오 년 전 일이다.

추운 밤이었다. 평소 하던 대로 학원을 마치고 집에 돌아왔는데, 집 안에서 아키라! 하고 외치는 엄마의 목소리가 들려왔다.

아싸, 오빠가 합숙에서 돌아왔나 보네.

"응. 우리 다시 시작하자. 그러자. 오빠하고 여동생으로 다시 시작하자. 응, 그렇게 하자, 아키라."

대체 무슨 소리지? 하고 생각하면서 문을 드르륵 여는 순간,

엄마가,

허공을,

날았다.

슬로모션 같았다. 현관에 선 오빠의 덩치 큰 몸을 배경으로 연처럼 가볍게 허공을 난 엄마는 영원 같은 한순간이 지난 후, 현관에 나동그라져 신음을 내뱉었다.

"엄마! 왜 그래? 무슨 일이야!"

옆으로 뛰어간 미키를 스쳐 지나가듯 오빠가 밖으로 뛰쳐나갔다. 오빠를 부르려는데 쾅당 소리가 났다.

고개를 든 미키의 시야에 들어온 것은, 문틀에서 틀어진 장지

문을 잡고 서서 거친 숨을 몰아쉬는 아버지의 모습이었다. 입술 옆에 피가 배어 있다. 다다미 위에는 쏟아진 물. 어지럽게 흐트러져 있는 선명한 노란 국화. 복도까지 굴러 나온 것은 …… 종?

그때 밖에서 오토바이 엔진 소리가 들렸다. 미키는 뛰어나갔다.

"오빠, 기다려!"

헬멧도 쓰지 않고 오토바이에 올라탄 아키라의 등이 순식간에 멀어져 어둠 속에 녹아들고 말았다.

"오빠!"

끝내 한 번도 돌아보지 않았다. 단 한 번도.

성격은 불같아도 미키에게는 상냥했던 오빠가 아빠를 때려 쓰러뜨리고, 엄마를 현관으로 걷어찬 채 뛰쳐나간 것만 해도 상당한 충격이었는데, 며칠 후 언니의 출생의 비밀을 알게 된 미키는 경악하지 않을 수 없었다.

아키라가 집을 뛰쳐나간 후로 입을 꾹 다문 채 험상궂은 표정만 짓고 있는 아빠가 가르쳐줄 리 없었다. 허리뼈가 부러져 병원에 입원한 엄마 역시 마찬가지. 가르쳐준 것은 큰오빠 미쓰구였다. 도대체 무슨 일인지 아무도 가르쳐주지 않는다고 짜증을 부리며 우는 미키에게 결국 손을 들고 만 꼴이었다.

"그래, 너도 이제 많이 컸으니까."

오랜 세월, 말하고 싶어도 말할 수 없었던 탓이리라. 처음부터 모든 것을 알고 있었다는 미쓰구는 막냇동생의 입장을 배려하여 최대한 감정을 억제한 말투로 얘기했지만, 부모들의 옛날 얘기를 할 때면 빈정대며 냉정해졌다.

미키와 사에의 엄마 시즈코가 사실은 전처가 살아 있을 때부터 아버지의 애인이었다는 것. 그녀가 이 집의 가정부로 별채에 살게 되었을 때, 전남편의 자식이라고 데리고 온 사에가 아버지의 씨였다는 것. 더욱이 그런 사실을 전혀 모르는 아키라와 사에가 진짜 오누이가 아니라고만 믿고 …….

아니, 미쓰구도 거기까지는 가르쳐주지 않았다. 하지만 미키는 사춘기 소녀 특유의 감각으로 모든 것을 분명하게 알아버렸다. 오빠와 언니는 서로에게 사랑을 느꼈고, 부모 눈을 속여가며 남녀 관계를 맺고 말았다. 그래서 오빠가 그렇게 집을 뛰쳐나간 것이고, 언니는 큰오빠네 집에 간 채 돌아오지 못하는 것이라고.

'추잡해.'

'오빠, 언니, 아빠, 엄마, 모두 다 더러워!'

밟고 선 땅이 홀연 사라져버린 듯한 기분이었다. 아빠와 엄마 사이에서 태어나, 가족 모두와 피가 이어져 있는 사람은 나뿐이라고 믿고 있었는데, 언니가 친언니였다니.

누구에게 분을 풀어야 좋을지 알 수 없었다. 왜 이렇게 허망한지도 알 수 없었다. 다만, 배신을 당했다는 생각에 가슴이 시퍼렇게 멍들었다.

지금까지 내가 한 짓은 대체 뭐였던가. 그렇게 열심히 신경을 쓰고, 내 마음과는 다른 말만 하고, 부모에게 어리광을 피우고 싶은 것도 참아가면서 어떻게든 가족을 한데 모으려고 했던 그 고생은 뭐였던가. 나만이 할 수 있다고 생각했던 그 힘든 역할이 정작 뚜껑을 열고 보니 언니도 할 수 있는 것이었다니. 아빠나 엄마도 그렇다는 것을 알고 있으면서 입을 다물고 있었다니. 왜 진실을 밝히지 않은 것일까. 그렇게 체면이 중요했던 것일까. 딸의 마음보다 더 중요했던 것일까.

그러나 미키가 아무리 낙담과 절망의 심연에서 헤매도 아무도 알아줄 여유가 없는 것 같았다. 퇴원한 엄마는 걷기가 힘들 정도로 한쪽 다리를 절었고, 간신히 집안이 좀 조용해졌나 했더니 이번에는 사에가 응급실에 실려 갔다.

그날 밤 이후, 미쓰구의 집에서 밥도 제대로 먹지 않았다는 언니가 그날 손목을 그었던 것이다. 마치 풍선 줄을 살며시 놓아버리듯.

가장 예민하고 감상적인 시기에 그런 꼴을 많이 본 탓인지도 모르겠다.

아이하라는 물론, 미키가 지금까지 사귄 남자는 모두 누군가의 것이었다. 한 사람도 예외가 없었다.

친구의 애인. 아내가 있는 선배.

그래서 헤어짐은 필연이었다. 시작하는 순간 끝이 보이는 관계밖에 맺을 수 없었다.

외롭지 않다는 말은 거짓이다. 하지만 미키는 이상하고 신기하기만 했다. 어떻게 모두들 무방비한 상태에서 타인과 일대일로 마주할 수 있을까. 어떻게 한 남자에게 아무 두려움 없이 자신을 고스란히 내맡길 수 있을까.

오빠와 언니의 전철을 밟고 싶지 않았다.

너무도 사랑한 탓에 갈기갈기 찢어지도록 상처를 입은 나머지 스스로를 해치다니, 말도 안 되는 소리였다.

"물이 어니까 정말 물색이 되네."

정원석에 쌓인 눈을 바라보면서 미키가 중얼거리자, 아이하라는 뜻밖이라는 듯이 한쪽 눈썹을 치켜 올렸다.

"왜?"

"아니 그냥. 사랑하면 개도 시인이 된다더니."

"치. 이렇게 좋은 풍경, 보고 싶다고 해서 흔히 볼 수 있는 거아니잖아."

미키는 토라진 표정으로 말했다.

히에이 산의 경치를 담은 이끼 정원으로 유명한 엔쓰 절, 다른 계절 같으면 온통 짙은 초록색일 정원이 지금은 하얀 솜 모자를 쓰고 있다. 앞서 온 두 쌍의 참배객도 돌아가고, 미키와 아이하라 두 사람만 남았다.

여행지를 교토로 정한 것은 미키였지만, 애당초 출장을 빌미로 같이 가자고 한 사람은 아이하라였다.

효고의 산중에 있는 가마에서 좀 색다른 기와를 굽는데, 보러 다녀와야 한다고 아이하라는 말했다. 색깔이 입혀진 보통 기와를 고온에서 다시 한 번 구워 유약을 바르면 마치 남프랑스의 앤티크 기와 같은 독특한 운치가 풍긴다는 것이다.

미키는 아이하라의 일정에 맞춰 월차를 냈고, 일을 끝낸 그와 역에서 만났다. 겨우 1박 2일의 짧은 여행이지만, 그날 밤의 약속을 지키려 애쓰는 그의 마음이 고마웠다.

"교토에 오길 잘했네."

"그렇지? 축복받은 기분이야."

작은 소리로 나누는 대화가 입에서 흘러나오자마자 눈에 빨려들어 사라진다. 문이 활짝 열려 있는 다다미방은 고요하고 싸늘하고, 촉촉하고 향기로운 공기를 들이쉴 때마다 허파가 구석구석까지 시원해진다. 가지런히 손질된 나무 울타리와 굵은 삼나무 가지에도 눈이 소복이 쌓여, 그리 넓지 않은 정원인데도 끝이 없는 설원처럼 느껴진다. 원근감은 물론 시간 감각까지 잃어버릴 것 같다.

"여기 말이지."

미키가 속삭였다.

"기둥하고 기둥 사이가 안쪽으로 갈수록 조금씩 좁아진대. 물론 의도적으로 그렇게 한 것이고."

"정말? 그거 흥미로운데."

미키는 후후 하고 웃었다.

"지금, 일할 때 표정이었어."

"안 되지. 잊어버려야지."

아이하라는 두 손으로 수염 난 얼굴을 비볐다.

"전에, 고등학교 수학여행 때 여기 왔었어."

미키가 말했다.

"그때 나, 여기 스님한테 한눈에 반했었다."

"허. 그래서 불이라도 질렀어?"

"뭐?"

"…… 아니. 그랬어? 난 몰랐지."

아이하라는 모호하게 쓴웃음을 지으며 말을 바꿨다.

"그렇게 매력적인 남자였어?"

"글쎄, 얼굴은 잘 기억이 안 나."

"쳇, 뭐야."

"하지만 목소리가 굉장히 좋았어. 절의 역사와 유래를 설명하는 목소리가 매끄러우면서도 묵직하고, 정말 매혹적이었어. 귓가

에서 속삭이면 그야말로 극락정토로 직행할 것 같은 느낌이었
어.”

“벌 받겠네.”

점차 쓴웃음이 짙어지는 아이하라를 보며 미키가 또 말했다.

“당신한테 끌린 것도, 처음에는 그 목소리 때문이었는데 뭐.”

“허걱.”

“이상한 소리 내지 마. 모처럼 칭찬해주고 있는데.”

“목소리, 였단 말이지 …….”

아이하라는 복잡한 표정으로 중얼거렸다.

“흐음.”

“뭐야, 불만스러운 표정이네. 그럼 내가 뭐에 반한 줄 알았어?”

“남자다움.”

미키는 웃음을 터뜨렸다.

“잘난 체는.”

“섹스.”

“굳이 부정은 하지 않겠지만 …….”

미키는 사방을 살피고 목소리를 더욱 죽였다.

“그만 가죠? 절에서 할 얘기가 아닌 것 같은데.”

“네가 먼저 시작해놓고 뭘?”

아이하라는 히죽 웃으며 일어섰다.

기다리게 한 택시를 타고 시내로 돌아와 기념품 가게가 즐비

한 상가 앞 눈길을 손을 잡고 걸었다.

걸으면서 두서없이 얘기를 나눴다. 어린 시절의 추억, 처음 좋아한 사람, 지금까지 살면서 가장 기뻤던 일, 가장 슬펐던 일, 그리고 가장 부끄러웠던 일.

"넌, 부끄러웠던 일이 너무 많아서 한 가지만 꼽을 수 없는 거 아니야?"

미키는 옆에 있는 울타리에서 눈을 한 움큼 집어 아이하라에게 던졌다.

관광 코스에서 벗어나 주택가로 들어서자 안쪽에 조그만 놀이터가 있었다. 아이하라가 벤치에 앉아 담배를 피우는 동안, 미키는 곱은 손으로 눈을 털어내고 그네에 앉았다.

움직이지 않으면 너무 추워서 오금을 펼 수가 없다. 옷이 벗겨질 때를 생각해서 속옷에만 신경을 썼기 때문이다. 모처럼의 밀월 여행을 즐기면서 애인의 옷을 벗겼더니 아줌마 팬티를 입고 있더라, 사태가 이렇게 되면 아무리 성격 좋은 아이하라도 흥이 깨질 테니까.

왠지 한심하다는 생각이 든다. 내 일인데 남자에 맞춰 결정하다니. 하지만 후회는 없다. 스스로 생각하기에도 이상할 정도로 그의 아내에 대한 가책은 없다. 평소에는 좀처럼 구경할 수 없는 그의 평상복 차림이다. 회색 털모자와 투박한 워크부츠, 다소 무리를 한 듯 보이는 젊은이 취향의 스포츠 재킷, 그런 모두가 기

뺐다. 너무 흥분한 것 같다고 자신을 몇 번이나 탓하는 한편 그런 자신이 애처롭기도 해서, 오늘은 특별한 날이라고 마음을 고쳐먹기로 했다. 지나치게 생각하는 것이 내 나쁜 버릇.

"아 참, 깜박했군."

아이하라가 담배 연기와 함께 하얀 숨을 내쉬며 말했다.

"다음 주 수요일에 월차 한 번 더 받을 수 없어?"

미키가 그네를 세웠다.

"왜?"

"혹시, 오페라 같은 거 관심 있어?"

없다고 하면 없다.

하지만 때와 장소에 따라 다르다.

다음 말이 어서 듣고 싶어 그네 줄을 찰랑찰랑 흔드는 미키에게 "아 좀 진정해"라며 웃고는 아이하라가 말했다.

"사실은 누구한테 받은 건데, 그래도 아무개라고 하는 외국 테너 가수가 와서 공연하는 인기 티켓이야."

"그거, 낮에 하는 거야?"

"아니, 밤."

"그럼 월차 안 내도 되잖아."

"이런 맹추."

아이하라는 말이 안 통한다는 듯한 말투였다.

"그런 건 말이지, 허덕허덕 일하다가 퇴근 도장 찍고 허둥지둥 달려가서 보는 게 아니잖아. 좀 더 뭐랄까, 귀족처럼 느긋하고 여유 있게 ……. 왜 웃어?"

"꿈같으니까 그렇지."

아이하라는 피식 웃으며, 바보, 라고 입만 움직였다.

"있지, 한 가지 물어봐도 돼?"

"뭔데?"

"왜 부인하고 안 가는데?"

동요하는 기색 없이 아이하라는 어깨를 으쓱했다.

"이유는 두 가지."

"첫째는?"

"그다음 주에 우리 아드님 입시가 있으니까. 안 그래도 신경이 날카로운 마나님에게 태평스럽게 오페라 구경 가자고 할 수 있겠어? 무슨 소리를 할지 생각만 해도 벌벌 떨리는데."

이 사람은 왜 이렇게 솔직할까, 하고 미키는 어이없어한다. 이렇게 미주알고주알 얘기하면, 여자는 화를 내고 싶어도 낼 수 없다는 것을 알고 일부러 그러는 것일까.

그렇다면 정말 교활하다.

"그리고 또 한 가지 이유는."

말을 끊고 평소 버릇대로 눈가를 찡그리고 말했다.

"한 번쯤은 네가 화사하게 차려입은 모습을 보고 싶으니까."

미키는 아무 말 않고 다시 그네를 타기 시작했다. 간신히 속내를 감췄다. 넉살 좋은 아이하라에 비해 벌써부터 들떠서 무슨 옷을 입고 갈까 고민하기 시작한 자신이 어처구니없었다.

아이하라의 주머니에 같이 손을 집어넣고, '철학의 길'까지 돌아가 길가에 있는 찻집에 들어갔다. 순식간에 아이하라의 안경이 뿌예졌다.

점원이 안쪽에 있는 약간 어두운 자리로 안내해주었다. 코트를 벗자 추위에 굳은 어깨에서 힘이 쭉 빠졌다. 그 옛날의 석탄 난로 위에서는 주전자가 보글보글 끓고 있고, 옹이투성이 나무 테이블 한가운데에는 초가 놓여 있다. 빨간 유리 속에서 불꽃이 살랑살랑 흔들리는데, 사방에 진 그림자는 일렁일렁 흔들린다.

커피를 마시면서 미키가 물었다.

"당신, 요즘 왜 이렇게 잘해주는 거야?"

"영 듣기가 거북한데. 그럼, 지금까지는 잘해주지 않았다는 거야?"

농담으로 돌리듯 얘기한 아이하라였지만 미키가 아무 대답도 않자 표정이 심각해졌다.

안경을 벗고 두 눈 사이를 문지른다. 지친 그 얼굴에 흔들리는 불빛이 어려 갑자기 늙어 보였다.

"솔직히, 오히려 내가 묻고 싶어. 너는 왜 늘 그렇게 내게 잘해주는 거지? 왜 내게 아무 요구도 하지 않느냐고?"

미키는 어리둥절했다. 무슨 소리를 하는 것인지 알 수 없었다.

"요구라니?"

"지금까지 난 한 번도 너한테 죄책감을 느끼지 않았어."

아이하라는 아주 낮은 소리로 말했다.

"피차 알면서 이렇게 된 것이고, 네가 지금까지 독신인 것은 너 자신이 선택한 것이지 내가 미안해할 일이 아니라고 말이야."

미키는 어깨를 으쓱했다.

"맞는 말이잖아?"

"하지만 지금 …… 네가 왜 잘해주느냐고 물어서, 비로소 알게 됐어. 난 네가 내게 아무 요구도 하지 않는 게 오히려 겁이나."

"겁이 나?"

자신도 모르게 되묻자, 아이하라의 눈빛에 희미한 당혹감이 스쳤다.

"아니, 괜히 불안해."

겁이 난다는 것과 불안하다는 것은 상당히 다르다고 생각했지만, 미키는 모르는 척했다. 남자가 한 말에 꼬리를 잡고 추궁해봐야 좋을 게 없다.

"그야 물론, 나는 좋지."

아이하라가 씁쓸하게 웃었다.

"너를 만난 날은 기운이 나서 아내나 아이에게 오히려 좋은 남편 좋은 아빠가 되는데, 그동안 너는 혼자야. 그런데도 원망 한

마디 안 하고 생떼 한 번 부리지 않았어. 그래서 나, 뭐랄까, 불안해."

점원이 물을 더 따라주러 왔다.

미키는 식어가는 커피를 천천히 마셨다.

원망하는 말을 해도 되는 줄 몰랐다. 부드러운 목소리로 잔인한 말을 하는 남자.

불현듯 어린애 웃음소리가 들린 듯해서 창밖을 내다보자, 옆 공터에서 옷을 두툼하게 껴입은 젊은 엄마가 어린 여자애와 눈사람을 만들고 있었다. 눈덩이를 굴리면 점점 커진다는 것을 안 여자애는 한껏 신이 나 있다.

"그런 거, 신경 안 써도 되는데."

미키는 말했다.

"알잖아, 내 성격. 혼자 있기는 적적하지만. 내내 둘이 같이 있는 건 귀찮아. 그러니까 나도 이 상태가 좋은 건 당신이나 마찬가지야."

"하지만 나는 결혼했잖아."

"그래서 뭐? 결혼한 사람이 더 좋다는 거야? 결혼 안 한 여자는 불쌍하고?"

"그런 뜻이 아니라."

"내가 당신을 계속 만나는 건, 결국 당신과 있을 때가 제일 편하기 때문이야. 그뿐이야."

"그래도, 이해는 하겠는데 ……. 하지만 너도 여자로 태어났으니까 한 번은 가정도 꾸리고 애도 낳고 싶을 거 아냐?"

움찔 놀라 미키는 아이하라를 돌아보았다.

그도 어느 틈엔가 창밖을 내다보고 있었다.

엄마가 웃으면서 엉덩방아를 찧은 여자애를 일으켜 세우고 있다. 여자애는 분홍색 장갑에 달라붙은 눈을 엄마에게 보여주며 뭐라고 열심히 조잘거린다.

미키는 커피로 눈길을 떨어뜨렸다.

아이하라와 그의 아내가 아들 밑에 딸을 원했다는 것은 알고 있었다. 아내의 몸에 이상이 있어 포기해야 했다는 것도.

"뭐, 그만하지."

아이하라는 미키 쪽을 돌아보며 말했다.

"난 네가 정말 좋은 남자를 만날 때까지 땜방 노릇이나 잘해야지 뭐."

"…… 말투가 고약하네."

"그래, 난 성질 고약하고 성의 없는 남자야. 지금 새삼스럽게 안 건 아니겠지?"

미키는 뭐라 대답하면 좋을지 몰라 그냥 웃기만 했다.

등을 펴고 심호흡을 한다. 옆에 놓아둔 코트에서 녹기 시작한 눈 냄새가 났다.

"이렇게 있으니까, 삿포로에서 있었던 일 생각 안 나?"

"음. 나도 지금 그 생각 하고 있었어. 눈의 양은 비교도 안 될 만큼 엄청났지만."

그때도 아이하라의 출장길에 따라갔었다.

벌써 사 년이나 지났다. 만나기 시작한 지 얼마 안 된 무렵이었다. 모든 것이 신선하고, 두 사람 다 당연하지만 지금보다 네 살씩 젊었고 ……

삿포로는 집을 뛰쳐나간 아키라가 사는 도시이기도 했다. 그때 아이하라는 일 때문에 만난 상대와 식사를 해야 해서, 미키는 오랜만에 아키라 오빠를 만나 게를 잔뜩 얻어먹었다. 사실대로 얘기할 수는 없어서 미키 자신의 출장 때문에 온 것처럼 행세했지만, 남자가 있다는 것 정도는 아키라도 그때 이미 눈치채고 있었는지도 모른다. 엄마가 돌아가신 날 밤, 남자 잠옷을 건네는데도 아무 말이 없었던 것을 보면.

목욕을 하고 갈아입은 잠옷이 짧아 쑥 튀어나와 보였던 호박색 발목이 떠오른다.

아이하라가 손가락으로 꼽을 정도밖에 입지 않은 짙은 감색 잠옷은 키가 큰 작은오빠에게 아주 잘 어울렸다.

왜 사람은 괴로운 일이 있으면 북쪽을 향할까.

집을 뛰쳐나간 작은오빠가 흐르고 흘러 정착한 곳이 삿포로란 것을 알았을 때, 미키의 뇌리를 처음 스친 것은 그런 소박한 의문이었다.

"엄마, 안 그래? 슬프다는 사람이 하와이로 갔다는 얘기는 별로 못 들어봤잖아?"

엄마의 긴장을 풀어주려고 거의 농담 삼아 말했는데, 시즈코는 가엾다는 듯이 미키를 힐끔 쳐다보고는 한숨을 쉬었다.

"너 정말 무심하다. 너 그렇게 만사를 장난처럼 여기다 보면, 언젠가는 다른 사람의 아픔을 못 느끼게 돼."

상처를 받았기에 더욱 잘 기억한다. 삿포로로 가는 비행기 안에서였다. 그 며칠 전 이 년 반 만에 아키라에게서 전화가 걸려왔고, 다리가 불편한 시즈코는 짐도 들어줄 겸 같이 가자고 미키에게 말했던 것이다. 막 고등학교 2학년으로 올라간 봄이었다.

다른 사람의 아픔을 모르는 건 누군데, 하고 생각했다. 심각한 때일수록 너스레를 떠는 버릇이 생긴 것은 애당초 당신들 때문이잖아, 하고.

짐은 들지 못할 정도로 많았다. 어디서든 살 수 있는 것들인데, 시즈코는 기어코 들고 가야 한다고 고집을 피웠다. 가지 말라는 시게유키의 말 역시 들은 체도 하지 않았다.

미키에게는 엄마가 자신에게 그렇게까지 신경을 써준 기억이 없었다.

아니 알고 있다. 엄마는 다른 아들이나 딸은 조심스러운 것이다. 오빠들은 둘 다 친자식이 아니고, 사에에게는 출생의 비밀을 감춘 탓에 그런 일을 당하게 했다는 죄책감이 있다. 결국 엄마가 부담 없이 대할 수 있는 사람은 막내인 나밖에 없다 ……. 그렇다, 잘 알고 있다. 안다고 해도, 등허리가 서늘한 것은 변함이 없지만.

가는 내내 시즈코는 미키에게 사에의 자살 미수 건은 물론이요, 자신의 다리에 관해서도 아키라에게 절대 얘기해서는 안 된다고 입단속을 했다. 시즈코는 부서진 골반뼈를 수술한 의사한테까지 '계단을 헛디뎌서 굴렀다'고 거짓말을 했을 정도이니, 가족 사이에서도 진짜 원인을 아는 사람은 한 명도 없었다. 친척 중에는 시게유키가 한 짓이 아니냐고 수군거리는 이가 있을 정도였다.

"작은오빠한테 뭐라고 둘러댈 거야?"

미키가 묻자 시즈코는 별일 아니라는 듯 대답했다.

"오기 전에 잘못해서 발등에 누름돌 떨어뜨렸다고 하면 돼."

"참 내, 기가 막혀서."

미키는 어이가 없었다.

"그런 거짓말이 통할 것 같아?"

그런데 통했다.

그때 미키는 거짓말이란 최대한 단순하게, 확신을 갖고 해야 한다는 것을 비로소 알았다.

작은오빠가 약속 장소에 나타나자 시즈코는 구를 듯이 내리막 길을 뛰었다. 그러다 미처 멈추지 못해 오빠가 팔을 잡아주고서 야 겨우 멈추고는 그 팔에 매달려 말했다.

"대체 어떻게 지냈냐, 응?"

나중에 천천히 길을 걸어 내려갈 때, 미키는 평소답지 않게 간드러지는 엄마의 목소리를 들으며 왠지 몸이 뒤틀릴 정도로 수치스러웠다.

오랜만에 보는 아키라는 야위고 말수가 적었다. 간혹 웃을 때에도 미간에는 그늘이 졌고, 그 탓에 이전보다 훨씬 남자다워 보였다. 실팍한 가슴과 굵직한 두 팔뚝을 보면서 미키는 오빠와 언니 사이에 있었던 일을 상상하지 않을 수 없었다.

아키라는 오타루 운하 거리에서 서양 골동품을 취급하는 가게를 한다고 했다.

같이 가보니, 그곳은 낡은 창고를 개조한 천장이 높은 건물이었다. 골동품이라고 하는데 문외한에게는 그저 잡동사니로밖에 보이지 않아 뭐가 좋다는 것인지 알 수 없었다. 하지만 힘든 일을 묵묵히 해내는 아키라의 모습과 오너의 인품을 보고 시즈코는 다소 안심하는 눈치였다.

그러나 미키가 보기에 아키라는 마음에 든다는 골동품을 만질 때조차 될 대로 되라는 식이었다. 표현이 지나쳤는지도 모르겠지만, 아무튼 마음속 깊은 곳에서는 체념하고 있는 듯이 보였다. 무언가를, 영원히.

그로부터 십삼 년.

그동안 오빠는 오녀의 뜻에 따라 그의 딸과 결혼했고, 아이 둘을 얻었다. 미키도 두 번쯤 만난 일이 있는데, 어느 모로 보나 어울리는 부부였다.

그런데 바로 얼마 전, 전화를 통해 헤어졌다는 소리를 들었다. 오빠에게서 갑작스레 걸려온 전화였는데, 어째서인지 '역시'란 느낌이 강했다. 미키는 작은오빠가 이혼했다는 소식보다 자신이 그런 느낌을 받았다는 사실에 더 놀랐다.

그때는 오빠가 체념했다고 생각했다.

그런데 지금은 알 수 있다. 오빠는 체념하지 못하는 것이다. 무언가를, 영원히.

사실 수요일 밤에는 밖에서 언니를 만나 같이 쇼핑하기로 약속이 되어 있었다. 미즈시마 건축 사무소에서 설계에서 시공까지 맡은 집이 머지않아 준공된다고 해서, 시공주에게 줄 축하 선물을 고르고, 준공식에 올 손님들에게 나누어줄 기념품도 볼 예정이었다.

물론 연기했다. 그리고 직장 동료와 쉬는 날을 바꿔 목요일에
는 출근하지 않아도 되게 해놓았다. 특별한 밤이니까 어쩌면 아
이하라가 묵고 갈지도 모른다고 생각한 것이다.

"어디 한번 마음껏 멋 부리고 와봐."

미키는 큰마음 먹고 새 드레스를 샀다. 도나 카란의 검정 드
레스와는 평생 인연이 없을 줄 알았는데, 이럴 때 돈을 쓰지 않
으면 언제 쓰겠느냐고 자신의 엉덩이를 걷어차는 심정으로 샀
다. 치맛자락이 긴 드레스를 입으려면 롱코트가 필요하다. 날마
다 뭣 때문에 그렇게 열심히 일하나 싶어 막스 마라에서 그것도
샀다.

그렇게 사고 나니 오히려 후련하고 마음이 편했다.

굽이 높은 화사한 펌프스, 귀걸이에 목걸이, 새 립스틱과 프랑
스제 실크 속치마. 전날 밤에는 손발톱에 정성껏 매니큐어를 바
르고, 당일 오전에는 미장원에 가서 머리를 약간 자르고 드레스
의 이미지에 맞게 드라이까지 했다.

지난주에 헤어지면서 오후 네 시에 데리러 오기로 약속했는
데, 미키는 세 시 삼십 분에 벌써 외출 준비를 완벽하게 끝내고
있었다.

앉아 있자니 왠지 가슴이 두근거려서, 몇 번이나 거울 앞에 서
서 턱을 반듯하게 치켜들고 미소를 지어보았다. 음, 꽤 괜찮은데.

네 시가 지나고, 네 시 십 분이 되었다.

준비하는 데 시간이 많이 걸릴 테니까 일부러 늦게 오나 보다
고 생각하면서, 이십 분까지 기다렸다.

늦으면 늦는다고 연락이라도 해주지, 하고 조마조마해하는 동
안 삼십 분이 되고 삼십오 분이 되었다. 그나마 사십 분까지는
잠자코 기다렸는데, 끝내 걱정이 되어 휴대전화로 전화를 걸고
말았다.

"웬일이야?"

받자마자 아이하라가 말했다

"웬일이라니?"

미키가 말했다.

"지각이야, 지각."

숨을 삼키는 기척이 느껴졌다.

진공 같은 침묵 후,

"미안."

아이하라가 숨죽인 목소리로 말했다.

"정말, 미안."

"설마 …… 깜박한 거야?"

침묵.

"아니 어떻게? 당신이 지난번에 ……."

"미안해."

아이하라가 말을 끊었다.

"지금 좀 복잡한 일이 있어."

"아, 그래요?"

"내가 다시 연락할게. 정말 미안해."

"알았어."

미키는 말했다.

"괜찮아. …… 그럼."

바로 전화가 끊겼다.

깜박 …… 했다고?

미키는 수화기를 든 채 한참이나 망연히 서 있었다.

깜박한 거야?

가슴속에서 휭휭 바람이 불었다.

참을 수 없어 미키는 울음을 터뜨렸다.

뭐가 괜찮다는 거야! 뭐가 그럼이냐고!

왜 내가 사과를 해야 해. 왜 자신을 억누르고 비굴해져야 하느냐고. 사실은 화내고 싶은데, 지금 당장이라도 전화를 걸어서 고함을 지르고 싶은데, 뭐가 내 목구멍을 짓누르는 거야.

흐르는 눈물과 콧물을 힘껏 닦는다. 거울에 비친 얼굴이 눈물에 번진 마스카라 때문에 시커멓게 된 것을 보자, 어이가 없고 한심해서 또 눈물이 나왔다.

미키는 선 채로 어린애처럼 훌쩍거렸다. 정말 모처럼 드레스까지 차려입었는데, 이 꼴이 뭐람. 마치 피부병 걸린 도둑고양이

같잖아. 사람과 관계하는 것이 무서워서 늘 벌벌 떠는 주제에, 혼자서 살 자신은 없으니까 금방 도망칠 수 있도록 거리를 두고, 뭐 맛있는 것 좀 안 주나 싶어 야옹야옹거린다. 아아, 천박하다. 도둑고양이가 아니라 창부다. 아귀다. 그와 함께 있는 것이 제일 편하다니, 순 거짓말. 나는 이렇게 헐벗고 굶주리고 메말라 있다.

울지 마, 꼴 보기 싫어!

거울 속에서 풀 죽어 있는 여자를 억지로 노려보면서 오열을 꿀꺽 삼켰다.

내 것도 아닌 남자 때문에 그렇게 울면 어떻게 해.

기다리니까, 안 되는 것이다. 말만 혼자서 사는 것이지, 혼자서 지내는 시간 내내 그를 기다린다. 이 집은 모델하우스나 조금도 다름없다. 언제 올지 모르는 손님을 기다리기 위해서 만들어진, 주인 없는 빈집이다.

화가 치밀어 미키는 두 손으로 힘껏 볼을 쳤다.

"정신 차려."

자기 목소리가 귀에 울리자 비로소 그 말이 엄마가 입버릇처럼 하던 말이라는 것이 떠올랐다. 또 울음이 북받칠 것 같아 숨을 들이쉬고 앞니를 꽉 깨물고 참았다.

화장지를 집어 얼굴을 닦는다.

미키는 등의 지퍼를 내렸다. 그리고 화가 나서라도 주름 하나

안 가게 하겠노라 생각하면서 조심스레 드레스를 벗었다.

"무슨 슬픈 일이라도 있었니?"

이층 베란다에서 나란히 달을 보고 있는데 사에가 물었다.

마냥 혼자 있으면 머리가 어떻게 될 것 같아서 전철을 타고 두 정거장 떨어진 집에 훌쩍 왔더니, 하필이면 큰오빠 부부가 와 있었다. 자고 갈 것이라고 하는데, 요즘 들어 부쩍 말이 없어진 시게유키 때문일 테니 집 나가서 혼자 사는 처지에 뭐라 불평할 말도 없었다. 하지만 미키는 솔직히 미쓰구의 아내 요리코를 별로 좋아하지 않아 가능하면 마주치지 않으려고 이층으로 올라갔다.

보름이 내일이라 달이 빨리 떴다. 두툼한 스웨터를 입은 미키와 사에는 일부러 베란다로 나가 달을 보고 있었다.

"참, 예쁘다."

미키가 말했다.

"오늘 달님, 정말 예쁘네."

자기도 모르게 몇 번이나 그렇게 중얼거렸더니, 사에가 불쑥 물은 것이다. 슬픈 일이라도 있었니? 라고.

미키는 놀라서 언니를 돌아보았다. 부은 눈을 잘 씻고 왔는데 왜 그렇게 물었을까.

"아니."

미키는 거짓말을 했다.

"그래? 그럼 다행이고."

"그런데, 왜?"

미소 짓는 기척이 느껴졌다.

"난 무슨 슬픈 일이 있을 때면 달이나 별, 꽃 같은 게 유난히 예뻐 보이거든."

"…… 언니는, 몇 번쯤 그렇게 예쁘게 보였는데?"

사에는 후후 하고 웃었다.

"글쎄, 잘 모르겠다."

미키는 가슴이 서늘해질 정도로 예쁜 달을 올려다보았다. 윤 곽이 너무도 또렷하게 떠 있어서, 은색 물방울이 부풀어 올라 금 방이라도 머리 위로 똑똑 떨어질 것 같았다.

그날도 달이 오늘처럼 예뻤을까. 아이하라에게는 아무 말 않 고 수술대에 올랐던 날. 그렇다, 내게는 가장 부끄러운 일. 하늘 따위 올려다볼 기력도 없어 고개를 푹 숙이고 돌아왔으니까, 달 이 떠 있었는지조차 기억에 없다.

그때 삐걱삐걱 계단 소리가 나면서 미쓰구가 올라왔다.

이불이 깔려 있는 안방에서 담배를 들고 언니 방으로 들어온 미쓰구는 창문으로 고개만 내밀었다.

"너희들, 이렇게 추운데 달구경이냐? 별나긴."

"별난 게 아니라 멋을 아는 거지."

미키가 말했다.

"여자들끼리 비밀 얘기하고 있으니까, 오빠는 저리 가."

"뭐야? 비밀 얘기라는 게."

"내일모레면 환갑인 아저씨는 절대 모를 일."

"요놈이, 나 이제 쉰셋이다."

미쓰구가 말했다.

"너, 아저씨도 상처받는다. 너야말로 서른도 넘었는데 나다닐 때는 화장이라도 해라. 꼴이 그게 뭐냐?"

"오빠한테 예쁘게 보여서 뭐하게."

사에가 풋 하고 웃는다. 미쓰구도 피식 웃고는 담뱃갑을 뜯었다.

"아니 그런데 아키라 그 바보 녀석, 마누라하고 헤어졌다면서? 아까 아버지가 그러더라. 지금 나이가 몇인데 그런 무책임한 ……."

그렇게 말하면서 겨우 미키가 노려보고 있다는 것을 안 미쓰구는, "뭐, 왜?" 하며 이상하다는 표정을 짓는다.

"아, 이 방, 금연인가? 미안, 미안."

그러고는 입에 문 담배를 다시 갑에 집어넣으며 중얼거렸다.

"이제 그만 창문 닫아, 감기 걸리겠다."

계단을 내려가는 발소리가 더 이상 들리지 않자 미키는 긴 한숨을 쉬었다.

"기가 막혀서."

사에는 희미하게 웃었다.

"나쁜 뜻은 없어."

"알아, 그러니까 더 기분 나쁜 거 아냐?"

사에는 잠자코 미소만 짓고 있다.

달빛 속에 파르스름하게 떠 있는 그 옆얼굴에 미키는 그만 넋을 잃고 말았다. 미쓰구에게 화가 난 것마저 잊고, 아주 잠시. 늘 나긋나긋하고 조용하고, 그러면서도 의연한 언니. 그러나 과거 절반의 피를 나눈 남자를 사랑하면서 보여주었던 그 열정은 지금도 언니의 몸 어딘가에 남아 열기를 띠고 있을 것이다. 그런 생각을 하자 조그만 아픔이 가슴을 쿡 찔렀다. 아픔의 이유는 스스로도 알 수 없었다.

"언니."

작은 소리로 불러본다.

"언제쯤 올릴 거야?"

"응?"

"결혼식 말이야."

사에는 한기가 스미는 듯 어깨를 움츠렸다.

"글쎄 탈상은 하고 생각할래."

이렇게 오래 식을 연기했으니 탈상을 하면 곧 올리겠다고 대답하는 것이 보통일 텐데, 하지만 그런 것은 누구보다 언니가 가장 잘 알고 있을 것이다.

미키는 그저, 어, 라고만 대꾸했다.

언니는 몸속에 숨어 있는 열정과 어떤 식으로 타협하고 다른 남자와 사랑을 나누게 될까, 하고 생각했다.

이제는 기다리지 않는다.

그렇게 다짐했는데, 두 번째 벨이 울리기도 전에 재빨리 꺼내 들고 말았다.

본부의 번호였다.

"죄송합니다, 모처럼 쉬는 날인데."

오카다가 말했다.

"지금 통화할 수 있나요?"

미키는 아침부터 언니와 함께 돌아다니며 쇼핑을 하고, 점심까지 같이 먹고 헤어진 후, 지금 막 역으로 돌아와 선로 변 길을 걷기 시작한 참이었다.

"하치오지 이노우에 씨 건 말인데요. 욕실 타일, 이탈리아인가 어디 업자한테서 주문하기로 했잖아요."

"스페인."

"아, 그런가요? 그런데 지금 그 카탈로그를 찾고 있는데 안 보여서요. 선배, 혹시 몰라요?"

미키는 들리지 않게 작은 한숨을 쉬었다.

"지난주에 아이하라 선생님이 가져간 것 같은데."

"네, 정말요? 큰일 났네."

"왜? 뭐가 큰일이야?"

"어, 선배 못 들었어요?"

"뭘?"

"선생님네 지금 야단났나 봐요. 아들이 학원 앞에서 오토바이에 치여서."

"언제?"

"언제였다더라."

오카다는 느릿느릿 말했다.

"지난주 토요일이었나. 선생님하고 사모님이 데리러 갔는데, 두 분이 보는 앞에서 휙 날았대요. 한동안은 굉장히 위험한 상태였다는데, 간신히 ……. 그래도 아직 집중치료실에 있대요."

미키는 참고 있던 숨을 조금씩 내쉬었다. 오카다는 아직도 뭐라고 얘기하고 있다. 그 아들, 유명한 사립대학에 진학하려고 하잖아요. 그런데 이 중요한 시기에 사고를 당했으니, 사모님이 상심이 말이 아니래요. 그래서 선생님은 다른 사람에게 맡길 수 있는 일은 다 맡기고, 계속 병실을 지키고 있대요. 그렇게 안 봤는데, 무지 가정적인가 봐요, 그 선생님.

"…… 시마 선배? 아아, 여보세요?"

퍼뜩 정신을 차리고 대답했다.

"아무튼 그런 일이 있어서."

오카다는 깊은 한숨을 내쉬었다.

어쩌지? 연락할 수 있는 분위기도 아니고…….

오카다는 뭐라고 더 주절거리고는 전화를 끊었다.

휴대전화를 천천히 귀에서 내렸다. 그런데도 여전히 귓속에서 윙윙거리는 잡음이 울린다.

눈에 보이는 모든 것이 젤리 상태의 막을 사이에 두고 있는 것처럼 번져 보였다. 미키는 걸음을 내디디려다 무엇엔가 걸렸다. 언제 떨어졌는지 쭈그리고 앉아 흩어진 핸드백과 수첩, 지갑을 하나씩 줍는다. 길 가는 사람들이 이상한 눈길로 쳐다보고 있다는 것을 알고는 있는데, 아무 느낌도 없었다. 하얗게 비어버린 머리 한가운데에서 아이하라의 목소리가 왕왕 울렸다.

'미안, 지금 좀 복잡한 일이 있어서.'

그런 일이 있었다면.

잊어버리는 것도 무리가 아니지.

고개를 좌우로 세게 젓고는 일어섰다.

아파트로 향하는 길, 미키는 묵묵히 걸었다. 주머니 안에서 휴대전화를 만지작거리다 보니, 일 초마다 아이하라에게 전화를 걸 것만 같았다.

그런 자신을 겨우겨우 억누르고 주머니에서 손을 뺐다.

전화를 걸어서 뭘 어쩌겠다는 말인가. 아이하라가 약속을 잊은 것이 문제가 아니다. 실제로 복잡한 일이 있었으니까, 그 자체는 어쩔 수 없다. 문제는 그가 한마디도 하지 않았다는 것이다. 사랑하는 아들이 사고를 당해 마음 아파하면서도, 그는 그 아픔을 나와 공유하기를 거부했다. 그가 아픔을 나눈 상대는 내가 아니었다.

'하지만 나는 결혼했잖아.'

이런 뜻이었나 싶어 쓴웃음이 흘러나왔다. 그에게는 지켜야할 것이 있고, 내게는 없다. 그리고 나는 그가 지켜야 할 것에 포함되지 않는다.

과연, 과연 무엇에 매달리려 했던 것일까. 쓸쓸하고 허전할 때 문득 떠올릴 수 있는 얼굴이 있다는 것. 어둠 속에서 껴안아 주는 팔이 있다는 것. 그런 것에 매달리면 매달릴수록 더욱 삶이 위태로워질 뿐인데.

필요 없어, 이번에야말로 그렇게 다짐했다. 안 붙잡아도 돼, 더이상 필요 없어. 살아 있는 한 사람은 영원히 혼자여야 한다면, 혼자서 걸어가면 돼. 이렇게.

모퉁이를 돌아 낯익은 골목길로 들어선다. 늘 지나다니는 주차장 앞을 지나려는데, 무색의 시야에 느닷없이 날아드는 것이 있었다.

선명한 빨강.

미키는 놀라서 멈춰 서고 말았다.

지장보살의 턱받이였다. 어제까지는 분명히 색이 바래고 너덜너덜하게 해진 것을 하고 있었는데, 새것으로 바뀌어 있다. 조그만 꽃병에는 수선화가 몇 송이 꽂혀 있고, 발치의 접시에는 아이들이 좋아하는 과자만 소복하게 담겨 있다.

누군가, 있는 것이다. 이 장소를 이렇게 지키는 사람이.

미키는 자기도 모르게 쭈그리고 앉아 조용히 두 손을 합장했다. 까끌까끌한 돌 표면에 미소인지 연민인지 모를 것이 떠 있고, 밑에서 들여다보니 그 얼굴이 오늘따라 유난히 엄마를 많이 닮은 것 같다.

'몇 살이 되든 사람은 다 누군가의 어린애잖아.'

수선화의 하양도 턱받이의 빨강도, 그리고 알록달록한 과자의 색깔도, 어젯밤의 달처럼 선명하게 가슴으로 다가온다.

'미안해.'

미키는 가슴속으로 중얼거렸다.

'엄마 …… 아기를 안겨주지 못해서 미안해. 효도 못 한 딸이라서 정말 미안해.'

바람이 불어와 수선화 향기가 코끝을 스쳤다.

미키는 천천히 일어섰다. 힘들지만 억지로라도 눈길을 높이

추어올리고 걸음을 내디딘다. 아직은 새로운, 헐벗은 아픔을
안고.

　아무와도 나눌 수 없는, 지울 수 없는 아픔.

　그것마저 나만의 것이라면, 까짓 사랑해주지 뭐.

꺼지지
않는 불꽃

천천히 헤치고 들어와 온몸을 관통하는 쾌감에 신음 소리가 저절로 새어 나온 순간 눈을 떴다. 서둘러 눈을 다시 감았지만 이미 늦었다. 손가락 사이로 빠져나가는 물처럼 꿈속의 등이 점점 멀어진다.

방금 전까지 그렇게 가까이 있었는데. 뜨거운 살과 실팍한 가슴, 짓누르는 그 무게까지 또렷하게 느낄 수 있었는데. 귓가에는 그 낮은 속삭임이, 몸속에는 팽팽하게 부푼 그것의 감촉이 아직까지도 남아 있는데. 그의 기척만 사라져버렸다.

사에는 허망한 신음을 뱉었다.

그대로 켜져 있는 작은 조명 아래에서, 시계가 네 시 약간 넘은 시각을 가리키고 있다. 이런 꿈을 꾸고 눈을 뜨면 무엇 때문인지 늘 이 시간대다.

이불 속에서 팬티 안으로 살며시 손을 집어넣으려다가 그만두었다. 순간의 만족을 얻는 방법은 알고 있지만, 그다음에 찾아오는 공허함도 잘 알고 있다.

일어나 캐시미어 카디건을 어깨에 걸친다. 사타구니에서 끈적끈적 흐르는 것을 의식하지 않으려 애쓰며 방에서 나와 어두운 계단을 내려갔다.

다시 지어 집이 좁아지기는 했지만, 구조는 옛날이나 변함이 없다. 남쪽으로는 다다미방 몇 개, 북쪽으로는 부엌과 욕실, 그 사이에 현관과 이어지는 복도가 있다. 4월인데도 아직은 아침저녁으로 쌀쌀해서 마룻바닥을 딛는 발이 금방 차가워졌다.

소리 나지 않게 볼일을 본 사에는 아버지가 자고 있는 침실 앞에서 귀를 곤두세웠다. 장지문 너머로 이따금 들려오는 잠든 아버지의 숨소리를 확인한다. 반년 전까지만 해도 그곳은 아버지와 엄마의 침실이었다. 엄마가 그렇게 갑자기 돌아가실 때까지도 몰랐는데, 생각해보니 아버지의 나이는 엄마보다 훨씬 많다. 언제 무슨 일이 생길지 알 수 없는 나이다.

어려서 엄마의 손을 잡고 이 집으로 와 미즈시마 시게유키의 딸이 되었을 때, 이 방 앞을 지날 때면 늘 발꿈치를 들고 살금살금 다녔다. 한 살 위인 아키라가 꼭 뒤따라와야 화장실에 갈 수 있었던 어린 시절에도, 심야방송이 듣고 싶어 밤을 새웠던 중학생 시절에도, 장지문 너머로 지금과 비슷한 아버지의 — 그때는 의붓아버지라고만 여겼던 시게유키의 — 코 고는 소리가 크게 들렸다. 때로는 가위에 눌렸는지 흐느끼는 듯한 엄마를 시게유키가 흔들어 깨우는 소리가 들리기도 했다.

"시즈코 …… 시즈코!"

그 소리가 실은 무엇을 뜻하는지 알게 된 것은 언제였을까. 갑자기 눈가리개를 벗겨낸 것처럼 진실을 깨달았던 순간의 그 충격이 지금도 잊히지 않는다.

가위에 눌린 것이 아니었다, 엄마는.

흔들어 깨우는 것도 아니었다, 아빠는.

두 사람은 사랑을 나누고 있었던 것이다.

잘 들어보면 장지문 너머에서 흘러나오는 흐느낌 소리에는 달콤한 애원과 교태가 섞여 있었다. 지금 어두운 방에서 무슨 일이 벌어지고 있는지, 상상하면 할수록 혐오감도 반발심도 아닌 알 수 없는 어떤 것이 스멀스멀 기어 올라와 무릎이 푸르르 떨렸다.

화끈 달아오르는 수치심에 그 자리에 서 있을 수가 없었다. 하지만 그 후에 찾아온 것은 어이없게도 기묘한 납득이었다. 과거 가정부로 이 집에 살다가 잠시 틈을 두고 후처가 된 엄마. 그 엄마가 밤마다 침실에서만 드러내는 다른 얼굴이 딸인 자기 몸에도 숨어 있다면 ……. 지금까지 누구에게 말도 못 하고 이유도 알 수 없었던 몇 가지 사건이 설명될 것 같은 느낌이었다. 그렇다, 그 재수생의 말도.

그는 막 열일곱이 된 사에의 몸을 범해놓고 바지 지퍼를 올리면서 이렇게 말했다.

"네가 먼저 꼬셨어, 알아?"

제일 처음은 수시로 집을 드나들던 목수였다.

그것이 몇 살 때 일인지 사에 자신도 분명하게 기억하지 못한다. 네 살 아래인 미키가 아직도 엄마를 졸졸 따라다녔으니까, 아마 사에는 유치원에 다녔거나 기껏해야 초등학교에 들어간 지 오래지 않은 때였을 것이다.

당시 시게유키의 미즈시마 건축 사무소는 전에 없는 위기에 직면해 있었다. 거액의 부도를 내고 도망친 거래처를 대신해서 빚을 갚아야 했던 시게유키는 전에 시즈코와 사에가 살았던 별채에 목수 몇 명을 기거하게 했다. 고육책으로 식사와 잠자리를 제공하는 대신 임금을 깎은 것이다.

동료들 사이에서 '조 씨'라 불렸던 늙수그레한 목수도 그중 한 명이었다. 머리에 흰 머리칼이 드문드문 섞여 있는 몸집이 작은 남자였다. 일손도 빠르고 솜씨도 좋아 시게유키가 애지중지했다.

'조'가 이름인지 성인지 별명인지는 잘 몰랐다. 아무튼 태어나 그때껏 할아버지의 감촉을 모르는 사에와 아키라는 그 목수를 끔찍이 따랐다. 그 역시 둘에게만 살짝 과자를 사주기도 하고, 틈을 내서 같이 놀아주기도 했다. 어디 먼 곳에 또래의 손자가 있다는 얘기도 했다.

몇 번은 별채 목욕탕에서 목욕도 했다. 늘 아키라와 함께였다.

그런데 그날은 달랐다. 아키라가 감기에 걸려 열이 나는 바람에 어린 미키를 돌보랴 간병하랴 정신이 없었던 시즈코는, 오늘 밤은 별채에다 사에를 재우라는 조 씨의 말을 고맙게 받아들였다.

그는 나무토막으로 만든 배를 대야에 띄우고 노는 사에의 등을 꼼꼼히 씻어주기 시작했다. 본채에 있는 목욕탕에서 목욕을 할 때는 엄마가 타월에 거품을 내서 온몸을 박박 비비는데, 그는 손바닥으로 쓰다듬듯이 씻어준다. 간지럼을 잘 타는 아키라는 늘 괴성을 지르면서 이리저리 도망 다녔지만, 사에는 그렇게 해주는 것이 아주 좋았다. 차근차근 부드럽게 씻어주면 자신이 소중하게 여겨지고 있다는 느낌에 마치 공주님이라도 된 기분이 들곤 했다.

커다란 손바닥이 겨드랑이와 목덜미와 귀 뒤를 구석구석 쓰다듬었다. 기분은 좋았지만 평소와 달리 너무 오래 그러고 있다 보니 추워진 사에는 욕조에 들어가겠다고 했다. 그런데,

"아직 덜 됐어."

그는 그렇게 말했다.

"아직 중요한 곳을 안 씻었잖냐."

얼굴은 웃고 있는데, 이상하게도 눈은 움직이지 않았다.

미끄덩, 가운뎃손가락이 사타구니를 파고 들어왔다. 전에는 이렇게 급하게 굴지 않았는데, 사에가 자기도 모르게 뒷걸음질을 치자 그는 한쪽 팔로 그녀의 등을 누르고 안아 올려 자기 무릎에 앉혔다. 젖은 허벅지 털에 엉덩이가 따끔거렸다.

"여자니까, 잘 씻어야지."

낮게 죽인 목소리로 그가 말하며 사에의 다리를 넓게 벌리게 하고 그곳을 만지작거렸다.

아얏. 사에는 몸을 비틀었다. 아파, 할아버지.

"에이 좀 참아야지. 이런, 왜 다리를 자꾸 오므려? 속까지 깨끗이 씻어야 되는데. 지저분하게 하고 있다가 병균이 들어와서 병에 걸리면 안 되지."

간신히 목욕을 끝내고 나란히 이부자리에 누워 있을 때도 사타구니 안이 찌릿찌릿 아팠다. 오줌을 눌 때도 근처가 몹시 따끔거렸다.

사에는 비누 거품이 다 씻기지 않아서 아픈 모양이라고 생각했다. 하지만 그다음에 욕조에 들어갔다 나왔는데 왜 이렇지? 너무 깊이까지 씻어서 그런가 ……? 목욕탕에 다시 가서 씻고 싶었지만, 잠옷까지 다 갈아입혀 주었는데 미안해서 말을 꺼낼 수가 없었다.

옆방에서는 다른 목수가 텔레비전을 보고 있는지, 잘 모르는 노랫소리에 이어 관객들의 박수 소리와 웃음소리가 들렸다. 발쪽에 있는 장지문의 창호지에 복도의 불빛이 비쳐 노을처럼 붉게 보였다.

사에는 몸을 뒤척거렸다. 오빠는 열이 내렸을까. 내일은 같이 놀 수 있을까.

그때 갑자기 옆에 누워 있던 그가 얼굴을 돌렸다.

"잠이 안 오냐?"

입 냄새가 풍겼다. 아버지가 술을 마셨을 때처럼 익어 짓무른 감 같은 냄새다.

잠시 망설인 후에 사에가 고개를 끄덕였다.

"그럼, 잠 잘 자게 하는 요술 보여줄까? 사에, 날름 내밀어 봐."

그가 말했다.

날름?

"이렇게 쏙 내밀어 봐."

그가 자기 혀를 쑥 내밀며 말했다.

왜 그러지? 이상하게 생각하면서도 하라는 대로 하자, 그는 혀를 오므리고 마치 포도알을 빨아 삼키듯 사에의 혀를 빨았다. 움찔 놀라 얼굴을 비키는 사에에게,

"못쓰지, 그러면."

겁을 주는 듯한 말투였다.

"겁낼 것 없어, 우리 미치코하고도 늘 하는데."

그의 손녀딸 이름이 미치코라고 들은 적이 있었다.

그렇다면 뭐 이상한 일이 아니겠지. 내가 몰라서 그렇지 어쩌면 다들 하는 일인지도 몰라.

"내밀어 봐, 어서. 그렇지 그렇지, 그렇게. 아아, 맛있다. 사에도 할아버지 침 먹어봐."

윽.

눈을 꼭 감고 고개를 돌리려고 하자 그가 우는소리를 했다.

"우리 미치코는 늘 맛있게 먹어주는데. 사에는 할아버지가 싫으니?"

징그러워서 싫다는 말은 도저히 할 수 없었다. 늘 친절하게 대해주는 할아버지에게 그런 말을 하기도 미안하고, 하면 많이 실망할 것 같았다. 할아버지가 싫은 것은 아닌데, 싫다고 말하는 셈이 된다.

사에는 눈을 꼭 감고 온몸을 긴장시킨 채 입안으로 들어오는 부글부글 거품이 이는 뜨뜻미지근한 침을 꿀꺽 삼켰다. …… 싫어, 이제 싫어, 싫어, 오빠.

어느 틈에 잠이 들었을까.

시즈코가 깨우는 소리에 눈을 뜨자 목수들은 일하러 나간 뒤였다.

엄마는 앞마당으로 나 있는 창문을 활짝 열고 이불을 내다

널었다. 연못 물에 반사된 빛이 천장에서 일렁거리는 것을 바라보는 동안 어젯밤 있었던 일이 꿈처럼 희미해지고 말았다.

그러고는 까맣게 잊었다. 자신이 잊어버렸다는 것조차 잊고 있었다. 아마도 그만큼 잊고 싶었던 것이리라.

그다음 떠오르는 사건은 세월이 십 년 넘게 흘러 목수들의 면면이 완전히 바뀐 후의 일이다. 치과 대합실에서 잡지를 읽고 있는데, 양부로부터 육체관계를 강요당하면서 자란 소녀에 관한 기사가 실려 있었다. 인상을 찌푸리고 읽다 보니, 소녀의 일부 체험이 자신에게 생긴 일과 아주 비슷하다는 것을 알 수 있었다.

아동 학대. 성폭력. 기사에는 그렇게 쓰여 있었다.

머리가 휘청하고, 손발 끝이 싸늘해졌다. 그런 동요 끝에 밀려온 것은 현기증이 일 정도로 극심한 분노였다. 이미 그 할아버지의 얼굴과 목소리는 잊었지만, 그에 대한 신뢰감은 기억 속에 고스란히 남아 있었다. 그런데 그것이 지금에 와서 송두리째 뒤집어지는 분함에, 아니 지금까지 그 배신을 깨닫지 못했다는 분함에 잡지를 든 손이 부들부들 떨렸다.

하지만 지금 와서 생각해보면, 그와 비슷한 경험은 얼마든지 있었다.

책가방을 메고 집으로 돌아오는 길에 뒤에서 자전거를 타고 오던 남자가 지나치면서 가슴을 만졌던 일. 비 내리는 어느 날, 아동도서관에 가려고 우산을 쓰고 공원을 지나가는데, 지나가던 중학생 정도의 남자애가 갑자기 앞을 가로막고 서서는, 잠지좀 보여줘, 라고 했던 일. 6학년 여름방학 때, 저쪽에서 차를 몰고 오던 남자가 창문을 내리고 지도를 내보이며 길을 묻기에 지도를 들여다보았더니, 그 밑에서 남자의 한쪽 손이 거무죽죽한 막대 같은 것을 주물럭거리고 있었던 일. 버스나 전철 속에서 치한을 만났던 일까지 합하면, 그런 일은 거의 다반사라고 할 수 있을 정도로 빈번했다.

하지만 사에는 부모에게는 물론 아키라에게도 그런 일을 털어놓지 않았다. 맨 처음, 자전거를 타고 온 남자가 가슴을 만졌을 때 엄마에게 말했더니 학교와 경찰까지 끌어들여 한바탕 소동을 빚었기 때문이다. 한동안 선생님과 학부모들이 통학길에 번갈아 서 있어서 더 이상의 피해는 없었지만, 범인도 잡히지 않아 사에는 같은 반 남자애들에게 거짓말쟁이 취급을 받았다. 가슴을 만져보자고 장난삼아 다가오는 남자애도 있었다. 그런 창피는 두 번 다시 당하고 싶지 않았다.

그러나 사에가 입을 다문 가장 큰 이유는 다름 아닌 아버지의 한마디 때문이었다.

"네가 빈틈을 많이 보이는 것 아니냐?"

시게유키는 사에에게 그렇게 말했다.

"한눈이나 팔면서 어슬렁거렸겠지. 걸을 때는 똑바로 앞을 보고 걸어라."

그리고 시즈코에게는 이렇게 덧붙였다.

"칠칠치 못하게 키우니 저 모양이지."

어째서 엄마와 내가 꾸지람을 들어야 하는 것일까, 하고 사에는 생각했다. 나는 아무 짓도 안 했는데. 나쁜 것은 그 이상한 아저씨인데.

그런데도 걸을 때는 아버지가 하라는 대로 앞을 보고 똑바로 걸으려 애썼고, 남자들에게는 특히 빈틈을 보이지 않으려고 조심했다. 중학생이 된 후에도 다른 애들 이상으로 몸가짐을 단정히 했고, 쉬는 날 놀러 나갈 때도 다른 여자애들과 달리 민소매나 짧은 치마는 입지 않았다. 하지만 소용이 없었다. 남자들의 끈끈한 시선은 다른 여자애들은 보란 듯 스쳐 지나 사에에게 꽂혔다.

싫어서 견딜 수 없는 한편 사에는 이유 없는 책임감을 느꼈다. 역시 나에게 원인이 있는 것일까? 이 몸속에 엄마에게 물려받은 음탕한 피가 흐르고 있어, 그것이 내 의지와는 무관하게 남자들을 자극하고 유혹하는 것일까?

고등학교 2학년 때 그 재수생이 사귀자고 했을 때에도, 그래서 더욱 고민이 많았다. 언뜻 보기에는 착실한 듯했고 친구들이 옆에서 부추기기도 했지만, 그 남자가 진심으로 사귀자는 것인지, 어떻게 대응해야 할지 혼자서는 판단하기가 어려웠다.

망설인 끝에 사에는 아키라와 의논했다. 피가 한 방울도 섞이지 않은 오빠가 요즘 들어 서먹하게 군다는 것은 눈치채고 있었지만, 어린 시절부터 그를 믿고 따랐던 신뢰감에는 조금도 변함이 없었기에 틀림없이 부모 된 마음으로 얘기를 들어줄 것이라고 생각했다. 동시에 다소 유치한 속셈도 있었다. 대체 뭐가 마음에 들지 않는 것인지 눈도 마주치지 않으려는 아키라의 마음에 질투심을 품게 하고 싶었다.

그런데.

"그냥 한 번 만나보는 것도 괜찮잖아?"

얘기를 듣고서도 아키라는 표정 하나 변하지 않았다.

"이런저런 얘기를 나누다 보면 마음이 맞는 남자인지 알 수 있을 것 아냐. 사귈지 말지는 그다음에 생각해도 늦지 않을 것 같은데."

물론 사에가 아키라의 속내를 알 리 없었다. 알기는커녕 상상조차 해본 일이 없었다.

설마 오빠까지 자기를 여자로 보고 있으리라고는, 그것도 몇 년 동안이나 줄곧.

"나는 괜찮다. 내년 봄에는 앞뜰에서 꽃을 딸 수 있을 거야."

그렇게 말하면서 웃던 엄마의 얼굴을 그려본다.

뇌혈관이 터져서 쓰러지기 불과 몇 시간 전의 일이다. 흙을 만지는 것이 취미라 해도 그렇지 너무 심하게 매달리는 것 같아 걱정이 된 사에가 쉬엄쉬엄 하라고 했더니 엄마의 대답이 그랬다.

"나이가 드니까 글쎄 뭐랄까, 날로 키우는 것이 좋아지는구나. 꽃도 그렇고, 아기도 그렇고. 언제나 너희들이 낳은 아기를 안아볼 수 있을지 모르겠다만, 꽃은 이렇게 씨를 뿌려놓으면 봄이면 꽃을 피우잖니. 이 나이가 됐는데도 아직 즐거운 마음으로 기다릴 수 있는 게 있다니, 행복한 일 아니겠냐?"

오랜 세월 시즈코가 정성 들여 하나하나 심은 꽃나무는 단단히 뿌리를 내렸고, 여러해살이풀과 구근도 잇달아 싹을 틔워 지금 앞뜰은 일 년 중 가장 아름다운 계절을 맞으려 하고 있다. 그때 뿌린 씨앗도 마당 여기저기에서 절로 자라 꽃망울을 틔우기 시작했다. 손질을 제대로 하지 않아 줄기만 쑥 웃자라 가냘파 보이지만, 습자본 같은 글자로 적어놓은 이름표대로 물망초 씨를 뿌린 곳에서는 물망초가 피어나고, 데이지 씨를 뿌린 곳에서는 데이지 꽃이 피었다.

'장미 나무에 장미꽃 피는 것은, 너무도 당연한 일 …….'

아직 무슨 뜻인지조차 알 리 없는 어린 시절부터 시즈코는 이런 시들도 곧잘 가르쳐주었다.

시게유키는 시즈코를 세상 물정에 어둡다느니 생각이 얕다느니 하면서 툭하면 바보 취급했지만, 사실 시즈코는 책을 열심히 읽는 여자였다. 세상을 뜨기 전날 밤에도, 조그만 돋보기를 코 위에 걸쳐놓고 좋아하는 단가短歌(일본 시조의 한 형식으로 5·7·5·7·7 의 5구 31음을 기준으로 한다-옮긴이) 책을 읽었다. 다소 세상 물정 에는 어둡고 사람의 말을 곧이곧대로 믿을 만큼 마음씨가 곱기 는 했어도, 절대 어리석거나 무지하지는 않았다고 사에는 생각 한다.

갑자기 눈물이 흐를 것 같아 마당에 쭈그리고 앉았다. 눈앞에 있는 꽃을 보니 가슴이 뭉클하다. 자신을 보호해줄 것이 아무것 도 없는 듯한 기분이다.

어린 시절에는, 이런 때 무릎을 껴안고 고개를 푹 숙이고 있으 면 아키라가 반드시 와주었다. 그리고 옆에 쭈그리고 앉아 사에 의 얼굴을 들여다보고 어색하게 머리를 쓰다듬으면서 이렇게 말 하곤 했다.

"야, 그냥 막 울어버려."

어린 사에가 아직 울기 전이든, 아니면 이미 울어 그치지 못할 때든, 아키라는 늘 입버릇처럼 그렇게 말했다. 그냥 막 울어버려.

사에는 흘러내린 스웨터 소매를 다시 걷어 올리고, 공조팝나 무 밑에 돋은 잡초로 손을 뻗었다.

바람이 살랑대기만 해도 자잘한 꽃잎이 설탕 가루처럼 떨어진 다. 아침을 먹고 난 지 오래지 않은 데다, 그 후로 거의 잠을 자 지 못해 지금에야 살살 잠이 온다. 햇살이 따스한 탓인지도 모르겠다.

연못을 메운 자리에 만든 텃밭까지 하면 혼자서 손질하기가 벅찰 정도로 넓다. 열흘 전부터 날마다 잡초를 뽑아주고 있지만도 손이 미처 따라가지 않는다. 조금 움직였는데도 벌써 등에서 땀이 배어 나온다. 여름이 되면 어쩌나 싶어 벌써부터 한숨이 나오는데, 그래도 이렇게 마당에 엎드려 흙을 만지고 꽃과 마주하다 보면, 엄마의 손길과 애정이 느껴져 가슴이 푸근해진다.

사에, 하고 아버지가 부르는 소리가 들렸다. 집 안에서 널마루와 다다미를 밟는 성급한 발소리가 다가온다.

"사에야, 사 ……."

목소리가 끊겼다.

돌아보자 툇마루까지 나온 시게유키가 입을 절반쯤 벌리고 이쪽을 보고 있다.

"왜요?"

고목에 난 옹이 같은 목울대가 위아래로 울렁거린다.

"…… 아니다."

시게유키가 헛기침을 했다.

"데라사와가 타일 견적서 갖고 왔더냐?"

"어디요? 신조 씨네 부엌요?"

"아니, 혼다 씨네 욕실 말이다."

"아니요, 아직 안 왔는데."

시게유키는 혀를 끌끌 찼다.

"거 참, 또 술 처먹고 잊어버렸나?"

"전화해볼까요?"

"그래, 걸어봐라. 저녁때까지는 꼭 보내달라고 해. 그리고 야마모토 씨네 청구서는?"

"어제 보냈는데요."

"그래? 그럼 됐고."

되돌아가려던 시게유키가 장지문에 손을 대고 돌아보았다.

"너무 공들이지 마라."

"네?"

"그냥 내버려 둬도 꽃은 핀다."

사에는 미소 지었다.

"…… 알았어요."

장지문이 닫히고 발소리가 멀어졌다.

그리고 뒤뜰 자재 적치장에서 엔진 소리가 났다. 일흔도 중반을 넘기면서 무리는 하지 않지만 그래도 저렇게 매일 현장을 돌아다니면서 일꾼들을 감시하고 있다.

전통 가옥을 지어달라는 의뢰가 눈에 띄게 줄어들어 지난 몇 년 동안 신축 건물의 70퍼센트가 천박한 싸구려 — 시게유키의 표현에 따르면 — 서양 주택이 돼버렸지만, 그래도 아버지는 절대 일을 허투루 하지 않았고 타협도 허용하지 않았다. 고작 합판을 기계로 못을 박아 붙이는 작업을 하면서도 일꾼들이 일을 마친 후에는 반드시 손에 든 낡은 망치 대가리로 쓱쓱 밀어보고는, 조금이라도 튀어나온 곳이 있으면 한 방에 두드려 밀어 넣고 고함을 질러댔다.

"자네들, 도배장이한테 잔소리 듣고 싶어, 어!"

그러면 젊은 일꾼 중에는 이런 말을 내뱉고는 그 자리에서 그만둔 이도 있었다.

"웃기고 있네. 더는 못 참아주겠군."

아랫사람으로 일할 때에는 대장의 고함 소리를 그저 참아내는 것이 최고라는 시게유키의 옛날식 사고는 전통 가옥과 더불어 시대에 뒤떨어진 신세가 되고 말았는지도 모른다.

솎아낸 잡초를 모아 대바구니에 담고 사에는 일어섰다. 오래 쭈그리고 앉아 있었던 탓에 눈앞이 어질어질했다. 바구니를 들고 마당 한구석으로 가 거름통 뚜껑을 열자 어제 버린 음식 쓰레기 냄새가 코를 찔렀다.

사에는 마당을 아름답게 손질하는 것이 얼마나 힘든 일인지 요즘 들어 겨우 알아가고 있다. 시게유키 말대로 꽃나무와 여러해살이풀은 그냥 내버려 둬도 나름대로 꽃을 피우지만, 일년초는 그렇지 않다. 시즈코는 지금 핀 꽃의 씨앗을 지난가을에 뿌렸다. 그렇다면 가을에 피는 꽃은 슬슬 씨를 뿌려야 할 때라는 뜻이다.

그 불편한 다리로 집안일을 도맡아 하면서 대체 어디서 그런 시간을 짜냈을까. 그렇게까지 해가면서 말이 없는 꽃들과 무슨 대화를 나눴던 것일까. 집 안에서는 한 번도 침울한 표정을 짓지 않았는데, 마당에 쭈그리고 앉아 흙을 만질 때는 달랐을지도 모른다고 사에는 생각했다.

대바구니를 씻어 말리려고 할 때였다. 별채 벽 근처에 무슨 하얀 것이 보인 것 같아 손길을 멈췄다.

동백나무 그늘 아래 이끼에 섞여 무리 지어 피어 있는 꽃. 사에는 눈여겨보고는 자기도 모르게 미소 지었다.

홀아비꽃대였다. 키 작은 줄기에, 촉촉하고 짙은 색 네 장의 이파리 사이로 꽃이라 부르기조차 조심스러울 만큼 소박한 하얀 꽃망울이 맺혀 있다. 가만히 살펴보니, 마당 여기저기에 피어 있다. 오래전에 시즈코가 뒷산 숲에서 한 뿌리를 캐다가 심은 것이 이렇게 번진 것이다.

올해도 잊지 않고 피어주었다. 그런 생각을 하자 한층 사랑스러웠다.

엄마가 홀아비꽃대 한 뿌리를 심은 것은 아이들이 아직 어렸을 때였다.

그날 아침, 엄마는 무슨 일 때문인지 몹시 허둥대며 사에와 미키만 데리고 집을 나섰다. 한 손에는 어린 미키를 안고 있었는데, 여느 때와 달리 남은 한 손으로 사에의 손을 잡아주지 않았다. 대신 커다란 짐보따리를 들고 있었다.

그 무렵 엄마에게 무슨 괴로운 일이라도 있었던 것일까? 새삼 생각해보니, 엄마의 인생은 늘 괴로운 일뿐이었던 것 같다.

그런데 뒷산을 지나다가 다른 곳에서 놀고 있어야 할 아키라와 마주치고 말았다. 아키라는 뒤쫓아 왔다. 시즈코가 아무리 돌아가라고 해도 싫다고, 나도 같이 간다고 고집을 피우면서 계속 따라왔다. 그는 나름대로 무언가를 감지하고 있는 것 같았다.

결국 시즈코는 세 아이를 데리고 집으로 돌아올 수밖에 없었다. 그리고 사에의 기억은 마당 한구석에 구멍을 파는 엄마의 옆얼굴로 이어진다.

뒷산 어귀에서 보고 한 뿌리를 캐어 아키라의 손에 들려 가지고 온 들꽃에 흙을 뿌리면서, 시즈코는 말똥말똥 쳐다보는 아이들에게 홀아비꽃대란 이름의 유래가 된 사람 이야기를 들려주었다.

'시즈여 시즈 남루한 베실꾸리 되감으니
지금을 그 옛날로 되돌릴 수는 없을까.'

"이건 말이지, 시즈카 고젠이라는 여자가 읊었던 노래야."

시즈카 고젠?

"그래. 미나모토노 요시쓰네源義經(1159~1189년, 무장-옮긴이)의 연인이었던 여자. 영특하고, 아주 아름다운 사람이었지."

마치 직접 만나고 온 듯한 말투였다.

"떨어져 지내는 요시쓰네 님이 무사히 잘 있는지도 궁금하고, 또 그립고 그리운 마음에 적이 보는 앞에서 춤을 추면서 노래를 불렀어. 그 행복한 날들을 돌이킬 수는 없을까요, 하고 말이야."

그쯤에서 동작을 멈추고 시즈코는 두 딸을 번갈아 보며, 호호, 하고 지친 표정으로 웃었다.

"그러고 보니 너희들, 마치 시즈카와 도모에 같구나."

한쪽은 유녀에서 요시쓰네의 애첩이 되어, 요시쓰네의 형인 미나모토노 요리토모源賴朝(1147~1199년, 쇼군將軍-옮긴이)가 아무리 그가 있는 곳을 대라고 윽박질러도 침묵을 지켰던 시즈카. 한쪽은 기소 요시나카木曾義仲(1154~1184년, 무장-옮긴이)의 애첩으로 전쟁터에서 그와 나란히 전투에 참가했고, 중상을 입은 요시나카에게 자결을 권하면서도 적을 무찔렀던 여장군 도모에. 엄마가 누구를 누구에 비유했는지는 생각해볼 것도 없었다.

그러나 그것은 단순히 비유로 끝나지 않았다. 그것은 암시, 아니 거의 예언에 가까웠다고 사에는 생각한다.

'지금을 그 옛날로 되돌릴 수는 없을까.'

그래, 그날로 돌아갈 수만 있다면 자신은 무슨 짓이든 할 텐데.

지금도 이 언저리는 도쿄 속의 시골이라 불리지만, 십오 년 전에는 명실상부한 시골이었다. 사방에 잡목림과 강이 있고, 여기저기 밭이 널려 있었다. 아이들이 자전거를 타고 마음껏 달릴 수 있을 만큼 넓은 벌판도 남아 있었다.

　사에는 오빠의 조언을 받아들여 일단 재수생 다나베 고이치를 만나보기로 했다.

　역 앞에서 만나, 하자는 대로 영화를 보고 쇼핑을 하고 밥을 같이 먹으면서 조금씩 서로에 대한 얘기를 나눴다. 그는 잘생긴 편은 아니었지만 친절하고 이성이란 느낌을 주지 않는 타입이었기 때문에 둘이서만 있어도 마음이 편했다. 얘기하는 것을 좋아했지만 같은 반 남자애들처럼 유치한 소리도 하지 않았고, 사에가 모르는 것도 많이 알고 있었다.

　"입시 공부? 그게 잘될 리가 있겠어?"

　농담인지 진담인지 모를 말투로 그렇게 말하며 웃는 눈가가 조금은 아키라를 닮은 느낌이었다.

　저녁때가 되어 같이 집으로 돌아올 무렵에는 만나기 전에 그토록 망설였던 일 따위 까맣게 잊고 있었다. 앞으로 정말 좋아할 수 있을지는 미지수였지만, 그가 원한다면 한 번쯤은 더 만나도 괜찮겠다고 생각했다.

다나베가 집 앞까지 데려다주겠다고 했지만, 아는 사람과 마주치면 창피하니까 도중까지만 가도 충분하다고 했다.

역에서 나란히 걸어오는 길에 둘은 시게유키의 건축 현장을 지났다. 밤나무 숲 사이에 있는 넓은 공터는 주택단지로 개발될 예정이었다. 그 한 모퉁이에 갓 창문을 단 집 한 채가 있고, 집 앞에는 '미즈시마 건축 사무소'란 팻말이 서 있었다.

안으로 들어가 보자는 다나베의 말에 사에는 물론 망설였다.

시게유키와 인부들은 다 집으로 돌아간 후였다. 날은 저물었고, 사방에 사람의 기척도 없었다. 하지만 마치 장난감 가게 앞에서 장난감이 보고 싶어 졸라대는 아이처럼 채근하는 그의 표정을 보고는, 의심하는 자신이 오히려 부끄러워지고 말았다. 하루 종일 친절하게 대해준 그에게 자의식이 지나친 여자로 비치고 싶지 않았다.

도를 넘는 고운 마음씨는 엄마에게 물려받은 것일까?

휑한 집 안에서 갑자기 키스를 당할 뻔하고는 소스라쳐 뒤로 물러났을 때에도 사에는 다나베를 좋은 사람이라고 생각했다. 자신이 아직 그럴 마음이 없다고 하면 당연히 들어줄 것이라고 믿었다.

그러나 다나베는 조금 전과 전혀 다르지 않은 말투로 이렇게 말했다.

"뭐 어때. 괜히 빼지 마."

밀쳐내려고 하자 다나베는 힘주어 더 꽉 안았다.

사에는 비명을 지르면서 발버둥쳤다.

당황한 다나베의 표정이 순식간에 변했다.

다나베는 사에를 바닥에 쓰러뜨리고 몸을 덮쳤다. 사에가 사태의 심각성을 자각했을 때는 이미 늦었다. 필사적으로 두 다리를 버둥거렸지만 하복부에 묵직한 아픔이 느껴져 숨을 쉴 수 없었다. 배를 걷어차였다는 것을 나중에야 알았다. 팔을 휘두르면서 자기도 상대를 걷어차려고 했다. 입을 막는 손을 깨물고 고개를 저으며 발버둥쳤다. 하지만 저항할 때마다 그는 배를 때렸다. 가차 없었다. 머리와 귀가 얼얼할 정도로 따귀도 맞았다. 입안이 터져 녹슨 쇠 맛이 났다. 그러고도 몇 번 더 배를 얻어맞고, 그다음에는 아무 느낌도 없어졌다.

팬티를 내리고 있다는 것은 알겠는데, 사에의 몸은 마비된 것처럼 꼼짝하지 않았다. 다나베는 숨을 헐떡이면서 그녀의 두 다리를 억지로 벌리고 밀고 들어왔다. 몸을 비틀고 발버둥칠 때 땀을 많이 흘렸는데, 어이없게도 그 땀이 오히려 윤활유 역할을 했다. 찢어지는 듯한 아픔에 소리를 지른 것 같았는데, 실제로는 희미한 신음 소리밖에 나오지 않았다. 그러나 아무리 큰 비명을 질렀다 한들 그의 귀에는 들리지 않았을 것이다.

머릿속이 소음으로 자글거리는 것 같기도 하고, 진공상태처럼 소리가 다 삼켜져버린 것 같기도 했다.

다나베는 사에의 몸 위에서 몇 번을 허덕거리며 움직이더니, 낮은 신음 소리와 함께 사정을 했다. 그러고는 잠시 숨을 고르고 그녀에게서 빠져나와 지퍼를 올리면서 일어나 말했다.

"네가 먼저 꼬셨어, 알아?"

꼴사나울 정도로 흥분한 목소리였다.

"그렇지 않으면 내가 이런 델 어떻게 알겠어? 네가 일부러 아무도 없는 이런 데로 나를 데리고 왔잖아? 누구든 여길 보면 그렇게 생각할 거야."

사에는 무릎을 껴안고 몸을 웅크렸다.

"입만 뻥긋해봐. 아무하고나 하는 여자라고 떠들고 다닐 테니까. 두 번 다시 얼굴 들고 나다니지 못하게 해줄 테니까, 알았어?"

다나베가 가버린 후에도 사에는 일어설 수가 없었다.

창문으로 저녁 햇살이 비쳐 톱밥이 날리는 바닥을 물들였다. 숨이 막힐 정도로 아름다운 저녁노을이었다. 사방은 향긋한 나무 냄새로 가득하고, 때로 어느 구석에선가 사르륵 하는 소리가 났다. 밖에서는 쓰르라미가 울어대기 시작했다.

'…… 가야지.'

겨우 몸을 일으킨 사에는 둘둘 말려 발목에 걸려 있는 팬티로 느릿느릿 손을 뻗었다.

그 바람에 남자가 남기고 간 것이 바닥으로 흘러나와 시큼한 냄새가 코를 찔렀다.

토할 것 같아 뒤편으로 뛰어나가 수도꼭지를 틀고 호스를 움켜잡았다. 하지만 아무리 물을 뿌리며 박박 비벼대고, 아픈 것을 참아가며 안으로 손가락을 집어넣어 씻어내도 끈적한 불쾌함은 사라지지 않았고, 몸속에 남아 있는 얼얼함도 지워지지 않았다.

'네가 빈틈을 많이 보이는 것 아니냐?'

사에는 소리 죽여 울었다. 울면서 토하고, 토하면서 또 울었다.

다나베가 겁을 주지 않았어도, 부모에게는 도저히 얘기할 수 없었다. 더욱이 아키라에게는 알리고 싶지 않았다. 오빠 성격에 만나보라고 한 자신을 용서하지 않을 것이다. 내가 어리석었는데, 자기 탓이라 여기고 불같이 화를 내며 자칫 그 남자를 죽여버릴 수도 있다. 나를 위해서라면 오빠는 충분히 그러고도 남을 사람이다. 충분히.

그때였다.

"어, 너 왜 거기 있어?"

움찔 놀라 돌아보니, 팻말 옆에 자전거를 세워놓고 이쪽을 기웃거리는 사람이 있었다. 바로 아키라였다. 오빠가 왜 여길? 사에가 피할 틈도 없이 아키라는 다가오면서 물었다.

"너, 이런 데서 뭐 하는 거야?"

멈춰 선 아키라의 시선이 눈물로 범벅이 된 사에의 얼굴에서 물에 젖은 치마로 옮겨 갔다.

"헉……."

아키라는 뛰어와 사에의 양어깨를 잡았다.

"무슨 짓을 당한 거야! 다친 데는? 무슨 일이야. 말해, 사에. 사에!"

하염없이 고개만 젓는 그녀를 아키라는 마구 흔들어댔다.

"누구야, 어떤 놈이야? 말하라니까. 그놈이야? 어, 오늘 만난 그놈이야? …… 개새끼, 죽여버리겠어, 시팔 …… 개새끼!"

아키라는 사에의 머리를 그러모으듯 가슴에 껴안았다.

그 순간 안도감이 전류처럼 등으로 내달렸다. 아키라에게만은 절대 알리고 싶지 않았는데, 실팍한 가슴에 안겨 끓어오르는 분노에 뛰는 그의 심장을 두 볼로 느끼는 순간, 사에를 가득 채운 것은 후회가 아니라 그저 압도적인 안도감이었다.

사에는 참을 수 없어 아키라에게 매달렸다. 맞닿은 몸으로 아키라의 격한 분노가 그대로 흘러들어 감전돼버릴 것 같았다. 몸속 깊숙한 곳에서 거무칙칙한 덩어리가 기어 올라와 목구멍을 비틀어 열었다.

두세 번 거친 숨을 내쉰 사에는 마침내 비명 같은 소리를 내질렀다.

"오빠!"

그녀는 울었다. 크게 울면 크게 울수록 자신을 꼭 껴안아주는 아키라의 팔이 슬퍼서 또 울었다. 울고, 또 울다 …… 숨이 막혀

죽는 줄 알았다.

자전거 뒷자리에 올라타 집으로 돌아온 것은 사방이 캄캄해
진 후였다.

아키라는, 부탁이니까 제발 엄마 아빠에게는 아무 말 하지 말
라는 사에를 위해서 별채에 그녀를 데려다 놓고 몰래 갈아입을
옷을 갖다 주었다. 도중에 집 안에서 뭐라고 화를 내는 아빠의
고함 소리가 들렸다. 아키라가 심부름을 제대로 하지 않은 탓이
었다. 그가 그곳에 간 것은 아빠가 깜박 두고 온 도면을 갖고 오
라고 심부름을 시켰기 때문이었다.

"누가 애당초 잊어버리고 오래?"

사에에게 옷을 건네면서 아키라는 중얼거렸다. 자칫하면 또
울음을 터뜨릴 것 같은 그녀에게 아키라는 억지로 밝게 웃어 보
였다.

나뭇잎 사이를 스쳐 홀아비꽃대 위로 쏟아지던 햇살이 구름
에 가렸다.

아 참, 데라사와 씨에게 전화해야 되는데. 사에는 손을 씻으러
별채 옆에 있는 수돗가로 갔다. 건축 관계 업자들은 대개 아침이
이르다. 술고래로 유명한 타일 업자 데라사와 역시 아침 여덟 시
면 벌써 움직인다.

그때 맞은편 집 현관문이 열리는 소리가 났다.

돌아보지 않아도 알 수 있었다.

"잘 잤어?"

등대꽃 울타리 너머로 아직 출근하기 전인 세타로가 여느 때처럼 말을 걸었다.

"어라, 벌써 끝났어?"

"응, 잘 잤어? 오늘 아침에는 일찍 일어났거든. 이제 풀도 거의 다 뽑았고."

"저쪽에 있는 건 풀 아냐?"

그가 가리킨 것은 벽 근처에 피어 있는 홀아비꽃대였다. 사에는 후후 웃었다.

"풀은 풀이지만 그건 일부러 심은 거야."

말하면서 언뜻 눈에 띄어 가르쳐주었다.

"넥타이 또 비뚤어졌다."

"그런 자기는 볼에 흙이 묻었는데."

얼른 닦아냈다.

"아니 반대쪽. 응, 그쪽."

세타로가 웃었다.

"아, 더 닦아야겠는데. 나중에 거울 봐."

안 그래도 붙임성 있어 보이는 곱상한 얼굴이 웃으면 더욱 사람 좋아 보인다. 사에도 할 수 없이 웃었다.

'겁쟁이 세타로.'

'오줌싸개.'

아키라에게 놀림을 당하고는 골이 나 사에 뒤로 숨던 어린 시절 세타로의 흔적은 지금 어디에도 없다. 업계 최대의 건설 회사에 갓 취직했을 때는 양복이 헐거워 어색하기만 했는데, 서른다섯인 지금은 누가 보나 부하를 거느린 어엿한 어른이다.

취직한 지 오래지 않아 세타로가 1급 건축사 자격증을 따겠다고 했을 때, 가장 기뻐한 사람은 아마 시게유키였을 것이다. 큰아들인 미쓰구도 그렇고 작은아들인 아키라에게도 배신당한 아버지는 그때부터 벌써 세타로에게 사에를 시집보내려고 작정했는지도 모른다.

"아, 그거 어머님 거지?"

세타로의 말에 사에는 입고 있는 스웨터를 내려다보았다. 연두색 봄 스웨터.

"용케 기억하고 있네."

"그 스웨터 때문인가. 아까 등이 보이는데, 하도 어머님하고 똑같아서 놀랐다니까."

아아, 그랬구나 하고 사에는 생각했다. 그래서 아까 아버지도
…….

"그건 그렇고, 그 일은 아버님께 말씀드렸어?"

"그게, 아직이야."

사에는 세타로의 눈길을 피했다.

"재촉은 안 하겠지만, 시간이 별로 없어."

세타로는 눈치를 살피는 듯한 표정으로 사에를 보았다.

"아무튼 희망적으로 생각하는 거겠지?"

"그야 ……. 하지만 그렇게 간단하지가 않아."

그 일이란 세타로의 고베 전근에 관한 것이었다. 그렇다고 아직 정확하게 결정된 것은 아니다. 고베에는 대형 지사가 있고, 그는 전에도 이 년 동안 그곳에서 근무한 적이 있다. 그때 상사가 부장으로 승진했는데, 세타로가 내려와 주기를 바란다는 것이다. 그 제안을 받아들일지는 전적으로 세타로의 의사에 달려 있다. 세타로는 내려간다면 사에를 데리고 가고 싶어 한다.

"이러니저러니 하면서 지나치게 앞일 걱정이 많다니까, 사에는."

세타로는 그답지 않게 짜증스럽게 말했다.

"아버님도 아직 정정하시잖아. 미키도 가까이 살고 있고, 일손이 부족하면 사람을 고용하는 방법도 있고. 그렇다고 내내 그쪽에서 사는 것도 아니고."

"그건 그렇지만 ……."

여느 때와 달리 강하게 나오는 세타로의 태도에 당황하면서 사에는 말했다.

"그래도 조금만 더 생각할 시간을 줘."

세타로는 어쩔 수 없다는 듯이 한숨을 쉬었다.

"알았어. 아무튼 다녀올게."

다녀와, 라고 대답하자 그는 돌아보며 쓴웃음을 지었다.

"그 소리를 언제나 돼야 매일 들을 수 있을까?"

여름방학 중이었고, 생리가 정상적이어서 일단 안심은 했지만 어느 쪽도 큰 위로는 되지 못했다.

식구들 앞에서 아무 일 없는 것처럼 행동할 수는 있어도 그 반동이 사에에게 견딜 수 없는 고통을 가져다주었다.

그날 이후, 사에는 길에서 스치는 남자는 물론 아빠와 큰오빠 미쓰구에 대해서도 혐오감을 느끼게 되었다. 만지기는커녕 희미한 체취만 맡아도 구역질이 올라올 정도였다.

전화번호부에서 다나베 고이치의 하숙집을 알아낸 아키라가 그를 반 죽여놓았다는 것을 알았을 때는 그나마 마음이 조금 움직였지만, 그렇다고 속이 후련해진 것은 아니었다. 밉고 분하고, 자신이 한심해서 눈물도 나오지 않았다. 운다고 해서 되돌릴 수 있는 일도 아니었다. 한번 잃은 것은 영원히 잃은 것이니까.

전처럼 아니 전보다 명랑하게 생활하는 자신과 침울한 마음에 겨울잠이라도 자고 싶어 하는 자신 사이의 간극은 날로 벌어져, 일 초라도 긴장을 풀면 끝없는 벼랑으로 떨어질 것 같았다.

도수가 맞지 않는 렌즈가 하루 이십사 시간 시야를 흐리고 있는 것 같고, 억지로라도 눈을 부릅뜨려 하면 머리가 이상해질 것 같았다.

보다 못한 아키라가 사에를 데리고 산책에 나서게 되었다.

큰 행사라도 있지 않는 한 사람들의 발길이 드문 조그만 신사의 경내는 어린 시절 미키와 세타로와 함께 깡통 차기와 숨바꼭질을 하며 놀던 곳이었다. 특히 세타로가 술래일 때 건물 속에 숨어 문을 닫아버리면, 겁이 많은 세타로는 절대 찾으러 들어오지 않았다.

사에는 어린 시절의 추억이 어려 있는 툇마루에 앉아 다리를 뻗고 앉은 아키라의 등에 기대어 멍하니 시간을 보냈다. 살을 맞대고도 구역질이 올라오지 않는 사람은 아키라뿐이었다.

아무리 오래 걸려도, 아키라는 사에가 마음이 내켜 일어설 때까지 말없이 시간을 함께해 주었다. 뭘 그렇게 마음을 쓰느냐, 적당히 잊어버리란 말 따위는 한 마디도 하지 않았다. 그 자신이, 그저 시간이 흘러주기를 기다려야 하는 일도 있다는 것을 잘 알고 있었는지도 모른다.

하지만 적어도, 하고 사에는 생각한다. 그때 자신과 아키라를 이어주었던 감정은 남매지간의 정이었다. 사에는 시즈코가 데리고 온 자식이라고 알고 있었으니까 평범한 오누이 사이에 오가는 감정과는 다소 달랐을지도 모르지만, 그래도 아키라는 사에에게 오빠였고 그에게 그녀는 여동생이었다.

그런데 그 위태로웠던 균형이 그만 깨지고 말았다.

사건이 있은 지 삼 주 정도 지난 그날, 8월 중순의 경내는 울창한 녹음에 덮여 있었다. 매미 울음소리는 소나기처럼 쏟아지는데, 그래도 그늘은 서늘했다.

"너 바보냐!"

고개 숙인 사에를 내려다보며 아키라가 고함을 질렀다.

"그런 일 하나 가지고 그렇게 전전긍긍할 거면 나부터 상대 안 할 거야, 알겠어?"

평소 말이 없는 오빠가 그때는 정말 화를 냈다. 무슨 말을 하다가 이런 나를 좋아하는 남자가 있을 리 없다는 말을 한 탓이었다.

사에는 그런 뜻이 아니라고 말했다. 그런 남자에게 당했다고 하는 소리가 아니라고. 다른 누구보다 내 자신이, 이런 나를 어디든 내던지고 싶어 견딜 수 없다고. 답답하고, 침울하고, 어리석고, 생각도 없고. 아빠 말대로 빈틈이 많고, 칠칠치 못하고, 스스로를 좋아하지 못하는 이런 여자를 누가 좋아하겠느냐고.

아키라는 말이 없었다.

너무도 오랜 침묵에 불안해진 사에가 고개를 들자, 내려다보는 아키라와 눈이 마주쳤다. 햇볕에 그을린 가무잡잡한 얼굴이 어째서인지 긴장으로 굳어 있었다. 삼 주일 동안 거의 매일을 함께 있었는데, 그동안 한 번도 보인 적이 없는 표정이었다.

"난 ……."

헛소리를 하듯 말을 꺼낸 아키라는 자신의 목소리에 화들짝 놀라 눈길을 피했다. 그러고는,

"넌."

이라고 말을 바꿨다.

"충분히 좋은 여자야."

사에는 피식 웃었다.

"고마워."

"이런 바보. 위로하는 거 아냐. 우리 반 녀석들도 다들 그렇게 말해. 너한테는 아까운 동생이라고."

잠자코 대꾸를 하지 않는 사에 앞에서 아키라는 무릎을 꿇었다. 그리고 두 손을 마주 잡고 사에의 얼굴을 들여다보았다.

"너, 내 말 못 믿는구나."

사에는 대답하지 않았다.

"그런 거지?"

아키라가 한숨을 쉬었다.

"그렇겠지. 결국 내 말대로 했다가 그런 일을 당했으니까."

말도 안 돼! 고개를 젓자 커다란 손이 뻗어 나와 사에의 두 볼을 감쌌다.

"그럼, 믿어."

아키라가 말했다. 강렬하게 빛나는 두 눈이 뚫어지게 쳐다보고 있었다.

"한 번이라도 좋으니까, 나를 믿어."

미간이 욱신거리고 코끝이 찡했다.

"알아? 너는 하나도 변하지 않았어. 그 고집스러운 성격도, 남생각 하느라고 싫은 것도 싫다고 하지 못하는 마음씨도 ……. 그리고 외로움을 많이 타는 것도, 툭하면 우는 울보인 것도, 못생기고 맹한 것도, 아무것도 변하지 않았다고. 변하지 않았지만, 전보다 훨씬 좋은 여자야. …… 바보, 정말이야. 어렸을 때부터 죽곁에서 지켜본 오빠가 하는 소리라고. 이보다 더 확실한 게 어디 있겠어?"

눈두덩이 점차 뜨거워졌다. 울지 않겠노라 참으면 참을수록 입술이 후들후들 떨렸다.

그런 사에의 모습을 보자 아키라의 눈빛이 순식간에 누그러졌다.

"이런 바보, 뭘 참는 거야?"

사에의 머리를 쓰다듬으며 그가 말했다.

"괜찮아, 실컷 울어."

한계였다.

사에는 끝내 아키라의 굵은 목에 팔을 두르고 그에게 안겼

다. 아키라는 그녀를 껴안고 몇 번이나 몇 번이나 머리를 쓰다
듬었다.

소리 내어 우는 것은 물론 이렇게 아키라에게 안기는 것도 그
날 저녁 이후 처음이었다. 그런데 그때는 이미 뭔가가 달랐다. 남
자 냄새가 속이 메슥거리도록 싫었는데, 아키라의 땀 냄새는 조
금도 싫지 않았다. 오히려 한없이 그렇게 안겨 있고 싶었다.

오빠인데.

불현듯 두려움이 밀려왔다.

아키라가 두려운 것이 아니었다. 두려운 것은 몸속에서 꿈틀
거리기 시작한 그 무엇이었다. 꽉 누르고 있지 않으면 공중으로
떠오를 것 같은 불안함 속에서도 기대 비슷한 통증을 느끼기 시
작한 자신이 두려운 것이었다. 사에는 떨렸다. 열어서는 안 되는
문의 손잡이를 잡고 지금 막 돌리려 하는 듯한 두근거림을, 자신
은 물론 아키라 역시 느끼고 있다는 것을 알 수 있었다. 뜨겁게
달아오른 그의 몸이 그 증거였다.

사에는 문득, 아키라가 귓가에다 입을 대고 무슨 말을 하려
한다는 것을 알았다. 입을 열었다가는 주저하고, 무슨 말을 하려
다 그만둔다. 아키라는 말로는 표현할 수 없는지 사에의 몸을 껴
안은 팔에 더욱더 힘을 주었다. 사에가 자기도 모르게 비명을 지
르며 몸을 비틀었다.

"사에, 나 ……."

아키라는 작은 목소리로 중얼거렸다.

"나 ……."

갑자기 아키라가 머리를 움켜잡고 사에를 자기 몸에서 떼어냈다. 너무도 가까이서 들여다보는 아키라의 눈빛에 놀랄 겨를도 없이, 그의 입술이 사에의 입술에 포개졌다. 놀라서 반사적으로 몸을 밀쳐내려 했지만, 일어서는 동시에 몸을 덮친 그는 깨물듯 사에의 입술을 빨았고, 도려내듯 혀를 휘감았다. 사에는 눈을 부릅뜨고 숨을 삼켰다. 벼랑으로 떨어지는 듯한 감각에 자기도 모르게 아키라의 몸에 매달리자, 그의 숨결이 더욱 거칠어졌다. 눈앞이 새하얘지면서 머릿속이 빙글빙글 돌았다. 사에는 끝내 아키라의 거친 입술과 그 몸에서 발산되는 남자의 냄새 외에는 아무것도 느낄 수 없었다.

정신이 아득해지도록 긴 입맞춤 뒤에 아키라는 겨우 몸을 뗐다. 아무 말 않고 서로를 응시했다. 두 사람 모두 거친 숨을 몰아쉬고 있었다.

먼저 서둔 것은 아키라였지만, 이미 사에도 원하고 있었다. 둘은 뒤엉키듯 신사 안으로 들어갔다. 벽의 널빤지 틈으로 새어드는 가늘고 긴 빛 속에서 옷을 벗을 때까지는 서로가 망설였지만, 살과 살이 빨려들듯 합쳐진 순간부터는 상황이 달라졌다.

아키라가 천천히 들어왔을 때 사에는 자기도 모르게 소리를 지르고 말았다. 아픔 때문이 아니었다. 너무도 강렬한 쾌감 때문이었다. 겨우 두 번째인데 이럴 리 없다고 생각하면서도 도저히 억누를 수가 없었다. 늦은 밤 부모님의 침실에서 새어 나오던 소리와 똑같은 소리가 사에 자신의 귀에도 음란하게 들렸다. 아키라에게까지 그렇게 여겨지고 싶지 않은 마음이 잠시 그녀를 옭아매고 있었지만, 아키라가 다시 움직이기 시작하자 이성의 견제가 어디론가 날아가 버리고 말았다.

"오빠……."

그렇게 부를 때마다 온몸의 피가 파도처럼 밀려왔다 밀려갔다.

"오빠……."

나무 문을 꼭 닫은 신사 안의 마른 먼지 냄새가 기억난다. 매미 울음소리에 묻혀버릴 듯했던 그날들이 어쩌면 가장 행복한 시절이었는지도 모른다.

두 사람 모두 모든 것이 새롭게 시작될 것이라고 생각하고 있었다.

눈을 감고 손가락으로 관자놀이를 꾹 눌렀다. 오랜 시간 발주 목록의 자잘한 숫자를 들여다본 탓에 머리가 띵하고 아프다.

본채를 손질하면서 동시에 이 별채를 사무실로 쓰게 되었다.

다다미를 걷어내고, 현장에서 쓰고 남은 비닐 타일을 깔고, 복사기와 팩시밀리와 낡은 책상을 옮겨다 놓고, 전화를 놓았다. 덕분에 옛 모습은 흔적도 없이 사라졌지만, 하루의 대부분을 그곳에서 지내는 사에에게는 오히려 다행스러운 일이었다. 어차피 아름다운 추억 따위 없는 곳이다.

그때 전화벨이 울렸다.

"언니, 오늘 밤 가도 돼?"

미키였다.

"물론이지."

사에가 대답했다.

"자기 집에 오는데 새삼스럽게 뭘 물어?"

"그래도 저녁 준비도 해야 되잖아."

"냉장고에 다 있으니까, 걱정 마."

"나 어제 생선 먹었는데."

"알았다, 알았어."

사에가 웃는다.

"오늘은 고기 먹여줄게."

"그럼 회사 끝나고 갈게."

미키는 그렇게 말하고 전화를 끊었다.

아마도 지금쯤 동생은 쌓인 서류 더미와 씨름하고 있으리라. 거래처에서 보내온 팩스를 정리하고, 쉴 새 없이 걸려오는 전화를 받고, 시공주의 잔소리에 진땀을 빼고, 틈틈이 필요한 물품을 발주하고, 계약서를 작성하고 ……. 자매가 약속한 것도 아닌데 같은 직종을 선택한 것을 보면, 환경이 사람을 만든다는 설이 어느 정도는 옳은지도 모르겠다.

다만 사에와 미키는 스스로 원해서 이런 일을 선택했느냐는 점에서는 크게 달랐다.

아키라가 집을 뛰쳐나간 후, 사에는 일 년의 공백 기간을 가진 뒤 경리 전문학교로 진학했다. 하지만 언제부터인가 많은 사람들과 섞이는 환경을 고통스러워했다. 길거리에 넘치는 소음도 견디기 힘들어했고, 만원 전철에서 사람들과 살이 닿기만 해도 구역질을 해댔다.

그러니까 가업을 거들게 된 것은 자연스러운 선택이 아니라 유일하게 남아 있는 어쩔 수 없는 선택이었다. 식구들조차 거추장스러워 몇 번이나 독립을 생각해봤지만, 부모에게 면목이 없어 말을 꺼내지 못하고 우물쭈물하는 사이에 미키가 앞지르고 말았다. 남을 생각하느라 싫은 것도 싫다고 하지 못하는 성격, 그야말로 오빠가 말한 대로였다.

만약에.

오래도록 사에는 그 말을 떠올리는 것조차 금기로 삼았다. '만약에'라는 꿀로 포장된 과거는 달콤하지만, 그 달콤함은 마치 마약과도 같아서 빠지면 빠질수록 독이 되어 마음에 쌓인다. 사에는 그렇다는 것을 알고 있었기에 자신을 견제했던 것이다.

하지만 그것도 시즈코가 죽기 전까지의 얘기였다.

그날 밤 어머니의 시신이 누워 있는 병실로 들어오는 아키라를 보는 순간, 단단히 잠가둔 문의 자물쇠가 너무도 쉽게 열리는 것을 알 수 있었다. 절반밖에 피가 섞이지 않은, 그러나 나머지 절반은 확실하게 피가 섞인 오빠는 만나지 못하고 지낸 세월만큼 모습이 변했지만, 어머니의 주검을 내려다보며 중얼거리는 목소리는 조금도 변함이 없었다.

'…… 편안한 표정이네.'

낮게 갈라진 그 목소리가 귀에 닿는 순간, 애써 참아온 십오 년이란 세월이 단숨에 제자리로 돌아가고 말았다. 그토록 괴로웠던 날들의 기억도, 후회와 자기 연민 끝에 겨우 터득한 체념과 각오도 모두모두 터져나와 그리움과 반가움에 밀려나 버렸고, '만약에' 역시 걷잡을 수 없게 되었다.

오늘 아침에 꾼 꿈 따위는 그나마 귀여운 편이다. 자면서 꾸는 꿈보다 눈을 뜨고 있으면서 꾸는 꿈이 백배는 죄가 무겁다.

만약에, 하고 사에는 몇백 번째로 생각했다.

만약에 그날 밤 어머니가 쓰러지지 않았다면.

만약에 아키라가 삿포로에서 달려오지 않았다면.

만약에 그날 밤 아키라와 단둘이서 얘기하지 않았다면.

…… 나는 세타로에게 지금만큼 자책감을 느끼지 않았을까.

새로운 생활의 시작을 주저하지 않았을까.

그런 생각을 하자, 괜한 원망이라는 것을 알면서도 굳이 아키라를 부른 미키가 원망스러웠다.

툇마루에서 홀로 달을 올려다보던 아키라의 야윈 옆얼굴이 떠오른다. 얼굴을 마주하고 말 따위 나눠봐야 괴로울 뿐이라는 것을 잘 알면서도, 지금 때를 놓치면 두 번 다시 만날 수 없을지도 모른다는 생각에 곁으로 다가가지 않을 수 없었다.

십 년 전, 아키라가 삿포로에서 결혼했다는 소식을 들었을 때는 며칠 밤을 울었다. 아이가 태어났다는 소식을 들었을 때는 외롭고 허망했다. 하지만 가장 괴로웠던 때는 그의 이혼 소식을 들었을 때였다. '나오코'라는 이름 외에는 아무것도 모르는 그 사람이 지금까지 자신에게 얼마나 큰 견제가 되었는지를 비로소 알게 된 느낌이었다.

공연한 생각을 해서는 안 된다. 생각해봐야 고통스러울 뿐이다. 생각해야 할 상대는 달리 있지 않은가.

사에는 식어가는 차를 마셨다.

마침 점심시간이라서, 근처 초등학교에서 왁자지껄한 아이들 소리가 들려온다.

정면에 나 있는 창문 너머로 펼쳐지는 마당은 창틀이 액자 구실을 하는 한 폭의 그림 같다. 바로 앞에는 꽃이 떨어진 동백의 짙은 초록, 구석 텃밭 가에는 철쭉의 분홍과 공조팝나무의 하양,

금작화의 노랑, 그리고 그 너머로 건넛집의 누리끼리한 기와지붕이 보인다.

세타로가 언젠가 프러포즈를 하리란 것은 삼 년 전 그가 고베에서 돌아왔을 때부터 알고 있었다. 자만은 아니었다고 생각한다. 그는 한 번도 자기 마음을 감추려 하지 않았으니까. 그 탓인지 정작 프러포즈를 받았을 때는 솔직히 아무런 감동도 없었다. 그저 담담하게 올 것이 왔다고 생각했을 뿐이다.

"너는 행복한 거야."

엄마는 눈물을 머금고 그렇게 말했다.

"그렇게 좋은 사람, 눈을 씻고 찾아봐라. 잘 모셔야지, 안 그러면 벌 받아."

물론 옳은 말이라고 생각한다. 세타로에게는 아무 불만도 없다. 속내를 아는 소꿉동무에다 가족끼리도 잘 아는 사이다.

외동아들인 그가 부모의 애정을 어떤 식으로 받고 자랐는지, 어떻게 소년에서 남자로 변해갔는지, 줄곧 곁에서 봐왔다. 그의 어진 성품에 거짓이 없다는 것은 알고 있다. 그라면 자신을 절대 울리지 않으리라는 것도 알고 있다. 눈물 따위는, 평생 흘릴 눈물을 다 흘리고 말았다. 치열한 사랑은 신물이 났다. 그렇기에 두말없이 세타로의 프러포즈를 받아들였다. 그런데,

왜 지금 와서 이렇게 주저하는 것일까?

왜 나는 지금껏 세타로의 품에 안기지 못하는 것일까?

딱 두 번 시도해본 일이 있다. 첫 번째는 세타로가 원해서 값비싼 호텔에 묵었지만, 두 번째는 의무감과 죄책감에 시달리다 못한 사에가 먼저 뜻을 비쳤다.

하지만 헛일이었다. 그가 아무리 시간과 정성을 들여 애무해도 사에의 그곳은 정나미가 떨어질 만큼 메마른 채였고, 세타로가 밀고 들어오자 그저 아플 뿐이었다. 그것도 그냥 아픈 정도가 아니었다. 온몸에서 핏기가 가시고 정신을 잃을 정도의 아픔이었다.

결국은 두 번 다, 이를 악물고 새하얗게 질려 있는 사에를 보고는 세타로가 포기하고 말았다.

사에 자신도 이유를 알 수 없었다. 그럴 리가 없는데. 혼자일 때는 꿈만 꾸어도 그 모양인데.

"억지로 무리할 거 없어."

비참한 표정으로 사과하는 사에의 등을 어루만지며 세타로는 말했다.

"옛날에는 다들 식 올리고 첫날밤을 맞는 게 보통이었잖아. 우리가 몰라서 그렇지, 잘 안 되는 부부도 엄청 많을 거야. 그래도 그럭저럭 같이 살면서 살을 비비다 보면 되는 거 아니겠어? 우리도 마음 길게 먹고 대처하자고. 섹스가 뭐 그리 중요하다고, 이를 악물면서까지 할 필요 없잖아, 안 그래?"

들여다보는 세타로의 표정은 침착하고 온정이 넘쳐흘렀지만,

그 이면에 감추고 있는 실망과 불신감을 사에는 민감하게 감지했다. 좋은 일이든 나쁜 일이든 세타로는 속내를 숨기지 못하는 남자였다.

이 여자가 나를 사랑하지 않는 것은 아닐까?

그런 세타로의 의심이 전해져 사에는 괴로웠다. 과거 아키라를 사랑했던 만큼은 아니지만, 나름대로 세타로를 소중하게 여기고 있다. 그 마음까지 의심받는 것은 슬픈 일이었다. 그래서 얘기했다. 죽을 때까지 아무에게도 얘기하지 않겠노라 다짐했던, 저 소름 끼치는 첫 체험의 기억을.

나이에 비해 보수적인 세타로가 그 사실을 알고 헤어지자고 해도 상관없었다. 차라리 단번에 깨지는 편이 마음이 편할 듯한 생각도 들었다. 동시에 비뚤어진 기대감도 있었다. 별 탈 없이 행복하게 자란 철모르는 소꿉동무의 얼굴이 분노와 질투와 혐오감과 실망으로 일그러지는 것을 보고 싶었다.

그런데 …… 결과는 사에가 기대한 것과 약간 달랐다.

얘기를 들으면서 세타로는 내내 눈썹을 찡그리고 볼을 이죽거렸지만 그것은 분노와 질투가 아니라 떨떠름함이었고, 사에를 쳐다보는 눈빛에는 실망과 경멸이 아니라 오직 동정이 어려 있을 뿐이었다. 딱 한 번 엉뚱한 낙관이 — 이제야 겨우 알겠군, 이 여자가 몸을 허락하지 못하는 것은 내 탓이 아니었어 — 그런 뜻의 안도의 빛이 언뜻 그의 눈을 스친 듯한 느낌도 들었지만, 겨우 그 정도였다.

"이제 됐어."

세타로는 사에를 꼭 껴안았다.

"이제 알았으니까, 됐어."

그러고는 무슨 생각을 했는지, 마치 감미로운 상처를 음미하듯 그녀의 왼쪽 손목에 남아 있는 흉터를 쓰다듬었다.

'그 흉터는 아니야!'

하마터면 소리를 지를 뻔했다.

하지만 어떻게 진실을 얘기할 수 있단 말인가. 당신도 잘 아는 아키라와 이복남매라는 것도 모르고 관계를 맺었다고. 오빠에게 안겼을 때는 처음부터 온몸이 스르르 녹아내리는 것 같았다고. 지금이라면 설사 친오빠라는 것을 안다 해도 결코 주저하지 않을 것이라고.

"내가 지켜줄게."

세타로가 말했다.

"더 이상 그런 괴로운 일 당하지 않게 할게. 곁에서 내내 지켜줄게. 꼭 행복하게 해줄게."

이 사람은 왜 이렇듯 선량한 것일까. 그리고 어쩌면 이렇게 둔감한 것일까. 아니 그보다 아키라를 그리워하면서 세타로의 품에 안겨야 하는 나는 대체 누구에게 죄인일까.

'너는 행복한 거야.'

그렇다, 세타로는 친절하고 좋은 사람이다. 그 친절함에 때로 코와 입이 막혀 질식해버릴 것만 같다.

흉터를 더듬는 세타로의 손길을 단호하게 뿌리쳤지만, 세타로는 자신이 한 말에 취해 아무것도 눈치채지 못했다.

요란스러운 벨 소리에 화들짝 놀랐다.

잠시 조용하다가 팩시밀리가 지지지직 소리 내기 시작한다.

일어나 가보니 타일 업자 데라사와가 보낸 것이었다. 견적을 이제야 다 뽑은 모양이다.

밀려 나오는 한 장의 종이를 손에 들고 내용을 확인한다.

벽 타일, 하얀색, 100×100밀리미터, 5.7제곱미터. 바닥 타일, 회색, 200×200밀리미터, 0.8제곱미터. 꽃무늬 보더 타일 …….

사에의 눈길이 옆으로 흘렀다.

손목 안쪽에 남아 있는 깊고 예리한 흉터.

아키라를 떠나보내고 큰오빠 미쓰구의 집에서 지냈던 날들은 거의 기억하지 못한다. 무언가를 느끼는 마음을 몸속 깊은 곳에 침잠시키지 않고서는 숨을 쉬는 것조차 견딜 수 없었다. 결국 그런 시간조차 오래가지 못했지만 …….

발치로 주르륵 떨어진 견적서를 내버려 두고, 사에는 조그만 초승달 모양의 하얀 흉터를 더듬었다. 오랜 세월이 흘러 그리 눈에 띄지는 않지만, 그래도 평생 지워지지 않으리라. 어떤 사람들은 그것을 약함의 증거라고 할지도 모르겠다. 하지만 사에 자신에게는 오히려 강함의 증거였다. 그렇게 격렬하게 누군가를 마음에 품기는 두 번 다시 어려울 테니까.

사에는 파르스름하게 핏줄이 돋은 손목을 잡고는 그 흉터에 살며시 입을 맞췄다.

시게유키는 나이에 비해 식욕이 좋은 편인데, 몇 년 새 조금씩 양이 줄었다. 특히 올 들어서는 간혹 밥을 남기는 일도 있다.

어렸을 때는 밥알 하나 남기는 것도 용납하지 않았던 아버지가 일단 숟가락을 대었던 음식을 남기다니 예삿일 같지 않아 억지로 병원에 데리고 가 진찰을 받게 했다. 다행히 별다른 이상은 없었다. 그래서 요즘은 처음부터 적당히 담으려고 주의하고 있다. 안 그래도 늙는 것을 인정하지 않으려 애쓰는 아버지인데, 밥을 먹을 때마다 공연히 무리할 필요는 없다.

"참 잘도 먹는구나."

그런 아버지가 어이없다는 듯이 그렇게 말한 것은, 미키가 저녁을 먹자마자 부엌에서 딸기를 씻을 때였다.

"지금 막 움직이지도 못하겠다고 해놓고서."

"딸기 먹을 배는 따로 있다고요."

정색한 표정으로 미키가 대꾸한다.

"어때서요. 계절 음식은 장수에 좋다는데."

시게유키는 씁쓸히 웃었지만, 작은 유리 접시에 나눠 담은 딸기를 눈앞에다 내밀자 재빨리 손을 뻗었다. 딸기는 누구보다 시게유키가 좋아하는 과일이다.

평소에는 말이 없다 못해 입을 열면 손해라도 보는 것처럼 한마디도 않는 아버지가 이렇게 막내딸이 오면 그나마 말이 많아진다.

어렸을 때부터 사에는 명랑한 이 동생이 부러웠다. 융통성은 있는데 겁이 없는 것도, 자기주장을 확실하게 내세우면서 미움을 사지 않는 것도, 그리고 어리광을 잘 부리는 것까지. 사에는 철이 들고부터 미키처럼 아버지에게 대놓고 어리광을 피운 기억이 거의 없다. 친아버지가 아니라서 조심스러웠던 때는 물론 친아버지라는 것을 안 후에도 여전히 두렵고 먼 존재였다. 지금도 어떻게 하면 어리광을 잘 부릴 수 있는지 모른다. 이런 생각을 하는 자체가 아버지와 자신 사이에 메울 수 없는 골이 있다는 것을 의미하는지도 모르겠다고 생각한다.

아버지와 단둘이 먹는 여느 때의 저녁을 생각하면서 사에는 피식 웃었다. 적막하고, 야옹거리며 안겨드는 고양이 덕분에 겨우 시간이 가는 매일 저녁의 식사.

아버지는 미키가 집에 남아주기를 바라지 않았을까, 하고 생각한다.

아침 일찍 움직이는 시게유키가 침실로 들어가 버리자, 거실에
는 고양이와 둘만 남았다.

창문을 닫아도 사방이 어딘가 모르게 술렁거리고, 다리를 뻗
고 앉자 다다미가 눅눅하게 느껴진다. 틀림없는 봄의 기운이다.

"요즘 들어 자주 오네."

동생의 찻잔에 차를 따라주면서 사에가 말했다.

"네가 오면 아버지가 좋아하니까, 좋기는 하다만."

미키가 어깨를 으쓱했다.

"저게 좋아하는 거야? 남들이 들으면 웃겠다."

"정말이야."

마주 보고 키득키득 웃자, 미키의 무릎에서 눈을 감고 있던 고
양이가 시끄럽다는 듯 실눈을 떴다.

"효도할 마음으로 이러는 건 아니야."

미키는 얘기하면서 자고 있는 고양이의 콧구멍을 손가락으로
막았다.

"실은 남자하고 헤어졌거든."

"뭐?"

"그래서 혼자 시간을 보내자니까 따분해서."

고양이가 숨을 쉬지 못해 꿈틀거리자 미키는 풋 하고 웃으면

서 손가락을 뗐다.

"상관없어, 신경 쓰지 마."

미키가 말했다.

"애당초 남의 남자였으니까. 알면서 사귄 거니까 어쩔 수 없잖아. 그런데 혹시 이거 엄마한테 물려받은 거 아닐까? 애인 체질."

사에는 뭐라 대답해야 좋을지 몰라 눈을 내리깔았다. 동생의 담담한 말투가 오히려 애처로웠다.

"언니."

"응?"

"뭐 하나 물어봐도 돼?"

"뭔데?"

"언니 말이야."

미키는 목소리를 낮췄다.

"정말 세타로 씨하고 해도 괜찮은 거야?"

사에는 놀라서 눈을 치켜떴다.

"무슨 소리니? 뜬금없이."

"뜬금없이가 아니야. 벌써 오래전부터 생각하고 있었다고. 언니가 혹시 무리하는 거 아닐까 하고 말이야."

"얘는, 그렇지 않아."

"정말? 나는 그래 보이는데."

사에는 대답하지 못했다.

"그리고 이것도 언니한테 말을 해야 하나 말아야 하나 망설였는데 ……."

미키는 말을 꺼내놓고도 여전히 망설이는 눈치였다.

"얼마 전에 나 말이야 ……. 아, 됐어. 역시 안 하는 게 좋겠다. 잊어버려."

"뭐야 너. 말해, 괜히 신경 쓰이잖아"

미키는 잠자코 말이 없다. 몹시 주저하고 있다는 것을 알 수 있었다.

"말해."

"얼마 전에 나."

미키가 다시 말을 이었다.

"세타로 씨하고 밖에서 만났어. 의논할 게 있다고 좀 만나자고 해서."

"의논?"

사에는 눈썹을 찌푸렸다.

"무슨 의논?"

미키는 또 입을 다물고 말았다.

"말을 꺼냈으면 해야지."

미키는 고개를 약간 숙이고 입고 있는 셔츠의 단추를 만지작거렸다.

"세타로 씨 말이야"

고개를 숙인 채 미키가 말했다.

"그 사람, 알고 있어. 전부."

"뭐?"

"지난달에 오빠 부부 왔을 때, 세타로 씨도 우리 집에 와서 같이 스키야키 먹었잖아. 그때 세타로 씨가 화장실에 다녀오는데, 들렸대. 부엌에서 큰오빠하고 올케언니가 소곤거리는 소리."

빙글 시야가 흔들렸다. 뻔히 알고 있지만 되묻지 않을 수 없었다.

"소곤거리다니, 뭘?"

"그러니까, 그 …… 언니 일 말이야. 언니가 세타로 씨와의 결혼에 소극적인 게, 장례식 때 작은오빠를 만났기 때문 아니겠느냐고. 타다 남은 불씨에 다시 불이 붙는 격이 된 거 아니냐고. 그래도 피차 남매라는 것을 알고 있으니 어쩌느니, 그런 얘기."

사에는 눈을 꼭 감았다. 겨드랑이에서 식은땀이 배어 나왔다.

"언니? 언니, 괜찮아?"

사에가 간신히 고개를 끄덕이자 미키는 한숨을 쉬었다.

"정말, 못 말린다니까. 그 부부는 왜 그렇게 조심성이 없는지."

사에는 겨우겨우 숨을 내쉬었다.

"그래서 만나자고 했나 봐, 지난주 금요일이었어."

미키가 말했다.

"처음에는 아주 침착하게, 다 이해한다는 듯이 말하더라고.

'처음에는 충격이 컸지만, 다 지난 옛일이니까' 하고 말이야. 그런 생각이라면 왜 굳이 불러냈을까 싶었는데, 아니나 다를까 정리가 안 됐던 거였어. 마지막에는 술에 취해서 횡설수설, 말도 마."

아무 말이 없는 사에를 힐끔 쳐다보고 나서 미키는 고양이를 쓰다듬었다. 편하게 축 늘어진 고양이가 몸을 뒤집어 하얀 배가 드러났다.

"그리고 울더라고. 이럴 줄 알았으면 아무것도 모르는 게 차라리 나았다고 하면서. 형님네가 원망스럽다고. 그리고 ……."

미키는 힘겹게 말을 덧붙였다.

"솔직히, 별로 자신이 없다고 했어."

사에는 오히려 맑아진 머리로 차분하게 생각했다.

'별로 없다'면 지금까지는 충분히 있었다는 뜻인가.

풋 하고 웃는 사에를, 미키는 이상하다는 표정으로 보았다.

"그래서?"

사에가 말했다.

"그래서 너는 뭐라고 했는데?"

"뭘?"

"의논할 게 있다고 했다면서?"

미키는 거북한 표정을 지었다.

"세타로 씨도 안됐다는 생각은 하지만, 그 마음은 이해하지만

······ 뭐랄까, 그런 말 들으면 화가 나잖아, 그래서 그만 ······."

미키는 작은 소리로 말을 이었다.

"자신 없으면 그만두라고 했어."

사에는 천천히 숨을 들이쉬었다가 천천히 내쉬었다.

"잘했어."

"미안해. 화나지?"

사에는 고개를 저었다.

"아니."

미키가 묘한 표정을 지었다.

"좀 놀랍다. 언니, 이런 얘기 들으면 혼란스러워할 줄 알았는데."

사에는 미소 지었다.

"혼란스럽긴 하지."

"고베로 전근 간다면서? 세타로 씨가 같이 가자고 했지? 가고 싶으면 가도 돼."

"그럴 수 없잖아."

"왜?"

"아버지를 혼자 놔둘 수도 없고. 사무소 일도 많고."

"그건 내가 집에 들어와서 해도 되는 일이잖아. 그리고 여차하면 그 맹한 부부도 있고. 아무튼 언니가 그렇게 주춤거리니까 세타로 씨도 자신감이 없어지는 거야. 언니는 ······ 언니도 이제 그만 언니 자신을 생각해야지."

사에가 아무 대답도 않자 미키는 한숨을 쉬었다.

"그건 그렇고, 언니 인생도 참 치열하다. 얼굴은 요렇게 얌전하게 생겼는데."

사에는 피식 웃으며 말했다.

"그건 무슨 뜻이니?"

"나 실은 얼마 전까지만 해도 언니에게 질투 많이 했거든."

"질투?"

놀란 사에가 물었다.

"농담이겠지."

"아니야, 정말이야. 나도 여러 가지로 생각이 많았다고. 언니는 옛날부터 예뻤고, 머리도 좋았고, 그 일이 있은 후로는 다들 언니를 시한폭탄 다루듯 조심조심 대했고. 하지만 제일 부러웠던 건, 역시 작은오빠에게 특별한 사람이 오직 언니 한 사람뿐이었다는 거, 그거 아니었을까?"

사에의 표정을 보고 미키는 당황했다.

"오해하지 마. 그렇다고 내가 작은오빠를 좋아했다거나 그런 건 절대 아니니까. 다만 뭐랄까? 요컨대 흔히 있는 콤플렉스 같은 걸 거야."

얘기하면서 미키는 콧잔등을 잔뜩 찌푸렸다.

"여자니 동생이니 하기 전에, 아무튼 작은오빠에게 특별한 사람이 내가 아니었다는 게 무슨 의미일까, 언니하고 나는 뭐가 다를까, 그런 식으로 생각했는지도 모르지. 아무튼 질투야 질투. 언니가 그렇게 부러웠던 것도, 얼굴만 봐도 괜히 짜증이 났던 것도 결국은 오빠를 빼앗기고 싶지 않은, 말하자면 시누이의 질투 같은 거였어. 요즘에야 알게 됐다니까. 나, 언니한테는 좋은 동생도 아니었고, 혹 언니도 그때부터 무슨 느낌이 있지 않았을까 싶은 생각도 들고, 그래서 사과하고 싶었던 것뿐이야."

단숨에 말해버리고 나서 미키는 입을 다물었다. 숙인 얼굴이 조금은 상기되어 있었다.

후 하고 숨을 내쉬면서 벽에 기댄다.

"아아, 힘이 쫙 빠지는 것 같다. 어떻게 얘기해야 하나 고민했는데, 아무튼 다 얘기해서 그런가?"

미키의 무릎에서 내려온 고양이가 천천히 기지개를 켜고는 상 밑을 지나 이번에는 사에의 무릎에 올라앉아 야옹야옹 울면서 몸을 동그랗게 만다.

"내일도 아침 일찍부터 일해야 되지?"

사에가 물었다.

"목욕해."

"언니는?"

"응, 나는 저녁때 했어."

"그래. 그럼 하고 올게."

미키는 일어나 벽 앞에 놓여 있는 조그만 보스턴백을 잡아당
겼다. 칫솔과 짙은 감색 잠옷을 꺼내다가 손길을 멈춘다.

"아까 하던 얘긴데."

등을 돌린 채 미키가 말했다.

"고베로 가는 거, 언니가 싫지 않으면 진지하게 생각해봐. 세타
로 씨 좋은 사람이잖아. 낯선 곳에서 둘이 살다 보면 의외로 정
들 수도 있잖아."

물소리가 들리기 시작한 후에도 사에는 고양이를 무릎에 앉
힌 채 한동안 멍하니 있었다. 일어날 기력이 없었다.

세타로가 모든 것을 알아버렸다는 사실이 지금에야 현실감을
띠기 시작한다.

그 사람으로서는 드물게 조급함을 감추지 않았던 오늘 아침
의 세타로.

'그 소리를 언제나 돼야 매일 들을 수 있을까?'

그 사람은 무슨 생각으로 그런 소리를 했을까? 고베에 가서
단둘이 사는 생활에 어떤 희망을 품고 있는 것일까?

사에는 고양이를 안아 올렸다. 졸리다는 듯 야옹거리는 고양
이를 어루만지면서 목덜미의 부드러운 털에 코를 묻는다. 햇볕
냄새가 난다. 왠지 그립고 아련한 냄새다.

눈을 감고 가슴속 깊이 들이마신다.

어디서 맡았을까, 이 냄새를. 따스하고 촉촉하게 젖어 있는데, 상큼하게 마른 냄새. 청결한 흙먼지와 툇마루 아래 어둠과 비밀스러운 시간의 냄새. 아아, 그렇다. 이 냄새는 ……

순간 쏟아지는 매미 울음소리가 되살아났다.

벽의 널빤지 사이로 새어드는 가느다란 빛, 떠다니는 먼지.

귓가에서 속삭이는 아키라의 목소리, 그 감미롭게 잠긴 목소리.

거친 숨결에 섞인 부드러운 말.

'사에 ……'

기도하듯 몇 번이나 되풀이되던 그 울림.

'사에, 나 ……'

애틋함이 길고 날카로운 바늘처럼 몸을 관통했다. 사에는 신음했다.

나는 오히려 미키가 부럽다. 지금 오빠에게 특별한 사람은 내가 아니라 미키다. 식구들 중에서 오직 한 사람, 아키라의 영역에 들어갈 수 있고, 처음부터 지금까지 오직 동생이기 때문에 아무 거리낌 없이 그 이름을 부를 수 있는. 하지만 나는 겁이 나서 그의 연락처조차 알 수가 없다. 그날 밤, 그렇게 단둘이 얘기할 때조차 물을 수 없었다. 그가 가르쳐주지 않을지도 모른다는 생각과 알고 나면 걷잡을 수 없으리란 두려움에 도저히 말을 꺼낼 수 없었다.

왜 과감하게 물어보지 못했을까? 다시 한 번 그에게 이름을 불리고 싶다. 연인이 아니라, 그냥 여동생으로도 좋으니까 달을 보며 툇마루에서 불러주었던 사에, 설움이 북받치도록 아무 감정 없었던 그 목소리라도 상관없으니까, 다시 한 번 낮은 목소리로 불러주었으면 좋겠다. 하지만 그것은 이미 이룰 수 없는 꿈.

사에는 천천히 눈을 깜박였다.

벽시계는 열 시를 가리키고 있다. 그 아래 놓인 미키의 백이 엎드려 웅크리고 있는 짐승처럼 보인다. 길거리에서 흔히 볼 수 있는 로고가 찍힌 갈색 보스턴백이다. 브랜드 제품이라서 좀 그렇지만 험하게 써도 별 탈 없으니까 나한테는 딱이야, 라고 미키가 말했던, 그리고 집에 자러 올 때마다 늘 들고 다니는 가방이다. 그 가방이 지금 열려 있다.

갑자기 심장이 쿵쿵거리기 시작한다.

사에는 무릎에서 고양이를 내려놓았다.

일어나 살며시 안을 들여다본다. 욕실에서는 샤워하는 소리가 들린다. 망설일 틈이 없다. 화장 파우치를 밀어내자, 가방 바닥에 같은 로고가 찍힌 두툼한 수첩이 보였다. 슬쩍 꺼내 떨리는 손가락으로 주소가 적혀 있는 페이지를 펼친다. 'ㅇ' 페이지의, 볼펜으로 마구 지워버린 이름 아래 그 주소와 전화번호가 적혀 있었다.

수첩에서 볼펜을 꺼내, 손바닥에 열 자리 숫자를 갈겼다. 사에는 수첩을 제자리에 돌려놓자마자 이층으로 올라갔다. 마음을 가라앉히려고 심호흡을 하면서 휴대전화를 집어 들었다. 숫자 하나하나를 확인하면서 버튼을 누른다. 온몸이 떨리고 이가 딱딱 부딪쳤다.

숨을 죽이고 기다린다. 벨 소리가 울린다.

…… 두 번.

…… 세 번.

…… 네 번.

더 이상 참을 수 없어 끊으려는데,

"네, 여보세요?"

사에는 손으로 입을 막았다. 그러지 않으면 비명이 새어 나올 것 같았다. 아아, 그의 목소리다.

"여보세요?"

낮은 목소리 외에는 아무 소리도 나지 않았다.

"여보세요."

사에는 떨리는 손을 입에서 뗐다. 그가 모르는 번호다. 어서 무슨 말을 하지 않으면 끊긴다.

'오빠.'

그렇게 속삭이면 충분하다. 그럼 그도 내 이름을 불러줄 것이다. 그 그리운 울림으로 '사에'라고.

북받쳐 오르는 감정을 억누르면서 입을 여는 바람에 뜨거운 숨이 수화기에 끼쳤다. 그 순간 수화기 너머에서 그가 숨을 삼켰다.

"당신."

사에는 눈을 꼭 감았다.

"나오코?"

아니.

"그렇지?"

반신반의하는 목소리 속에,

"아냐?"

곤혹스러움과 그리고 일말의 기대.

"여보세요? …… 누구야? 끊습니다."

몇 초 동안의 침묵 후 혀를 차는 소리가 들렸다. 그쪽에서 먼저 전화를 끊었다.

사에는 신경질적으로 뚜뚜거리는 휴대전화를 천천히 귀에서 내렸다. 쳐다보는 사이에 소리는 그치고 잠시 후 화면도 어두워졌다.

손바닥에 적은 숫자가 땀에 번져 있다. 자신의 필적이라는 것이 믿기지 않을 만큼 어지러운 그 숫자를 바라보다 사에는 그 바로 아래에 있는 하얀 흉터를 쳐다보았다.

'알고 있었으면서.'

문득 그런 생각이 들었다.

사실은 처음부터 알고 있었다. 다시는 돌아오지 않는다는 것을.

눈을 감았다.

'괜찮아, 실컷 울어.'

눈물 따위 흐르지 않았다.

넘쳐흐르는 것은 그저 푸른빛이 감도는 외로움뿐이었다.

***

어스름 달빛에 떠 있는 봄의 마당이 찬바람 불던 그날, 어머니의 빈소를 지키던 그 밤보다 훨씬 두껍고 무거워 보인다. 까맣게 색을 입힌 상록수 그림자를 배경으로 하얀 꽃만 뽀얗게 떠 있다.

들장미, 공조팝나무, 백매화.

특히 어둠 속에 몸을 숨긴 홀아비꽃대의 무리는 가까이서 눈을 찡그리고 보면 볼수록 뿌옇게 퍼져 보이다가 조금만 눈길을 비키면 마치 희미한 반딧불처럼 어둠 속에서 다시 떠오른다.

고베에는 혼자 가는 게 좋겠다고 사에가 말했을 때, 세타로는 입을 꾹 다문 채 아무 대꾸도 하지 않았다.

밤이 깊은 마당으로 불려나왔을 때 이미 사에가 무슨 얘기를 할지 각오하고 있었던 것이리라. 울타리 너머로 보이는 딱딱하게 굳은 옆얼굴이 전혀 다른 사람처럼 창백해 보였다.

마침내 그가 말했다.

"그건 …… 그러니까 이제 끝났다는 뜻인가."

이미 그것은 물음조차 아니었다.

무슨 말을 더 하려다가 세타로는 끝내 고개를 돌렸다. 내리뜬
눈 속으로 둔중한 아픔 같은 슬픔이 스쳤다.

단번에 끝내는 것이 두 사람 모두에게 편할 것이라고 사에는
생각했다. 일단 알고 나면 두 번 다시 알기 전의 상태로 되돌아
갈 수 없으니까.

"아키라만 아니었다면."

세타로가 중얼거렸다.

"응?"

"네가 아직도 마음에 두고 있는 사람이 아키라만 아니었다면,
나는 어떻게든 너를 설득해서 다시 시작하자고 했을 거야."

"…… 더럽다고, 생각하는 거야?"

"아니, 그런 뜻이 아니야. 솔직히 말해서 감당하기 힘들다는
생각은 하지만 ……. 그래도 상대가 그 녀석이면 승부는 뻔하니
까. 어렸을 때부터 그랬고."

세타로는 간신히 사에를 쳐다보면서 쓴웃음을 지었다.

"그래서? 어떻게 할 거야, 앞으로?"

사에는 고개를 숙이고 살짝 어깨를 들썩였다.

"너하고도 안 됐는데 뭐. 내내 혼자 살겠지. 아마, 그럴 거야."

세타로는 말이 없었다.

누군가와 함께 살아갈 수 있으리라고 생각한 자체가 잘못이었다. 이 사랑은 끝나지 않는다. 타고 남은 불씨고 뭐고, 지금까지 단 한 번도 불이 꺼진 적이 없으니까.

하지만 십오 년이란 세월은 서로에게 공평하게 흘러, 아키라는 이미 그 시절의 아키라가 아니고 나 역시 그 시절의 내가 아니다. 죽어 땅에 묻힌 자가 더는 나이를 먹지 않는 것처럼, 이 사랑도 영원히 십오 년 전의 모습 그대로 그곳에서, 그 어두컴컴하고 먼지 쌓인 신사에서 쏟아지는 매미 울음소리에 갇혀 있으리라.

문득 올려다보니, 세타로가 눈썹을 찌푸리고 쳐다보고 있었다. 마치 사람이 아닌 것을 보는 듯한 눈빛이었다.

나는 지금 어떤 표정을 짓고 있을까. 잡귀? 아수라? 아니면 만날 수 없는 사내를 그리워하며 춤추는 유녀?

"어째 나 ……."

세타로가 꿀꺽 침을 삼키고 말했다.

"무섭다, 네가."

"…… 그래?"

사에는 쓸쓸하게 미소 지어 보였다.

왜 나는,
나일까

이 나이에 아내를 배신하게 될 줄은 상상도 못 했다.

바람이란 정력이 남아도는 한가한 사람이나 피우는 것이라고, 굳은 각오로 뛰어들어야 할 수 있는 것이라고 생각했다. 적어도 나처럼 재주가 모자란 사람과는 평생 인연이 없는 것이라고 ······.

옆에서 새근새근 잠들어 있는 여자를 보며 새삼스럽게 한숨을 쉰다.

늘 이렇다. 끝나면 마나미는 대개 짧은 잠에 빠지고, 미쓰구는 그 잠든 얼굴을 보면서 탄식한다.

일주일에 한두 번, 이 방을 찾는 것이 습관이 되고 말았다. 하지만 식기 선반에 그를 위한 밥그릇과 젓가락이 준비되어 있는 요즘도, 문득문득 지금 긴 꿈을 꾸고 있는 것이 아닐까 하고 멍해지곤 한다. 꿈이 아니라면 젊은 여자가 이렇게 별 볼 일 없는 아저씨와 몇 번이나 자줄 리 없다고. 모든 것이 꿈이기를 바라는지 현실이기를 바라는지 사실 미쓰구 자신도 잘 몰랐다.

보험 연금과에서 일하던 기타무라 마나미가 미쓰구가 과장대리로 있는 홍보과로 인사 발령이 난 것은 작년 봄. 전문대학을 졸업하자마자 시청에 취직한 그녀에게는 첫 이동이었다.

통통하고 어려 보이는 얼굴에 웃는 모습이 귀엽고 차도 잘 끓이지만, 일을 처리하는 능력은 영 형편없었다. 존댓말 사용도 어색하고, 서류에는 오자투성이. 한번은,

"미즈시마 대리님, 단콘男根 세대시죠?"

하기에 어리둥절해서 확인해보니 '단카이團塊(1948년을 전후해 태어난 사람이 많아서 연령별 인구 구성상 두드러지게 팽대한 세대를 단카이 세대라 한다.-옮긴이)'를 잘못 읽은 것이었다.

그런데 그녀의 이런저런 결점이 사람들 사이에서는 애교로 통했다.

"네, 이상적인 타입이요? 음, 고바야시 넨지나 하시즈메 이사오(일본의 중년 남자 배우들-옮긴이) 같은 사람."

거침없이 그런 말을 할 정도로 그녀는 지친 중년 남자를 조롱하거나 무시하는 보통 젊은 여자들과는 달랐다. 그래서 과장이나 차장은 물론 다른 부서 사람들에게도 귀여움을 받았다.

"미즈시마 대리님, 전화요."

혀 짧은 목소리로 그렇게 불리면, 귀에 익은 자신의 이름이 마치 설탕 과자의 이름처럼 들렸다. 아무런 이해타산 없이 순순히 따르는 그녀를 예뻐하지 않을 수 없었다. 미쓰구는 근속 삼십 년째인 올 들어 비로소 직장이 즐거워졌지만, 그런 자신이 한심하기도 하고 쑥스럽기도 했다.

바로 그 마나미가 지금 도톰한 입술을 살짝 벌리고 잠들어 있다. 숨소리가 후우, 후우 하고 들린다.

낮에는 반듯하게 그려져 있던 눈썹과 입술이 베개에 쓸려 지워지고 말았다.

돌이켜보면 첫날밤에도 이랬다. 좁은 침대에서 정신을 차리고 화장이 지워진 마나미의 잠든 얼굴을 처음 보았을 때, 미쓰구는 자신의 사회적인 입장이나 아내에 대한 죄책감보다 자신이 지금 막 안은 여자가 너무도 어린 것에 당황했다. 스물네 살이면 사회적으로는 이미 어른이지만, 쉰 고개를 넘은 미쓰구에게는 아들보다 나이가 적은 어린애에 지나지 않았다. 지금도 그녀를 안을 때마다 어린 소녀에게 몹쓸 짓을 하는 듯한 꺼림칙함을 느낀다. 이런 관계를 맺게 된 계기가 계기인지라 더욱 그런 생각을 하는지도 모른다.

그러나 그 꺼림칙함은 미묘한 경로를 지나면서 흥분감으로 발전했다.

아내에게서는 느낄 수 없었던 흥분감이었다.

그렇다, 처음에는 그저 장난이었다.

작년 10월 29일. 날짜까지 똑똑하게 기억하는 까닭은 어머니 시즈코의 상고 휴가가 끝나고 출근한 날이었기 때문이다. 집으로 돌아오는 길에 들른 역 빌딩의 서점에서, 미쓰구는 옆 통로에 있는 마나미의 뒷모습을 보았다.

말을 걸려다가 그만두고 서가 뒤에서 지켜보기로 했다. '단카이'를 '단콘'이라고 읽었던 마나미가 과연 무슨 책을 읽는지 호기심이 일었던 것이다. 내일 회사에 가면 지금 읽고 있는 책의 제목을 맞혀 놀라게 해야지 …….

그런데 그녀는 천천히 서가 쪽으로 손을 뻗어 책 한 권을 빼내더니 재빨리 좌우를 살폈다. 그리고 …….

엉겁결에 말을 걸고 말았다.

화들짝 놀란 마나미는 상대가 미쓰구라는 것을 알고는 안색이 창백해졌다. 책은 등 뒤에 숨기고 있었지만, 두 사람 사이에는 어색함 이상의 침묵이 흘렀다.

부자연스러운 일이지만, 아무것도 못 본 척 시침 뗀 표정으로 헤어질 수도 있었다. 하지만 그렇게 하면 오히려 내일부터 결근할 우려가 있었다.

미쓰구는 단호하게 말했다.

"어디 가서, 잠시 얘기 좀 하지."

마나미는 망설이는 듯하다가 하얗게 질린 얼굴로 고개를 끄덕이더니 슬그머니 책을 제자리에 놓고 따라왔다.

회사 동료에게 보일 염려가 없는 곳이 어딜까 고민하다가 찾아 들어간 곳은 어두컴컴한 바였다. 바의 한 구석 자리에서 그녀는 줄곧 고개를 숙인 채였다. 무릎에 핸드백을 올려놓고, 그 위에 가지런히 놓은 손을 바들바들 떨었다.

왜 그런 짓을, 하고 미쓰구가 말을 꺼내기도 전에,

"갖고 싶어서 그런 게 아니에요."

마나미가 재빨리 입을 열었다.

"무슨 책인지도 몰라요. 그냥, 나도 모르게 ……."

눈 밑이 거무죽죽하게 그늘진 그녀는 낮 동안의 해맑은 모습에 비하면 마치 쌍둥이 자매 중 비뚤어진 언니 같았다.

"무슨 고민이라도 있는 거야?"

미쓰구가 물어보았다.

"나라도 괜찮으면 언제든 얘기해. 들어줄 테니까."

그녀는 입술을 이죽이며 고개를 살짝 숙였다.

"죄송합니다."

"아니, 나한테 사과할 일은 아니지."

"저."

"왜?"

"저, 잘리는 건가요?"

미쓰구가 뭐라 대답을 못 하자,

"처음이에요. 믿어주세요."

마나미는 고개를 숙인 채 울상을 지었다.

"정말, 정말, 처음이었어요."

마치 자신이 그녀를 울리고 있는 듯한 죄책감에 당황한 미쓰구가 말했다.

"물론, 믿지."

마나미의 마주 잡은 손 위로 눈물이 똑똑 떨어졌다.

"이제 됐으니까, 얼굴 들어."

주위의 시선에 신경이 쓰이기 시작한 미쓰구는 목소리를 낮춰 말했다.

"오늘 일은 본인이 반성하고 있으니까, 그걸로 됐어. 누구든 실수는 하는 법이잖아. 물론 나도 아무것도 보지 못했고. 그러니까 그만 울고, 내일부터 평소대로 회사 나와. 알았어?"

마나미는 간신히 고개를 끄덕이고는 코를 훌쩍거리며 손수건을 꺼냈다.

모범적인 상사를 연기하는 듯해서 뒤가 켕기기도 했지만, 그럭저럭 잘 무마되지 않았나 하고 미쓰구는 생각했다.

"자자, 안심하라고."

여전히 고개를 숙이고 있는 마나미에게 미쓰구는 말했다.

"아무한테도 말하지 않을 테니까."

긴장한 어깨에서 조금씩 힘이 빠지는 것을 알 수 있었다. 마침내 마나미는 큰 한숨을 뱉었다.

"정말 죄송합니다."

그리고 비로소 고개를 들고 빨갛게 충혈된 눈으로 미쓰구를 쳐다보았다.

"대리님이길 얼마나 다행인지."

또 눈물을 뚝뚝 흘리면서 그녀는 억지로 미소를 지으려 했다.

"정말, 대리님이길 다행이었어요."

미쓰구는 자기 안에서 꿈틀거리는 격한 감정에 당황하고는 안주머니에서 담배를 꺼내 불을 붙이려다가 주춤했다.

"아, 괜찮아요. 피우세요."

마나미가 작은 소리로 말했다.

"아니, 마나미는 안 피우잖아."

"그래도 담배 냄새는 좋아해요."

"자. …… 그럼."

미쓰구는 불을 붙였다. 마나미가 재떨이를 미쓰구 쪽으로 밀었다.

한 모금이 그렇게 맛있었다.

나도 마음만 먹으면 부하 직원에게 이 정도 말은 할 수 있군, 하고 미쓰구는 생각했다. 배다른 동생인 미키는 툭하면 둔하다느니 눈치가 없다느니 하고 무시하지만, 나는 그저 무언가를 판단하는 데 남보다 시간이 걸릴 뿐이다. 순발력이 없다는 것은 인정하지만, 그 대신 지구력이 있다. 남자는 누구든 집 안에서 보이는 얼굴과 집 밖에서 보이는 얼굴이 다르다. 일을 하다 보면 긴장을 늦출 수 없는데, 집에서도 긴장을 하라니 대체 어디서 휴식을 취하라는 말인가.

그다음에는 잡다한 얘기를 나눴다.

듣자니, 이 고장에 집이 있는데도 마나미가 집에서 나와 혼자 생활하고 있는 것은 엄마가 재혼했기 때문이란다.

"그것도 세 번째 결혼이에요."

그녀는 야유조로 말했다.

"아빠가 초등학교 5학년 때 위암으로 돌아가셨는데, 연인처럼 사이가 좋았기 때문에 나를 버려두고 갔다는 생각에 슬프고 외로워서 견딜 수가 없었어요."

"와, 부러운데? 나도 우리 딸한테 그런 아빠였으면 좋겠네."

그뿐이었다.

그날을 시작으로 어쩌다 보니 몇 번 식사도 같이하면서 신상에 관한 얘기를 들어주고, 지금 애인과 사이가 안 좋다는 등의 고민 상담에도 응해주었지만—그 탓에 그런 짓을 했나 하고 미쓰구는 생각했다—상사로서의 역할에서 벗어나는 범주는 아니었다. 그러던 어느 날 밤, 포도주에 취한 마나미를 집까지 데려다 주었을 때도 어쩌다 보니 그렇게 되었다고 생각한다. 달리 무슨 방법이 있었겠는가. 길바닥에 내버려 두고 가버릴 수도 없지 않은가.

맹세컨대 속셈 따위는 없었다.

그런데 대체 어쩌다가 이렇게 되고 말았을까.

기억나는 것은 건네려고 했던 컵이 발치로 떨어져 구르는 소리와 양말에 묻은 물의 차가움, 안겨드는 마나미의 힘이 무척 셌다는 것뿐이다.

"가지 마요."

가는 목소리가 귀에 닿는 순간 몸이 확 달아올랐다.

"어, 어이 …… 이거 혹시 몰래 카메라 찍는 거 아니야?"

입에서 튀어나온 말이 하도 어처구니없어서 자신도 기가 찼지만, 가볍게 타이르고 싶은데 목소리는 흥분해 있고 심장은 쿵쾅쿵쾅 방망이질을 쳤다.

이런.

뭘 심각하게 생각하는 거야.

뻔한 농담을 가지고.

심각해질 거 없어.

남들이 웃겠다.

"알았으니까, 이제 그만 자."

될 수 있는 한 부드럽게 팔을 뿌리치려고 했다.

"이제 보니까 순 술주정뱅이네. 이거 봐."

그때 올려다보는 마나미의 눈과 미쓰구의 눈이 마주쳤다.

"꼭 안아줘요."

기어들어 가는 목소리였다. 하지만 찌르듯 강렬했다.

"제발. 잠시만 꼭 안아줘요. 그 이상은 안 바랄 테니까."

창백한 볼.

애틋하게 바라보는 눈길.

바들바들 떨리는 입술.

그다음은 생각나지 않는다.

어렸을 때부터 외로웠던 것이리라. 분방한 엄마가 딸을 제대로 돌보지 않아 홀로 잠드는 밤이면 아빠를 떠올리며 눈물을 흘린 적도 많았으리라.

어른이 된 마나미 안에, 채워지지 않은 어린애가 아직도 숨어 있기 때문일까. 언제부터인가 그녀는 이 방에서만, 절대 이 방 안에서만 부끄러워하면서도 미쓰구를 '아빠'라고 불렀다. 처음에는 거부감을 느꼈던 미쓰구도 어느 틈엔가 익숙해져, 지금은 그렇게 불리면 오히려 안도감을 느낀다.

"나 아빠 무지 좋아."

안길 때마다 그녀는 달뜬 목소리로 그렇게 말한다.

"오래전부터 좋아했어."

그런 말을 순순히 믿고 좋아라 할 수 있다면 얼마나 좋을까, 하고 생각하지만, 안타깝게도 그럴 만큼 성품이 좋은 것도 아니고 순정파도 아니다. 그럴 용기도 자신감도 없다. 나이를 먹는다는 것은 그런 것이다. 부담을 지거나 상처를 입을 만한 위험이 있다 싶으면 미리부터 피하는 기술에만 숙달된다.

그러나 한편으로는 모든 것이 거짓은 아니라고 생각하는 자신이 있었다. 어떤 계기로 시작되었든, 예를 들어 사무실에서 눈길이 마주치면 순간적으로 환하게 웃는 그녀의 눈가, 잠꼬대를 하면서 미쓰구의 몸을 껴안는 팔의 부드러운 무게, 이웃 사람에 신경을 쓰면서도 참지 못하고 내쉬는 어린 신음 소리, 살며시 미쓰구의 손을 잡아 자신의 볼에 비비며 눈을 감는 몸짓, 그런 모습 하나하나에는 역시 그렇게 하지 않고서는 나눌 수 없는 무언가가 분명하게 담겨 있었다.

'아빠가 좋아 …….'

그러나 남들이 보기에는 숨겨놓은 애인이 아니고 뭐겠는가.

씁쓸하게 웃는 소리에 마나미가 반짝 눈을 떴다.

"…… 어머, 또 잠들어버렸네."

"그래 봐야 이십 분 정도였어."

"깨우지 그랬어."

"드르렁거리면서 코 고는데 어떻게?"

"거짓말!"

"그래, 거짓말이야."

마나미가 뾰로통해서 미쓰구의 가슴을 콩콩 때린다. 미쓰구는 어색하게 손을 뻗어 그녀의 머리카락을 손가락에 돌돌 만다.

젊다는 것이 이렇게 특별할 줄이야. 고운 피부와 몸의 탄력만이 아니다. 머리카락 하나하나에 넘치는 힘까지 다르다. 그런데 대체 그녀는 뭐가 좋다고 나 같은 늙은이를 ……

"무슨 생각 해?"

달콤한 목소리로 마나미가 물었다.

"응? 아아, 그냥."

"아이참."

미소를 띤 눈으로 쏘아보면서 마나미는 말했다.

"이럴 때는 거짓말이라도 너를 생각하고 있었다고 해야지. 어디 해봐요."

미쓰구는 난감했다.

"아이, 해보라니까. 아무도 듣는 사람 없는데."

"너를 ……. 음."

"아, 아깝다. 다시."

그 순간 등줄기가 가려워 괜스레 몸을 비틀고 싶어졌지만, 동시에 뭔지 모를 통쾌함도 느꼈다. 마치 전혀 다른 인격을 체득한 것처럼 지금 같으면 평소의 미즈시마 미쓰구가 아니어도 괜찮겠다는 기분이 들었다. 지금까지는 공상 속에서만 시도해본 음란

한 행위도 과감하게 실행할 수 있을 것 같았다.

껴안자 마나미는 기쁜 듯이 웃으면서 미쓰구의 수염에 코끝을 비벼댔다.

아빠, 하고 중얼거린다. 아빠, 내가 좋아하는 아빠.

아무 생각도 하고 싶지 않았다. 잠시만이라도.

1969년 7월.

당시 학생이었던 미쓰구는 아폴로 11호가 달에 도착하는 영상을 병원에서 흑백텔레비전으로 보았다.

윗몸에는 깁스. 열흘 전쯤 학내 데모에서 기동대와 맞붙어 늘씬하게 두들겨 맞은 덕분에 오른쪽 쇄골이 부러지고, 늑골 두 대에 금이 갔다.

수술로 연결한 쇄골에는 아직 철사가 들어 있었다. 그것을 뺄 때까지는 절대 안정을 취해야 한다는 의사의 엄명이 있었지만, 그래도 처음보다는 훨씬 꼴이 나아졌다. 친구들이 부축해서 병원으로 데리고 왔을 때 얼굴은 온통 멍과 찰과상으로 부어 있었고 열까지 펄펄 끓었다.

첫 사흘 동안은 매일 밤 가위에 눌렸다. 같은 병실의 환자들이 보다 못해 간호사를 불러 깨우면, 그다음에는 무서워서 잠들

수가 없었다. 뚝 하고 자신의 뼈가 부러지는 소리가 들리던 순간과 그 격렬한 아픔, 그런데도 가차 없이 가해지는 폭력, 두랄루민 방패, 방망이, 최루탄의 자극적인 냄새, 아우성 소리, 일그러지는 얼굴, 얼굴, 얼굴 ……. 생각만 해도 온몸의 상처가 욱신욱신 아프고 공포가 밀려와, 훌쩍훌쩍 울고 싶은 것을 이를 악물고 참았다. 그런 자신이 한심하다고 생각할 여유조차 없었다.

애당초 이념에 불타 학생 운동에 참여한 것이 아니었다. 학교에 바리케이드가 쳐지고 수업이 제대로 이루어지지 않는 동안, 처음에는 이때다 하고 막 배운 마작에 열을 올렸다. 친구들이 정치에 무관심하다는 말조차 하기 꺼릴 정도로 아무 생각 없었다. 그런데 우연히 선배에게 끌려 마지못해 참가한 데모에서, 쌈질에 말려들어 멍하니 서 있다 갑자기 경관에게 얻어맞았다. 그 순간 피가 거꾸로 치솟으며 눈을 뜨고 만 것이다. 짭새들, 권력의 앞잡이들, 하고.

그런데 신기했다. 그때는 맞기만 해도 그렇게 화가 났는데, 이번에는 쇄골이 부러지고 늑골에 금이 갔는데도 그 기동대원이 원망스럽지 않았다. 가슴속에 자갈이 굴러다니는 듯한 이질감은 있어도, 감정의 덩어리는 분노와는 차원이 달랐다. 굳이 말하자면 열이 식어 굳은 용암 덩어리 같은 것에 지나지 않았다. 더구나 지금은 솔직히 신경이 온통 다른 데에 쏠려 있었다. 가려움이다.

안 그래도 한창 무더운 여름인데, 깁스 안쪽에 댄 파란 솜은 땀으로 눅진거리고, 나아가는 상처 자리가 가려워서 견딜 수가 없었다. 참을 수 없어 젓가락을 쑤셔 넣고 긁으려다가 마침 병실에 들어온 시즈코에게 들켜 혼이 난 기억이 있다. 이 사건으로 미쓰구가 학생 운동에 참가했다는 것을 처음 안 아버지 시게유키는 면회 한 번 오지 않았다. 대신 시즈코가 하루가 멀다 하고 갈아입을 옷과 먹을거리 등을 싸 들고 드나들었다.

훗날 시게유키의 후처가 되는 시즈코는 그때 막 집에서 먹고 자며 가정부로 일하기 시작한 참이었다. 한편 일찌감치 집을 떠나 혼자 하숙을 했던 미쓰구는, 자기와 나이 차도 별로 없는 이 자그마한 여자와 아버지가 엄마가 살아 계실 때부터 관계를 맺어온 사이일 줄은 꿈에도 몰랐다. 아니 오히려 감사하고 있었다. 그녀는 아직 어려서 손이 많이 가는 동생 아키라를 자기가 데려온 딸 이상으로 사랑해주고 있다, 그 괴팍하고 고집스러운 아버지가 잔소리를 하는 일도 많을 텐데, 그래도 잘 참고 묵묵히 일해주고 있다고.

어색하지만 그래도 드문드문 대화를 나누면서 시즈코가 깎아주는 복숭아를 먹었다.

화면은 착륙선에서 모습을 나타낸 암스트롱을 보여주고 있었다. 천천히 트랩을 내려온 그의 발이 드디어 달의 표면을 밟는 순간, 문이 활짝 열려 있는 병실 여기저기에서 함성이 터져 나왔다.

줄곧 베트남을 유린해온 강대국 미국이 나라의 위신을 걸고 성공시킨 달 착륙.

텔레비전에 비치는 영상은 온갖 사람들의 다양한 판단을 넘어 보는 이의 가슴을 뭉클하게 하는 조용한 힘을 지니고 있었다.

지금은 나를 때린 기동대 녀석들도 이 장면을 보고 있겠지, 하고 미쓰구는 생각했다. 기동대뿐만이 아니다. 중핵파도 혁마루파도 민청파도, 다들 지금은 텔레비전에서 눈을 떼지 못하고 있을 것이다.

미쓰구는 씁쓸하게 웃었다. 그리고 자신 안에서 무언가가 끝나가는 것을 어렴풋이 느끼고 있었다.

회색 달의 벌판에 용의주도하게 성조기가 펄럭거린다.

불쑥 시즈코가 뭐라고 중얼거렸다. 네? 하고 되묻자 그녀는 돌아보면서 볼을 발그스름하게 붉히고 웃었다.

"달에도 바람이 부네. 나, 몰랐는데."

말하면서 조그만 포크로 마지막 남은 복숭아 한 조각을 찍어 미쓰구의 입 앞으로 가져다주었다.

미쓰구는 순순히 입을 벌리고 스르르 녹는 복숭아를 깨물었다. 과즙이 턱으로 흘러내리자 시즈코가 얼른 손가락으로 닦아주었다.

여름 원피스의 짧은 소매 안으로 파르스름한 겨드랑이가 보였다.

급행전철이 들어오자 사람들로 북적거리는 플랫폼에 살기가 번진다.

아직 멈추지도 않았는데 우르르 문 앞으로 달려가, 문이 열리자마자 앞을 다투어 올라타서는 자리를 찾는다. 헤드슬라이딩을 하듯 달려가 자리를 차지한 남자가 뒤이어 올라탄 상사인 듯한 남자에게 자리를 내주자, 주위 사람들이 엷은 웃음을 띠고는 못 볼 것을 봤다는 듯이 고개를 돌렸다.

미쓰구는 그런 창 너머 광경을 바라보면서 플랫폼을 걸어가 건너편에 서 있는 완행전철을 탔다. 늘 그렇지만 회송열차가 아닐까 싶을 정도로 비어 있다. 마나미를 만나지 않는 밤, 일부러 완행전철을 타고 느긋하게 책을 읽으면서 돌아가는 사십 분 남짓한 시간이 미쓰구에게는 가장 오붓하고 행복한 시간이었다.

자리에 앉아 조금 전에 산 책을 봉투에서 꺼낸다. 낮에, 얼마 전에 주문해놓은 책이 들어왔다고 서점에서 연락이 왔다.

《가정에서 즐기는 무농약 유기 채소 경작법》

팔락팔락 페이지를 넘겨 차례를 들여다본다. 목초액의 효용, 농약 대신 담배꽁초의 추출액과 우유를 사용하는 방법. 컴패니언 플랜츠라고 해서 채소에 해충이 꼬이지 않게 하는 식물을 고르는 방법. 그야말로 미쓰구가 찾던 책이었다. 전부터 시도해보고 싶었던 방법들이다. 미쓰구의 입가가 자기도 모르게 벌어졌다.

몇 년 전, 요로에 결석이 생겨 한바탕 고역을 치른 후부터 흙을 가까이하게 되었다.

의사가 채소를 싫어하는 사람이 많이 걸리는 병이라고 하자 당장 시민농원을 빌리는 절차를 밟은 것은 요리코였다. 샐러드는 커녕 반찬에 섞인 채소마저 남기는 남편이 쉬는 날 가족끼리 키운 채소 같으면 그래도 먹어줄 것이라고 생각한 모양이었다.

그런데 계절이 한 바퀴 돌았을 무렵에는 오히려 미쓰구가 텃밭 가꾸기에 열을 올렸다.

주말이면 부엽토와 퇴비를 주면서 공을 들인 덕분에 흙에 기껏 힘이 붙었는데, 시민농원은 사용자 모두가 공평하게 이용할 수 있도록 기한이 일 년으로 정해져 있었다. 다음 차례가 돌아오려면 삼 년을 기다려야 한다는 것을 알고는, 어쩔 수 없이 마당 한 귀퉁이에다 방울토마토를 키웠는데, 마침 이웃 공터의 주인이 잡초만 무성하게 자라게 하느니 텃밭이나 일구라면서 사용을 허락해주었다.

덕분에 지금은 40평 정도의 공터를 말끔하게 손질해서 온갖 채소를 키우고 있다. 그냥 빌려 쓸 수가 없어서 일 년에 얼마 정도 돈을 내고 있는데, 가족끼리 먹기에는 수확하는 채소의 양이 너무 많아 이웃에도 나눠주고, 친척들에게도 택배로 보내주고 있다.

"참, 신기하네."

요리코는 그렇게 말하곤 했다.

"당신 집이 농가였던 것도 아니고, 어렸을 때 시골에 놀러 다니지도 않았을 텐데. 어쩌다 그렇게 빠져들었는지 모르겠네."

주말에 밭을 가꾸면서 미쓰구는 몸무게가 5킬로그램이나 줄었다. 요로결석이 완쾌되었음은 물론, 얼굴은 햇볕에 그을리고 팔과 가슴에는 근육이 붙고, 요즘은 계단을 오르내릴 때도 숨이 차지 않았다. 정말 건강해졌다고 생각한다.

그러나 미쓰구가 채소 가꾸기에 열을 올리게 된 가장 큰 이유는 병이나 건강과는 전혀 다른 것이었다.

하루 종일 흙과 함께 몸을 움직이다 보면, 아주 가끔이지만 가족이며 마나미와의 관계를 잊을 수 있는 몇 분이 찾아왔다. 대신 움켜쥔 흙의 따스함과 눅눅한 냄새와 부드러움과 어딘가 모르게 관능적인 풀의 숨결이 가슴을 채웠다. 날카로웠던 신경이 서서히 누그러지면서 자신이 무無가 되어 공기에 녹아드는 듯한 느긋한 기분은 지금까지 한 번도 느껴보지 못한 것이었다.

소박하지만 그런 장소가 있는 덕분에 어떻게든 헤쳐 나가는 것이라고 미쓰구는 생각했다. 이런 일이라도 없으면 …….

전철이 속도를 늦추자 미쓰구는 고개를 들고 어두운 창밖을 내다본다.

'이제 두 정거장 남았군.'

그렇게 생각하는 순간 위가 묵직해졌다.

역에서 내리자 미쓰구는 밤길을 일부러 천천히 걸었다. 집 지을 땅을 찾을 때에는 역에서 걸어가는 거리가 짧아야 한다는 것이 전제 조건이었는데, 지금은 그 가까움이 되레 원망스럽다. 집이 가까워질수록 걸음이 무거워진다.

처음에는 자신만 그런 줄 알았다. 그런데 주간지나 신문 기사를 보면서, 지난 몇 년 사이에 비슷한 증세를 지닌 남성들, 특히 중년의 회사원 층이 급격하게 늘어나고 있다는 것을 알았다. '귀가거부증후군'이란 거창한 병명까지 붙은 모양이었다. 자기 같은 남자들이 사방에 널려 있다고 생각하자 다소 안심이 되었지만, 한편으로는 난 역시 보통 남자로군 하고 실망스럽기도 했다.

하지만 기사에 등장하는 남자들과 미쓰구 사이에는 결정적으로 다른 점이 있었다. 그들은 하나같이, 사전에 약속이라도 한 듯이 '집에 돌아가도 있을 곳이 없다'고 투덜거렸다.

미쓰구는 이해할 수 없었다. 있을 곳이 없어서 돌아가고 싶지 않다는 도식은 이해하기 쉬운데, 그렇다면 있을 곳이 마련돼 있는 자신은 왜 돌아가고 싶지 않은 것일까.

가정에나 가족들에게나 딱히 불만은 없었다.

사 년 전에 퇴직금의 일부를 앞당겨 받아 지은 양옥집에는 좁지만 자신만의 서재가 있다. 세 평 남짓한 다락방을 이용한 공간이라 여름에는 밤이 되어도 더워서 견딜 수 없을 정도지만, 나름 충분했다. 어차피 매일 사용하는 것도 아니다. 남자의 서재란 필요할 때 있으면 그만이다.

아내는 아무리 귀가가 늦어도 자지 않고 기다려준다. 사립 여중의 교사로 근무하는 그녀는 집안일에 관해서도 완벽을 기하는 터라, 미쓰구가 돌아올 시간에 맞춰 반드시 목욕물을 받아놓는다. 배가 고프다고 하면 밤참도 준비해준다. 직장에 다니는 큰아들 마사카즈도, 그 아래로 일곱 살이나 터울 지게 태어난 여고생 사토미도 아버지보다 먼저 아침 신문을 펼쳐 보는 일이 없고, 식탁에서도 아버지 자리에 앉는 일이 없다. 각별히 사이가 좋은 것은 아니어도, 아무튼 둘은 얼굴이 마주치면 '안녕히 주무셨어요?' '다녀왔습니다' 정도의 인사는 한다. 당연한 일이 당연하게 여겨지지 않는 요즘 시대에, 아이들이 비교적 곱게 자라준 것은 아내 요리코가 교육을 잘 시킨 덕분이라고 생각한다.

감사하고 있다. 자신에게는 아까울 정도로 훌륭한 아내라고 생각한다. 평범하지만 충분히 행복한 가정이라고 생각한다. 그런데 …….

어찌 된 셈인지 돌아가고 싶지 않다. 편안히 쉴 수 있는 방도, 환경도 갖춰져 있는데, 몸속에 웅크리고 있는 뭔가가 그것을 거부한다. 자기 집인데 신경이 곤두서서 잠이 오지 않는다. 편안하기는커녕 숨이 답답할 지경이다. 옆 침대에서 자고 있는 요리코의 기척만 느껴져도 왠지 불안하다.

지친 탓일까. 나 자신이 생각하는 것 이상으로? 아니면 마나미 일이며 다른 일로 신경이 예민해진 것일까. 하지만 집에 들어가기가 싫어진 것은 마나미와 관계를 갖기 전부터다.

저만치 집의 불빛이 조그맣게 보인다. 미쓰구는 걸음을 멈췄다.

불쑥 밀려오는 감정.

'어딘가 다른 곳으로 가고 싶다.'

아니, 실제로 어디 다른 곳으로 가는 것이 아니어도 좋다. 혼자이고 싶다.

생각해보면 벌써 몇십 년이나 혼자만의 시간을 만끽해본 적이 없다. 밭일을 하는 동안은 그나마 나은데, 그런 때면 유독 이층 베란다에서 요리코가 말을 건다. 그 밖에 혼자임을 느낄 수 있는 시간이래야 출장을 떠나 호텔에서 목욕을 한 뒤, 볼륨을 낮추고 성인용 비디오를 보면서 시원한 맥주 한 잔을 꿀꺽 들이켤 때. 고작 그 정도다.

뼈 빠지게 일해 겨우 도착한 곳이 여기인가, 하고 생각하면 한숨을 넘어 쓴웃음만 나왔다. 인연이 있어 한 배를 탄 가족이지만 때로 나 혼자 먼저 내릴 수는 없을까, 하고 절실하게 바라는 순간이 있다.

애당초 왜 나는 그렇게 열심히 일했던 것일까? 대체 뭘 위해서?

그러고 보니 요즘 그런 노래가 유행하던데, 하고 생각하면서 미쓰구는 귓가에서 앵앵거리는 모기를 잡았다. 대답은 바람 속 …… 에 있다고 했던가.

'결국 아무리 버둥거려봐야 남들하고 다를 게 없다는 뜻인가.'

혀를 끌끌 차며 하룻밤 치의 각오를 다지고 다시 걸음을 내디뎠다.

이층짜리 집은 낮에는 하얀 외벽과 초록색 슬레이트 지붕 덕분에 세련되게 보이는데, 이렇게 밤에 보니 그저 커다란 상자에 불과했다.

건축 사무소를 운영하는 아버지에게 부탁해 최고급 소재를 사용한 순 일본식 주택을 싼값에 지을 수도 있었다. 그런데 굳이 주택 회사에 의뢰해서 짓기로 한 것은 요리코가 양옥집을 원해서였기도 하지만, 여동생 미키가 그 회사에서 일하기 때문이었다. 그리고 무엇보다 미쓰구 자신이 아버지에게 고개를 숙이고 싶지 않았다. 아버지 말만 나오면 괜히 고집을 피우는 자신이 어른스럽지 못하다고는 생각하지만, 투 바이 포 공법 얘기를 하자 코웃음을 쳤던 아버지를 지금까지도 용서하지 못하고 있다. 새삼스럽게 사과하라고 할 일도 아닌 만큼, 이대로 내내 응어리로 남을지도 모르겠다고 생각한다.

하지만 그 아버지와 미쓰구 사이에는 처음부터 응어리밖에 없었다.

전시에 낳은 장남을 어린 나이에 폐렴으로 잃은 어머니 하루요는 우여곡절 끝에 얻은 미쓰구를 지나치다 싶을 정도로 예뻐했다. 그 점을 우려한 탓일까, 아버지는 늘 엄격했다. 철이 들 무렵부터 미쓰구는 가족들에게 군림하는 아버지가 그저 무섭기만 해서, 스스로 곁에 가는 일은 없었다. 아버지 역시 좀처럼 안아주는 일이 없었다. 아마 그 무렵까지도 아버지의 내면에서는 전쟁터에서의 시간이 그대로 흘렀던 것이리라. 어두운 방이나 마당 한구석을 노려보며 주먹을 꽉 쥐고 있던 모습을 기억하고 있다.

그중에서도 가장 강렬한 기억은 하루요가 마당에서 빨래를 널고 있을 때의 일이다. 아버지 속옷의 주름을 펴려고 하루요가 허공에다 획 터는 바람에 툇마루에 있던 시게유키가 벌떡 일어나 돌아보았다. 그러고는 또 혼이 날까 봐 몸을 움츠리고 있는 하루요에게 이렇게 툭 내뱉었다.

"목 치는 소리하고 똑같았어."

그 무렵, 아버지는 몇 살이었을까. 지금 나이에서 거꾸로 계산하면 대충 서른이 조금 넘었을까.

생각이 거기까지 미치자, 미쓰구는 갑자기 아연해졌다. 서른이라면 내 부하들과 비슷한 나이가 아닌가.

허 참, 하고 한숨이 나온다. 단숨에 피로가 몰려왔다. 내게 아버지는 흉악한 신 같은 존재였다. 늘 안색을 살피고, 목소리가 들릴 때마다 겁에 질렸다. 그런데 …….

땀이 밴 이마를 닦고, 문손잡이를 잡는다.

현관 밖은 오늘 밤도 불빛이 환하다. 바로 앞길에 가로등이 있는데 뭐하러 켜놓느냐고 해도 요리코는 늘 켜놓고 기다린다.

"어서 와요."

미쓰구는 맞이하러 나온 요리코의 시선을 슬그머니 피했다.

마나미를 만나고 오는 날은 물론, 아무 일 없었던 날에도 신경이 쓰인다. 찔리는 구석이 있는 탓에 요리코의 말이나 시선에 무슨 속뜻이 있지는 않은지 살피다가 오히려 하는 행동이 이상하다고 여겨지는 것은 아닐까 싶어 번번이 자제한다. 자업자득이기는 하지만 마음고생이 하루하루 스트레스로 쌓여갔다.

아내를 배신하고 젊은 여자를 안는다. 돌이켜보면 그토록 반발심을 느꼈는데, 결국은 아버지와 똑같은 짓을 하고 있는 자신에게 어처구니가 없다. 대체 뭐가 좋아서 어린애 소꿉장난 같은 관계를 청산하지 못하는 것일까. 마나미와의 정사에 푹 빠져 있는 것도 아닌데, 뭐가 자신의 발길을 그 좁은 아파트로 향하게 하는지 알 수 없었다.

"저녁은?"

"먹었어."

"목욕, 먼저 할래요?"

"아니, 나중에 할 거야."

"시원한 맥주도 있는데."

미쓰구는 넥타이를 풀면서 대답했다.

"괜찮아. 나중에 마시고 싶으면 내가 마실 테니까."

요리코는 말없이 어깨를 으쓱하고는 양복을 옷걸이에 걸려다 가 아 참, 하고 돌아보았다.

"오늘 오타 씨한테서 전화가 왔는데."

"아, 지난번 옥수수 얘기. 뭐래?"

공터의 소유주인 오타 씨는 1910년대에 태어난 깍듯한 노인으로, 수확한 채소를 들고 가면 나중에 반드시 감상을 들려준 다. 자네가 수확한 토마토는 옛날 맛이 나, 하는 소리를 들었을 때는 정말 기뻤다. 엊그제 들고 간 옥수수가 틀니를 낀 노인에게 는 좀 딱딱했나. 그런 생각을 하고 있는 미쓰구의 등에다 대고 요리코가 말했다.

"그 공터, 팔렸대."

십 대와 이십 대에는 아무것도 가진 게 없었다.

하지만 모든 걸 갖고 있는 것이나 마찬가지였다.

아무리 큰 상처를 입고 수치스러운 일을 당했어도 시간이 흐르면 다 잊고 재기할 수 있었고, 비참함과 무력감에 시달리다가도 영원히 계속되는 터널 따위 있을 리 없다고 배짱을 부릴 수 있었다. 육체와 정신은 강건했고, 감당할 수 없을 만큼 성욕도 넘쳤다. 소모하고, 소비되고, 온몸으로 몰아치는 정체를 알 수 없는 광풍에 휘청휘청 휘둘리면서도 내일은 오늘보다 나을 것이라고 오기를 부릴 수 있는 힘이 있었다.

그런 에너지가 지금은 마나미를 비롯한 젊은 직원들 사이에서 요동치고 있다는 것을 느낀다. 무성하게 자란 한여름의 녹음 같은, 기세등등한 생명력. 어쩌다 나란히 서면 태양은 그들만 비출 뿐, 자신이 있는 곳은 이미 그늘져 있다는 것을 알게 된다.

과거 자신 안에 있었던 그 폭발적인 에너지는 어디로 사라져버린 것일까. 가령 증발한 물이 돌고 돌아 비로 내리듯, 지금이라도 잘하면 되살릴 수 있을까. 하지만 지금 새삼스레 그런 에너지가 되살아난다 한들 벅차기만 할 듯한 기분도 든다. 그토록 절박했던 방황과 후회와 나중에 생각해보면 자의식의 이면에 불과했던 격렬한 자기혐오, 그런 모든 것을 감당할 만한 힘이 지금의 내게는 이미 없다. 쥐어짜 내도 나올 것이 없다.

"…… 그렇다니까요. 좀 들어보세요, 대리님."

부하인 구보타가 비지도 않은 미쓰구의 잔에 맥주를 더 따르려는 참이었다.

"참 내 어이가 없다니까요. 8월이면 벌써 서른이라고요, 서른. 인생의 절반이 끝났다고요."

"이런, 하는 소리 하곤."

위협적인 목소리로 과장인 시게타가 말했다.

"자네 말이야, 나하고 미즈시마 대리 앞에서 그런 소리 하면 안 되지. 일반 기업 같았으면 자네처럼 둔한 인간은 벌써 자회사로 강등됐을 거야."

"아, 너무하십니다. 오늘은 야자 튼다고 하셨던 분이 과장님 아닙니까."

구보타가 구시렁거렸다. 술기운이 올라 얼굴이 벌그죽죽하다.

홍보과 사원 대부분이 모여 있었다. 반년에 걸쳐 준비한 시청 주재의 이벤트가 일단락되었기 때문에 오늘 밤은 같은 과 사원끼리 뒤풀이를 하고 있다.

미쓰구는 다 식은 튀김을 입에 밀어 넣었다.

아무래도 앉은 자리가 불편하다. 어떤 식으로 각도를 바꿔봐도, 건너편에서 시게타에게 술을 따르고 있는 마나미가 시야에 들어온다. 테이블 밑에서 슬쩍 손목시계를 들여다보고는 젊은 사원들이 2차를 가자고 조르면 거절해야지, 하고 생각했다. 어차피 같이 가자는 쪽도 진심은 아닐 테니까.

"마나미 씨는, 전에는 연금과에 있었지?"

두 달 전쯤 홍보과로 발령이 난 시게타가 찰랑거리는 맥주를 벌컥 들이켰다. 상사로서는 다소 느슨한 남자지만, 나이가 두 살 위라 마음이 편하다. 이전의 과장은 미쓰구와 동기였다.

"거긴 복잡하게 계산할 것만 많아서 힘들었을 거야."

시게타가 입가에 묻은 거품을 닦으면서 말했다.

"네, 툭하면 실수를 해서 꾸중 많이 들었어요."

마나미가 혀를 쏙 내밀었다.

"참, 과장님 아시나요? 우리 시는 지금 인구가 8만 5천 명 정도잖아요."

"그런데?"

"그중에 일흔 살이 넘은 노인이 대충 8천 명 정도인데, 자, 문제 나갑니다. 그 사람들에게 지출되는 의료비가 하루에 얼마 정도일까요?"

"뭐야, 그거?"

시게타가 허풍스럽게 눈살을 찌푸렸다.

"거 되게 복잡하네. 그러니까 하루치 보험 부담액을 전부 합하면 얼마냐, 그 얘긴가?"

마나미가 고개를 끄덕인다.

"흠 …… 글쎄다."

시게타가 굵은 눈썹을 실룩거렸다.

"8천 명이라, 그렇다고 그 사람들이 매일 병원에 다니는 것은 아닐 테니까, 많게 잡아서 절반 정도라고 하면, 일인당 1천 엔씩이니까 …… 400만? 아니, 아무리 그래도 그렇지, 너무 많은데?"

마나미는 생글생글 웃으며 듣고 있다.

"어이, 미즈시마. 어떻게 생각해?"

미쓰구는 어깨를 으쓱했다.

"잘 모르겠는데요."

"음 …… 포기. 내가 졌어."

장난스럽게 두 손을 들어 보이는 시게타에게 마나미가 말했다.

"1천 600만."

"거짓말."

"정말이에요."

"하루에?"

마나미가 고개를 끄덕이자, 시게타는 정말이야? 하고 구보타처럼 중얼거렸다.

"하지만 어쩔 수 없는 일이에요. 누워만 지내는 노인들이나 거주지가 없는 노인들의 건강 관리에도 인건비가 들어가고, 병세가 위중하거나 연명치료다 뭐다 하면 의료기기도 값비싼 것을 사용하게 되잖아요. 이 액수를 말하면 다들 놀라는데, 연간으로 치면 대충 60억이 든대요."

"야, 놀라운데? 오랜만에 놀랐어."

시게타가 안경을 벗고 물수건으로 얼굴을 쓱쓱 닦았다.

"그런 소리를 들으니까 나이 들어서도 건강하게 살다가 병에 걸리지 말고 죽어야겠다는 생각이 드는군. 그거 뭐라더라 ······ 스파게티 증후군이라고 하나? 온몸에 바늘 꽂고 목숨 부지하는, 그것만은 사양하고 싶군. 안 그런가?"

동의를 구하는 시게타에게 미쓰구는 말했다.

"맞는 말이죠. 가능하면 치매에도 걸리지 않고, 죽는 날까지 화장실만큼은 제 발로 다니다가, 마지막에는 숨이 딱 멎어서 깨끗하게 가는 게 제일이죠."

"펄펄 꼴까닥이로구만."

"그야 누구나!"

줄곧 잠자코 있던 구보타가 내뱉은 거친 목소리에 미쓰구와 시게타는 화들짝 놀라 입을 다물었다.

"그야 물론 건강할 때는 다들 그렇게 생각하죠."

눈이 절반은 감긴 구보타는 시게타와 미쓰구를 번갈아 노려보았다.

"그렇지만 마음대로 되지 않는 게 사람 일 아닙니까. 안 그래요? 언제 어디서 어떻게 죽을지, 선택할 수 있는 게 아니잖아요. 네, 안 그래요?"

지금은 시선이 미쓰구에게 고정돼 있다.

"…… 미안하군. 미안해, 내가 무심했어."

미쓰구가 사과했다.

구보타는 고개를 옆으로 홱 돌리고 일어나 한 손에 술병을 들고 다른 자리로 가버렸다.

시게타가 살피듯 미쓰구를 쳐다본다.

"이거, 죄송합니다. 저한테 화를 낸 거니까 과장님은 신경 안 쓰셔도 됩니다."

엊그제였나, 구보타와 둘이 술을 마시면서 들은 얘기가 있다. 구보타의 어머니는 그가 중학교에 다닐 때 사고를 당했는데, 일주일을 혼수상태에 빠져 있다가 그대로 숨을 거두셨다고 한다. 그런데 하필 그 얘기를 까맣게 잊고 있었던 것이다.

"그런 일이 있었어? 거참 못 할 소리를 했군."

시게타가 검붉은 얼굴을 찡그리며 말했다.

미쓰구도 혀를 찼다.

또 실수를 하고 말았다. 정말 나는 둔하다. 늘 이렇다. 눈치가 없는 탓에 남을 불쾌하게 만들고는 나중에 후회한다. 하지만 대부분의 경우 나중에 후회해봐야 이미 늦다. 그 모양이니 만년 대리 신세를 면하지 못하는 것이다.

건너편에서 마나미가 위로하듯 눈짓을 보내면서 맥주병을 들었다.

"자, 마셔요 마셔."

신경을 써주는 것이 오히려 성가셨지만, 그녀에게 화풀이를 해서 뭐하랴 싶은 생각에 마음을 고쳐먹는다.

미쓰구는 김이 빠진 액체를 단숨에 들이켜고 잔을 내밀었다.

"너의 그 미적지근한 태도, 더 이상 못 참겠어."

대학 시절 일 년 반 정도 사귄 여자 친구는 헤어지면서 그런 말을 했다. 그녀가 하숙집을 떠난 것은 미쓰구가 병원에서 막 퇴원해 사회로 복귀한 직후였다.

미쓰구로서는 아닌 밤중에 홍두깨 같은 말이었다. 학생 운동을 하면서 알게 된 그녀는 처음 만났을 때부터 매력적이었다. 미쓰구는 그녀와 함께 걷는 것이 자랑스러웠다. 하숙집 단칸방에서 그 시절 유행했던 포크송의 연인들 같은 동거 생활을 할 때도 미래가 순조로우리란 것을 믿어 의심치 않았다. 그녀가 헤어지자는 말을 꺼낸 그 순간까지.

짐이 빠져나가 바람이 잘 통하는 방에 혼자 멍하니 앉아 대체 뭐가 그녀의 마음에 들지 않았을까, 하고 두서없는 생각을 했다. 역시 지난번에 싸운 것 때문일까. 수술을 한 후 몸이 쉬 피곤하고 신경이 예민해진 탓인지, 그날 밤 사소한 일로 말다툼을 했다. 서로가 해서는 안 될 말도 한 것 같다.

그러나 물론, 그녀가 나간 것은 말다툼 때문이 아니었다. 나중에 친구에게 들으니, 미쓰구가 입원해 있는 동안 그녀는 지방대학의 투쟁에 참가했다가 그곳에서 만난 리더 격인 남자에게 한눈에 반했다는 것이다. 그뿐이었다.

'너의 그 미적지근한 태도 …….'

그런 거였어, 하고 미쓰구는 생각했다. 그 녀석, 성질이 불같은 열혈한이겠지. 세상을 개혁하겠노라는 이상에 불타 열을 올리면서 헛소리를 늘어놓겠지. 자기 엉덩이에 불이 붙는 것도 모르고.

휘청거리는 걸음으로 오랜만에 걷는 캠퍼스는 여전히 한산했다. 입원해 있는 동안 늘어난 몸무게가 원래 자리로 돌아간 후에도 계속 빠졌다.

미쓰구는 심심하면 집에 들렀다. 하숙방에 혼자 있으면 잃어버린 것, 혹은 자신에게 없는 것과 마주해야 했기 때문이다.

무더운 여름이었다.

쨍쨍 내리쬐는 햇살을 피해 마치 고요한 원시림처럼 짙고 잎이 무성한 마당의 나무 그늘로 들어서면 시야가 어둠에 덮여 앞이 어지러울 정도였다.

옛날부터 있던 나무 문을 삐걱 열고 집 안으로 들어가면, 귀가 어찌나 밝은지 시즈코는 어디에서 무엇을 하든 만면에 미소를 띤 얼굴로 달려나와 어서 오라고 반겨주었다. 그리고 그녀의 발치에 매달린 사에와 아키라 역시 아직 혀도 제대로 안 돌아가는 꼬맹이인데도 어서 오라고 말해주었다.

시즈코는 음식 솜씨가 대단했다. 잠은 별채에서 자지만, 식사는 본채에서 아이들과 시게유키와 함께하는 것 같았다. 밥상이 풍성한 것은 물론, 그렇게 무뚝뚝한 아버지가 나름대로 말도 하는 것을 보고는 마음속으로 놀라지 않을 수 없었다. 미쓰구가 간 날에는 반드시 그가 좋아하는 생선찜과 바지락 된장국이 밥상에 올랐다. 아버지가 한번은 그 점을 빈정거렸는데, 그때 미쓰구는 우월감 비슷한 만족감을 느꼈다.

그러던 어느 날 타일 업자 데라사와가 옆구리를 쿡쿡 찔렀다.

데라사와는 시게유키와 의논차 왔다가 돌아가는 길에 툇마루에서 신문을 보고 있는 미쓰구를 보고 다가왔다.

"저것 좀 봐, 미쓰구. 엉덩이가 빵빵한 게 안을 맛이 나겠지?"

데라사와는 마당 저쪽에서 빨래를 널고 있는 시즈코를 쳐다보면서 뚱뚱한 몸을 흔들며 음흉하게 웃었다. 전날 밤 술이 과했는지 땀 냄새가 지독했다.

"젊은것들에게는 해로울 거야."

피식 웃어넘기려던 미쓰구의 귓가에 데라사와가 속삭였다.

"거참, 재주가 용하단 말이야, 자네 아버지."

귀를 의심했다.

놀라 숨을 삼킨 채 굳어 있는 미쓰구를 보고 데라사와는 어이없다는 표정으로 말했다.

"뭐야 자네, 아무것도 몰랐어? 허 참, 둔한 건지 사람이 좋은 건지 원."

삼 년 전부터, 라고 데라사와는 말했다. 당시 시게유키가 뻔질나게 드나들었던 시즈코의 아파트는 이웃 동네에 있었다. 그런데 운이 나빴다고 해야 할지 데라사와가 보수공사를 하고 있는 목욕탕 창문으로 그 아파트의 문이 고스란히 보였다고 한다.

"후환이 두려워서 봤다는 말은 한 번도 안 했지만 말이야. 오래전에 발길을 끊었는 줄 알았는데, 딸자식까지 만들어 들여앉히다니. 허 참 어이가 없어서. 여자도 그렇지, 한번 헤어졌으면 그만이지, 자네 어머니가 돌아가시자 기다렸다는 듯이 짐 싸들고 들어온 거 아니냐고. 보살처럼 행세하는데, 넘어가면 안 돼, 암. 어이 미쓰구, 자네 뭘 그렇게 멍하니 있는 거야. 밉지 않아? 화가 안 나느냐고, 어?"

기세등등하게 떠벌려 댄 데라사와는 돌아갈 참이 되자 아버지한테는 절대 비밀이야, 하고 못을 박았다.

'밉지 않아?'

'화가 안 나느냐고?'

그렇게 말하지만, 솔직히 누구에게 화를 내야 옳은지 미쓰구는 알 수 없었다. 병약한 어머니를 속인 아버지에게 화를 내야 하는지, 아니면 속이게 한 시즈코에게? 또는 죽은 어머니를 잊고 시즈코에게 매달려 어리광을 부리는 어린 아키라에게? 아무것도 모르고 태어난 사에에게?

아버지가 원망스러운 것은 분명하다. 하지만 그것은 돌아가신 어머니를 위한 분개가 아니라 전혀 다른 감정에서 비롯된 것이었다. 아들로서는 집 밖에다 첩을 거느린 아버지를 용서하지 말아야 하는데 시즈코의 웃는 얼굴을 아는 지금, 같은 남자로서 아버지의 마음을 이해할 수 없는 것도 아니었다. 미쓰구는 돌아가신 어머니에게 죄스러울 따름이었다.

미쓰구는 모두를 미워하는 듯하면서도 실은 누구 하나 진심으로 미워하지는 않았다.

미워해야 할 대상이 있다면 그것은 오히려 이런 상황에서도 화를 내지 못하는 미적지근한 자신인 듯한 기분이 들었다.

사원들 각자가 희망하는 휴가 날짜를 조정하다 보니 어쩔 수 없이 미쓰구가 쓸 수 있는 날짜는 들쭉날쭉이 되고 말았다.

요령이 좋은 구보타는 작년에 이어 올해도 오 일간의 정식 휴가를 전후로 주말까지 포함해서 구 일이나 쉬는데, 미쓰구의 휴가는 7월 말에 이틀, 8월 중순이 지나 하루, 8월 말에 또 이틀이 되고 말았다. 이 역시 예년에 이은 일이었다. 요즘은 요리코도 포기했는지 투덜거리지 않는다.

전원의 휴가 일정을 표로 만들어 과장인 시게타에게 보이자

의례적으로,

"자네는 괜찮은가, 이래도?"

하고 묻기는 했지만 금방 말투가 바뀐다.

"이거 미안하군."

자신의 휴가를 조정할 마음은 털끝만큼도 없는 것이다.

어쩔 수 없다. 늘 있는 일, 일반 기업이든 공공기관이든 마찬가지다. 이 나라에서 부하의 능력이란 상사에 대한 충성심이 잣대다.

미쓰구는 말없이 자기 자리로 돌아가 컴퓨터를 켰다. 조정 역이란 별 볼 일 없는 역할을 떠맡기는 했지만, 그나마 마나미와 휴가 날짜가 겹치지 않아 다행스러웠다. 마나미가 쉬는 날을 피해 휴가를 잡을 수 있었기 때문이다.

한 번쯤은 어디든 데리고 가달라고 하면 어떻게 하나 걱정했는데, 그녀는 올여름 대학 시절 친구들과 함께 오키나와에 간다고 한다.

미쓰구는 잘된 일이라고 생각했다. 또래 친구들과 마음대로 떠들고 놀면서 자신의 젊음을 마음껏 만끽할 수 있으면 싶었다.

그리고 여행지에서 젊은 애인이 생겨주기를 진심으로 바랐다. 그런 계기가 있으면 가장 온화한 형태로 모든 것을 제자리로 돌릴 수 있을 것이라고 생각했다.

그녀와 연애를 하는 것도 아니고 성욕만을 해소하기 위해 만

나는 것도 아니다. 공범이면서 부녀지간의 희미한 정을 나누는 그런 기묘하고도 농밀한 관계를 앞으로도 계속 이어가기는 너무도 힘겨울 것 같다. 그렇다고 일방적으로 관계를 끊자니 결심이 서지 않는다. 미련 때문만은 아니었다. 자만인지 몰라도, 섣불리 헤어지자는 얘기를 꺼냈다가 그녀가 이성을 잃고 무슨 짓을 저지르지는 않을까 두려웠다. 울고불고하는 정도라면 그나마 나은데, 자칫 손목이라도 긋는 날에는 예삿일이 아니다. 그런 일은 사에 하나로도 족하다.

그 무렵.

아키라와 사에 사이에 오가는 감정을 맨 처음 눈치챈 사람은 미쓰구였다. 식구들 앞에서는 완벽하게 오누이를 연출했지만, 어쩌다 한 번 집에 들어오는 형이란 존재는 종종 의식 밖으로 밀려나는 모양이었다. 아무리 둔한 미쓰구지만, 눈앞에서 그런 시선을 주고받으면 눈치를 채지 않을 수 없다.

둘이 피붙이라는 것을 아는 자로서, 억지로라도 떼어놓는 것은 당연한 의무라고 생각했다. 아버지와 시즈코에게 자신이 본 대로 얘기한 것도, 그러기 위해서는 어쩔 수 없는 일이었다.

그러나 그 때문에 사에가 자살을 시도한 것에 관해서는 지금까지도 후회막급이다. 어떤 식으로든 헤어져야 마땅한 아키라와 사에였지만, 좀 더 다른 좋은 방법은 없었을까. 요즘 들어 갑자기 그런 생각을 하게 되었다.

마나미와의 관계를 원만하게 끝낼 방법을 생각하는 탓인지도 모른다. 그러나 누군가가 그녀를 좋아하게 되는 것이 서로를 위해 가장 바람직하지 않을까, 하고 소극적이 되고 만다.

모니터 화면이 심플한 벽지 화면으로 바뀌었다. 인터넷을 연결하고 좌우를 살피며 아무도 보고 있지 않음을 확인한다.

미쓰구는 주말에 찾아가 볼 후보지를 물색했다.

수도권 근교에 어디 밭이 될 만한 싼 땅이 없을까.

어제저녁, 그런 말을 꺼내자 요리코는 정색하고 반대했다.

"그깟 채소 때문에 심각해질 거 없잖아."

접시에 찜을 덜어주면서 요리코가 말했다.

"무농약 채소를 먹고 싶으면 자연식을 전문으로 파는 가게도 얼마든지 있고, 그냥 텃밭을 가꾸는 재미 때문이라면 시민농원을 빌리면 될 일이고. 이 년만 더 기다리면 차례가 돌아올 거 아냐."

"그런 문제가 아니지."

미쓰구가 말했다.

"이제는 남의 사정에 휘둘리고 싶지 않다고. 허망하잖아. 애써 땅 일궈서 겨우 쓸 만하다 싶은 거 수확하게 됐는데, 남에게 빼앗기고 말이야. 누가 이래라저래라 하는 거."

직장에서 당하는 것만으로도 충분하다고, 라고 하마터면 말할 뻔했다.

"…… 이제 딱 질색이야. 알겠어?"

"그걸 누가 몰라?"

요리코는 바지락 된장국을 미쓰구 앞에 내려놓았다.

"하지만 싼 곳은 결국 먼 데일 거 아냐. 할 수 있겠어? 대체 언제 오가느냐고."

"지금까지 하던 대로 주말에 다니지. 차 타고 두 시간 이내 거리에서 찾을 거야."

"내가 같이 갈 수 있는 것도 아니잖아."

"괜찮아. 나 혼자 갈 거야."

애당초 그럴 작정이었다고 생각했지만 말은 하지 않았다.

"밥은 누가 해주는데?"

"사 먹어도 되고 편의점도 있고, 어떻게든 되겠지. 아니면 차를 SUV로 바꾸든지. 그러면 뒷좌석에서 자고, 일요일에도 작업할 수 있잖아?"

요리코가 무슨 말인가 하고 싶은 표정으로 빤히 쳐다보았다.

"뭐?"

"아니야."

"왜?"

요리코는 싱크대로 걸어가 물에 잠겨 있는 찻잔을 씻기 시작했다. 그리고 미쓰구에게 등을 보인 채 중얼거렸다.

"대출받은 것도 아직 남아 있는데."

미쓰구는 돈 얘기만 나오면 방어 자세가 되는 자신에게 울컥 화가 치밀었다.

"좀 더 긴 안목으로 생각해봐. 마땅한 땅이 있으면, 정년퇴직한 다음에 여기 처분하고 그쪽에다 집 짓고 살 수도 있잖아."

"난 싫어."

요리코가 몸을 돌렸다. 눈을 치켜뜨고 있었다.

"난 절대 도쿄를 안 떠날 거야."

"왜?"

"왜? 그걸 몰라서 묻는 거야?"

선생님 같은 말투에 미쓰구는 주눅이 든다.

"모르겠는데. 그때는 사토미도 사회인일 테고."

"사토미가 무슨 상관이야, 내가 싫다는데?"

미쓰구가 아무런 대꾸도 하지 않자, 요리코는 보란 듯이 고개를 내젓고는 다시 싱크대 쪽으로 돌아섰다.

"당신이야 어디서 살든 아무 상관이 없겠지만, 나는 인간관계라는 게 있잖아. 지금까지 직장 다니면서 알게 된 사람들도 그렇고, 친구들이나 친척들도 다 ……. 그런데 그 나이에 아는 사람 하나 없는 시골에 가서 살다니 말이나 돼? 사양하겠어."

잠시 동안 물소리와 찻잔이 부딪치는 소리만 울렸다.

쩜에는 젓가락을 댈 마음조차 가시고 말았다.

마사카즈는 회사에서 돌아오지 않았고, 사토미는 이층에 올라간 채 내려오지 않는다. 요리코 말로는 기말고사 공부 때문에 바쁘다고 하는데, 방에서는 라디오 소리가 희미하게 흘러나온다. 가만히 들어보니 의외로 옛날에 유행했던 밥 딜런의 노래였다. 반전 집회에서 곧잘 불렸던 노래다. 사토미가 좋아서 듣는 것은 아니리라. 광고에 사용된 것일까?

미쓰구는 젓가락을 내려놓았다. 욱신욱신 아픈 눈가를 비빈다. '그 시절이 좋았다'며 옛날을 그리워하는 중년 남자는 되고 싶지 않다, 절대. 옛날에는 나 역시 그런 생각을 했는데. 미쓰구는 어쩔 수 없이 굽히고 들어갔다.

"아무튼 거기 가서 사느냐 마느냐는 둘째 치고, 적당한 땅을 찾아보는 건 괜찮잖아?"

요리코가 한숨을 쉬었다.

"당신, 왜 그렇게 집착하는데?"

"왜라니, 취미 같은 거지."

"과연 그럴까. 괜한 오기 부리는 거 아니야?"

"오기?"

"아니면, 다른 이유가 있든지."

미쓰구가 눈살을 찌푸렸다.

"당신 무슨 소리 하는 거야?"

"채소를 싫어하는 버릇은 고쳐졌으니까, 이제 그만해도 되잖아? 그리고 그냥 사다 먹는 게 훨씬 싸다고."

"돈 얘기 좀 그만할 수 없어?"

"왜 그만해? 지금도 친척들한테 보내는 택배 비용이 얼마나 드는 줄 알아?"

"그만하라니까."

"그런데 땅까지 또 사들이면, 그야말로 홍당무 하나에 몇만 엔 꼴이라고."

"그만하라잖아!"

요리코는 순간적으로 움찔했지만, 금방 수세미를 싱크대에 내던지고 돌아보았다.

"말 안 하면 당신은 모르잖아!"

그런데도 미쓰구는 주말에 집을 나섰다.

요리코는 아침부터 말 한 마디 않은 채 눈도 마주치려 하지 않았지만, 손은 부지런히 움직여 커다란 도시락과 보리차가 든 물통을 건네주었다.

인터넷과 각종 잡지는 물론 신문과 전단지에도 매물 정보가 넘쳐났다. 지금까지는 거들떠보지도 않았는데 그만큼 수요가 많다는 뜻일 것이다.

'1구획 평균 100평 480만 엔!'

그렇게 보는 이의 경제관념에 호소하는 내용이 있는가 하면,

'바다가 내려다보이는 언덕에서 제2의 인생을 시작해보지 않으시겠습니까?'

하고 정서에 호소하는 내용도 있었지만, 미쓰구는 좁으면서 평당 단가만 높은 별장지에는 관심이 없었다.

다음 주말에도 그다음 주말에도 미쓰구는 차를 몰고 외곽으로 나갔다. 처음에는 막연하게 야쓰가타케 쪽이 좋을 것 같아 야마나시와 나가노 현 주변을 돌아다녔지만, 도중에 범위를 한정하지 않기로 마음을 바꿨다. 군마, 도치기, 이바라키 ……. 편도 두 시간 정도만 각오하면 웬만큼 멀어도 갈 수 있다는 것을 알았고, 현지 부동산에서는 정보지에 실리지 않은 물건도 취급한다는 것을 점차 알게 되었다.

'괜한 오기 부리는 거 아니야?'

오기일 수도 있다. 하지만 그게 무에 그리 나쁘랴, 하고 미쓰구는 생각했다. 주변에 인가가 드물든, 차가 없으면 오가기가 불편하든 그런 것은 아무래도 상관없었다. 찾는 것은 오로지 햇빛이 잘 들고 물이 잘 빠지고 토질이 좋으면서 싼 땅이다. 채소를 키우기 위해서는 최소한의 수원이 필요하지만, 수도든 우물이든 강이든 저수지든 상관없고, 전기가 들어오지 않아도 별 문제 될 것이 없다. 발전기 사용법 정도는 알고 있었다. 그 옛날, 집회 때 몇 번 사용해본 적이 있다. 발전기 하나만 있으면 대충은 해결될 일이다.

무슨 일이든 실현되기 전의 준비 단계가 가장 즐거운 모양이다. 한번 발동된 공상은 쉽게 멈춰지지 않았다. 밤에는 나뭇가지에 랜턴을 걸어놓고, 모닥불 옆에서 한잔하며 책을 읽는 것도 좋으리라. 그런 곳에서 읽는다는 책이 살인 사건 어쩌구 하는 책이면 볼썽사납다. 무슨 책을 읽을까. 오랜만에 사르트르나 읽어볼까…….

하지만 가장 중요한 것은 땅인데, 부동산을 통해 수도 없이 소개를 받았지만 조건에 딱 맞는 땅이 좀처럼 없었다.

양지바른 곳이면 토질이 나쁘고, 물이 잘 빠지는 곳은 수원을 확보하기가 어려웠다. 어쩌다 삼박자가 다 맞았다 싶으면 땅 자체가 너무 좁았고, 웬만큼 넓다 싶으면 값이 비싸서 엄두가 나지 않았다.

더욱이 날이 너무 더웠다. 쉬는 날까지 돌아다니다 보니 피곤을 풀지 못한 채 출근하는 월요일에는 더욱 몸이 나른했다. 물론 냉방 탓도 있었다. 후줄근해져서 마나미의 집에 들러본들 하반신이 제구실을 못 하는 것은 물론 말하기도 성가셨다. 그러다 공연히 말꼬리를 잡고 늘어져 끝내 마나미를 울린 적도 한두 번 있었다. 안색을 살피며 비위를 맞추듯 꼬리 치는 마나미의 말투에 갑자기 정나미가 떨어졌기 때문이었다.

'대체 내가 무슨 짓을 하고 있는 거야?'

처음 땅을 찾으러 나설 때만 해도 그렇게 들떠 있었는데, 벌써 시들해져버렸다. 정말 땅을 찾고 있는 것인지, 아니면 다른 무엇을 찾고 있는지, 애당초 왜 그런 일을 시작했는지조차 알 수 없었다.

뭔가를 바라기는 하는데, 정작 바라는 것이 무엇인지 모른다. 뭔가 덜 채워진 듯한 헛헛함에 시달리면서, 언젠가는 좋은 것을 찾을 수 있으리란 기대감에 그만두지도 못한다.

눈물 자국이 남아 있는 마나미의 잠든 얼굴을 보면서, 미쓰구는 또 긴 한숨을 내쉰다.

어중간한 길이의 커튼이 창문을 가린 방에 젊은 여자 특유의 농밀한 냄새가 가득하다.

━━━

그 광고를 본 것은 8월도 중순이 지나서였다. 7월의 주말과 월말 이틀간의 휴가를 고스란히 투자했는데도 마땅한 땅은 없고, 기승을 부리는 늦더위와는 반대로 나날이 싸늘해지던 요리코의 눈길에 거의 포기의 빛이 어릴 즈음이었다.

냉방이 지나쳐 서늘한 책방에서 습관적으로 전원생활 잡지를 집어 들었다. 뒤에서부터 죽 훑다가 물건 정보 페이지를 펴자 '임대합니다'라는 한 줄이 눈에 띄었다.

'300평 밭, 연간 10만 엔.'

반가움에 자세한 내용을 확인했다. 장소는 지바 현의 시라하마 부근이었다.

300평이면 지금까지 일궜던 밭의 일곱 배 이상이다. 그런 땅을 정말 연간 10만 엔에 빌릴 수 있다는 말인가. 십 년을 빌려도 100만 엔, 언제까지 일할 수 있을지 모르지만 설사 백 살까지 산다 해도 땅을 사는 것보다는 싸다. 바로 이거다 싶었다. 굳이 땅을 사겠다고 고집할 필요는 없다. 어차피 거기서 살 가능성은 없을 테니까.

곧바로 그쪽에 연락을 취해 아직 임차인이 정해지지 않았다는 것을 확인한 미쓰구는 그 주의 토요일 아침 여섯 시에 집을 나섰다.

고속도로는 일부러 추석 연휴를 피해 떠나는 행락객들로 다소 혼잡했지만, 도심을 빠져나가자 콧노래가 절로 나올 정도로 흐름이 순조로웠다. 일곱 시 삼십 분이 조금 지나 땅주인이 가르쳐준 인터체인지를 빠져나왔다.

미쓰구는 조심스럽게 운전하는 것으로 마구 들뜨는 마음을 가라앉히려 했다. 지나친 기대는 금물이다. 기대하면 기대하는 만큼 실망이 크다는 것을 그동안의 경험으로 잘 알고 있다. 절반은 포기하는 기분으로 가는 것이 좋다.

약속 장소인 읍사무소는 금방 찾을 수 있었다. 건물은 미쓰구가 근무하는 시청에 비하면 작고 아담했지만, 주차장은 눈이 휘

둥그레질 만큼 넓었다. 시골은 자동차 사회라고 들었는데, 과연 그 말이 사실인 듯 싶었다.

약속 시간까지 삼십 분이나 남아 주차장에 차를 세워놓고, 조그만 역사 앞 광장과 부인회 팻말이 꽂혀 있는 화단, 텅 빈 자전거 주차장, 신발 가게의 색 바랜 간판 등을 돌아보며 천천히 걸었다. 고작 삼십 분이지만, 오랜만에 생긴 마음대로 쓸 수 있는 시간이었다. 시간이 남아돈다는 것, 이 얼마나 호사스러운 일인가. 바다에서 1킬로미터 정도 떨어진 이곳까지 소금 냄새가 아련하게 풍기고, 사람 없는 역사 앞 광장에 부는 바람은 도쿄와는 비교할 수 없을 정도로 시원했다.

오 분 전에 주차장으로 돌아가 보니 마침 하얀 소형 트럭이 들어오고 있었다. 운전석에 앉은 남자가 미쓰구를 보고는 한 손을 들었다.

차에서 내려선 남자는 하늘색 작업복 차림이었다. 언뜻 봐서는 미쓰구보다 서너 살 많을 것 같은데, 몸집은 작아도 어깨와 팔뚝이 우람했다.

"아이구, 어서 오십시오."

남자는 농기구 메이커의 이름이 찍혀 있는 모자를 가볍게 들어 올리며 만면에 미소를 띠었다.

"히구치라고 합니다."

"네, 미즈시마입니다. 잘 부탁드립니다."

명함을 꺼내려고 하자 히구치는 웃으면서 제지하고는 대신 손을 내밀었다. 눈가에 진 주름 탓인가, 인상이 참 좋아 보였다.

미쓰구는 그 손을 잡았다. 손톱 밑과 지문, 모든 주름 하나하나가 흙인지 풀물인지 모를 갈색으로 물든 손이었다.

"길 찾기 어렵지 않던가요?"

"아니, 팩스로 보내주신 지도 덕분에."

"그거 다행이로군요. 한번 와보면 별것 아닌 길이지만."

말하면서 히구치는 경트럭의 문을 열고 올라탔다.

"그럼 바로 가시죠. 뒤따라오십시오. 천천히 갈 테니까."

삐익 소리를 내며 차를 돌린 히구치는 순식간에 횡단보도를 건너고 말았다. 미쓰구는 허둥지둥 차에 올라탔다.

넓은 길로 들어서서 오 분 정도 달리던 히구치는 옆으로 꺾어 밭 사이로 난 길을 달렸다. 사방에 유리온실이 보였다. 화원이란 간판도 서 있다. 봄이면 일대가 꽃밭으로 변신할 것 같았다.

오르막길로 접어들었는데 채 다 오르기 전에 히구치가 속도를 늦추고 드디어 갓길에 차를 세웠다. 미쓰구도 바로 뒤에 차를 세운다.

"여깁니다."

지금 올라온 길이 내려다보이는 방향으로, 비스듬한 비탈에 너른 밭이 펼쳐져 있었다.

"저쪽에 있는 도랑에서 이쪽 고랑까지 한 300평 정도 됩니다."

미쓰구의 눈길이 히구치가 가리키는 쪽을 더듬었다. 뭐라 말이 나오지 않을 정도로 넓었다.

온통 잡초에 덮여 있는 땅 한쪽은 둘이 서 있는 농로이고, 다른 한쪽은 좁은 U자형 도랑이다. 한구석에 조그만 창고가 있는 것 외에는 사방이 온통 밭, 그리고 그 너머로 온 길을 따라 시선을 멀리까지 뻗자, 파란색 안개 같은 것이 옆으로 길게 누워 있는 것이 보였다. 눈을 찡그리고,

'…… 바다다!'

하고 생각하는 순간 가슴이 뛰었다.

"좋은 곳이죠."

히구치가 말했다.

"햇빛도 잘 들고 토질도 좋습니다. 원래가 꽃밭이었으니까요. 오는 도중에 화원 간판 많이 보셨죠?"

미쓰구는 발치를 조심하면서 밭으로 들어가 촘촘하게 나 있는 새포아풀 한 뿌리를 뽑아보았다. 뿌리를 따라 거뭇거뭇 기름진 흙이 올라오고, 믿기지 않을 만큼 굵직한 지렁이가 꿈틀거리며 몸을 숨겼다.

"물은 어떻게 보급합니까?"

히구치는 도랑 쪽을 가리키며 걸어가 잡초를 헤치고는 빨간색 수도꼭지를 보여주었다.

"여기에 호스를 연결하기만 하면 됩니다. 논 같으면 수리 조합

이다 뭐다 차례가 어떻다 하면서 복잡하게 구는 사람도 있지만, 여기는 아무 상관 없어요. 게다가 이웃에서도 작년부터 밭을 갈지 않습니다. 여기 밭이 다 그래요. 일손이 없어서 그렇기도 하고, 물려받을 사람이 없어서 그렇기도 하고, 하나둘씩 다 그만두고 있죠."

"히구치 씨도 그래서 이 밭을 임대하는 겁니까?"

"그런 셈이죠. 하지만 난 원래가 혼자니까."

"아, 독신입니까?"

"그런 게 아니고, 말하자면 단신 부임이죠."

히구치는 미심쩍은 표정을 짓는 미쓰구에게 씩 웃어 보이며 일어섰다.

"뭐 빌리든 안 빌리든 그건 나중에 결정하시고, 우리 집으로 가시죠. 바로 저기니까."

정말 바로 저기였다.

옛 민가의 마당에 묶여 있는 누렁이가 미쓰구를 보자 쇠사슬이 끊어져라 짖어댔다. 히구치가 혼을 내도 조용해지지 않더니, 둘이 집 안으로 사라지자 잠시 후 잠잠해졌다. 마지막에는 마음에 안 든다는 듯이 끙 하고 웅얼거리는 소리가 들렸다.

문이 활짝 열린 세 평짜리 방 앞마루에 새빨간 매실이 널려 있어 쳐다보고 있는데,

"그거 제가 담근 겁니다."

하고 히구치가 자랑스럽게 말했다.

"뭐든 제 손으로 직접 하죠. 음식도 그렇고."

따가워지기 시작한 햇살에 소금 결정이 반짝인다. 보고 있자니 혀에 군침이 돌았다.

"이거 미안하군요, 지저분해서."

히구치는 일어나 냉장고 문을 열었다.

"참, 아침은?"

"먹고 왔습니다."

"그래요? 그럼 ……."

냉장고에서 캔 맥주를 꺼내 들고 온다. 미쓰구가 자기도 모르게 얼굴을 쳐다보자, 히구치는 씩 웃으면서 미쓰구에게도 한 개를 권한다.

"시골 생활의 맛은 말이죠, 이 낮에 마시는 술, 바로 이겁니다. 특히 요즘이 좋죠. 아침 일찍 일어나서 한 차례 일하고, 아침 먹고 또 한 차례 일하면 땀이 줄줄 흘러요. 그때 마시는 맥주가 얼마나 시원하고 맛있는지. 대낮부터 술 마시고 낮잠을 잔다고 뭐라 그러는 사람도 없고. 점심 먹고 나면 한두 시간 정도 자고, 날이 시원해지면 다시 일어나서 또 일하고. 모기가 날아다니기 시작할 즈음에 작업을 끝내고 목욕하고. 그리고 반주. 누워 뒹굴면서 텔레비전 보고, 밤에는 잠이 오면 아무 생각 안 하고 잠들고. 안 그러면 다음 날 아침이 괴로우니까요. 어떻습니까, 최상의 생활이죠?"

만족스러운 듯 웃는 히구치를 따라 미쓰구도 웃고 말았다.

"야, 정말 부럽군요."

"댁도 그렇게 하면 되지요. 주말만이라도, 몸에 핀 곰팡이가 깨끗이 떨어져 나갈 겁니다."

맥주를 따고 일단 건배를 했다. 서로의 목에서 꿀꺽거리는 소리를 듣고는 똑같이 마당으로 눈길을 돌렸다. 소나무와 철쭉, 그리고 알록달록 온갖 색의 채송화와 봉선화가 피어 있는 소박한 마당이었다.

"별 관심이 없어요, 마당에는."

변명을 하듯 히구치가 말했다.

"출하용 꽃은 가꾸지만."

"히구치 씨의 화원에서 말입니까?"

"네, 바로 이 뒤에 있습니다. 전부 해서 한 6천 평 되죠. 처음에는 소규모로 할 작정이었는데, 남한테 부탁받은 것도 있고, 이래저래 하다 보니 늘어나서요."

자신의 명의로 되어 있는 농지 외에도 위탁을 받아 경작하는 밭과 온실이 몇 군데나 있다고 한다.

"원래부터 여기 사시는 분인 줄 알았습니다."

"그렇게 보입니까?"

히구치는 뜻밖이라는 듯이 말했다.

"이래 봬도 요코하마에서 나고 자랐습니다."

그래서 어떻다는 것이냐는 기분도 들었지만,

"아, 그래요?"

하고 대꾸했다.

당연한 일이지만 모든 매출에서 경비를 제외하고 남은 돈이 순이익이다. 순이익만으로 일 년을 먹고살려면 어느 정도는 규모가 커야 한다. 몸이 힘들지만 어쩔 수 없다. 그래서 당장 사용하지 않는 밭이라도 남에게 빌려주려고 하는 것이라고 히구치는 설명했다.

"나는 회사를 그만두고 이리로 왔지만, 마누라는 딸 부부하고 요코하마에서 살고 있어요. 죽어도 못 떠난다고 하더군요. 아까 단신 부임이라고 한 것은 그런 뜻입니다. 여기서 농사짓기 시작한 지 오 년째인데, 마누라가 와본 것은 겨우 손가락으로 꼽을 정돕니다."

"…… 시골을 싫어하시나 보군요."

"글쎄요, 아무튼 와도 있을 곳이 없답니다. 옛날에는 나도 그렇게 생각했지만, 싫다는 사람에게 굳이 오라고 할 것까지야 없죠."

히구치는 또 맥주를 꿀꺽 삼키고는 코 밑에 돋은 땀을 닦았다.

"처음에는 말이죠, 농사를 지으려고 땅을 좀 사기 위해 온 데를 다 돌아다녔습니다. 그런데 현지 사람들이 의심하는 거예요.

부동산 투기꾼이나 별장 터를 찾아다니는 사람으로 본 거죠. 그리고 시골에는 조상 대대로 내려오는 땅을 팔겠다고 내놓는 사람이 거의 없어요. 땅은 오래 갖고 있어도 썩지 않는다면서 말이죠. 그래서 처음에는 역시 댁처럼 땅을 빌려서 시작했습니다. 빈집을 빌려 살면서 인간관계를 만들어나갔죠. 간신히 마을 사람들의 말문이 터지고 나서야 주문 의뢰가 들어옵디다. 그런데 그후에 막상 내막을 들어보니, 다들 갖고 있는 땅을 어쩌지 못하고 있는 거예요. 그런데 왜들 움켜쥐고 내놓지를 못하는지, 땅 판다고 죽는 것도 아닌데."

히구치는 입을 비틀고 어깨를 으쓱했다.

"미즈시마 씨, 시청에 근무한다고 했나요?"

"네."

"난 종합상사에 있었어요."

의외죠? 하고 묻는 듯 잠시 틈을 두고 히구치는 말을 이었다.

"뭐 정년까지 일한다고 안 될 건 없었지만, 도중에 넌더리가 납디다. 뭐랄까, 거 왜 회사란 곳의 체질이 그렇잖습니까, 실수는 남의 탓이요 공은 내 덕분이요 하는 거. 그게 싫어서 죽겠는 겁니다. 그래서 결국은 마누라에게 그만두겠다고 하고서 사표를 냈습니다. 딸도 대학을 다 졸업한 후라서 다행이었죠. 그 명퇴라는 거 있잖습니까?"

"아, 예."

"우리 회사의 경우는, 내 입사 동기가 400명인데 그것을 절반으로 정리하겠다고 했어요."

"400명!"

"예. 다 베이비 붐 시대에 태어난 세대죠. 쏟아져 나온 대졸자들을 한꺼번에 채용했다 그렇게 된 겁니다."

"아니, 히구치 씨, 그럼 학번이?"

미쓰구는 놀라서 물었다.

"나요? 68학번이죠."

"네? 그럼 저하고 일 년 차이밖에."

"그럼 댁은?"

"69학번입니다."

미쓰구가 대답하자 히구치는 갑자기 낄낄거리며 웃었다.

"역시 그쯤이 아닐까 생각했습니다. 댁한테서 전화 왔을 때부터."

"어째서요?"

"그야 정년퇴직을 한 것도 아니고, 시간이 남아도는 것도 아닌데, 굳이 땅을 빌려 제 손으로 농사를 짓겠다고 하니까 내 연배가 아닐까 하고."

"그러니까, 왜요?"

"아니, 왜냐고 물으면 대답하기가 좀 곤란한데 농사를 짓는 일 자체가 아니라, 전원생활을 동경한달까 ……."

히구치는 일어나 냉장고에서 캔 맥주 두 개를 꺼내 와 다시 앉았다.

"그러니까 댁도, 기본적으로는 관리당하고 싶지 않은 거겠죠."

"그야 그렇죠. 하지만 그건 누구나 다 마찬가지 아닐까요?"

"무슨 말씀, 대부분 관리를 당하지 않고서는 못 살아요. 그렇지 않으면 관리당하고 있다는 것 자체를 못 느끼거나. 다만 나나 댁처럼, 젊었을 때 그 시절을 보낸 사람들은 그런 것에 민감하달까, 과민하니까. 거의 알레르기 수준이니까. 나 같은 경우도 어떤 의미에서는 그런 생각의 연장선에 밭이 있는 셈이니까."

히구치는 미쓰구의 몫까지 캔 맥주를 따면서 싱긋 웃었다.

"밭에 있을 때는, 내가 천하요 대장이잖아요."

두 캔째 맥주를 비우자 히구치는 얼큰한 기분으로 뒤쪽에 있는 온실이며 밭을 미쓰구에게 안내하면서 소똥을 듬뿍 섞은 퇴비도 보여주고, 토마토를 수확하는 요령과 농경기와 트랙터 조작법도 가르쳐주었다. 미쓰구에게는 하나같이 신선하기 이를 데 없는 체험이었다.

"300평 정도야 트랙터로 싹 밀면 금방 깨끗해지지. 내가 해놓을 테니까. 아니지, 댁이 직접 하고 싶으면 이거 빌려 써도 괜찮고. 농경기든 제초기든 여기 있는 것은 다 마음대로 써요. 하하하, 이것들이야말로 어른의 장난감이지."

땅을 빌리겠다는 소리는 아직 한 마디도 하지 않았는데, 벌써 결정된 듯한 말투였다.

"그렇지, 자면서 작업할 것 같으면 뒤에 빈 컨테이너도 있는데. 컨테이너가 뭔지는 알려나. 거 왜 운송용 대형 트럭이 뒤에 싣고 다니는, 번쩍거리는 은색 커다란 알루미늄 상자 있잖아요. 거기에다 네모나게 구멍 뚫고, 어디서 알루미늄 새시 구해 와서 붙이면 훌륭한 집이 돼요. 나도 전에는 한동안 거기에서 생활했거든요. 댁이 우리 집 뒤라 불편할 것 같으면 어디 밭 한구석에 갖다놓고 마음 내킬 때 언제든 오면 돼요. 건축물이 아니라서 허가를 받아야 할 필요도 없으니까."

피로한 눈을 비비면서 밤의 고속도로를 달려 간신히 집에 도착했을 때는 아홉 시가 넘은 시각이었다.

점심은 근처에 있는 음식점에서 회정식을 먹었다. 계산대 앞에서 서로 내겠다고 옥신각신하다가 미쓰구가 밥값을 내고 그길로 도쿄로 돌아올 작정이었는데, 어쩌다 보니 다시 그의 집으로 가게 되었고 결국은 사방이 어둑해지도록 얘기를 나누고 말았다.

"농사란 건 말이지, 한마디로 도전과 실수의 연속이야. 그것도 끝이 없는 연속."

날이 기울면서 그의 말투는 점점 더 열기를 띠었다.

"기업에 여력이 있던 시절에는 말이야, 젊은 사원에게도 도전과 실수가 용납되었지. 하나하나가 전부 도전이랄까, 이른바 성공으로 가는 디딤돌인 셈이니까 말이야. 그런데 지금은 실수를 그저 실수로밖에 보지 않아. 젊은이들이 모험을 하고 싶어도 할 수 없는 분위기지. 그건 공공기관에서도 마찬가지인 걸로 알고 있는데. 요즘 젊은이들은 소심하고 얌전하다고들 하는데, 단카이 세대조차 그런 분위기를 조성하는 장본인이 자신들이라는 것을 자각하지 못한다니까. 그렇게 혐오했던 금권주의에 물들어 있으면서도 알고도 모르는 척. 젊은이들이 가엾지. 요즘처럼 살기 힘든 시대가 어딨어. 우리들 시대에는 그래도 세상 전체가 하나로 이어져 있었달까, 아무튼 모두들 같은 방향을 향하고 있었으니까 알기 쉬웠잖아. 하기야 당시에는 사회에 제대로 관계하려면 우익이든 좌익이든 두 방향밖에 없었으니까, 그것도 불행이라면 불행이랄 수 있지만, 우익이나 좌익이나 전체주의적으로 돼버린 것은 어쩔 수 없는 일이었어. 사람 하나가 자기 머리로 생각하고 행동하는 것으로는 적과 싸울 수 없었으니까. 하지만 다들 부족한 것은 마찬가지니까 원하는 것도 당연히 같을 수밖에. 요컨대 행복의 기준이 비슷했다는 거야. 뭐가 부족한지 눈으로 볼 수 있었지. 그런데 지금은 전혀 보이지 않아. 다들 원하는 게 서로 다르니까, 어디를 향해야 행복해질 수 있는지 지표가 없는 거지."

"그럼, 히구치 씨는 뭘 지표로 이 농촌 생활에 뛰어들 결심을 했습니까?"

미쓰구가 물었다.

히구치는 잠시 입을 다물었다가,

"본능, 일까."

하고 말했다.

"글쎄, 표현이 너무 그럴싸했나. 하지만 동물이란 게 원래 그렇잖아. 나이를 먹으면 자연스럽게 무리를 떠나 혼자가 되는 것처럼."

검게 그을린 얼굴에는 허세인지 진심인지 모를 모호한 표정이 어려 있었다.

"아무튼 이런 생활의 좋은 점은 무엇이든 눈으로 볼 수 있고 손으로 만질 수 있다는 거야. 토마토든 꽃이든, 흙이든 도구든 말이야. 자기가 한 일의 성과를 눈으로 확인할 수 있잖아. 회사에서야 전혀 그럴 수가 없지."

내 손으로 만지고 확인하고 싶어, 라고 히구치는 몇 번이나 강조했다.

"결국 그런 것이 아니면 마지막까지 믿을 수 없지 않을까?"

미쓰구는 잠자코 대꾸하지 않았다.

"뭐하면 미즈시마 씨, 당신도 그 허접스러운 일자리 그만두고 여기서 나하고 같이 농사나 짓지그래? 자유롭고 아주 좋아, 농사란 거."

그러고는 대답하지 못하는 미쓰구를 보며 또 싱긋 웃었다.

그런 식의 말투를 오랜만에 들어보는 기분이었다.

옛날에는 사회의 모순이나 행복, 이상과 정의 등에 대해 열변을 토하는 일이 많았지만, 요즘은 젊은 사람들이 거북해할까 봐 신경을 쓰다 보니 애써 입에 담는 일이 없어졌다.

오랜만이라고 느껴지는 것은 비단 얘기의 내용 때문만은 아니었다.

예를 들어 요리코는 무슨 일이든 자기가 결정하고 지도하려고 한다. 반대로 마나미는 무슨 일이든 타인에게 내맡기고 기대려고 한다. 전자에게는 넌더리가 나고 후자에게는 부담감을 느끼는 미쓰구에게 히구치와의 대화는 뭐라 말할 수 없이 편했다. 남을 지도하려고는 하지 않지만 필요한 조언은 분명하게 해준다. 듣는 쪽은 필요한 부분만 가려듣는데도 중요한 내용은 빠짐없이 전달된다. 어른의 인간관계란 이래야 하지 않을까 하고 미쓰구는 생각했다.

요리코에게 오늘 일을 뭐라고 얘기하나.

차를 주차장에 넣으면서 미쓰구는 온갖 생각을 했다.

땅을 사는 것이 아니라 빌리는 것이니까 그녀도 전처럼 강경하게 반대하지는 않을 테지만, 번번이 외박을 하면서까지 나다니는 것은 싫어할 수도 있다. 무슨 얘기부터 해야 하나. 지난번처럼 그렇게까지 할 필요가 있느냐고 하면, 뭐라고 설득해야 하나. 수확한 채소의 가치가 문제가 아니라, 흙을 만지는 것 자체에 가치가 있다고 설명하면 이해해줄까?

채소 따위야 사는 편이 훨씬 싸다는 것은 굳이 말하지 않아도 안다. 땅에 엎드려 허리와 무릎의 통증을 참으면서 한참 땀을 흘릴 때 문득, 뭐 때문에 이런 생각까지 해야 하나 하고 의문을 품기도 했다. 그러나 그 의문은 곧 나는 대체 뭘 위해서 사나 하는 의문으로 이어졌다. 그러던 어느 날, 심신이 지칠 대로 지쳐 제대로 일어설 수도 없었던 저녁 나절, 자신이 일군 밭에 가을날의 저녁 햇살이 비스듬히 비치는 광경을 멍하니 바라보다가 불현듯 한 대 얻어맞은 듯 대답이 보인 듯한 느낌이 들어 미쓰구는 눈물을 머금을 뻔했다. '뭘 위해서'가 아니라, 지금 여기에 살아 있다는 압도적인 실감 …… 그것으로 충분했다. 만약 자신이 젊은 시절 같은 생명력으로 충만해 있다면 그런 경지에 도달하지 못했을 것이라고 생각한다. 빛 속에서는 보이지 않지만, 해가 기울어 그늘진 후에야 보이는 것도 있는 법이다.

키를 돌리자 사방이 조용해졌다.

도시의 마당에서는 풀벌레 소리조차 희미하게 들린다. 불과 몇 시간 전, 사방이 어두워지면서 히구치의 집을 짓뭉개 버릴 듯 커다랗게 울렸던 개구리의 합창 소리가 되살아났다.

수면 부족과 피로로 몽롱한 미쓰구의 머리에는 지금 그 땅 생각밖에 없었다. 지금까지 그랬던 것처럼, 있지도 않은 땅에 막연하게 모닥불을 피우던 때하고는 사정이 다르다. 오늘 보고 온 300평의 밭 한가득, 자신이 가꾼 작물이 줄짓는다. 그것은 한없이 현실적인 꿈의 광경이었다. 이른 아침 이슬이 맺혀 있는 파릇파릇한 이파리, 아낌없이 쏟아지는 햇살, 발에 밟히는 땅의 기름진 부드러움, 그리고 멀리 보이는 바다. 살짝 손만 뻗어도 그것은 더 이상 꿈이 아니다.

마음을 굳히고 현관으로 들어섰다.

"왔어요?"

평소처럼 맞이해주는 요리코의 얼굴에 아무런 표정이 없었다. 손에는 무선전화기를 들고 있다.

"지금 막 전화 걸려던 참이었는데."

"…… 미안해, 많이 늦었지?"

말하면서 구두를 벗고, 흙이 묻은 양말도 벗는다.

"그런 게 아니고, 기타무라 마나미 씨라고."

요리코가 말했다.

미쓰구가 동작을 멈췄다.

"당신 부하 직원이라면서?"

"…… 그런데 무슨 일이야?"

당혹감을 감추지 못하는 미쓰구를 요리코가 물끄러미 쳐다본다.

"잡혔대, 물건 훔치다가."

"…… 뭐?"

말뜻을 뒤늦게야 이해했다.

"왜 경찰에서 당신한테 그런 전화를 걸었는지는 모르겠지만."

요리코는 아주 차분하게 말했다.

"아무튼 가봐야 되지 않겠어? 그 사람, 당신이 보호자라고 한다니까."

어언간 여름이 끝나가고 있다.

이 무더위는 당분간 계속될 테지만, 오후의 햇살에는 벌써 황금빛이 섞이기 시작했고 한여름 울창했던 녹음도 이제는 시들해지고 있다. 귀를 기울이면 쓰르라미 대신 귀뚜라미 우는 소리가 들린다.

월요일의 점심시간은 왠지 늘 분주하다.

다른 직원들은 모두 점심을 먹으러 나가 일손이 부족할 때 유독 전화가 걸려오고 손님들이 쉴 새 없이 찾아온다.

미쓰구와 구보타가 자리를 지킨 오늘도 그랬다. 안 그래도 바쁜데, 작년에 정년퇴직한 직원이 불쑥 나타나 차 한 잔과 함께 삼십 분을 먹어버렸다. 볼일이 있어서 온 것이 아니라, 하도 따분해서 그냥 들렀다고 한다.

점심을 먹은 직원들이 하나둘 자리로 돌아오기 시작하자 간신히 일어선 그는 이제 돌아가는가 싶더니 위층에 있는 부서로 올라갔다.

"끙."

배웅하던 구보타가 중얼거렸다.

"저렇게는 되고 싶지 않군요."

"다들 젊었을 때는 그렇게 생각하지. 하지만 인간사가 어디 그렇게 마음먹은 대로 되나."

가벼운 야유가 통했는지 구보타는 어깨를 으쓱하고는 미쓰구를 향해 아랫입술을 쑥 내밀었다.

피식 웃을 수밖에 없었다.

젊은 사람들은 아직 모를 것이다. 자식들이나 손주들이 놀러 와주는 입장이라면 몰라도, 그렇지 않은 대부분의 남자들에게 정년 후의 생활은 그저 쓸쓸할 뿐이리라. 이렇게 생각하는 나 역시 언제 그런 신세가 될지 모른다. 마사카즈나 사토미가 앞으로 얼마나 효도를 해줄지는 알 수 없는 노릇이다.

그러니까 더욱이 지금 이때 혼자 있는 것에 익숙해져야 한다고 미쓰구는 생각한다. 빠르든 늦든 죽을 때는 어차피 혼자 가는 것이고, 이별은 불쑥 찾아온다.

미쓰구는 안쪽 자리를 살폈다.

그녀의 모습은 보이지 않았다.

"생각나는 사람이 없어서."

엊그제 밤, 데리러 간 미쓰구의 얼굴을 보자마자 마나미는 울음을 터뜨렸다. 경찰서 밖으로 나온 후에도 울음을 그치지 않아 길 가는 사람들이 돌아볼 정도였다.

화장품 체인점에서 잡혔다고 한다. 훔친 것은 겨우 매니큐어 한 개. 고작 900엔짜리 매니큐어라도 도둑질은 도둑질이다. 가게 사무실로 끌려가, 종업원이 험악한 표정을 지으며 연락처를 적으라고 해서 떨리는 손으로 미쓰구의 휴대전화 번호를 쓰자, 누굴 놀리느냐고 했단다. 정말 반성한다면 부모의 전화번호나 근무처 번호를 쓰라고 해서, 그만 미쓰구네 집 전화번호를 썼다고 한다.

"경찰 아저씨가 훨씬 더 신사적이었어요."

마나미는 신음하듯 말했다. 도착한 경찰차를 타고, 경찰서에 가서 조서를 꾸미고 두 번 다시 하지 않겠다는 뜻의 반성문을 쓰고, 마지막으로 집게손가락에 인주를 듬뿍 묻혀 날인을 찍는 동안 경찰관은 내내 존댓말을 써주었다고 한다.

"그래도 용케 우리 집 전화번호가 생각났군."

"벌써 오래전부터 외우고 있었는걸요 뭐. 주소록에 적혀 있는 번호, 틈만 나면 노려보았으니까. 여기다 전화 걸면 부인이 받으려나 하면서."

마나미는 그렇게 말하면서 눈을 내리깔았다.

미쓰구가 움찔하면서 멈춰 서자 마나미도 걸음을 멈췄다.

"사모님, 의심하는 눈치예요?"

"글쎄, 모르지."

지금 생각해보면 주말에 외박을 하는 것을 그토록 반대했던 것도 요리코 나름으로 무슨 낌새를 챘기 때문인지도 모른다.

"대충 얼버무려서 넘어가요. 문제성이 많은 골칫덩어리라고, 그래서 나도 머리가 아프다고요. 안 그러면 사모님이 불쌍하잖아요."

말투가 너무하다 싶어 돌아서서 쏘아보자, 마나미는 금방 눈길을 돌려버렸다.

"과장님한테는 말하지 않을 거죠?"

미쓰구가 아무 대꾸도 않자, 마나미는 오히려 밝은 목소리로 조잘거렸다.

"그럼 나도, 아빠 …… 대리님하고 있었던 일, 아무한테도 얘기하지 않을게요. 이제 깨끗하게 잊을게요. 친구들한테도 평생 말 안 할 테니까."

거기까지 듣고서야 미쓰구는 비로소 알아차렸다. 마나미가 무슨 말을 하고 싶어 하는지를.

"…… 협박하는 거야, 지금?"

"아, 다행이다."

마나미가 울다 웃는 표정으로 말했다.

"협박 냄새는 풍겼나 보네요."

"그럼, 우리도 밥 먹으러 나갈까요?"

눈을 치켜뜨자 구보타가 들여다보고 있었다. 점심 먹으러 나갔던 다른 직원들은 거의 돌아와 있었다.

"오늘은 글쎄, 메밀국수가 어떨까 싶은데."

또야? 하고 생각하면서 미쓰구는 가슴 주머니에 지갑이 들어 있는 것을 확인하고 자리에서 일어섰다.

"그제도 메밀국수 먹었잖아?"

"그러니까 어제는 안 먹었잖아요."

"차라리 메밀국수 가게를 차리지그래? 매일 먹을 수 있게."

말하면서 슬쩍 안쪽 자리를 살핀다.

그녀도 돌아와 있었다. 누군가의 농담에 웃는 소리도 들린다. 평소와 전혀 다름없는 달콤한 웃음소리였다.

여느 때와 마찬가지로 완행전철을 타고 집으로 돌아가는 시간을 처음으로 책을 읽지 않고 보냈다.

먼 옛날, 병원에서 퇴원하자마자 여자 친구를 잃었던 때를 떠올린다. 지금도 그렇다. 온몸에 힘이 하나도 없고, 보고 듣는 모든 것에서 의미를 파악하는 데 시간이 두 배로 걸린다.

첫 번째 입막음은 자는 것이었고, 두 번째 입막음은 헤어지는 것인가.

마나미가 바란 것이 고작 900엔짜리 매니큐어가 아니란 것 정도는 감지하고 있었다. 하지만 어째서 그런 짓을 하지 않을 수 없었는지, 그것이 정말 두 번째였는지조차 대놓고 물어볼 수 없었다.

'상황이 이런데 아직도 믿고 싶은 것인가 …….'

그런 협박에도 전혀 화가 나지 않았다. 가슴속에는 그저 묵직한 아픔과 허전함이, 마치 그 자체가 그녀가 잃어버리고 간 것인양 덩그러니 남아 있다.

잊어버리면 그만이다.

머리는 그렇게 생각하는데, 귀에는 그 방에서만 들을 수 있었던 달콤한 호칭이 메아리친다.

차창에 비치는 자신의 옆얼굴이 쓴웃음으로 일그러지는 것을 바라본다. 대체 어디까지가 거짓말이고, 어디까지가 진심이었을까. 내 쪽을 향할 때마다 환하게 번지던 미소와 내 몸을 더듬는 몸짓 속에 다소나마 진실이 있었다고 생각해도 좋은 것일까. 하지만 이제는 확인할 방법이 없다.

'내 손으로 만지고 확인하고 싶어. 결국 그런 것이 아니면 마지막까지 믿을 수 없지 않을까?'

미쓰구는 히구치의 검은 흙이 낀 손톱을 떠올렸다. 어두운 차창 속에서 그 손톱이 점점 작아지더니, 마지막 밤 흙으로 얼룩져 있었던 시즈코의 손톱과 겹쳐진다.

발인이 있던 날, 시즈코가 정성껏 가꾼 아담한 밭에는 자잘한 국화가 물결치고 있었다. 뭐라 표현할 수 없이 상쾌한 풍경이었다.

아, 그래야겠군, 하고 미쓰구는 생각했다. 다음에 사에에게 부탁해서 그 국화를 좀 나눠달라고 해야지. 아주 조금이라도 상관없다. 새싹 난 가지를 잘라주면 바다가 보이는 그 밭에 옮겨 심자. 해마다 꽃을 피워주겠지.

긴 한숨을 토해내고 유리창에 머리를 기댄다.

'이제 두 정거장 남았군.'

집이 가까워온다.

엊그제 밤 이후, 요리코는 내게 한 마디도 하지 않았다. 내가 무슨 말이든 먼저 해주기를 기다리는 것이리라.

그러나 지금 새삼스레 무슨 말을 한단 말인가. 미쓰구는 생각할 기력도 없었다. 당신이 의심하는 일은 전혀 없었어 ……. 그런 거짓말을 하기조차 버겁다. 아니 이렇게 집으로 돌아가는 것 자체가 버겁다. 힘들고 버거워서 견딜 수가 없다.

차라리 히구치의 말대로 일이고 뭐고 다 내던져 버릴까?

그런 생각을 하자, 유리창에 비친 입술에 미소가 번졌다. 홀가분하게 날마다 흙이나 만지면서 사는 것이다. 낮에는 술을 마시고, 내가 대장이라고 떵떵거리면서.

'이제 다음 역.'

뭐 그럴 수만 있다면야 마음고생할 것도 없고.

미쓰구는 눈을 감았다.

아주 잠깐, 눈을 붙였다.

꿍음에 퍼뜩 눈을 뜨자 전철은 맹렬한 속도로 질주하고 있었다.

벌떡 일어나 사방을 돌아본다. 다른 사람의 모습은 없다. 손목시계를 보고는 어이가 없었다. 어떻게 그렇게 깊은 잠에 빠질 수 있었을까.

'대체 어디야, 여긴.'

필사적으로 어둠을 더듬는다. 이렇게 속도가 빠르다는 것은 역과 역 사이가 상당히 떨어져 있다는 뜻이다.

미쓰구는 뭉개질 정도로 어금니를 악물고 자기도 모르게 주먹으로 유리창을 두드렸다. 그만둘 걸 그랬다. 아픔이 정수리로 치솟았다가 서서히 잦아들자 온몸에서 힘이 쭉 빠져나갔다.

끝내 미쓰구는 휘청휘청 자리에 주저앉았다.

왜 이렇게 모든 것이 순조롭지 못한 것일까. 왜 나는, 나일까. 대체 나는 어디로 가고 있는 것인가. 그 시절 본의 아니게 각목을 잡았고, 또 내 뜻과는 상관없이 회사에 취직하고, 그렇게 흐르고 흘러 이런 곳까지 온 나는, 앞으로도 그저 어딘가로 흘러

갈 수밖에 없는 것인가.

등받이에 기댄 채 축 늘어져 입을 벌리고 천장을 올려다본다. 맥을 놓아서인가, 지금에야 제 허물을 가리려는 듯 쓴웃음이 피식피식 터져 나온다.

'뭐, 어때.'

어디로 가든, 어차피 선로 위. 언젠가는 원치 않아도 어느 역에든 도착한다.

그저 맡기고 있으면 전철의 흔들림도 견딜 만하다는 것을 알았다.

전철은 더욱 속도를 올린다.

밖에는 이제 산골짝의 불빛조차 보이지 않는다.

구름송이

흔들리는 커튼이 때로 둥실 부풀어 내려다
보는 사토미의 시야를 가린다. 한여름에 비하면 바람이 많이 시
원해졌다.

월요일 4교시, 옆 반인 B반은 체육 시간. 1학기에는 체육관에
서 농구를 했는데, 2학기에 접어들자 여학생은 핸드볼, 남학생은
축구를 하게 되었다.

삼층 창가 자리에서는 운동장이 한눈에 내려다보인다. 귀에
익은 목소리가 건물 벽에 반사되어 울린다. 겐스케가 사령탑이
라도 된 양 같은 팀에 지시를 내리고 있다.

수비를 하든 공격에 가담하든, 겐스케가 늘 제일 먼저 눈에
띈다. 하지만 그것이 그의 탁월한 운동 능력 때문인지, 아니면
자신이 그를 의식하는 탓인지 사토미는 잘 모른다. 어쩌면 단순

히, 오랜 소꿉친구의 등을 좇는 습관이 몸에 배어 있기 때문인지도 모른다. 그렇게 생각하면 가슴 한편이 왠지 답답하다. 땀방울을 흩뿌리며 달리는 겐스케를 보기만 해도 온몸이 찌릿찌릿해진다. 땀에 젖은 남자는 같은 반 아이는 물론 오빠든 아빠든 속이 울렁거릴 뿐인데, 마치 양동이로 물을 퍼부은 것처럼 땀에 폭 젖은 그의 체육복을 보면, 저 가슴에 얼굴을 묻으면 기분이 어떨까 하고 엉뚱한 공상을 하면서 남몰래 가슴 설렌다.

'키스 한 번 한 적 없는데, 욕구불만이라니.'

어째 유부녀의 불륜보다 한층 추잡하게 느껴진다.

사토미는 혼자 얼굴을 붉히고는 노트로 눈길을 돌렸다.

수업이 시작되어 펼쳐놓기는 했지만, 아직 한 글자도 쓰지 않은 페이지에는 어제 한 낙서가 고스란히 남아 있다. 이차함수 그래프 밑에 뺨에 흉터가 있는 떠돌이 무사. 칼을 뽑아 들고 가련한 모습의 공주 앞을 지키고 서 있다. 다른 한쪽에는 여도적이 그의 어깨에 기대어 그를 쳐다보고 있다. 이름 하여 겐시로와 사야 공주, 그리고 아가씨. 셋 다 언젠가는 투고하려고 그리고 있는 만화의 등장인물들이다.

원고는 지금 방에 감춰놓았다. 간신히 초벌이 끝나고, 지난주부터는 조금씩 펜으로 그려나가고 있다.

사토미는 그 대부분을 여름방학 내내 머물렀던 할아버지 집에서 그렸다. 작년 가을에 할머니 시즈코가 돌아가신 후 할아버지는 딸, 그러니까 사토미에게는 고모인 사에와 단둘이 그 넓은 집에서 살고 있다. 초등학생 때는 엄마 아빠를 따라 종종 놀러 갔지만 혼자서 그렇게 오래 있기는 처음이었다.

이유는 도저히 한마디로 말할 수 없다. 다만 올여름에는 그러지 않을 수 없었다.

필통에서 지우개를 꺼낸다. 안 그래도 지난번 기말고사가 끝난 후로 성적 때문에 엄마의 잔소리가 한층 심해졌다. 집에서 공부 시간을 축내가며 몰래 만화를 그리고 있으니까 그만큼 수업은 착실하게 듣자고 스스로 굳게 맹세를 했는데, 왜 이렇게 참지 못하는 것일까. 정말 한심하다.

막무가내로 지우던 동작을 사토미는 뚝 멈췄다.

자세히 보니 꽤 잘 그렸다. 특히 이 '아가씨'의 옆얼굴. 수령의 딸답게 턱을 꼿꼿하게 들고 있는 것하며, 그러면서도 사랑에 빠진 여자 특유의 애처로운 눈빛은 이대로 지워버리기 아깝다.

교단을 살핀다. 선생은 머리숱이 적은 뒤통수를 보인 채 칠판에 수식을 쓰고 있다. 사토미는 다시 필통을 뒤져 2B 심이 들어 있는 샤프펜슬을 꺼냈다.

칠판을 향하고 오른쪽 끝줄의 맨 뒷자리, 이 특등석은 '원시'라고 둘러대고 다른 아이와 바꿔 차지한 자리다. 시력이 1.5인데 원시라고 했으니 억지스럽기는 하지만 이 자리에서는 수업 중에 어떤 그림을 그려도 들키지 않는다.

쉬는 시간이면 좀 보여달라면서 몰려드는 친구들에게는 부담 없이 응하는 사토미지만, 일러스트레이터가 돼도 되겠다는 소리를 들으면 반드시 그냥 낙서한 걸 가지고 뭘, 하고는 어깨를 으쓱한다.

뭐가 되고 싶은지, 부모나 선생은 물론 친구들에게도 알리고 싶지 않다. 공치사를 곧이들어서는 안 된다. '사토미는 그림을 잘 그린다'고 여겨지는 정도는 좋지만, 그런 말에 들떠서 지나치게 튀면 모난 돌이 정 맞는 꼴이 되기 십상이라고 생각하고 있다. 건방지다, 거슬린다는 이유로 표적이 되는 것은 중학교 때만으로도 족하다.

여도적의 어깨에서 물결치는 머리카락을 흐름에 따라 검게 칠한다. 흰자위 옆에 엷은 회색으로 칠한 것은 긴 속눈썹의 그림자다. 강한 의지를 말해주는 눈동자에 빛을 보태고, 아래 속눈썹을 한 올 한 올 정성껏 덧그린다.

실제로도 그냥 낙서에 지나지 않는다. 이 분야에서 전문가가 될 능력이 아직 없다는 것은 누구보다 사토미 자신이 잘 알고 있다. 앞으로 얼마나 더 노력을 해야 제 몫을 할 수 있는지도 모르고, 애당초 재능이 있는지 없는지도 모른다. 분명하게 아는 것은, 입시가 오 개월 앞인데 이런 만화나 그릴 때가 아니라는 것과 행여 엄마에게 들키면 무슨 벼락이 떨어질지 모른다는 것뿐이다.

올봄이었다. 엄마가 노크도 하지 않고 불쑥 방으로 들어왔다. 딸이 공부하는 줄만 알았는데 만화나 그리고 있는 것을 보자, 그녀의 표정이 싹 바뀌었다.

"넌 어떻게 그 정도밖에 안 되니!"

그 말은 사토미가 어렸을 때부터 수도 없이 들어온 말이었다. 중학교에서 국어 선생으로 삼십 년을 근무하다가 교감이 된 요리코의 눈에는 딸이 마치 낙오생처럼 보이는 모양이다.

"아니 그렇게 힘들게 그 고등학교에 들어갔는데, 어째 요즘 성적이 떨어진다 싶더니 이런 거였어? 넌 왜 그렇게 느슨한지 모르겠다. 지금 해야 할 일은 나중으로 미루고, 하고 싶은 일만 하는 사람을 뭐라고 하는 줄 알아? 인간쓰레기라고 하는 거야. 만화 같은 거, 굳이 지금 그리지 않아도 대학에 들어가면 얼마든지 그릴 수 있잖아. 겨우 일 년도 안 남았는데, 그걸 못 참니?"

왜 못 참을까.

내 일인데, 하고 생각해도 사토미는 알 수 없었다. 고작 일 년도 못 되는 시간이 이렇게 참기 힘든 것은 '그 정도밖에 안 되는 인간쓰레기'란 증거일까?

하지만 엄마는 대학에 들어가면 얼마든지 그릴 수 있다는 말과 함께 이런 말도 한다.

"만화도 이제 슬슬 졸업해야지."

본 적도 없는 주제에, 하고 사토미는 생각한다. 생각만 해도 뱃

속이 부글거린다.

엄마 역시 대부분의 어른과 마찬가지로 만화를 어린애들이나 읽는 것이라고 생각하는 것이다. 교과서에 실리는 문학은 고상하고 만화는 저속한 것이라고 단정 짓고 있기에, 사토미가 책에도 아동용이 있고 성인용이 있는 것처럼 만화에도 어른이 감상하기에 충분한 뛰어난 작품이 많다고 아무리 설명해도 비웃기만 할 뿐 귀담아듣지 않는다. 보나 마나 학교에서도 저런 식이겠지 하고 생각하면, 배우는 학생들이 불쌍해진다.

만화에서 졸업할 수는, 절대 없다. 아니, 할 마음이 없다.

사토미가 산소 부족으로 입을 뻐끔거리는 붕어 같은 답답함에서 벗어나 편히 숨 쉴 수 있는 곳은 자신이 그린 그림 속뿐이다. 아무 잡념 없이 그리는 동안에나 자신은 잘난 것 하나 없는 쓰레기 같은 인간이란 생각을 지울 수 있다. 둔하다느니, 성격이 음침하다느니, 얼굴이 크다느니 하는 솔직하면서도 잔인한 남자애들의 말에 신경을 쓸 일도 없고, 엄마의 입에서 나오는 '어서 해라' '어째 너는' 유의 잔소리에 주눅 들 필요도 없다. 그저 마음이 움직이는 대로 다른 세계에 몰입할 수 있다. 아리따운 공주든, 칼 잘 쓰는 전사든, 또는 가공의 생물이든 요정이든, 마음대로 변신할 수 있다.

아, 좀 더 잘 그릴 수 있었으면, 하고 사토미는 생각한다.

그림만이 아니다. 보는 사람이 자기도 모르게 빨려 들어가는 스토리, 매력적인 캐릭터, 아직 그 누구도 손대지 않은 테마, 설득력 있는 대사, 산뜻한 장면 전환, 가슴을 찡하게 하는 라스트 신. 머릿속에만 있는 세계를 자유자재로 종이 위에 표현할 수 있을 정도로 잘 그리고 싶다. 그러기 위한 노력이라면 뭐가 됐든 가리지 않는다. 그 밖에는 아무것도 하고 싶지 않다.

"에, 교과서 204페이지, 예제 3 ……."

억양 없는 목소리가 마치 날벌레 소리처럼 머리 위를 스치고 지나간다. 주위 아이들에 맞춰 적당한 페이지를 펼쳐놓고 사토미는 다시 '아가씨'를 그리기 시작한다.

도전적인 눈썹을 좀 더 짙게, 그리고 콧대를 선명하게, 이어 아랫입술에서 턱으로 이어지는 선을 정확하게 다시 한 번 확인하기 위해 교실 한가운데에서 필기를 하고 있는 친구를 훔쳐본다. 언제 보아도 단정한 옆얼굴, 부드러운 가을 햇살에 드러난 또렷한 윤곽, 이상적인 캐릭터, 여자인 나조차 이렇게 넋을 잃을 정도이니 남자들이 요란을 떠는 것도 …… 겐스케가 푹 빠져 있는 것도 무리는 아니겠다고 생각한다.

2학년 2학기 때 전학 온 그녀, 니레사키 가나코는 처음부터 전 학년의 화젯거리였다. 삼 년 동안 미국 생활을 했다는 것도 그렇지만, 정말 그림 속에나 있을 것처럼 예쁜 소녀였기 때문이다.

하지만 같은 교복을 입고 있는 무채색의 집단에서 왜 가나코만 그렇게 눈에 띄는지 사토미는 이해할 수 없었다. 예쁘고 키가 크고 행동거지가 외국인 같기 때문만은 아닌 듯했다.

겉으로 드러난 매력은 전체의 작은 일부에 지나지 않고, 오히려 내면에서 발산되는 무엇이 그녀를 빛나게 한다는 것을, 친구로 지내기 시작한 지 얼마 지나서야 알았다. 3학년 때 같은 반이 되었지만 사토미는 상대가 누가 됐든 자기 생각을 분명하게 말하는 가나코를 멀리했다.

그런데 둘이 도서위원으로 뽑히면서 조금씩 얘기를 나누다 보니, 어느새 떨어져 있는 시간이 짧을 정도로 친해졌다. 특히 둘다 좋아하는 드라마나 만화, 음악 얘기가 나오면 끝이 없었다. 학교가 끝나 손을 흔들며 헤어져 집으로 돌아가는 길에도 휴대전화로 얘기를 나누고, 밤에는 또 집 전화로 긴 수다를 떨지만, 그래도 아쉬울 정도였다.

"왜 나 같은 애하고 같이 있는데? 너하고 친해지고 싶어 하는 애들 많은데."

친구로 지내기 시작할 무렵, 우물쭈물 그렇게 묻는 사토미에게 그녀는 웃으며 대답했다.

"사토미, 너 그 '나 같은'이라고 말하는 버릇 고쳐라. 스스로 자기를 그렇게 생각하면 정말 그렇게 돼. 나는 사토미가 얼마나 멋진 앤지 잘 알아. 피부는 곱고 매끈하지, 손가락하고 속눈썹도 길지. 네 이마가 얼마나 예쁜지 아니? 그런데 왜 앞머리로 가려, 시원하게 내놓고 다녀. 그리고 겉모습만 그런 거 아냐. 사토미 옆에 있으면 마음이 차분해져. 남을 함부로 단정 짓지도 않지, 말도 조심스럽게 하지. 그러면서도 남에게 자기를 맞추지 않고 자기 길을 가잖아. 얼마나 멋지니, 어른스럽고. 노리짱이나 하라다나 미치코나 다 좋은 애들이지만, 사토미가 최고야. 그래서 같이 있는 거야. 싫어?"

그러나 남들에게는 전혀 어울리지 않게 보였으리라. 며칠 전에도 남자애들이 대놓고 이렇게 말했다.

"사토미 너, 가나코랑 같이 있으면서 허무하지 않냐?"

"너, 조역이란 거 아냐?"

그런데도 사토미는 가나코 곁을 떠나고 싶지 않았다. 신이 언제나 불공평한 것은 자기 탓이 아니다. 자기에게만 그런 것도 아니다. 누군가의 조역에 불과하다는 이유만으로 비굴해질 수 있는 사람은 오히려 자신의 가치에 조금이라도 자부심을 느끼는 자들이다. 태어나서 지금까지 자부심과는 인연 없이 살아온 사토미로서는 가나코와 친구로 지낼 수 있다는 것만으로도 충분히 자랑스러웠다.

그래서 장래의 꿈에 대해서도 가나코에게만 털어놓았다. 그녀에게는 무슨 얘기든 할 수 있다고 사토미는 생각한다. 단 한 가지만 빼놓고는.

교단을 살피고 가나코의 옆얼굴을 훔쳐보면서 하나하나의 선을 확실하게 그려나간다. 음영을 넣어 도톰하게 만든 '아가씨'의 아랫입술이 젖은 듯 촉촉한 느낌을 발한다.

그러면서 사토미는 가슴 한쪽이 우리하게 아픈 것을 참고 있다. 여두목 체질의 여도적을 성격은 물론 얼굴까지 친구와 비슷하게 만들어냈기 때문에, 그럴 때마다 이렇게 엉뚱한 생각을 하게 된다. 겐스케는 저 보드라운 입술에 몇 번이나 키스를 했을까. 저 반듯한 귀에 대고 무슨 말을 속삭이고, 가녀린 어깨와 부러질 듯한 허리를 어떤 식으로 껴안았을까.

동네에서 모르는 사람이 없을 정도로 개구쟁이였던 어린 시절부터 사람에게 고개 숙이는 것을 가장 싫어했던 겐스케가,

"사토미, 부탁해."

하면서 교실 앞에서 손을 덥석 잡았을 때는 놀라지 않을 수 없었다.

"사토미, 아니 사토미 님. 부탁이야, 니레사키 가나코 소개시켜줘, 응?"

너무 놀라서 그만 생각할 겨를도 없이 가나코를 그 자리로 불러내 주었는데…….

그로부터 벌써 석 달이 지났다. 입도 거칠고 매너도 빵점인 겐스케다, 어차피 금방 차여서 위로해줘야 하는 신세가 되겠지, 하고 대수롭지 않게 여겼는데.

이제는 너무 늦었다. 지금 와서 새삼스럽게 얘기할 수도 없다. 아니, 설사 두 사람이 사귀고 있지 않다 해도 마찬가지다. 이런

저런 허물은 많아도 여자애들에게 인기가 많은 겐스케에게 나 같은 애가 어떻게 고백을 ……. 웃기고 있네, 하고 비웃음거리가 될 게 뻔이다.

이제 와서 내 마음을 알게 되느니 차라리 평생을 모르고 지내는 편이 나았다.

그때 주머니 안에서 휴대전화가 몸을 떨었다.

책상 밑에서 문자를 확인한다.

오늘부터 착실하게 지낸다고 했던 것 같은데.

놀라 고개를 든다. 저쪽에서 가나코가 돌아보며 싱긋 웃는다. 아까부터 내 시선을 느끼고 있었던 모양이다.

멍청히 있는데, 또 두 번째 문자가 날아왔다.

모델료, 비싸다.

재빨리 손가락을 움직였다.

점심때 포도 절반 줄게. 어때?

그 순간 가나코가 돌아보며 신 난다는 듯이 OK 사인을 보내주었다.

"싸네 ……."

사토미가 어이없어 혼자 중얼거리는데,

"거기 너! 집중 안 해!"

고함 소리에 목이 움찔했다.

사토미는 킥 하고 웃으면서 노트로 눈길을 돌렸다. 보면 볼수록 가나코를 꼭 닮은 여도적의 눈길과 마주치자 심각해진다.

'아가씨'의 강한 시선은 '겐시로'의 투박한 옆얼굴을 똑바로 향하고 있다. 하지만 그녀의 마음은 — 사토미가 만들어낸 이야기 속에서는 — 마지막까지 이루어지지 않는다. 아무리 열렬하게 사랑해도 그는 꿈쩍도 하지 않는다. 입은 거칠어도 마음은 고운 '겐시로'가 가슴속에 소중하게 품고 있는 사람은 예나 지금이나 소꿉동무인 '사야 공주' 오직 한 사람뿐이다.

손에 들고 있는 칼의 날카로운 끝과 똑같은 눈매를 한 그가 대담한 미소를 띠고 이쪽을 쳐다보고 있다.

사토미도 가만히 그 눈길을 쳐다본다.

시작은 작년 10월. 학생 전원이 참가하는 마라톤 대회 날이었다.

마라톤이라고 해봐야 교문을 기점으로 주택가와 농로를 지나 다시 학교로 돌아오는 2킬로미터 정도의 거리를 정해진 시간 내에 남학생은 여섯 바퀴, 여학생은 세 바퀴를 뛰는 것이다. 해마다 있는 행사라 때로는 학부모들이 연도에 나와 응원을 하기도 한다.

쥐가 날 것처럼 아픈 옆구리의 통증을 참으면서 간신히 두 바퀴를 돌았을 때, 사토미는 시계를 잃어버렸다는 것을 알았다. 교문 앞에서 매직을 들고 대기하고 있는 여선생에게 두 번째 선을 그어 달래려고 왼손을 내미는 순간,

"어머, 이거 어떻게 된 거지?"

하고 선생이 말했다.

"잉크가 샜나?"

아차 싶어 보니, 손목시계가 있어야 할 자리에 검은 점이 그대로 드러나 있었다.

'아이 참!'

반사적으로 손을 잡아당기는 바람에 매직이 손등에 일직선을 그렸다.

"앗, 미안. 나중에 씻어야겠다."

선생의 말이 귀에 들어오지 않았다. 사토미는 옆구리가 아픈 것도 잊고 오른손으로 왼 손목을 잡아 점을 가리고 시계를 찾으러 뛰어갔다.

언제 어디서 떨어뜨렸을까? 누가 주웠으면 다행인데, 벌써 누군가의 발에 밟혔거나 차여서 도랑에 빠졌을지도 모른다. 시곗줄이 느슨해진 것을 알았을 때 바로 고쳤어야 하는 건데…….

어렸을 때는 의식조차 못 했던 그 커다란 혹 같은 점에 신경을 쓰기 시작한 것은 아마 5학년 때였을 것이다. 남몰래 동경하던 미술반 선배가,

"어, 물감이 묻었나 보다, 여기."

하고 다른 뜻 없이 한 말이었는데, 그때부터 사토미에게 그 점은 감춰야 할 것이 되고 말았다. 가족이나 친구들이 별것 아닌데 왜 그러느냐고 하면 할수록 도리어 별것이기에 굳이 위로하는 듯한 기분이 들었다.

분명하게 말해서 그 점 자체가 싫은 것은 아니다. 사토미가 싫은 것은 처음 보는 상대가 '미즈시마 사토미'와 '점'을 세트로 기억한다는 점이었다. 사소하지만 자신의 장점이나 개성보다 그 점이 먼저 눈에 띈다는 것이 싫어서 견딜 수가 없었다.

잃어버린 시계는 중학교 입학 선물로 할머니 할아버지가 사주신 것이었다. 글자판이 단순하고 얇지만 남자용처럼 큼지막해서 감추고 싶은 부분을 마침 가릴 수 있었다. 함께 사러 간 시계방에서 사토미가 그것을 골랐을 때, 시즈코는 이렇게 말했다.

"더 귀여운 것도 많은데. 가격 걱정은 안 해도 돼."

난감해서 아무 말 않고 있자 시게유키가 말했다.

"그게 좋다는데, 좋다는 걸로 사줘."

지금은 알고 있다. 자신이 신경을 쓰는 만큼 사람들이 그 점만 보고 있지는 않다는 것을.

그래도 지난 몇 년 동안 집을 나설 때에는 반드시 찼는데, 있어야 할 자리에 없다는 것만으로도 사토미는 불안해서 어쩔 줄을 몰랐다. 마치 드러난 젖가슴을 가리면서 뛰고 있는 심정이다.

길 가는 사람과 스치거나 누군가가 앞지를 때마다 슬쩍 손목을 가리고 발치에만 신경을 쓰면서 뛸 때였다.

"뭘 그렇게 우물쭈물하나?"

뒤에서 겐스케의 목소리가 들렸다. 엄청난 속도로 뛰어온 그는,

"야, 좀 성의 있게 뛰어라. 어떻게 아줌마들보다 느리냐?"

하고 앞지르면서 돌아보고는, 어리둥절한 표정으로 멈춰 섰다가 돌아와 사토미 옆에 섰다.

"왜 그래?"

"뭐가?"

"울상을 짓고 있잖아."

시계, 하고 사토미는 말했다.

"뭐?"

"어디서 잃어버렸나 봐, 시계."

"이런 멍청이 ……."

겐스케는 왼 손목을 잡고 있는 사토미를 보고는 순간적으로 입을 다물었다.

"너 …… 아직도 그런 거 신경 쓰니?"

"그런 건 아닌데."

고개를 숙인 채 중얼거리는 사토미 옆으로 두 번째 그룹의 남자애들이 거친 숨을 몰아쉬며 달려간다. 자기 페이스로 달리는 여자애들도 손을 흔들며 지나간다.

"됐어, 너는 빨리 가. 올해도 우승해야 할 거 아니야."

"안 그래도 내가 우승해."

"기가 막혀서, 네가 뭔데?"

"나는 나지."

"잘났어, 정말."

겐스케는 싱긋 웃고는, 그럼 먼저 간다는 말을 남기고 액셀을 힘껏 밟은 차처럼 속도를 올렸다. 그러더니 …… 무슨 생각인지 금방 되돌아왔다. 어리둥절해하는 사토미에게,

"참 내, 어쩔 수 없지."

선 자리에서 제자리 뛰기를 하면서 퉁명스럽게 말하고는,

"자."

지나가는 애들 모르게 묵직한 것을 손에 쥐여주었다. 그러고는 다시 눈 깜짝할 사이에 멀어졌다.

사토미는 손을 펴보았다.

겐스케가 애지중지하는 다이버용 시계였다.

아마도 그때가 아니었을까 하고 생각한다. 후카쓰 겐스케란 존재가 사토미에게 어린 시절 소꿉동무에서 한 사람의 어엿한 남자로 변한 경계선이.

그의 시계는 너무 헐렁해서 목적에 맞는 구실을 하지 못했지만, 그래도 차고 있으면 그토록 신경에 쓰이던 점이 아무렇지 않게 여겨졌다. 정말 신기할 정도였다. 거대한 어떤 것이 지켜주고 있는 듯한 느낌에, 문득 옛날에 동네 개구쟁이들의 짓궂은 장난을 막아주었던 겐스케의 등이 떠오르곤 했다.

하지만 대회가 끝나고 한창 뒷마무리를 하는데 "시계를 습득했습니다. 잃어버린 학생은 ……"이란 방송이 울렸을 때 느꼈던 아쉬움의 정체를 사토미는 깊이 생각하지 않았다. 무의식적으로 피했는지도 모른다.

만약 그때 심각하게 생각했더라면, 훗날 겐스케가 가나코를 소개해달라고 부탁했을 때 달리 대응할 수 있었을까? 그랬다면, 지금 이렇게 두 사람을 바라만 보는 처지를 면할 수 있었을까?

"넌 괜히 내숭 안 부려서 좋다. 얘기하기도 편하고."

요즘 들어 겐스케가 그렇게 말할 때마다 사토미는 싫지는 않아도 혼자만 버려진 듯한 외로움을 어쩌지 못한다. 성별에 관계없이 친구로서 신뢰받고 있다는 것은 자랑스러운 일이지만, 그런 소리를 들으면 들을수록 점점 더 여자답게 행동할 수 없게 된다. 나도 여잔데. 가나코만큼 예쁘지는 않아도, 그래도 여잔데. 어젯밤 엄마에게서도, 겐스케의 말이나 뉘앙스와는 다르지만 비슷한 투의 말을 들었다. 아빠를 두고 집에서는 말도 제대로 안 하는 사람이라고 투덜거리는 엄마에게 사토미가 그만 아빠 편을 드는 발언을 한 탓이다. 요리코는 들으란 듯이 소리 내어 한숨을 쉬고는, 분하다는 듯 말했다.

"너까지 그런 말을 하니, 왜 딸을 낳았는지 모르겠구나. 이럴 줄 알았으면 아들을 하나 더 낳을 걸 그랬어."

땅이 꺼지는 듯한 기분이었다.

별 의미는 없다, 엄마는 그저 여자끼리란 명목의 동지가 필요할 뿐이다, 그게 안 되니까 성질을 부리는 것이다. 그렇게 생각하려고 무진 애를 썼지만, 지금까지 살아온 십칠 년이 싹둑 잘려나간 듯한 허망함을 지울 수 없어서,

'누가 여자애를 낳으라고 했나?'

하고 하마터면 말대꾸를 할 뻔했는데 꾹 눌러 참았다. 그런 말을 했다가는 훨씬 더 성가신 일이 벌어질 게 뻔하니까.

"야, 무슨 말을 그렇게 하니? 너무했다."

사토미에게서 그 얘기를 들은 가나코는 마치 자기 일처럼 분개했다.

"딸이 자기 생각대로 안 된다고 해서 화를 내면 안 되지. 애를

쓰고 노력해도 안 되는 일을, 왜 꼬집어 말하는데? 그거야말로 자기 감정대로 화내는 거잖아. 그래 가지고 지금까지 잘도 선생 노릇 했겠다."

"아아, 진정하세요, 언니."

사토미는 오히려 웃으면서 가나코를 달랬다.

"그 사람도 여러 가지 사정이 있어서 그랬겠지."

이렇게 가나코가 대신 험담을 해주면 사토미는 엄마를 편드는 도식이 저절로 성립되어, 덕분에 조금은 마음이 편해진다. 그 엄마에게 우월감을 느낄 수 있는 것은 이런 때뿐이다.

"그 사람, 요즘 스트레스가 많은 것 같아. 학교에서도 뭔지는 모르겠지만 문제가 많은 것 같고. 집에 와봐야 오빠는 연애하느라고 정신이 없지, 딸은 성적이 자꾸 내려가지."

"그거 네 얘기 아니니?"

"게다가 아빠는, 주말이면 외박까지 하면서 밭 갈러 가지."

"어디라고 했지? 아저씨 밭이 있는 데가. 지바라고 했니?"

"응. 무지 시골이래. 바다 근처인가 봐."

"좋겠다, 헤엄도 칠 수 있고. …… 아, 아까워라."

가나코가 안타깝다는 표정을 지었다.

"여름방학 때 겐스케하고 셋이서 놀러 가면 좋을 텐데."

"얘는, 바닷가에 별장이 있는 것도 아니고. 잘 데가 있어야 가지."

"뭐? 그럼 아저씨는?"

"차 뒷좌석에다 이불 깔고 잔대."

"정말? 그깟 채소 때문에 그렇게까지 하시니? …… 아, 이렇게 말하면 안 되나?"

사토미는 피식 웃었다.

"네 생각도 그렇지? 나도 그래. 엄마도 처음에는 아빠가 어떻게 된 거 아닌가 하고 의심했을 정도였으니까."

아빠는 바로 얼마 전에 지금까지 타고 다니던 카롤라를 팔고 웃돈을 얹어 중고 SUV를 사들였다. 그리고 토요일 아침이면 뒷자리에 이불과 아이스박스와 책을 두 권 정도 싣고 떠났다가 일요일 밤에 수확한 채소를 산더미처럼 싣고 돌아온다. 채소는 신선하고 맛있지만, 엄마 앞에서 맛있다고 칭찬하면 엄마는 듣기 싫다는 표정을 짓는다. 그렇다고 아빠가 공들여 가꾼 것인데 한마디 칭찬도 하지 않으면 섭섭해할 것 같아, 사토미는 늘 엄마가 식탁에서 일어나면 살짝 말을 건네곤 했다.

"있지."

사토미는 힐끔힐끔 사방을 살폈다. 가나코와 단둘이 얘기하고 싶어 도시락을 들고 옥상으로 올라왔는데, 조금 떨어진 곳에 다른 반 여자애들이 다섯 명 정도 둥그렇게 모여 있다.

"사실은."

목소리를 낮추고 사토미는 속삭였다.

"우리 아빠, 아무래도 얼마 전까지 바람피웠던 것 같아."

가나코는 입안에 있는 밥을 꿀꺽 삼켰다.

"거짓말."

"아냐, 정말이야."

"어떻게 알았는데?"

"그 정도는 알 수 있지."

사토미는 어깨를 으쓱한다.

"아빠가 늦게 들어올 때마다 기다리면서 얼마나 짜증을 부리는지. 오빠가 사흘이나 애인 집에서 돌아오지 않았을 때도 '둘이서 잘한다. 누가 부자지간 아니랄까 봐' 이러더라니까. 설거지하면서도 눈물을 글썽거리고. 그런데도 모르면 바보지."

"와, 진짜 실감 난다."

가나코는 그렇게 중얼거리고 사토미가 준 포도를 먹었다.

"여름방학 시작하기 전쯤이었나, 제일 심했던 게. 우리 엄마, 자존심이 엄청 세거든. 그러니까 대놓고 물어볼 수도 없지, 아빠는 또 아빠대로 살금살금 바람피우면서 시치미를 떼지. 같은 집 안에 있는 것만으로도 속이 쓰리고 머리털이 다 빠질 것 같더라. 내가 눈치챘다는 것 정도는 엄마나 아빠도 알고 있을 텐데, '이 집에는 아무 문제도 없습니다'라는 식으로 시침 뚝 떼고 있는 그 뻔뻔스러움이 가소롭달까."

"그럼 네가 방학 때 할아버지 집에 갔던 것도 그 때문이었어?"

"응, 그런 이유도 있지 뭐."

"그랬구나. 나는 숨어서 만화 그리려고 그러는 줄로만 알았지."

"당연히 그쪽 비중이 더 크지."

가나코는 후훗 하고 웃었다.

"그래도 섭섭하다 얘. 진작 말해줬으면 같이 의논할 수도 있었잖아."

"…… 미안해. 나도 아직 정리가 안 된 거라."

그리고 넌 항상 겐스케랑 함께 있었잖아, 하고 생각한다. 생각만 하지 말은 안 한다.

"그런데 요즘은 전보다 빨리 들어오더라고. 들어와 봐야 아무 말 않고 텔레비전 보는 게 다지만. 그래도 그렇게 일찍 들어오는 걸 보면 그 여자하고 끝난 거 아니겠어? 그야 물론 여자가 차버렸을 수도 있지만, 자세한 거야 알 수 없지."

"차라리 말이야."

가나코가 말했다.

"아저씨하고 아줌마, 두 사람의 말을 들어보는 건 어떠니?"

사토미가 자기도 모르게 미간을 찌푸렸다.

"농담하니 너? 싫어, 듣고 싶지 않아 난."

"그래도 참고는 될 거 아냐."

"무슨 참고? 언젠가 남편이 바람피우면?"

"요런 맹추."

가나코가 웃는다.

"그야 뻔하지. 만화 그릴 때가 아니고 언제겠어. 그런 일에는 소재가 중요하잖아?"

"너, 남 일이라고 너무 재미있어하는 거 아니니?"

사토미가 그렇게 말하자, 가나코의 표정이 순식간에 심각해졌다.

"정말, 그렇게 생각하니? 내가 재미있어한다고?"

검은자위가 큰 눈이 똑바로 쳐다본다.

사토미는 가슴이 콩당거려 눈길을 피했다.

"그냥 해본 소리야. …… 미안해."

가나코는 그 말을 듣고서야 생긋 웃는다.

이렇게 마지막에는 늘 그녀가 주도권을 쥐게 된다.

할아버지 시게유키를 성격이 까다롭다느니 고집이 세다느니 하면서 멀리하는 사람이 많은데, 사토미는 옛날부터 그를 무섭다고 생각한 적이 없다.

도편수로 현장을 지휘할 때가 아니면 밖에서는 물론 집에서도 용건이 없는 한 입을 열지 않고 대답이라고는 '음'밖에 할 줄 모르는 할아버지지만, 어렸을 때부터 사토미는 할아버지가 자신을 내려다보면서 수줍은 듯 웃는 웃음이 좋았다. 곁에 사람이 없어 사토미가 심심해하는 것 같으면 낮고 쉰 목소리로 천천히, 다른 사람은 모르는 것들을 가르쳐주는 할아버지가 정말 좋았다.

부엌에서 맛있는 것을 만들어주는 사람은 할머니, 뒤뜰 작업장에서 재미있는 것을 만들어주는 사람은 할아버지.

몰래 용돈을 주는 할머니와 알고도 모르는 척하는 할아버지.

사토미에게 그 집은 애초부터 마음 편한 곳이었다.

여름방학 때 한동안 할아버지 집에 가 있고 싶다고 사토미가 말하자, 요리코는 아니나 다를까 무조건 반대였다.

"이렇게 중요한 시기에 무슨 헛소리를 하는 거야? 이 여름방학을 어떻게 보내느냐에 따라서 결과가 달라진다는 거, 너 정말 모르고 하는 소리니?"

또 시작이었다.

"알아. 그러니까 가고 싶다는 거지. 학원도 할아버지네서 더 가깝고, 집에 있으면 게으름만 피우게 되잖아."

"그거야 네가 마음먹기에 달린 거지."

그런데 뜻밖에도 일곱 살이나 터울이 지는 데다 평소에 마음도 잘 맞지 않는 오빠 마사카즈가 사토미 편을 들고 나섰다. 웬일로 이른 시간에 들어온 오빠는 둘의 입씨름을 한참 듣고 있더니, "가라고 하면 어때서" 하고 시끄럽다는 듯이 말했다.

"나도 그런 경험이 있는데, 환경이 바뀌고 혼자 있게 되면 오히려 열심히 해야겠다는 마음을 먹게 된다고."

"말은 쉽지만, 그 집 사정도 ……."

사토미가 얼른 끼어들었다.

"그건 벌써 물어봤어. 할아버지도 사에 고모도, 엄마만 허락하면 언제든 와도 좋대."

"그렇기야 하겠지만 ……."

여전히 주저하는 엄마를 향해 오빠가 쐐기를 박았다.

"본인이 단단히 마음먹고 그러겠다는데, 가끔은 하고 싶은 대로 하게 내버려 둬. 이런 말까지 하긴 좀 뭣한데, 요즘 엄마 간섭이 너무 심한 거 아냐?"

엄마의 간섭에 넌더리가 난 사람은 오빠 자신일지도 모르는데, 아무튼 그가 구원의 손길을 뻗어준 덕분에 사토미는 여름 한철 평소와는 비교도 되지 않을 정도로 느긋하게 창작에 몰두할 수 있었다.

물론 나름대로 공부도 하고 일주일에 닷새는 학원에도 다녀야 했지만, 복도에서 엄마의 기척이 날 때마다 그리던 원고를 재빨리 감춰야 하는 집에서와는 달리 정신적으로 아주 편안했다. 이대로 영원히 할아버지네서 살고 싶을 정도였다.

아빠와 엄마 사이에 흐르는 냉기류 때문에 늘 팽팽했던 집안 분위기에 비하면 할아버지 집에서는 모든 것이 느슨하게 흘렀다. 거기에는 서로의 속내를 살피려는 무언의 눈치 보기도 없고,

뒤가 켕겨 보이는 아빠의 죄스러운 눈빛도, 끝이 없는 엄마의 잔소리도 없었다. 있는 것은 그저 틈이 날 때마다 이뤄지는 대화와 조용한 발소리, 느릿느릿 지나가는 시간뿐이었다.

할아버지는 아직도 현역으로 활동하고 있고, 사에 고모는 미즈시마 건축 사무소의 사무를 도맡고 있기 때문에 하루 종일 별채 사무실을 비울 수 없었다. 그래서 사토미는 학원에서 돌아와 저녁을 먹기 전까지의 몇 시간을 넓은 집에서 혼자 지냈다. 겐스케와 가나코가 학원에서 돌아가는 길에 종종 들러 어디든 가자고 꼬드겼지만 거절하고 최대한 그들의 시간 밖에 있으려 했다. 그것은 사토미가 자존심을 지키기 위해 할 수 있는 은밀한 방법이었다. 어떤 형태로든, 단 한 순간이라도 겐스케에게 방해꾼 취급을 받고 싶지 않았다.

할머니가 돌아가시는 그날까지 몇 년 동안이나 쌀겨 주머니로 닦았다는 마루방과 기둥은 세월이 흐르면서 은은한 갈색으로 변해 어두컴컴한 전통 가옥의 구석구석을 부드럽게 감쌌다.

하루 종일 활짝 열려 있는 문으로 바람이 불어 들어와 이 방에서 저 방으로 빠져나가고, 처마 밑에서는 풍경이 딸랑거리고, 벽에 걸린 족자가 흔들리고, 뒤뜰의 대나무 숲이 물결치면서 잎사귀와 잎사귀가 부딪치는 소리가 마치 밀려왔다 밀려가는 파도 소리처럼 들렸다.

뜨거운 기름을 쏟아부은 것처럼 무더운 한낮이 지나고, 불단이 있는 안방의 어둠 속에서 서늘하고 눅눅한 다다미에 볼을 대고 있으면 사토미는 가슴속에서 술렁거리던 것이 잠잠하게 가라앉는 것을 느낄 수 있었다. 사방에는 늘 달콤한 향냄새와 그리운 할머니의 기운이 떠다녔다.

저녁은 사에 고모와 둘이서 지었다. 저녁을 먹은 후에는 할아버지와 함께 역사 드라마를 보았다. 사토미가 아는 한, 할아버지와 할머니는 도란도란 얘기를 많이 나누는 편은 아니었어도, 밤이면 늘 텔레비전을 함께 보았다. 할아버지는 대하드라마 같은 중후한 역사물을 즐겨 보았지만, 할머니는 권선징악을 내용으로 하는 이해하기 쉬운 드라마를 좋아했다. 좋아하는 프로그램이 시작되기 전에는 텔레비전 바로 앞에 앉아 기다리다가, 미토코몬水戸黃門(17세기 에도시대의 미토번 번주-옮긴이)과 나카무라 몬도中村主水(일본 역사극 『필살』 시리즈에 등장하는 가공의 인물-옮긴이)가 뭐라고 얘기할 때마다 흥에 겨워 맞장구를 칠 정도로 열심이었다.

"아이구 저런, 정말 몹쓸 사람이로군."

"그렇지, 그렇지. 암 그래야지."

할머니는 웃기는 장면에서는 반드시 웃고, 울리는 장면에서는 반드시 눈물을 흘리고, 칼부림이 시작되면 손으로 얼굴을 가리고 손가락 틈새로 슬쩍슬쩍 내다보았다. 텔레비전보다 그런 할머니를 구경하는 게 훨씬 재밌었다. 지금 그리고 있는 만화의 무대를 현대가 아니라 전국시대로 설정한 것도, 아니 애당초 사토미가 일본사에 관심을 갖게 된 것도 조금은 할아버지와 할머니의 영향 때문이었는지 모른다. 집에서는 대하드라마나 역사극 같은 건 아무도 보지 않는다. 할아버지와 할머니가 그 재미를 가르쳐주지 않았다면 자신은 온 나라가 전쟁의 도가니였던 난세와 에도시대의 풍속도 몰랐을 것이고, 거기에서 새로운 스토리를 발견해낼 수도 없었을 것이다.

"사토미는 정말 그림을 잘 그리네요. 그렇죠, 여보?"

"음."

엄마의 요구에 뜻대로 응해주지 못해 지친 자신을 다독거려준 것은 언제나 할아버지와 할머니의 별 뜻 없는 말이었다.

지금이 작년이라면 좋을 텐데, 하고 사토미는 몇 번이나 생각했다. 그럼 여기에 할머니도 함께 있을 텐데, 하고.

시게유키가 쓰러진 것은 바로 그 즈음이었다. 밖에서 돌아와 작업복 차림으로 현관에 들어서는가 싶더니 문턱에 한쪽 다리가 걸리면서 그대로 푹 쓰러진 것이다.

현기증이 좀 났을 뿐이라고, 한 시간쯤 누워 있으면 금방 괜찮아질 것이라고 고집을 피우는 시게유키를 아랑곳하지 않고 의사를 부른 것은 사에였다. 사토미는 늘 조용한 사람이라고만 여겼던 고모에게 이렇게 강한 면이 있었나 하고 놀라면서 보고 있었다.

왕진을 온 쉰 남짓한 의사는, 혈압을 재고 청진을 한 후에 말했다.

"더위를 먹은 것 같습니다."

시게유키는 그것 보라니까, 하고 사에에게 콧방귀를 뀌었지만,

"할아버님 연세에는 더위만 먹어도 위험할 수 있습니다."

하는 의사의 말에 그만 입을 꾹 다물었다.

"혈압도 꽤 높고, 심장도 약해지신 것 같으니까 말이죠."

의사는 현장에서 하는 일은 이제 삼가는 편이 좋겠다는 말과 혈압약 처방전을 남기고 돌아갔다.

그날 저녁에 미키가 왔다.

"회사 근처에 맛있는 아이스크림을 파는 집이 있어서 같이 먹을까 하고."

막내딸이 둘러대는 말을 시게유키는 믿지 않았다. 왜들 그렇게 요란을 떠느냐고, 다들 노인 취급한다면서 투덜거리고 화를 냈지만, 사토미가 머리맡에 아이스크림을 갖다 주자 얌전히 먹어 치웠다.

"나도 들어올까 봐."

미키가 그런 말을 툭 뱉은 것은, 그날 밤늦게 여자 셋이 거실에 모여 수박을 자를 때였다.

"그 아파트 팔아버리고."

"안 그래도 괜찮아."

사에가 미소 지으며 말했다.

"아버지 걱정은 안 해도 돼."

미키는 수박씨를 접시에 뱉어내면서 고개를 저었다.

"그게 아니라니까, 나는 언니가 더 걱정이라고. 아, 그래, 그 아파트에서 언니가 대신 살면 되겠다. 여기 그냥 있으면 거북하기도 하고, 숨도 막힐 거 아냐."

무슨 소린지 몰라 인상을 찌푸리고 있는 사토미를 사에가 힐끔 쳐다보았다.

"어, 왜?"

미키가 당황한다.

"사토미한테 얘기 안 했어?"

"응. 미안하다, 사토미. 숨기려고 한 건 아닌데, 얘기할 기회가 없었어."

난감한 듯 미소 지으며 사에가 말했다.

"이거 아직 네 아빠 엄마한테도 얘기 안 했는데, 고모, 약혼 파기했어."

사토미는 어머머머, 하고 소리를 지르고 말았다.

"농담이겠지, 설마. 상대가 앞집에 사는 ……."

"그래. 사토미 너도 할머니 장례식 때 봤을 거야, 아마."

"응, 기억나."

인상은 잘 기억이 나지 않지만, 아무튼 친절해 보이는 사람이었다.

"아주 어렸을 때부터 소꿉친구였는데."

심장이 꽉 조여드는 듯한 느낌이 들었다. 소꿉친구.

"무슨 안 좋은 일이라도 있었어, 고모?"

"아니, 전혀. 그냥 내가 ……."

사에는 밝은 목소리로 말했다.

"그는 정말 좋은 사람이야. 다만 내가, 그 이상의 감정을 느낄수가 없어서, 그래서 미안한 일이지만 없었던 일로 하기로 했어. 그래서 앞집 부모님들하고도 사이가 좀 묘해졌고. 사토미 너 혹시 여기 있는 동안 기분 나쁜 일 생기거들랑, 그런 줄 알고 이해해줘. 그런 사정이 있어서 그렇지 앞집 사람들 잘못이 아니니까."

"그러니까 괜히 무리하고 있는 거 아니냐고. 기분 전환 삼아 여행이라도 다녀오면 좋을 텐데. 나하고 사토미가 집 지킬 테니까, 응?"

"아니, 괜찮아. 일이 이렇게 될 거 알고 결정한 거잖아. 내가 감수해야지. 그럼, 내일 아침에도 아버지 보나 마나 일찍 일어날 거니까, 나 먼저 잔다."

사에가 이층으로 올라간 후 미키는 사토미와 눈길이 마주치자 긴긴 한숨을 쉬었다.

"정말, 바보라니까."

미키는 얼굴을 잔뜩 찡그리고 씁쓸하게 웃었다.

"그 아저씨 이름이 세타로라고 하는데, 부모님한테는 이번 일을 자기 마음이 변해서 그렇게 됐다고 한 모양이야. 그래서 죄송하다고 사과하러 온 그 집 부모님한테, 고모는 자기에게 잘못이 있어서 거절했다고 사실대로 말해버린 거야. 왜 그랬느냐고 했더니, 잘못은 자기에게 있는데 얼굴이 마주칠 때마다 그쪽에서 미안해하는 걸 보느니, 차라리 원망하는 걸 보는 편이 편하다는 거지. 기가 막혀서, 네 생각은 어떠니?"

"어떻게 생각하다니 ……."

글쎄 이해할 수 있을 것도 같다고 사토미가 말하자 미키는 입을 삐죽이고는 머리를 쓱쓱 긁었다.

"그래. 나도 이해야 하지."

"그런데 사에 고모는 그 사람하고 왜 헤어졌는데? 이유가 있을 거 아냐."

사토미는 조심조심 물어보았다.

미키는 잠시 주저하다가 마침내 그야 있지, 하고 중얼거렸다.

"사토미도 이제 다 컸으니까. 하지만 비밀이다. 큰고모, 옛날부터 좋아하는 사람이 있었어. 하지만 그 사람하고는 결혼할 수 없는 사정이 있어. 그런데 지금까지도 잊지 못하는 거야."

"절대?"

"응, 절대."

"혹시 불륜이나 뭐 그런 거야?"

"불륜?"

미키는 어이가 없다는 듯이 웃었다.

"네 고모가 어디 불륜을 저지를 사람이니? 미안하지만 사토미, 더 이상은 내 입으로 말할 수가 없다. 큰고모의 프라이버시에 관한 일이니까."

"그럼 한 가지만 더 물어볼게."

사토미는 용기를 내어 말했다.

"뭔데?"

"그 남자도 사에 고모 마음 알고 있어?"

미키는 전에 없이 쓸쓸한, 언니를 꼭 닮은 미소를 띠었다. 그리고 말했다.

"물론, 아주 잘 알고 있지."

드높은 하늘.

토요일 오후, 역에서 밖으로 한 걸음 내디딘 사토미는 눈이 부셔 손바닥으로 눈을 가렸다.

이런 도시에서도 빌딩 위로 펼쳐진 하늘은 물처럼 투명하게 계절이 옷을 갈아입었다는 것을 가르쳐주고 있다. 뭉게구름은 어느 틈엔가 모습을 감추고, 지금 하늘에는 크기도 모양도 제각각인 구름이 한 줄로 흐르고 있다. 올려다보니 하늘로 떨어질 것 같은 기분에 사토미는 걸음을 내디디면서 휘청거렸다.

손목시계를 들여다보고 종종걸음으로 걷는다. 벌써 약속 시간에 약간 늦었다.

"올해 사토미 생일은 토요일이니까, 모여서 축하해주자."

그렇게 제안한 것은 물론 가나코였다. 셋이서 같이 만나자니 마음이 좀 무거웠지만, 겐스케에게 생일 축하를 받을 수 있다는 기쁨에 집을 나서면서 어떤 구두를 신을까 고민하다가 늦고 말았다.

오늘 입은 하늘색 블라우스는 사토미가 요즘 좋아하는 옷이다. 가나코와 함께 겐스케 앞에 사복 차림으로 서야 할 때는 되도록 여자다운 색감이나 디자인의 옷을 입지 않는다.

약속 장소는 지난봄까지 겐스케가 아르바이트를 했던 편의점이다. 그 대단한 겐스케에게도 수험생이란 자각은 있는지 여름방학 때도 아르바이트를 자제했다. 그 대신 집으로 돌아가는 길에 심심하면 들르는 통에 점장이 잔소리를 늘어놓곤 한다.

"거기는 아무리 오래 있어도 공짜니까."

지각을 전제로 한 발언이라고 가나코가 투덜거렸는데, 과연 어떨까, 그는 제시간에 와 있을까.

휴일이라서 그런지 역 앞은 사람들과 차들로 넘쳐났다. 어느 모로 보나 중학생인 듯한데 손을 잡고 걸어가는 커플을 앞지르면서 사토미는 혀를 차고 싶은 마음을 참았다.

셋 중에서 생일이 5월인 겐스케가 가장 먼저 열여덟 살이 되었다. 그다음이 가나코, 7월. 겐스케는 그날 가나코에게 은으로 된 오픈 하트 목걸이를 선물했다. 어떤 표정으로 샀는지는 모르겠지만, 아르바이트를 해서 번 돈을 왕창 쏟아부은 것만은 틀림없으리라.

만약, 하고 사토미는 생각한다. 가나코가 얘기하지 않았다면 겐스케는 오늘이 누구 생일인지 기억하지 못했을 것이다. 왜 하필이면 소꿉친구로 태어났을까. 그를 가장 잘 아는 사람은 난데, 겐스케는 눈치를 채기는커녕 관심도 없다. 그의 눈에는 내가 영원히 친구로만 비칠 뿐이다.

문득 사에 고모의 말이 떠올랐다.

'좋은 사람 이상의 감정을 느낄 수가 없어서.'

그렇다면 사에 고모의 전 약혼자도 지금의 나 같은 심정일까. 그런 생각을 하자 괜히 고모까지 원망스러워졌다.

상점가로 들어서서 모퉁이에 있는 술집 오른쪽으로 돌자 T자 길 끝에 편의점 간판이 보였다.

사토미는 심호흡을 했다. 뭐가 어떻게 원망스럽든 지금 내가 할 수 있는 것은 아무도 흉내 낼 수 없을 만큼 훌륭하게 '소꿉친구'를 연기하는 것뿐이다.

길을 건너려고 걸음을 내딛는데, 가게 자동문이 열리면서 분위기가 구질구질한 젊은 여자 셋이 줄줄이 나와 가게 앞에 풀썩 주저앉더니 주스와 아이스크림을 꺼냈다. 맨 처음 나온 짧은 검정 머리 여자는 그렇다 치고, 나머지 두 여자가 구별이 안 될 정도로 닮아 보이는 것은 검게 그을린 피부와 탈색한 머리와 판다 같은 화장 탓인 듯하다.

사토미가 길을 다 건넜는데, 마침 편의점에서 가나코가 나오다가 앞으로 고꾸라질 뻔하고는 그녀들에게 뭐라고 말했다. 그 순간,

"뭐야, 시끄럽게!"

탈색한 머리가 고함을 질렀다.

"왜 네가 시끄럽게 지랄이야, 가게 사람도 뭐라고 안 하는데!"

뭐라고 대꾸하려던 가나코의 시선이 사토미를 발견했다.

"아, 사토미."

여자들이 일제히 돌아보고는 우뚝 서 있는 사토미를 노려본다. 덕지덕지 처바른 아이섀도가 마치 나방의 인분 같다. 자기도 모르게 눈길을 돌리려는데,

"어라?"

갑자기 소리를 지른 것은 검정 머리 여자였다.

"너 혹시, 하나?"

숨이 탁 막히는 것 같았다.

"역시 하니 맞네. 나야 나, 기억 안 나?"

꿀꺽 침을 삼킨다. 매섭게 치켜 올라간 눈매. 얇은 입술. 어떻게 저 애가 여길?

"누구야?"

친구들이 묻자,

"응."

하고 히죽 웃는다.

"하니, 너 정말 한심할 정도로 안 변했구나. 금방 알겠다."

움직일 수가 없었다. 생각하고 싶지도 않은 기억이 해일처럼 밀려와 목소리도 나오지 않는다. 그런 사토미를 보면서 검정 머리 여자, 요코타 다마요의 얼굴에 웃음이 번진다. 그녀가 일어서자 나머지 둘도 일어나 엉덩이를 턴다.

"이런 애가 무슨 하니야?"

한 여자가 말한다.

"그 하니가 아니고."

요코타 다마요가 말했다.

"애 얼굴이, 하니와(예전에 일본에서 사람 대신 무덤 속에 함께 묻던 흙으로 만든 인형, 토우-옮긴이)처럼 생겼잖아. 그래서."

"야, 좀 심했다 그건."

"하니와라고 부르지 않는 것만 해도 다행이지 뭘. 안 그러냐 하니?"

"너희들, 이제 그만해!"

끝내 가나코가 폭발했다.

"너희들, 남 놀리는 게 그렇게 재밌니?"

"그럼, 재밌지. 아주 재밌지."

"멍청한 것들 같으니라고. 대체 뭐냐, 그 얼굴 꼴이. 자기들이 예쁜 줄 아는가 본데, 성질 더러운 여자 레슬러 같다."

"뭐라구? 겁대가리 없이 까불고 있네."

어린 목소리는 감출 수가 없고, 겁주려는 남자 말투도 겉돌았다. 눈썹을 추켜세우고 잔뜩 인상을 쓴 친구들을 제지하면서 다마요가 사토미를 빤히 쳐다보았다.

"야, 하니. 저 성질부리는 계집애가 네 친구냐? 꼭 네 수준이구나. 친구도 골라서 사귀어야지."

그때 자동문이 활짝 열리고 젖은 손을 청바지 엉덩이에 닦으면서 겐스케가 나왔다.

"어, 사토미 왔네. 좀 일찍 오지."

그제야 서로를 쏘아보고 있다는 것을 안 모양이다. 이상하다는 표정을 지으며 묻는다.

"무슨 일이야?"

"기가 막혀서. 얘들이 ……."

상황을 설명하려는 가나코를,

"자, 그만."

"우린 가자."

"그래, 가자. 상대할 것도 없지 뭐."

나머지 둘도 아무 데나 던져놓았던 가방을 들고,

"그럼 간다, 하니."

"얼굴 좀 반반하다고 남자 데리고 다니면서 그러는 거 아니지"
라고 한마디씩들 하면서 주차장을 나갔다.

사토미는 간신히 숨을 내쉬었다. 굳었던 몸이 풀리면서 순간적
으로 피가 돌기 시작한다.

"뭐야? 쟤네들."

겐스케가 물었다.

"무슨 일이야? 싸웠어?"

"싸운 게 다 뭐야."

가나코는 분해서 발을 동동 굴렀다.

"아아, 신경질 나. 쟤네들이, 사토미한테 뭐라 그랬는 줄 알아?"

"됐어, 그만해."

당황한 사토미가 가나코의 소매를 잡아당겼다. 괜한 소리는 안
하는 것이 좋다. 겐스케에게는 절대 알리고 싶지 않았다.

"저 봐. 아직도 우리 쳐다보고 있잖아."

움찔하는 사토미 옆에서, 가나코는 혀를 차고는 건너편 보도
에서 뭐라고 수군거리며 보란 듯이 웃는 다마요와 두 명에게 용
감하게 가운뎃손가락을 치켜들었다.

"와우, 역시 본고장에서 배운 솜씨네."

겐스케가 흥미롭다는 듯이 웃었다.

"그런데 무슨 일이냐니까?"

"됐으니까 그만 들어가자."

사토미가 말했다.

"오늘 내 생일이잖아. 그만해. 기분 나쁜 일은 빨리 잊어버리는 게 상수지 뭐."

"바보, 너 만날 그런 식이니까 걸려들지."

가나코가 분개했다.

"사람이 너무 좋아도 탈이라니까. 화를 내야 할 때는 내야지."

"알았으니까, 이제 그만해. 이 얘기는 이제 끝! 알았지? 자, 가자. 케이크 사줄 거지?"

가나코와 겐스케의 등을 떠밀며 다마요와 반대 방향으로 걸었다.

사토미는 등이 따끔거리는 것을 꾹 참았다. 정말 아직도 보고 있는지 신경이 쓰여 미칠 것 같은데 돌아볼 수가 없었다.

계속 같은 학년이었던 겐스케조차 사토미가 초등학교 후반에서 중학교에 걸쳐 어떤 수모를 당했는지 모른다. 교실에서 벌어진 일이 아니었기 때문이다.

요코타 다마요는 사토미보다 한 학년이 높았다. 그런 두 사람이 처음 알게 된 것은 사토미가 3학년 때 다니기 시작한 '어린이 그림 교실'에서였다.

그때부터 다마요는 또래 아이들을 괴롭히고 울리는 데 모든 정열을 기울였고, 사토미 역시 그 대상 중 한 명이었다. 아니, 주된 대상이었다. 특히 선생이 모두들 앞에서 그녀가 그린 그림을 칭찬하는 날에는 다마요의 심술이 평소보다 두 배로 심해졌다.

사토미가 그림 교실을 그만둔 후에도 두 사람 사이의 관계는 변하지 않았다. 무대가 학교로 옮겨졌을 뿐.

초등학생 시절에는 일 년이란 나이 차가 크게 작용한다. 안 그래도 발육 상태가 좋은 다마요가 위에서 노려보면, 사토미는 조건반사를 일으키듯 몸을 움츠렸다.

다마요를 비롯해서 그녀와 친한 몇몇 상급생의 명령은 절대적인 것이어서, 싫다고 하면 더 큰 곤욕을 치러야 했다. 빠져나갈 구멍이 없었다. 다마요는 약한 자의 급소를 간파하는 데는 거의 천재적이었다.

괴롭힘을 당하고 있다고, 부모나 선생에게 말했어야 했을까. 그래야 마땅했다고 해도 사토미는 할 수 없었다. 말하면 어른들은 당연히 다마요를 혼냈을 것이다. 그리고 혼이 난 다마요는 고자질을 했다고 더욱 호되게 앙갚음을 했을 것이다. 상상만 해도 온몸을 덮쳐누르는 공포 앞에서 도저히 고발할 용기가 나지 않았다.

그러나 초등학생 때는 주로 머리를 잡아당기거나 꼬집는 정도로 육체에 폭력을 가하든지,

"야, 쳐다보지 마. 눈 썩는다."

"우웩, 더러워. 하니와 균이 옮겠다."

라는 등의 언어폭력을 가하는 것이 고작이었는데, 사토미가 중학교 2학년이 되면서부터 폭력의 성격이 완전히 바뀌었다. 다마요는 그때 벌써 남자 고등학생과 사귀고 있었는데, 사람들 눈에 띄지 않는 곳으로 사토미를 불러내서는 돈을 내놓으라고 강요하기 시작했다.

그것은 지금까지 받은 어떤 수모보다 사토미를 곤경에 빠뜨렸다. 다달이 받는 용돈을 몽땅 바치고도 모자라 저금해놓은 세뱃돈까지 인출하고, 보물처럼 여기는 만화와 CD를 내다 팔고, 몇 번은 엄마 지갑에서 돈을 빼내기도 했다.

더 이상은 버틸 수 없다, 이제 더는. 사토미가 끝내 그 고통에서 벗어날 최후의 수단을 생각하기 시작했을 때, 요코타 다마요는 중학교를 졸업하지 않은 채 가족과 함께 다른 고장으로 이사를 갔다. 물건을 훔치다가 경찰에 잡혔다느니, 초등학생을 위협하다 크게 다치게 했다느니, 임신중절수술을 받은 것이 발각되어 있을 수 없었다느니 따위의 소문이 무성하게 나돌았지만, 그

것도 금방 잊혔다.

하지만 사토미만은 잊을 수 없었다.

벽장 속에서 그림 교실에 다닐 때 찍은 스냅 사진이 나왔을 때. 책꽂이에 꽂아놓은 중학교 시절의 교과서가 어쩌다 툭 쓰러졌을 때. 불쑥 아픔이 되살아나 가슴을 찔렀다. 사토미는 그럴 때마다 온몸을 부들부들 떨었고, 잠을 이루지 못했다.

솔직히 지금도 그 악몽에서 완전히 헤어났다고는 할 수 없다. 친구들에게 그림 솜씨를 자랑하고 싶지 않은 것도, 눈에 띄지 않으려고 갖은 애를 쓰는 것도, 다마요에게서 받은 상처에 대한 공포가 마음에 찍힌 낙인처럼 지워지지 않기 때문이라고 생각한다.

그래도 세월이 삼 년이나 흘러, 기억의 생생함과 기억으로 환기되는 아픔도 간신히 엷어졌는데.

역 계단을 내려가 자전거 주차장으로 걸어가면서 불어오는 저녁 바람에 푸르르 몸을 떨었다.

'왜 삼 년이나 지나 다시 나타난 거지?'

우연히 이 동네로 놀러 온 것뿐인지도 모른다. 아니면 다시 돌아온 것인가. 겐스케와 가나코와 함께 있을 때는 긴장하고 있어서 잘 몰랐는데, 지금은 무릎이 떨린다. 왜 이렇게 무서운 것일까. 무슨 나쁜 짓을 당한 것도 아닌데.

떨지 말자고 몸에 힘을 주면 더욱 떨린다는 것을 알고는, 애써 신경을 다른 곳으로 돌리려고 들고 있는 주머니로 눈길을 떨어뜨렸다. 오늘 선물로 받은 수채 색연필의 무게가 묵직하다.

"사토미, 이거 오래전부터 갖고 싶어 했지?"

찻집에서 겐스케와 가나코가 눈짓을 주고받더니, 쇼핑백에서 커다란 선물 꾸러미를 꺼냈다.

"혼자 사기가 좀 벅차서 겐스케하고 둘이 절반씩 내서 샀어. 선물이 하나밖에 없어서, 미안."

36색의 수채 색연필 세트가 화구점에서 얼마나 하는지 사토미는 잘 알고 있었다. 그래서 더욱 기뻤다. 겐스케와 둘이서란 말이 가슴을 아프게 했지만 그래도 정말 기뻤다. 순간 요코타 다마요가 뇌리에서 잠시 잊힐 정도였다.

"야, 그렇게 갖고 싶었단 말이야?"

겐스케가 놀리듯 그렇게 말하고는 이어서,

"그걸로 열심히 멋진 만화 그려주세용."

하고 장난스럽게 말하는 순간,

"겐스케!"

가나코가 당황해서 어쩔 줄을 몰랐다.

"너!"

어떤 반응도 할 수 없었다. 사토미는 말 그대로 기능이 정지되고 말았다.

실언에 당황한 겐스케는 만화가 뭐 어때서, 부끄러워하고 감추고 할 거 없잖아, 하고 상황을 무마하려고 둘러댔고, 사토미도 둘에게 부담을 주지 않으려고 애써 웃어 보였다.

하지만 그들은 모른다.

겐스케가 뭐라고 하든, 사토미에게 그것은 충분히 부끄러운 일이고 감춰야 할 일이었다. 만화가 운운은 차치하고, 지금 그리고 있는 만화의 내용을 생각하면, 특히 그 안에 담긴 자신의 욕망을 생각하면, 설사 겐스케가 그것을 모른다 해도 부끄럽고 창피해서 죽어버리고 싶을 정도였다.

사토미는 입술을 꽉 깨물었다.

가나코는 대체 언제 겐스케에게 말했을까. 절대 아무한테도 얘기하지 않겠다고 해서 털어놓았는데, 본인에게만 알려지지 않으면 괜찮다고 생각한 것일까. 가나코에게는 친구 사이의 비밀과 약속까지 겐스케와의 대화를 위한 얘깃거리에 지나지 않는다는 말인가. 아니면 나만 친구라고 생각하고 있는 것인가.

딱딱한 감촉의 종이 쇼핑백이 걸을 때마다 다리에 휘감겨 성가시다.

자전거 주차장에 도착하자 사토미는 쇼핑백을 앞 바구니에 담고, 자물쇠를 풀려고 몸을 구부렸다.

역에서 좀 거리가 있는 탓인지 이곳을 이용하는 사람은 별로 없다. 사방에 줄지어 있는 자전거도 대부분 역 앞에 방치돼 있다가 강제로 철거당한 것이다. 사토미도 만약 엄마가 시끄럽게 잔소리를 하지 않았다면 철거당할 각오로 역 앞에 그냥 세워두었을 것이다.

"학교에서도 학생들에게 자전거 때문에 주의를 많이 주고 있으니까, 너도 주차장에다 제대로 대. 괜히 이상한 짓 했다가 누가 보면 엄마가 웃음거리 되니까."

선생의 딸이라고 좋은 일은 하나도 없다. 학교에는 물론 집에도 선생이 있다.

반짝반짝 불이 켜지기 시작한 가로등 빛에 자물쇠 번호를 맞추려고 할 때였다.

"저 ……."

어느 틈에 옆에 왔는지 피부색이 거뭇거뭇하고 야윈 남자가 소스라칠 만큼 가까이 서 있었다. 나이는 비슷하거나 조금 위일 텐데, 야비하게 생긴 얼굴에 묘한 미소까지 띠고 있다.

주위에 인기척이 없는 것이 불안해서,

"무슨?"

조심스럽게 되묻자, 남자는 마치 길이라도 묻는 것처럼 아무렇지 않게 물었다.

"언제든 하게 해준다는 거 정말이야?"

얼이 완전히 빠져나간 듯한 몇 초가 흘렀다.

"…… 네?"

"말만 하면 언제든 하게 해준다고 들었는데."

간신히 몸이 움직였다.

튕겨 나가듯 뒤로 물러서는 바람에 옆 자전거에 부딪혀 하마터면 넘어질 뻔한 사토미가 간신히 짐칸을 잡았다. 도미노처럼 몇십 대의 자전거가 차례로 넘어진다. 요란한 소리와 엉겁결에 새어 나온 비명이 잦아들려는 때,

"하니."

남자 뒤에서 웃음소리가 울렸다.

"미안해, 놀랐어?"

콘크리트 기둥 뒤에서 나타난 다마요는 입만 벌린 채 아무 말 못 하고 있는 사토미를 바라보며 반갑다는 듯이 웃었다.

"너 정말, 둔한 건 여전하구나. 이런 때는 잽싸게 도망가야지, 그러다 정말 덮치면 어쩌려고."

말하면서 다마요는 누군가에게 전화를 걸었고, 받은 상대에게 말했다.

"역시 북쪽 출구였어. 응, 자전거 주차장. 돌아서 와."

입안이 바짝바짝 말라 들어갔다. 언제부터 따라온 것일까. 그야말로 뜀박질이라도 해서 도망치고 싶은데, 걷어차 내고 도망치고 싶은데 다리가 얼어붙어 꿈쩍하지 않는다. 사방을 돌아봐야 지나가는 사람도 없고, 뒤에는 옆으로 쓰러진 자전거들이 줄지어 있을 뿐이다. 지금 막 걸어온 길 너머로 역 앞의 북적거림이 한없이 멀다.

"이제야 느긋하게 얘기할 수 있게 됐네. 어때, 잘 지냈어?"

휴대전화를 끊고 주머니에 밀어 넣더니 다마요는 남자의 팔에 자신의 팔을 휘감았다. 남자는 여전히 비열한 미소를 띠고 쳐다보고 있다. 질겅질겅 쉬지 않고 움직이는 입에서 달짝지근한 민트 향이 배어 나온다.

"이 …… 이사했잖아 ……?"

간신히 쉰 목소리를 밀어내자 다마요는 어깨를 으쓱했다.

"돌아와서 지금은 얘하고 같이 살아. 야, 이렇게 다시 만났으니까 앞으로 잘 부탁한다, 하니."

"…… 만해."

"뭐?"

"이제 그만하라고."

벼랑에서 뛰어내리는 마음으로 사토미는 말했다.

"이 이상 괴롭히면 경찰에 신고할 거야."

다마요는 어이가 없다는 표정을 짓고는, 다음 순간 정말 우습다는 듯이 고개를 쳐들고 웃어젖혔다.

"야, 놀랍다. 너, 이제 그런 말도 해? 대단한데."

그러고는 웃음을 뚝 멈추자마자 고함을 질렀다.

"까불지 마, 어!"

움찔 몸을 움츠린 사토미에게로 바짝 다가와 야들야들한 목소리로 다시 말한다.

"알았어. 너 하고 싶은 대로 해. 하지만 그전에 잘 생각해보는 게 좋을걸. 그런 철없는 소리 계속하면, 정말 돌림빵 만들어버릴 테니까."

"에이, 나는 싫어. 이런 애하고 하는 거."

남자가 말하자 다마요는 아양을 부리는 눈빛으로 그의 옆구리를 꼬집었다.

"뭐 어때서. 예뻐야 맛인가? 얼굴 가리면 아무 상관 없잖아."

사토미는 새어 나오는 비명을 손바닥으로 덮었다. 이가 딱딱 부딪치면서 몇 번이나 혀를 깨문다. 그때 다마요의 휴대전화가 한 번 울리고 끊어졌다.

"따라와."

뼈가 불거진 여자 손이 슬며시 뻗어 나와 사토미의 팔을 잡았다.

"시, 싫어."

두말 말고 따라오라는 식으로 사토미를 자전거 주차장에서 끌어낸 다마요는 골목 안으로 들어섰다.

유리창이 시커먼 차가 서 있었다.

"싫어! 놔, 이거!"

거의 울부짖으며 팔을 뿌리치려 했지만, 남자는 억지로 사토미를 뒷좌석에 밀어 넣고는 자신도 올라탔다. 다마요가 반대쪽으로 돌아 차에 올라타자 사토미는 가운데 끼이고 말았다. 문이

닫혔다. 앞자리에 앉은 여자들은 낮에 편의점에 있던 둘이다.

"야, 뭘 그렇게 무서워하냐? 그냥 얌전히 있으면 되는데."

다마요가 재빨리 사토미의 가방을 끌어당기더니 지갑을 꺼내 안을 털어냈다.

"뭐야 이거. 전 재산이 겨우 3천 엔이야?"

"장난하나."

남자가 혀를 찼다.

"이건 색연필이고."

다마요가 눈을 찡그리고 사토미를 쳐다보았다. 다른 두 여자와 달리 화장기 없는 얼굴에 잔인한 미소가 스멀스멀 번졌다. 그러더니 사토미의 휴대전화를 뺏어 들고 전화번호를 뒤졌다.

"뭐 하는 거야? 이리 줘."

"응?"

다마요는 얇은 입술 양끝을 이죽거렸다.

"찾는 거지."

"뭘 찾아? 이리 달라니까."

손을 뻗으려다가 다마요가 제지하는 소리에 다시 멈칫거린다.

"걔, 이름이 뭐야?"

"뭐?"

"낮에 그 건방 떤 계집애 말이야."

"그 …… 그런 거, 알아서 뭐하게?"

"그거야 당연히 불러내려고 그러지."

사토미는 순간적으로 공포마저 잊고 다마요를 쳐다보았다.

"아, 이거다. 니레사키 가나코. 문자 온 거 다 얘잖아."

펄쩍 뛰어올라 휴대전화를 빼앗으려는 사토미의 팔을 남자가 재빨리 잡더니 뒤로 비틀었다.

"악!"

사토미는 비명을 질렀다.

"아야! 아프다구! 악!"

"야, 시끄러, 입 다물어."

운전석에 앉은 여자가 말하자, 다마요가 사토미의 턱을 움켜잡았다. 헉하고 비명을 지르는 사토미의 볼을 손가락으로 힘껏 꼬집어 잡아당긴다.

"말해. 그 계집애 집, 어디야?"

사토미는 눈물을 글썽거리며 고개를 저었다.

"어쭈, 말 안 해!"

다마요는 손가락에 바짝 힘을 주었다.

"말 안 해봐야 아프기만 하지. 어차피 불게 돼 있으니까, 얼른 부는 게 좋을 거야."

사토미는 그래도 고개를 저으려 했지만, 뾰족한 손톱이 볼로 파고들어 또 비명을 지르고 말았다. 팔을 비트는 남자의 손에도 힘이 더해진다. 무지막지한 통증이 정수리로 치솟았다.

"이러다 부러지겠네."

다마요가 말했다.

"아직 견딜 만한가 봐?"

사토미는 울음을 터뜨렸다.

팔꿈치가 뒤틀린다.

뼈가 우드득 휘어진다.

아아, 더 이상은, 정말 부러지겠어!

자지러지는 소리가 몇 번이나 좁은 차 안에 울렸다. 가나코가 늘 내리는 역의 이름을 몇 번이고 몇 번이고 부르짖는 사토미의 목소리가 마치 알지 못하는 누군가의 목소리처럼 들렸다.

다마요가 손을 놓자 사토미는 몸을 앞으로 웅크리고 훌쩍훌쩍 울었다.

"결국 말해버렸네. 너처럼 금방 부는 년은 처음 본다. 친구니 뭐니 하지만, 결국은 그런 거 아니겠어?"

팔꿈치가 욱신욱신 아프다.

왜 내게 또 이런 일이 생긴 것일까?

이렇게 아픈데, 마치 꿈을 꾸고 있는 듯한 기분이었다. 현실감이 전혀 없고, 사방이 영화나 드라마의 세트장처럼 보였다. 그렇지 않다면 이렇게 참담한 일이 내게 생길 리 없다. 겨우 몇 시간 전만 해도, 생일날 겐스케를 만난다는 기쁨에 들떠서 구두를 골랐는데.

차가 움직였다.

잠시 아무 말 없이 사토미의 휴대전화 화면을 들여다보던 다마요가 마침내 문자를 찍기 시작했다.

"직접 전화해서 불러내게 하고 싶은데, 너 연기 젬병이잖아."

"뭐라 그럴 거야?"

사토미가 신음했다.

"제발 부탁이야. 이제 이런 짓 그만해."

"야, 남 듣기 거북하게 왜 이래? 낮에 당한 거 살짝 갚아주기만 할 건데."

바쁘게 손가락을 움직이면서 다마요가 빈정거렸다.

"야, 이거 어떠냐? '가나코 미안, 여섯 시에 역 뒤 100엔 주차장으로 와줄래? 이유는 만나서 얘기할게. 부탁해.' 어때, 네가 보낸 것 같냐? 처량한 분위기, 너 같지 않냐?"

"절대 안 올 거야. 문자 같은 거 거의 안 보니까."

물론 거짓말이었다. 다마요는 무슨 상관이냐는 듯 어깨를 으쓱했다.

"여섯 시에 안 오면 그때는 네가 직접 불러내야지."

"돈 빌려달라고 그냥 찍어."

남자가 교활하게 말했다.

"그럼 얼마든 갖고 나올 거 아냐."

"역시 머리가 좋단 말이야."

이미 저항할 기력조차 없는 사토미는 문자를 보내는 다마요의 손을 그저 물끄러미 쳐다만 보았다.

아프다. 팔이 아프다. 혹 관절이 어떻게 된 건지도 모르겠다.

"아아, 그건 그렇고."

다마요가 의미심장하게 웃었다.

"낮에 만난 그 남자, 어디선가 본 적 있는 녀석이다 싶었는데, 지금 생각났다. 후카쓴가 뭔가 하는 애지?"

"하하, 너도 참 안됐다. 옛날부터 그 녀석 꽁무니만 졸졸 따라다녔는데, 그런 미인에게 빼앗겨버리다니."

"그랬어?"

조수석에 앉은 여자가 웃음을 터뜨린다. 비참하다.

"뭐 어쩔 수 없는 일이잖아? 남자에게도 선택할 권리는 있으니까."

아무 느낌도 없었다. 육체에 가해지는 고통보다 뒤에 남은 끝없는 상실감이 더 견디기 힘들었다.

차가 모퉁이로 커브를 돌 때마다 다마요와 남자 쪽으로 몸이 기우는데도 곧추세우려 하지 않고 사토미는 그저 멍하니 앞만 쳐다보고 있었다.

차르륵차르륵

차르르르르르 …….

작은 배를 홀로 타고 떠내려가는 꿈을 꾸었다. 떠내려가면서
도 이건 꿈이겠지 하고 생각했다.

사방은 물과 물소리와 물 냄새로 가득하고, 작은 배는 산수화
같은 풍경 속을 천천히 나아간다. 어디로 향하는지는 알 수 없
다. 앞에는 안개만 자욱하게 끼어 있을 뿐이다.

차르륵차르륵

차르르르르르 …….

멀리서, 가까이서, 청명한 소리가 울리고 있다.

마치 쇠사슬이 맞부딪치는 듯한 그 소리는, 때로 물소리에 지
워지고 물소리를 지우면서 거듭 울려 퍼지고, 그런 모든 것을 내
려다보고 있는 자신은 망막하게 펼쳐지는 산수화 속에서 먹으
로 글자를 그리고 있다.

차르륵차르륵

차르르르르르 ······.

비스듬한 굵은 글자의 안쪽을 먹을 적신 펜으로 정성스럽게
칠하면서, 사토미는 이 소리는 강가를 걷는 스님의 지팡이 소리
일 것이라고 생각한다. 꿈에서 깨어나 그리고 있는 것인지, 아니
면 꿈의 연속인지 아무리 눈을 크게 떠도 경계가 모호해서 마치
안개 속에서 그림자를 찾는 듯하다.

쇠사슬이 빚어내는 소리는 처음에는 작게 시작되었다가 한 번
울릴 때마다 크기가 커져 다섯 번 여섯 번을 울리고는 뚝 멈춘
다. 그러다 다시 조그맣게 조그맣게 시작되어 한 번 울릴 때마다
커지다가 다섯 번이나 여섯 번째에서 뚝 멈춘다.

사토미는 눈을 부릅떴다.

방 안을 가득 채운 희뿌연 빛이 자신이 덮은 기억 없는 이불
위에 부드럽게 반사되고 있다. 장지문 밖에서는 비가 내리는 듯
하다. 떠내려가는 꿈을 꾼 것은 그 때문일까.

지금은 잠이 완전히 깨었는데도, 그 투명한 소리가 또 가늘게
울리기 시작하더니 겹치고 쌓이듯 커졌다가 뚝 멈춘다. 툇마루
에 놓여 있는 항아리 속에서 날개를 떨고 있는 방울벌레 소리
였다.

몸을 움직이는 순간 온몸이 욱신욱신 아파 사토미는 자기도
모르게 신음했다. 어젯밤의 기억이 뒤죽박죽인 채로 되살아난

다. 이불에서 팔을 꺼내 보니 왼쪽 손목 언저리에 검은 점을 가로지르듯 시곗줄 자국이 나 있고, 초록빛이 도는 보라색으로 피가 맺혀 있다.

차라리 눈을 뜨지 말 걸 그랬다. 꿈이었다면 좋을 일이 꿈이 아니라면.

힘겹게 일어나 복도로 나갔다. 벽시계는 벌써 열 시가 지난 시각을 가리키고 있었다.

비 때문인가, 향냄새가 평소보다 짙게 느껴진다. 사람 소리가 들린 듯해서 살며시 불단이 있는 방을 들여다보았다.

"음 …… 아, 그렇겠지."

할아버지는 툇마루 쪽 장지문을 향한 채 무선전화기를 들고 누군가와 얘기하고 있었다.

"아니, 아직 자고 있다. 그래. …… 그건 잘 알고 있으니까, 지금 걱정되는 게 그런 일이니?"

엄마다, 하고 사토미는 생각했다. 어차피 또 볶아치려고 전화를 한 것이겠지.

어제 밤늦게 집을 뛰쳐나왔다. 달리 갈 곳이 없어 할아버지 집으로 숨어들었는데, 엄마는 당장이라도 달려올 기세였다. 할아버지와 사에 고모가 번갈아 전화를 받으며 설득해 겨우 오는 것을 막았다. 어제 일에 대해 할아버지는 어떤 식으로 들었을까. 엄마가 다 아는 척하는 얘기는 진실과는 거리가 먼데.

기척을 느꼈는지 할아버지가 돌아보았다. 사토미를 보고는 눈을 가늘게 찌푸렸다.

"그래. …… 아니, 네가 무슨 말을 하는지는 알겠다. 아무튼 지금은 내게 맡기거라. 그러니까 그건 안다고 하지 않았느냐. 그래, 그럼 끊으마."

전화를 끊자 할아버지는 후 하고 한숨을 길게 내쉬고는 사토미에게 한쪽 눈썹을 추켜세워 보였다.

"네 에미 덕분에 둘 다 고생이로구나."

사토미가 씁쓸하게 웃는 것을 보자 할아버지의 표정이 다소 누그러졌다.

"그래, 잘 잤냐?"

사토미는 고개를 까딱 숙인다.

"저, 큰고모는요?"

"사무실에 있다. 밥 먹으련?"

"아니요. 난 아직 괜찮은데."

"그래? 그럼 세수라도 하지 그러냐."

"…… 네."

조용히 발길을 돌려 세면대로 간다. 할아버지가 하라는 대로 세수를 하고 이를 닦고 천천히 머리를 빗는다.

화장실에서 나오다가 우뚝 멈춰 섰다. 방금 전에 세수를 했는지 안 했는지 알 수 없었다. 자신이 하는 일에 집중할 수 없다.

뭘 해도 머릿속이 어젯밤에 있었던 일로 꽉 차버린다.

어젯밤.

사토미는 눈을 꾹 감았다. 시간을 되돌리고 싶다고, 이렇듯 간절하게 바란 적이 없다. 어젯밤에 일어난 모든 일을 없었던 일로 할 수만 있다면, 무슨 짓이든 정말 무슨 짓이든 할 텐데.

그 후 가나코는 사토미의 휴대전화로 두 번 전화를 걸었다. 사토미가 받지 않자 착실하게도 오라고 한 시간보다 오 분 일찍 주차장에 나타났다. 그다음부터는 언제 끝날지 모르는 악몽이었다. 다마요와 남자는 가나코를 차로 끌고 들어가 좌석 밑에 밀쳐 넣고는 지갑을 빼앗아 돈을 빼내고, 낮에 한 짓에 대해 반성하는 기색을 보이지 않는다면서 머리를 움켜쥐고 사토미에게 한 것처럼 팔을 부러지기 직전까지 비틀었다. 그런데도 가나코는 사과하지 않았고, 이를 악물고 눈물도 흘리지 않았다. 그런 모습을 보자 다마요는 대시보드에서 꺼낸 담배가 아깝다는 듯이 불을 붙이고는,

"악…… 그만, 그만해 그만, 미안해 미안해, 미안하다고."

하고 끝내 비명을 지르는 가나코의 허벅지 안쪽에,

"진작 그랬어야지"

라면서 불붙은 담배를 꾹 눌렀다.

차 안을 짓찢을 듯 울리던 절규가 귀에서 떠나지 않는다.

밖으로 내동댕이쳐져 온몸을 파들파들 떨면서 자기 어깨를

껴안고 있던 가나코. 가로등 빛에 한쪽만 드러난 얼굴색이 달의 표면처럼 푸르죽죽했다.

하지만 그녀는,

"너무 걱정하지 마, 사토미."

하고 맥없이 중얼거렸다.

"알아. 어쩔 수 없이 그랬다는 거. 나야말로 미안하다. 너의 마음, 전혀 모르고 있어서."

아니야, 겐스케하고는 아무 상관 없어, 걔네들이 한 말 거짓말이야, 전부 거짓말이야, 믿어줘.

그렇게 외치고 싶었는데 몸을 앞으로 구부리고 엉거주춤 팔자걸음을 걷는 가나코의 뒷모습을 보자, 혀가 굳어버린 것처럼 움직이지 않았다. 무슨 말이든, 그 한마디가 그녀를 잃게 될 결정타일 것 같아 무섭고 두려워서 훌쩍훌쩍 우는 길밖에 없었다.

전철을 타고 집으로 돌아온 것은 분명한데, 도중 일이 전혀 기억나지 않는다. 저녁은 밖에서 먹고 왔다고 거짓말을 하고 방에 틀어박혀 멍하니 벽을 바라보고 있는데, 열 시도 훨씬 넘어 엄마가 문을 막무가내로 두드렸다. 가나코의 부모가 전화를 건 것이었다.

팔이야 부러지지 않았지만 가나코의 내면에서 다른 무엇이 부러진 것이리라. 몰래 덴 자리에 응급처치를 하려고 구급상자를 가지러 간 그녀는, 수상쩍게 여기는 엄마가 이유를 묻자 아무 일도 아니라고, 정말 아무 일도 아니라고 말하다가 갑자기 쓰러지듯 엎드려 구역질을 하기 시작했다고 한다.

하지만 가나코가 모든 것을 솔직하게 얘기한 것은 아니었다. 사토미의 문자를 받고 나갔다는 말은 한 마디도 하지 않고, 상대방의 얼굴은 알지만 이름은 모른다, 전에 사토미와 함께 있을 때 길에서 그쪽이 먼저 시비를 건 적이 있지만, 왜 이런 일을 당했는지는 알 수 없다는 말밖에 하지 않았다.

그래서 가나코의 엄마가 상대방의 이름을 알면 가르쳐달라고 전화를 했을 때도 말투가 아주 정중했던 것이다. 결국 불같이 화를 낸 사람은 사토미의 엄마였다. 묻는 말에 사토미가 바로바로 대답을 하지 않았기 때문이었다. 뭘 물어도 그저 울기만 할 뿐, 대답을 할 수 없는 이유조차 말하려 하지 않았기 때문이었다.

"사토미."

화들짝 놀라 고개를 들었다.

"사토미."

불단이 있는 방에서 할아버지가 부르고 있다.

조그맣게 한숨을 쉬고 돌아와 들여다보니 할아버지는 아까와 똑같은 자세로 앉아 천천히 손짓하고 있었다.

고개를 약간 숙인 채로 곁에 다가간다. 할아버지는 방구석에 쌓여 있는 방석을 하나 꺼내 옆자리에 놓았다.

한참이나 서로 아무 말도 하지 않았다. 길이가 짧아진 향 다발 끝에서 가느다란 연기가 몇 줄기 피어올라, 흔들리고 떠다니며 사방으로 퍼졌다.

불단을 장식한 사진 속 할머니는 젊디젊은 모습으로, 할아버지가 왜 마음을 빼앗겼는지 한눈에 알 수 있는 미소를 띠고 있다. 우리 아빠도 할머니의 피를 이어받았으면 좋았을 텐데, 하고 사토미는 생각했다. 그랬으면 나도 지금보다 조금은 더 예쁘게 태어났을지도 모르는데.

"…… 도 내리는구나."

"네?"

"잘도 내려."

"네."

"아까 온 전화 말이다."

느릿한 말투와 목소리로 할아버지는 말했다.

"네 엄마가 너한테 전해달라고 하더라. 오늘 아침 그쪽 집에 전화를 걸어서 물어봤더니, 어제보다 한결 상태가 좋아진 것 같다고 하더란다. 아침에는 자기 혼자 일어나서 죽도 먹었다고. 그러니까 사토미 너에게 일단은 안심하라고 전해달라더구나."

고개를 숙이고 머리칼이 얼굴을 가린 채로 있는데, 문득 웃는 할아버지의 기척이 느껴졌다.

"다행이다."

갑자기 가슴이 조여들고 미간이 찡했다.

콧속이 뜨끈하고 묵직하게 저려온다. 참으려고 하는데도 입술이 실룩실룩 떨렸고, 입을 벌리고 숨을 쉬려고 하는 순간 눈물이 쏟아져나왔다.

코를 훌쩍거리며 소리 나지 않게 눈물을 흘리고 있는데, 할아버지가 곁에 있는 책상으로 손을 뻗어 화장지통을 살며시 밀어놓아주었다.

"다른 사람도 아니고, 네가 그렇게 우는 걸 보면 무슨 말 못할 이유가 있는 모양이구나. 그렇게 힘들어하면서도 사실을 얘기하지 못하는 이유가 말이다."

사토미는 입술을 깨물었다.

"응? 어떠냐."

할아버지의 조그맣고 움푹 들어간 눈이 사토미를 들여다본다.

"큰맘 먹고 툭 털어놓지 그러느냐."

그렇다. 분명하게 얘기하자.

그렇게 마음먹고 입을 벌렸는데 새어 나온 것은 울음 소리였다. 서둘러 집어삼킨다. 울고 있을 때가 아니다. 이렇게 된 이상 말을 해야 한다. 어떤 앙갚음이 기다리고 있든 이제 도망쳐서는 안 된다, 말해야 한다, 아니 이제는 말할 수 있다, 더 빨리 말했어야 하는데, 이렇게 되기 전에.

"저 ……."

할아버지는 잠자코 사토미를 바라만 본다.

"할아버지, 저, 파, 팔."

넘쳐흐르는 눈물을 억지로 삼키면서 사토미는 말했다.

"팔았어요 …… 친구를."

내뱉는 순간, 식초를 마신 듯한 아픔이 가슴을 찌르고 또 눈물이 솟구쳤다. 오열을 참으려다 사레가 걸려 컥컥거린다.

"얘야."

할아버지는 사토미 쪽으로 뻗으려던 손을 허공에서 멈춘 채 난감한 표정을 짓고 있다.

"참지 않아도 된다. 울고 싶으면 얼마든지 울어."

할아버지의 윤곽이 흐물흐물 뭉개진다.

무너지듯 사토미는 할아버지의 무릎에 쓰러졌다. 기억에 있는 것보다 더 메마르고 딱딱한 할아버지의 무릎에 이마를 대고 울고, 훌쩍훌쩍 흐느끼다가 또 울고.

할아버지가 사토미의 뒷머리에 손을 얹었다. 그 따스함에 또 눈물이 쏟아진다.

"사과, 해 ……."

목에 걸린 목소리를 억지로 밀어낸다.

"사과해, 도, 이미, 늦었어요."

자신의 형편없음에 짓눌려 숨이 막힐 것 같았다. 무슨 종이처럼 팔랑팔랑 얇은 것이 돼버린 기분이었다. 아픔과 공포에 무릎을 꿇고 친구를 배신하고 만 자신에 비하면 가나코는 그런 짓을

당하면서도 친구를 감싸주려 했는데, 그것이 고맙고 기쁘기에
앞서 샘이 났다. 그녀가 지닌, 사토미 자신은 절대 흉내 낼 수 없
는 강인함 앞에 결국은 비굴해지면서 감정이 뒤틀린다. 가나코
를 그렇게 좋아하는데, 그녀 같은 사람과 자신을 비교하는 자체
가 잘못된 것인데, 이 한심함, 이 비굴함, 엄마가 퍼붓는 잔소리,
이해해주지 않는 꿈, 잘되지 않는 공부, 겐스케를 향한 마음, 순
조롭지 못한 이 세상 모든 것, 그런 것들이 뒤죽박죽 섞여 소용
돌이쳤다. 그럴수록 아아, 가나코처럼 태어났다면, 가나코처럼
사랑받을 수 있다면, 가나코처럼, 가나코처럼, 가나코처럼 …….
아무리 원해도 이루어질 수 없다는 패배감만이 회오리바람처럼
휘몰아치면서 모든 것을 쓸어버렸다. 그리고 무엇보다 그런 자신
이 한심하고 역겨워, 구깃구깃 구겨서 어디론가 내던져 버리고
싶어진다.

"나 같은 거 ……."

사토미는 할아버지의 무릎을 두 손으로 잡고 신음했다.

"나 같은 거."

할아버지가 몸을 움찔거린다.

"그런 말 하는 거 아니다."

메마르고 쉰 목소리로 할아버지가 말했다.

"네가 그런 소리를 하면 나는 어떻게 하고."

아니라고 도리질을 하듯 몸을 비트는 사토미의 머리를 할아버

지의 손이 쓰다듬는다. 천천히 몇 번이나 쓰다듬는다. 툇마루에서 울던 방울벌레 소리가 뚝 그쳤다.

"사토미 너, 네가 태어났을 때 어땠는지 아니?"

사토미는 콧물을 훌쩍거리며 말없이 고개를 저었다. 엄마에게 들은 얘기는 기껏해야 지독한 난산이었고, 태어나기 전부터 엄마 속을 썩였다는 정도였다.

"의사가 미쓰구에게, 아 네 아빠에게, 안타깝지만 아기는 포기하라고 했다. 하지만 네 엄마가, 너를 꼭 낳아야 한다고 말을 듣지 않았어. 할아버지하고 할머니하고 네 아빠하고 분만실 앞에서 기다리는 동안, 안에서 몇 번이나 네 엄마의 비명 소리가 들렸다. 죽고 싶은 심정이었어. 그런데도 네 엄마는 너를 포기하지 않고 끝내 무사히 낳았다. 그렇게까지 하면서도 너를 낳고 싶었던 거야. 네 엄마만 그랬던 게 아니다. 그때는 모두들, 네가 태어나기를 …… 어떻게든 무사히 이 세상에 태어나주기를 정말 간절히 기도하는 마음으로 기다렸다. 어서 나오라고, 이곳은 좋은 세상이라고, 어서 나오라고. 너만큼 기다리고 원해서 태어난 아이는 아마 없을 거다, 사토미. 우리 모두 태어나기 전부터 너를 보물처럼 소중하게 여겼어."

사토미는 주먹을 이에 대고 오열을 삼켰다.

빗소리가 아까보다 멀어진 것 같다. 굵은 손가락이 관자놀이에 들러붙은 머리카락을 살며시 끌어 올려준다. 할아버지의 손에서 갓 벌목한 목재 같은 눅눅한 냄새가 났다.

"잘은 모르겠다만 어젯밤 너는, 네 말대로 소중한 친구를 배신했을지도 모르겠구나. 하지만 말이다. 사과해도 이미 늦었다는 말은 무슨 뜻이냐. 너는 뭣 때문에 그 아이에게 사과하려는 것이냐. 용서를 받고 네가 편해지기 위해서냐?"

비난조는 아니었지만 사토미는 헉하고 숨을 삼켰다.

"만약 그런 마음이라면 그만두거라. 사과를 하고 마음이 편해져서 자신이 한 짓을 잊어버릴 정도라면, 차라리 사과하지 않고 후회를 껴안은 채 평생을 사는 것이 낫다는 얘기다. 하지만 사토미, 네가 만약 그 친구를 정말 잃고 싶지 않고, 용서해주지 않더라도 사과하고 싶다면, 그런 생각이라면 지금 우물쭈물하고 있을 때가 아니다."

우는 것도, 숨을 쉬는 것도 잊고 사토미는 할아버지 무릎 너머로 불단의 종을 쳐다보았다.

"사과해야 할 상대가 살아 있는 너는 행복한 사람이다. 보거라, 이 할아버지는 사과하고 싶어도, 상대가 모두 저세상으로 가버렸어. 엎드려 빌고 싶어도 영원히 늦었다. 죽은 네 할머니와 전처만이 아니다. 그때 내가 ……."

불현듯 할아버지가 침묵했다. 잡아당기던 실이 도중에 끊어진 듯한 침묵.

더 이상 말을 이을 기색이 없다. 올려다보자 할아버지는 입을 꾹 다물고 다다미 바닥을 쳐다보고 있었다.

또 방울벌레가 울기 시작했다.

몸을 꿈지럭거리며 할아버지가 긴긴 한숨을 쉬었다.

사토미는 마침내 두 손으로 바닥을 짚고 천천히 몸을 일으켰다. 어느 틈에 자신을 위한 눈물은 잦아들어 있었다.

할아버지가 희미하게 고개를 저으며 엉거주춤 일어선다.

장지문과 유리문을 활짝 열자 물처럼 시원한 바깥바람이 툇마루를 지나 방 안으로 획 불어들었다.

사토미는 일어나 할아버지 옆에 섰다.

방울벌레 소리가 가깝게 들렸다.

서쪽 하늘이 조금씩 개어가고 있다. 철썩이듯 밀려오고 밀려나가는 바람의 호흡을 따라, 가을 물이 들기 시작한 잎사귀에서 이슬이 떨어진다.

몸속에 쌓인 앙금과 바꿔치기를 하듯 깊게 숨을 들이쉬고 작은 소리로,

"…… 할아버지."

하고 속삭이자, 할아버지는 고개도 돌리지 않고, 응? 하고 대꾸했다.

높은 하늘에서 부는 바람은 땅에서 부는 바람보다 한결 강하고 빠르다. 바람이 거대한 구름을 한 아름 껴안고 지붕 너머로 달려간다. 어디까지 가려는 것일까. 저 멀리서 바람이 지나가기

를 채근하는 구름이 마치 지도 없이 너른 바다로 노 저어 나아
가는 선단 같다.

"왜?"

사토미는 말없이 흐르는 구름을 올려다본다.

아직도 뜨겁고 퉁퉁 부은 눈을 찡그리고 바람이 가는 길을
좇는다.

별을
담은 배

또 전화벨이 울렸다. 날이 저문 후 삼십 분 사이에 벌써 세 번째 울리는 것이다.

이렇게 본채로 걸려오는 것을 보면 일에 관계된 연락일 리 없다. 어쩌면 며느리 요리코일지도 모르는데, 그래서는 아니지만 일어나 받을 엄두가 나지 않는다. 시게유키는 그런 자신의 마음을 무릎에 웅크리고 있는 고양이 탓으로 돌린다.

그때 현관문이 열리면서 부스럭거리는 비닐 봉투 소리가 나는가 싶더니, 전화벨 소리가 그치고 사에의 목소리가 들렸다.

"아버지."

거실 쪽에서 목소리가 난다.

"아버지 …… 없어요?"

불단을 모신 방을 들여다본 사에는 툇마루에 멍하니 앉아 있는 시게유키를 보자 짧은 한숨을 내쉬고는 힐난하듯 말했다.

"참 내, 있으면서 왜 대답도 안 해요? 불도 안 켜놓고."

시게유키는 변명을 하듯 고양이의 등을 쓰다듬었다.

"어, 왔냐."

사에는 지금까지 시게유키가 바라보았던 마당으로 슬쩍 눈길을 돌리고는 보류 단추를 눌러놓은 무선전화기를 내밀었다.

"아버지한테 온 전화."

"누구냐?"

"소네하라 씨요. 어제 올라오셨대요. 모레까지 여기 계신대요."

전자음악의 선율이 어둠을 밀어내듯 요란스럽게 울리고 있다. 시게유키는 사에가 얼굴 앞에 바짝 들이민 무선전화기를 본체만체했다.

"없다고 해라."

"네? 아버지, 작년에는 그렇게 반가워하시더니."

"안 들리냐?"

시게유키는 눈길을 돌린 채 말했다.

"나는 없는 거다. 내일도 모레도."

"아이참, 뭐라고 해요?"

"없다고 하란다고 그러든지."

뭐라고 더 물고 늘어질 줄 알았는데, 말해봐야 소용없다는 것을 깨달은 것이리라. 사에는 소리 없는 한숨을 쉬고는 무선전화기를 들고 돌아갔다. 잠시 후 부엌 쪽에서 몹시 미안하다는 듯 둘러대는 사에의 목소리가 들려왔다.

움찔 몸을 움직이자 얼룩 고양이가 언짢다는 듯이 야옹거린다. 그래 알겠다, 하고 낮은 소리로 달래면서 시게유키는 씁쓸하게 웃었다. 이런 고양이 따위에게 말년을 의지하게 될 줄은 몰랐다. 막내딸 미키가 집을 나간 이듬해였을 것이다. 어린 새끼였던 이놈이 마당으로 들어왔을 때, 그런 요망한 것을 어디서 기르느냐고 내다 버리라고 소리를 지르는 시게유키를 시즈코가 방긋방긋 웃으면서 설득했다.

"기르면 좀 어떻다고. 이렇게 나이를 먹어서도 보살펴야 할 것이 있으면, 좀 더 오래 살아야겠다 싶은 마음이 들지도 모르잖아요."

시게유키는 다시 마당으로 눈길을 돌렸다.

잠깐 사이에 어둠이 짙어졌다.

이끼 낀 석등 옆에 봉오리가 맺힌 소국이 검게 무리를 짓고 있었다.

"그 세대 분들은 한번 쓰러지면 회복하기가 힘들어요."

요리코가 부엌에서 일하는 사에를 거들면서 그런 얘기를 했던 게 지난주였던가, 지지난주였던가. 시게유키가 올여름에 더위를 먹어 며칠 누워 지냈다는 얘기를 딸인 사토미에게 들은 모양이었다. 오래도록 중학교 선생 노릇을 하고 있는 며느리의 목소리는, 본인은 그냥 얘기하는 것일 텐데도 쩌렁쩌렁 울린다. 뒤뜰 목재 적치장에 있는 시게유키의 귀에도 얘기의 내용이 그대로 다 들렸다.

"아버님 어린 시절에는 먹을 게 없었잖아요. 그런 데다 힘겨운 시절을 겪었다는 묘한 자부심이 있어서 체력을 과신하고 무리를 한다니까요. 그러니까 앞으로는 고모가 신경을 좀 많이 써야 될 거예요. 설득하기가 힘들겠지만, 현장 일도 이제 그만두셔야 하지 않겠어요? 무슨 일 생기고 난 다음에는 이미 늦다고요."

나쁜 뜻으로 하는 말은 아니겠지만, 주제넘은 소리 하지 말라는 생각이 앞섰다. 뭐가 회복하기가 힘들다는 건지. 물론 지금과는 비교도 할 수 없을 정도로 물자가 부족한 시절이었지만, 식량이 완전히 배급제로 바뀌기 전까지만 해도 쌀이 없어 고생한 일은 없었다.

시게유키는 어린 시절에 배를 곯았던 기억이 거의 없다. 잘 알지도 못하는 주제에 마치 제 눈으로 본 것처럼 얘기하다니, 이러니까 선생이란 작자들은 믿을 수 없다는 것이다.

하지만 요즘 들어 몸이 말을 듣지 않는 것은 사실이다. 손에 잡은 망치를 번번이 떨어뜨리곤 한다. 높은 발판에 올라서면 다리가 후들거리는 것도 그렇고. 목재를 들어 올려야 하는데 온갖 재주를 피워도 들리지가 않아 좀 거들라고 젊은 목수를 불렀더니, 혼자서 거뜬히 들어 올려 어깨에 메는 것을 본 시게유키는 자신도 알 수 없는 감정이 북받쳐 공연히 소리를 지르고 말았다.

"이런 멍청이 같으니, 이깟 일에 괜한 힘자랑이나 하고. 둘이서 할 수 있는 건 둘이서 해야지!"

"쳇, 대체 어쩌라는 건지. 둘이서 하면 혼자 하라고 하면서."

저쪽에서 다른 젊은이가 투덜거리는 소리가 들렸다.

시게유키는 귀가 멀지 않은 것이 자신의 불행이라고 생각했다. 목수의 생명인 눈과 손은 쇠했는데, 귀는 쓸데없는 소리까지 듣는다. 그 일요일 밤, 요리코가 꺼낸 얘기만 해도 그렇다.

"학생들에게 아버님의 전쟁 체험담을 좀 들려주세요."

전쟁 체험. 시게유키는 그 말조차 마음에 걸렸다.

"물론 그렇게 쉽게 마음 편히 하실 수 있는 얘기가 아니라는 것은 알아요."

요리코는 시게유키의 심중은 충분히 헤아린다는 듯이 말했다.

"하지만 당시의 실제 체험을 얘기해줄 수 있는 사람이, 아버님께는 죄송한 말씀이지만 점점 줄어들고 있어서요. 어린 시절에 시골로 피난을 갔다는 사람은 아직도 많아요. 하지만 군대에 끌려갔던 사람은 ……. 특히 학생들 주변에는 이제 좀처럼 ……."

학생 운운하기에 요리코가 근무하는 중학교를 뜻하는 줄 알았는데, 그렇지 않았다. 사토미의 담임선생님이 그렇게 부탁했다고 한다. 여름방학이 끝나고 2학기가 시작되면서 국사 시간에 남학생이 던진 질문이 계기가 되었다는 것이다.

"왜 야스쿠니 신사에 참배를 하면 안 되나요?"

안 되는 것은 아니지, 하고 선생이 대답하자 그 학생은 석연치 않다는 표정으로 물고 늘어졌다.

"그럼 왜 해마다 그렇게 시끄러운 건데요?"

아흔이 가까운데도 정정한 그의 증조할아버지가 8월 초에 증손자네 집을 찾아왔는데, 오자마자 데리고 가달라고 한 곳이 야스쿠니 신사였다고 한다. 노인은 신사 입구에 서 있는 기둥만 보고서도 눈물을 뚝뚝 흘렸다는데, 그런 증조할아버지의 모습을 본 남학생은 며칠 후 야스쿠니 신사를 참배하는 수상과 각료의 모습을 떠들썩하게 보도하는 텔레비전과 신문을 보고는 왠지 화가 불끈 치밀었다는 것이다.

"자기 나라를 지키기 위해서 전쟁에 나갔다가 죽은 사람들을 참배하러 가는데, 왜 주변국에서 그렇게 말들이 많은 겁니까? 그리고 애당초 왜 우리나라 일에 남의 나라가 이러쿵저러쿵 말을 하는 거냐고요?"

그때 질문을 받은 사회과 선생—사토미의 담임이자 학년부장—은 더없는 기회라고 생각했다. 물론 '정교 분리' 정도는 누구든 가르칠 수 있다. 수상이나 의원 같은 공인과 그의 증조할아버지 같은 개인은 입장이 다르다는 것, 전범합사 문제, 무수한 전몰자 가운데 야스쿠니에 묻힌 자는 한 줌에 지나지 않다는 불공평함, 그리고 아시아 다른 나라들과 일본 사이의 역사 등 알고 있는 것을 가르치는 정도야 당장이라도 할 수 있다. 하지만 학생이 스스로 의문을 품고 스스로 알고자 한 이런 때야말로 전쟁의 참상을 살아 있는 언어로 전할 수 있는 기회다, 가능하다면 학생들의 친척 중에서 얘기해줄 수 있는 사람이 있었으면 좋겠는데, 하고.

시게유키가 표적이 된 배경에는 이런 사정이 있었다. 이웃에 사는 몇 안 되는 후보자 가운데 시게유키가 가장 나이가 많았던 것이다.

'그러니까 이제 죽을 차례란 말이지?'

시게유키는 불쾌하기 짝이 없었다.

전후 사정은 이해가 간다. 취지도 이해할 수 있다. 이해는 하지만 말도 안 되는 소리였다.

전쟁 당시의 일은 기억하고 싶지도 않다. 잊고 싶은 것은 잊히지 않고, 이것만은 잊지 않으리라 여긴 것부터 잊혀간다. 누구에게 털어놓을 수도 없는 분노와 후회 속에서, 걸핏하면 저 마음 깊은 곳에서 솟구치는 동요를 두 손으로 억누르면서 간신히 오십 년 세월을 살아왔는데, 지금 와서 대체 무슨 얘기를 한다는 말인가. '전쟁 체험'이란 한마디로 표현할 수 있는 과거라고 여기는 것인가.

우리 세대는 전쟁을 체험한 것이 아니라고 시게유키는 생각한다.

우리는 전쟁을 살았다. 오늘 하루 간신히 목숨을 부지한 사람에게 내일도 모레도 계속되는 것이 전쟁이었다. 인간이 인간일 수 없었던 시대, 나라를 위하고 천황 폐하를 위한다는 기치 아래, 빨간 종이 쪼가리 한 장에 가족과 연인과 생이별을 해야 하는 것이 전쟁이었다.

그 공포. 그 아픔. 그 절망.

한 번도 굶주림을 경험해보지 못한 아이들을 상대로 무슨 말을 한들 전해질 수 있으랴.

야스쿠니 신사를 참배하면 왜 안 되느냐고 물은 학생은, 증조할아버지의 눈물 속에 담긴 것을 뭐라 해석했을까. 아니 요즘 젊은이들 눈에, 옛날 군복을 입고 야스쿠니 신사의 참배로를 행진하는 노인들의 모습은 어떻게 비칠까.

같은 시대를 산 시게유키는 늙어가는 자들의 심중을 내 마음처럼 잘 안다. 그런 곳에는 죽어도 참배하지 않으리라고 다짐하면서도 결국은 그러지 않을 수 없는 심경도 이해할 수 있다. 그들 중에는 눈앞에서 전우를 잃은 사람도, 자기만 뻔뻔스럽게 살아남았다고 평생을 후회하며 산 사람도 있을 것이다. 야스쿠니 신사를 참배하는 그들을 비난할 법률 따위 없는 것이 당연하다.

하지만 그런 것들과는 무관하게 시게유키는 도저히 잊을 수가 없다. 일본에게는 패전의 날이며 국치의 날이었던 1945년 8월 15일을 '해방의 날'이라 기뻐하며 축하했던 사람들이 있었다는 것을. 해마다 여름이 지나고 마당의 나무들이 하루가 다르게 물드는 이 계절이 오면 귓가에서 그 여자의 속삭임이 되살아난다. 마치 물속에서 떠오른 거품처럼.

"나는 바보 같은 엄마야. 정말, 바보 같은 엄마 ……."

1944년 초가을.

대륙에서 불어오는 바람은 아직도 뜨끈했다.

벽돌 건물 앞에 서서 긴장한 표정으로 '쉬어' 자세를 취하고 있는 초년병. 군복 차림을 한 시게유키의 사진은 이 색 바랜 한 장밖에 남아 있지 않다.

어렸을 때부터 체구가 큰 데다 할아버지와 아버지의 일을 거들며 자란 탓도 있으리라. 어깨가 넓고 실팍한 근육질에 어느 모로 보나 건강 체질이었던 시게유키는 만 스무 살을 맞이한 2월, 징병검사에서 예상했던 대로 갑종으로 합격했다. 입영 날짜는 그해 9월이라고 했다.

하나밖에 없는 아들이 무사히 돌아와 주기를 바라는 마음은 굴뚝같았지만, 살아 돌아오라는 말조차 하기가 조심스러운 시대였다. 부모들은 미즈시마 집안의 핏줄이 끊길지도 모른다는 노파심에 봄이 되자 시게유키를 서둘러 결혼시켰다. 선을 볼 때 처음 만난 상대와 그다음 얼굴을 마주한 것이 결혼식 자리였을 정도였으니.

시게유키는 어차피 자신은 전쟁터에서 죽을 목숨이라고 거의 포기하고 있었다.

부모가 원하는 대로 결혼하고 씨를 뿌리고 가는 것이 그나마 할 수 있는 마지막 효도라고 생각했다. 그렇지 않았다면 선을 보는 그 자리에서 퇴짜를 놓았을 것이다.

옷깃에서 피 냄새가 날 것 같은 여자. 하루요를 본 시게유키의 첫인상은 그랬다. 못생긴 것은 아닌데 왠지 팔자가 사나워 보이는 얼굴이었다. 창백하고 표정도 거의 없는 얼굴을 내내 숙이고 있는 데다, 부어오른 듯한 외꺼풀 눈두덩까지 음침하게 느껴졌다. 같이 살면서 알게 된 장점이라고는 그저 한 가지, 얌전하고 사람이 하는 말에 절대 토를 달지 않는다는 것뿐이었다.

아무튼 부부 생활을 하기는 했지만, 9월 들어 입영 날짜가 다가오는데도 아내를 그냥 두고 가야 한다는 아쉬움은 없었다. 미어터질 듯한 열차 안에서, 역까지 배웅 나와 조심스레 손을 흔드는 하루요의 모습을 보고서야 시게유키는 그녀가 열여덟 살밖에 되지 않은 어린 여자라는 것을 새삼 깨닫고, 따뜻한 말 한마디라도 해주고 올 것을 하고 가슴 아파했다. 하지만 어쩌면 그것조차 남자의 이기적인 감상에 지나지 않았는지도 모른다.

시게유키는 작전지역인 중국의 중부지방에 배속되었다. 하지만 운송선을 타고 밤에 조선해협을 건너 부산에서 임시 군용열차에 오를 때까지 아무도 행선지를 몰랐다. 뭉글뭉글 연기를 피워 올리는 열차는 경성과 평양을 지나 국경도시인 신의주로 향했다. 신의주에서 당시에는 일본 최대의 강이었던 압록강을 건너자, 바로 만주였다. 단둥과 선양을 지나 서쪽으로 방향을 돌린 열차는 산하이관을 지나 톈진에 도착했다. 그리고 이번에는 광활한 화북 평야를 헤치고 한없이 남쪽으로 내려갔다.

일본을 떠난 지 보름이 지나서야 겨우 열차에서 내렸다. 그동안 하루 종일 앉아 있었던 탓에, 걸음을 내디디자 마치 병석에서 일어난 사람처럼 다리가 저리고 휘청거렸다.

정식으로 배속된 시게유키는 수십 명의 동료와 함께 초년병 교육을 받았다. 입소한 첫날에는 전원에게 담배와 만두가 배급되는 등 인간다운 대접을 받았지만, 하룻밤이 지나고 요란한 기상나팔 소리와 함께 막을 연 훈련은 상상을 초월할 만큼 혹독했다.

어렸을 때부터 상하 구분이 엄격한 장인匠人의 세계를 두 눈으로 보면서 자란 시게유키조차 불합리하다고 여기는 일투성이였으니, 도시에서 자란 젊은이들에게는 눈앞이 캄캄해질 정도로 충격이 컸으리라고 생각한다.

연일 무거운 배낭을 메고 산길을 달렸다. 배낭의 무게와 달리는 거리는 나날이 늘어났고, 제한 시간에 도착하지 못하면 뺨을 얻어맞고 한 바퀴를 더 돌아야 했다. 빗물 때문에 질척거리는 뻘건 흙탕 속을 포복하고, 구멍을 뛰어넘고, 나무에 기어올랐다. 도중에 턱이라도 내밀면 더욱 가혹한 제재가 가해졌다. 지친 몸을 이끌고 숙소로 돌아오면 청소하랴 물 떠 오랴 고참의 빨래를 하랴, 식사 준비에 설거지까지, 신병은 쉴 틈이 없었다. 당번인 날에는 취사장에 가서 밥과 된장국을 담은 통을 날라다 분대원 전원에게 똑같이 (분대장에게는 좀 많이) 배급했다. 낮에 산길을 달린 탓에 군화 바닥에 진흙이 딱딱하게 들러붙어 있는데, 군화에 흠집이 난다는 이유로 돌이나 나뭇가지로 긁어내는 것을 허용하지 않았다. 시게유키는 열심히 풀에 비벼 징 주위의 진흙을 털어냈다. 그런데도 매일 밤 검사를 하러 오는 반장의 기분 여하에 따라 손질을 제대로 하지 않았다고 얻어맞질 않나, 지금 당장 혀로 핥아내라고 강요를 당하기도 했다. 군화만이 아니었다. 소지품 전반에 대한 정리정돈은 말할 필요도 없고, 특히 국화 문장이 새겨진 소총을 완벽하게 손질하지 않는 날에는 한층 가혹한 제재가 가해졌다.

"천황 폐하께 빌린 것을 소홀히 다루다니, 무슨 짓이야!"

"너희들 같은 졸병은 1전 5리만 주면 얼마든지 갈아치울 수 있지만 총은 몇백 엔이나 한단 말이다. 목숨보다 더 소중히 여겨! 알겠나, 이 얼간이들아!"

1전 5리, 소집 영장에 뒤이어 도착하는 집합 날짜 통지 엽서의 가격이 졸병의 목숨값이었다.

간혹 부모님이나 하루요의 편지를 받아도 시게유키는 거의 답장을 쓰지 않았다. 쓰면 우는소리를 하게 되고, 우는소리를 쓰지 않으면 모든 것이 거짓이 되기 때문이었다.

상관들 중에는 묵직한 고무바닥 작업화나 헝겊신으로 신참을 때리는 자도 있었다. 맨손으로 뺨을 때리면 손이 아프지만, 그렇게 때리면 상대가 정신을 잃을 때까지 때려도 손이 아프지 않기 때문이었다. 권력을 휘두르는 데 더없는 희열을 느끼는 소대장을 제외하면 대부분 그저 울분을 해소하기 위해 때리는 것이었다. 사적인 제재에 이유 따위 필요 없었다. 주반襦袢(일본 옷의 속옷-옮긴이)이라고 해야 할 것을 셔츠라고 했다고 올려붙이고, 옷깃이 더럽거나 빨래를 반듯하게 접지 않았다고 뺨을 때리고, 대답이 늦다, 목소리가 작다, 훈도시褌(팬티 대용의 기저귀 꼴의 천-옮긴이)에서 냄새가 난다, 눈초리가 마음에 들지 않는다. 이유는 무엇이든 상관없었다. 도리고 뭐고 없었다. 보병 교범과 전장 수칙을 큰 소리로 외우고 잠자리에 들었나 싶으면 갑자기 두들겨 깨우는 소리에 벌떡 일어나 한 줄로 서서는 이유도 모르는 채 얻어맞아야 했다.

"고마운 줄 알아라. 이제부터 너희들에게 군인 정신을 가르쳐 줄 테니까. 차렷! 이 악물어!"

심할 때는 징이 박혀 있는 군화로 때렸다. 찢어진 이마에서 피가 솟구쳐도 몸을 움직여서는 안 되었다. 아니 끝나면 오히려 고마웠다고 큰 소리로 복창을 해야 했다.

작전에 참가하기 전부터 신병들의 몸은 만신창이가 돼 있었다. 코가 짓뭉개진 자, 이가 부러진 자, 고막이 터진 자, 턱이 덜거덕거리는 자.

"상관에게 얻어맞고 죽어도, 고향에는 명예롭게 죽었다는 전사 통지서가 가려나."

동료들끼리 그런 말을 주고받으며 씁쓸하게 웃은 일도 있었다. 그러나 몸만큼은 자신이 있었던 시게유키에게 얻어맞는 것보다 더 굴욕적인 것은 이른바 '휘파람새 울음소리'니 '맴맴'이니 하는 유치하기 짝이 없는 기합이었다. 이 침대에서 저 침대로 훌쩍 뛰면서 휘파람새 울음소리를 내보라고 하질 않나, 기둥에 기어오르게 하고서 밑에다 총검을 세워놓고 매미 울음소리를 내라고 했다. 팔에 힘이 빠져 떨어지면 칼에 엉덩이가 찔렸다. 또는 두 팔을 책상 사이에 대고 다리를 들어 올린 채 있는 힘을 다해 돌리는 '페달 밟기.'

"어이, 더 빨리 밟아! 누가 쉬어도 된다고 했어? 비탈길이야, 더 밟아야지, 하하하하."

바보 같은 짓이었지만 반항은 용납되지 않았다. 내가 왜 이런 짓을 해야 하나, 하고 생각하는 마음마저 나날이 둔해졌다. 심신은 시달릴 대로 시달리고, 자아도 자부심도 내세울 수 없는 나날 속에서 시게유키를 비롯한 신병들은 — 불과 몇 달 전까지만 해도 평범한 목수였고 회사원이었고 이발사였고 농부였던 청년들 — 하루가 다르게 상관에게 절대 복종하는 '황군 병사'로 단련되어갔다. 아무리 하잘것없는 인간이라도 상관은 어디까지나 상관이었다. 그 명령이 불합리하든 도리에 어긋나든 거역할 수 없었다. 아무 저항도 하지 않는 마을 전체를 불태우라고 하든 백기를 들고 투항하는 적병의 목을 치라고 하든, 상관의 명령은 곧 천황의 명령이었다.

"너희들, 천황 폐하의 명령에 불복할 것인가?"

그렇게 말하면 복종하는 도리밖에 없었다. 거역하면 자신이 죽어야 하니까. 모든 것은 나라를 위한 일이고 폐하를 위한 일이며, 천손민족天孫民族인 일본인은 다른 어떤 민족보다 뛰어나다는 명분하에 …….

지금 돌이켜보면 그것은 세뇌였다. 제아무리 높은 이상이 있었다 한들, 이 나라는 선택을 잘못한 것이다. 시게유키는 그렇게 생각했다.

그런데도 해마다 종전기념일이 다가오면 연례행사처럼 편성되는 특별 프로그램과 신문의 투고란에, 그 나날들을 애도하고 후회하는 목소리와 더불어 그리워하는 목소리도 적지 않다. 오랜 세월이 지나면서 기억이 여과된 것일까, 혹자는 그 시절이 그렇게 혹독하지만은 않았다고도 한다. 엄격하기는 했지만 그래도 마음 좋은 상관 밑에서 조국을 위해, 두고 온 가족을 위해 싸운 그날들이야말로 자기 인생에서 가장 빛나는 순간이었다고 단언하는 사람도 있다.

그런 식으로 과거와 타협한 사람들의 이야기를 보고 들을 때마다 시게유키는 가슴속이 타들어 가는 듯 찌릿찌릿한 아픔을 느꼈다.

물론 그런 시절에도 청춘은 있었고, 죽음의 위협 속에서 싹튼 짙은 우정도 있었다. 전체주의의 광기가 휘몰아치는 가운데, 죽음을 무릅쓰고 이의를 주장하며 자신의 신념을 관철한 자도 적지 않았을 것이다. 실제로 동기 중에도 한 사람, 인간으로서 양보할 수 없는 것은 절대로 양보하지 않고, 무슨 일이 있을 때마다 소대장에게 항의하는 바람에 영창에 끌려갔다가 급기야 최전선에 배속되어 총받이로 쓰러진 사내가 있었다. 하지만 적어도 내게는, 하고 시게유키는 생각한다. 생각하는 바는 그 사내와 비슷했지만, 불똥이 튈까 봐 무서워 저 뒤에 숨어 숨을 죽이고 있었던 자신에게는 그리워할 만한 추억도 가슴을 쫙 펴고 자랑할 만한 것도 없다. 자랑은커녕 …….

지금도 꿈을 꾸다가 가위에 눌리곤 한다.

나무에 묶여 있는 팔로군 소년은 기껏해야 열대여섯 살, 그 배에 구멍이 숭숭 나 있는데도 아직 살아 있다. 그리고 숨넘어가는 소리로 흐느낀다.

"마마 마마 ……."

"내버려 둬!"

고함 소리.

"앞으로, 앞으로, 뒤로, 앞으로, 찔러!"

으악! 그만, 하고 시게유키는 귀를 막는다. 전쟁은 일본이 진 것으로 끝나지 않았던가. 더 이상 살육을 하지 않아도 되는 것 아니었던가. 아니면 나는 전쟁이 끝났다는 끝없는 꿈을 꾸고 있는 것인가?

"뭐 하는 거야 미즈시마, 찔러! 사람 하나 죽이지 못하면서 어떻게 군인이랄 수 있겠나!"

죽이지 않으면 죽임을 당한다. 시게유키는 달린다. 이를 악물고 멈추려 하지만 다리가 제멋대로 움직인다.

"앞으로, 앞으로, 뒤로, 앞으로, 찔러!"

총검의 끝이 부드럽고 딱딱한 살에 파고드는 그 감촉. 부릅뜬 소년의 눈이 바로 코앞에서 시게유키를 응시한다.

자신의 비명 소리에 — 실제로는 억눌린 신음 소리에 — 눈을 번쩍 뜨고, 거친 숨을 내쉬면서 그것은 꿈이고 지금 내 눈에 보이는 것이 현실이라는 것을 확인하고는, 땀으로 미끈거리는 손바닥을 껍질이 벗겨져라 이불에 문대지 않을 수 없었다. 살을 파고든 그 감촉이 지금 막 찌른 것처럼 생생하게 손바닥에 남아 있어, 웬만큼 닦아서는 지워지지 않았다.

'이렇게 세월이 오래 흘렀는데도 잊을 수 없는 일을, 왜.'

처음 사람을 죽인 날은 무섭고 두려워서 잠을 잘 수 없었다. 며칠이나 밥이 목구멍으로 넘어가지 않았다. 시게유키만이 아니었다. 대부분의 동료들이 다 그랬다. 그런데 어떻게 …….

사람이란 길들고 익숙해지는 법, 살인이 점차 아무렇지도 않아졌다. 어렸을 때부터 '중국인은 열등 민족'이라고 배우며 자랐지만, 처음에는 찌르는 것조차 겁이 나고 상대가 불쌍해서 부들부들 떨리는 두 다리로 서 있는 것이 고작이었는데, 몇 번을 계속하다 보니 어느새 감각이 마비돼버렸다. 타인의 아픔을 아픔으로 느낄 수 없게 된 것이다.

상관의 강요 때문만은 아니었다. 적을 죽이는 것이 자신의 공훈이라 여기는 병사들이 늘어났다. 그들은 어서 출세해서 오직 금의환향하고 싶은 일념으로, 상관이 보는 앞에서 자진해 비인간적인 행위를 저질렀다.

신문에서도 '100명 참살 신기록'이란 표제가 선동하듯 날뛰던 시대였다. 적에게 최대한 비정해지는 것이 우수한 병사의 조건이었다. 죽이면 죽이는 만큼 위대해질 수 있었다.

초년병 교육 기간 육 개월 남짓.

인간에서 악귀로 변모하는 데 그리 긴 시간은 걸리지 않았다.

"시간이 좀 나서 놀러 왔어요."

그렇게 말하며 미키가 전화도 없이 훌쩍 나타난 것은 10월 중순에 접어든 어느 평일 오후였다. 노는 날 출근했기 때문에 대신 오늘 쉰다는 것이었다.

"어, 언니는?"

툇마루에서 햇볕을 쪼이며 신문을 보고 있던 시게유키는 막내딸을 쳐다보며 돋보기를 벗었다.

"동사무소에 갔다. 왜, 무슨 일 있냐?"

"그런 건 아니고요."

대낮인데 왜 집에 있느냐고 묻지 않는군, 하고 생각했다. 요즘은 일거리를 다른 목수에게 맡기고 쉬는 날이 많아졌다는 것을 벌써 사에에게 들어 알고 있는 것이다.

"너, 제대로 먹고 다니냐?"

"왜요, 나 좀 말랐어요? 와우."

시큰둥한 시게유키의 얼굴을 보고는 미키가 웃으면서 말한다.

"농담이야, 아빠. 내가 얼마나 잘 먹는데."

미키가 툇마루에 털퍼덕 걸터앉았다.

"아빠야말로 애써 지어드려도 잘 먹지 않는다고 언니가 투덜거리던데."

목이 파인 검정 스웨터에 회색 바지를 입은 막내딸에게서 요즘 들어 부쩍 여자 냄새가 난다. 그건 그런데, 왜 요즘 젊은이들은 상복 같은 저런 색 옷만 입고 다니는 것일까.

옛날에는 화사한 색상의 옷은 입고 싶어도 입을 수가 없었다. 조금만 색이 화려해도 비국민이라고 매도당했다. 전쟁이 끝났을 때 여학교 1학년이었다는 시즈코에게서도 그런 얘기를 들은 적이 있다. 천황이 전쟁의 패배를 인정하는 방송이 있고 일주일쯤 지난 어느 날, 문득 생각이 나서 벽장 속 깊은 데다 숨겨두었던 빨간색 치마를 조심조심 꺼내보던 그때의 기분이 잊히지 않는다고.

"이제 아무도 혼낼 사람이 없다는 것을 알고는 있는데, 그래도 영 마음이 켕기는 거예요. 어두컴컴한 방에 숨어 살짝 옷을 갈아입고, 땋은 머리도 풀어 내리고 거울 앞에 섰는데, 그 순간 ……. 눈물이 주르륵 흘러나오더라고요."

시즈코는 그렇게 말했다.

"왜 눈물이 그렇게 흐르던지. 아무튼 하염없이 흘러나왔어요. 그때 얼마나 울었는지."

지금도 그날의 심정에 죄스러움을 느끼는 듯 조심스러운 말투였다.

"참, 감 가져왔는데, 드실래요?"

미키가 말했다.

"깎아 올 테니까, 같이 먹어요."

미키는 시게유키의 대답을 기다리지 않고 신발을 벗고 올라와 부엌으로 간다.

언니를 많이 닮은 등을 보면서 시게유키는 언제부터 이 집이 손에 뭘 들고 놀러 오는 곳이 되었을까, 하고 생각했다. 적어도 시즈코가 살아 있을 때는 그냥 다녀왔습니다, 하고 들어왔던 것 같은데.

"이 감 말이죠."

미키가 부엌에서 말한다.

"우리 영업소에 있는 젊은 남자 직원이 고향에서 보내줬다면서 일부러 갖다 준 거예요. 막내딸, 이만하면 괜찮은 사람이죠?"

"…… 그 사람하고 사귀는 거냐?"

미키가 어이없다는 듯이 웃는다.

"아빠는, 그런 거 아니에요."

"흠, 그래. 그럼 달리 사귀는 사람은 없고?"

"없어요, 하나도. 걱정되면 아빠가 쓸 만한 목수 하나 소개해 주세요. 웬만하다 싶으면 결혼해서 가업을 이어드릴 테니까."

"흥."

"눈이 높은 것도 아닌데요 뭐. 잘생긴 남자만 좋아하는 것도 아니고, 키가 작아도 별 상관 안 하고, 학력도 신경 안 쓰니까."

미키는 감 두 개를 깎아 담은 접시와 차를 들고서 툇마루로 왔다.

"음, 말은 없어도 마음은 따뜻하고, 사소한 일 가지고 잔소리 하지 않고, 술은 센데 평소에는 잘 안 마시고. 그리고 성실하고 친절하고, 아내가 낮잠을 자면 자기 윗도리를 살짝 덮어주는, 그런 사람이면 족해요."

"그런 사내가 어디 있다고."

시게유키는 씁쓸하게 웃으면서 신문을 들추고 뜨거운 차를 마셨다.

엄마를 닮아서인가, 사에도 미키도 차를 맛있게 잘 끓인다. 시게유키는 포크로 감 한 조각을 집어 입에 넣는다. 달기도 하지만 정말 맛있는 감이었다. 게다가 먹기 좋게 한입 크기로 잘라져 있다. 딸들의 이런 세심한 배려에 민감한 시게유키지만, 알고 있는 것을 내색하지 않기는 의외로 어렵다.

시게유키와 나란히 다리를 옆으로 내밀고 편하게 앉아 슈퍼마켓 광고지를 바라보고 있던 미키가 문득 고개를 들었다.

"아빠?"

"어?"

"언니한테 들었는데."

"…… 어."

"소네하라 씨한테서 온 전화, 왜 안 받았어요?"

일이나 건강에 대한 얘기를 하는 줄 알고 마음의 준비를 하고 있던 시게유키는 당황한 표정으로 미키를 쳐다보았다.

"그 아저씨, 아빠 전우잖아요? 작년에 무슨 모임에는 반색을 하며 나가더니 올해는 왜 그러는지 모르겠다고, 언니가 꽤 걱정하던데. 사이가 틀어지기라도 한 거 아니냐면서 말이에요."

"별일 아니다. 신경 쓸 거 없어."

시게유키가 말했다.

"정말요?"

"그래. 내키지 않아서 그랬을 뿐이야. 걱정할 일 아니다."

"걱정은 내가 하는 게 아니라 언니가 하고 있다니까요. 걱정할 일 아니면, 아빠가 언니한테도 그렇게 말해주면 되잖아요."

시게유키는 감 한 조각을 입에 넣고 신문으로 눈길을 떨어뜨렸다.

"아빠."

시게유키가 반응이 없자 미키의 말투가 강경해졌다.

"아빠, 전부터 한 번은 말하려고 했는데 말이죠. 아빠는 늘 중요한 말은 안 하더라구요. 옛날에는 엄마에게 그러더니, 지금은 언니에게 그래요. 알아서 생각하라는 뜻인지도 모르겠지만, 아무리 가족이라도 한두 마디로 상대의 마음을 다 알 수 있는 건 아니라고요."

그런데도 시게유키가 입을 꾹 다문 채 신문만 내려다보고 있자, 미키는 들으란 듯이 소리 내어 한숨을 쉬었다.

"참 내 아빠는, 필요한 말만 골라 듣는다니까."

미키가 일어나 빈 접시를 들고 갔다. 물소리가 들렸다.

시게유키는 입을 우물우물하더니 감 씨를 손바닥에 뱉어냈다. 접시가 없다. 어쩌나 하고 생각다 못해 텃밭 너머 마당 구석에 던졌다.

'사이가 틀어지기라도 한 거 아니냐면서 말이에요.'

피식 쓴웃음이 새어 나왔다.

그런 것이 아니다. 소네하라와 다투거나 사이가 틀어질 일이 있었던 것은 아니다. 아니 있다 해도, 상대가 알아차리지 못한다면 사이가 틀어진 것이라고 할 수 없다.

"미즈시마는, 운이 좋았지. 게다가 혼을 쏙 뺄 정도로 푹 빠져 있었으니."

"뭐라고 했더라, 그 위안소의 ……."

"보는 데 1마오치엔毛錢(중국의 화폐 단위-옮긴이), 하는 데 5마오치엔."

석등 밑동에 떨어진 감 씨가 오후의 햇살에 반짝이고 있다. 빨갛게 물들기 시작한 남천과 말끔하게 손질된 철쭉과 회양목, 하지만 그 앞에는 파가 줄지어 돋아 있고 커다란 호박잎이 뻗어 있다. 지금은 사에가 가꾸는 텃밭. 옛날에는 한 치도 빈틈이 없었던 일본식 정원이 그 때문에 영 볼품없어 보인다.

정원은 건물의 예복. 시게유키는 줄곧 그렇게 생각하고 있었다. 전통 건축의 격조를 한층 높이는 것이 정원의 역할이라고. 그래서 시즈코가 젊었을 때에도 꽃을 키우고 싶어 하는 것을 국화나 분재 매화, 기껏해야 한구석에 들꽃을 심는 정도밖에 허용하지 않았다.

하지만 그 무렵부터 시즈코가 바랐던 것은 지금 눈앞에 있는 이런 평범한 마당이었으리라고 생각한다. 계절에 따라 꽃이 흐드러지게 피고, 식탁을 풍성하게 꾸밀 수 있는 채소가 자라는 마당. 꽃이 피고 채소가 자라는 마당을 중심으로 가족이 도란도란 사는 날들이야말로 그녀가 꿈꾸었던 행복의 형태였으리라. 몇 년 전 연못을 메운 자리를 어떻게 할까, 하는 얘기가 나왔을 때 끈질기게 양보하지 않았던 그녀, 아니 그보다 마침내 기름진 흙을 들여와 마당이 거뭇거뭇 풍성하게 바뀌어가는 모습을 지켜보는 그녀의 눈빛이 얼마나 빛나던지 ……

잎사귀가 떨어지기 시작한 매화나무에 동박새가 날아왔다가 금세 다시 날아간다.

매끈매끈 빛나던 감 씨는 겉이 마르면서 흙빛에 섞여 눈을 찡그리고 보아야 겨우 구분된다.

세월이 지나, 잊힐 무렵에 싹을 틔울지도 모른다. 씨에서 싹이 터서 자란 과일나무는 열매를 맺지 않는다고 하지만, 간혹 부모보다 멋들어진 열매를 맺는 경우도 있다고, 언젠가 시즈코가 했던 말이 떠오른다.

복숭아와 밤은 삼 년, 감은 팔 년.

저 씨가 어떤 열매를 맺든 …… 시게유키는 신문을 덮었다.

맛을 볼 날은 없을 것이다.

금기가 이렇게나 많이 없어진 세상인데도, 성에 관한 얘기는 다들 하기가 난처한 모양이다. 정치나 돈 문제는 일반론이란 포장을 씌울 수 있지만, 성에 관한 한 그러기가 어렵기 때문일 것이다.

제대 후 시게유키가 '위안소'에 대해 어느 누구에게도 말하지 않은 것은 절반은 비슷한 이유에서였다. 그 장소에 대해 얘기한다는 것은 요컨대 자신이 그곳을 드나들었고, 한 번에 1엔 50전의 화대를 내고 일을 치렀다고 고백하는 것이나 마찬가지이기 때문이다.

하지만 나머지 절반의 이유는 솔직히 시게유키 자신도 잘 몰랐다. 다만 그 썰렁한 방과 그 방에 갇혀 있었던 한 여자를 떠올릴 때마다 시게유키의 기억은 순간적으로 선명한 색상을 띤다. 해마다 불편한 곳이 한 군데 두 군데 늘어나 축이 뒤틀린 수레 같은 몸속에서, 그 한 모퉁이만 시들 줄을 모르고 야들야들하게 남아 있다는 것을 알아차리고는 답답함과 괴로움에 시달리는 것이다.

당사자인 그녀에게는 시게유키의 그런 마음이 아무런 위로도 되지 않을 것이다. 하물며 변명이나 사과 따위는 애당초 성립하지 않는다.

자신은 송두리째 빼앗은 쪽의 인간에 지나지 않는다. 인간으로서 바라 마땅한 권리와 행복을.

초년병 시절, 고참을 따라 처음 간 그곳은 일본군이 온다는 것을 알고 도망친 중국인의 빈 건물이었다.

일본군이 접수한 그 건물 입구에는 보초가 서 있고, '육군 군인, 군속 외 입장 불허'라고 먹으로 쓴 종이가 붙어 있었다. 그리고 '군 지정 위안소'란 커다란 팻말도 달려 있었다.

군인을 위로하고 편안하게 해주는 장소라면?

시게유키는 신이 나서 물었다.

"뭐 맛있는 것이라도 먹여줍니까?"

그 순간, 함께 간 만년 상등병 나카지마는 낄낄거리며 웃었다.

"이런 순진하긴. 일단 들어가 봐."

들어가 보면 안다고 그는 말했다. 그 말대로였다.

결국은 시게유키도 장기 작전 등의 이유로 군대가 이동하는 곳마다 그런 위안소가 설치된다는 것을 알게 되었다. 미처 설치하지 못한 경우에는 현지 촌장이 찾아와 숫처녀 몇 명을 준비할 테니 취향을 알려달라고 조심조심 묻는 일도 있었다. 빙빙 둘러대기는 했지만, 요컨대 그 말은 여자를 상납할 테니 다른 사람에게는 손을 대지 말아달라는 뜻이었다.

한편 군이 정한 위안소에 속한 여자들은 중국 사람이 아니라 대부분 조선 사람이었다. 중국 사람이 적은 까닭은 그녀들을 통해 정보가 누출될 것을 우려해서였는데, 일본인 위안부 역시 흔하지 않았다. 간혹 있다고 해도 장교 전용의 애첩 같은 대접을 받는 경우가 많았다. 그런 일본 여자들은 대개 일본의 매춘업소에서 온 상업적으로 몸을 파는 여자였기 때문에, 시게유키는 조선인 위안부도 모두 그런 줄로만 알았다. 손쉽게 돈을 벌기 위해 알면서도 전쟁터를 찾아온 것이라고. 그런데 그녀는 이렇게 말했다.

"억지로 끌려왔어. 돈도 못 받아. 도망치면 죽인다고 해서, 억지로 끌려온 거야."

야에코란 일본 이름으로 불렸던 그 위안부는 반듯한 콧날에 검은 눈망울이 인상적인 차분한 여자였다. 거적때기 하나 달랑 깔려 있는 좁은 방에서 야에코는 화려한 기모노를 입고 앉아 있었다. 국방색만 보고 살았던 시게유키의 눈에 그 색은 눈이 부실 정도로 강렬하고 자극적이었다.

반도 출신 위안부들 가운데에는 아직 어린애라고 해야 할 소녀도 많았는데, 야에코는 비교적 나이가 많은 편이었다. 물어보니 스물넷, 시게유키보다 한 살 위였다.

"여동생하고 둘이서 시장을 보고 있었어."

두 번째로 몸을 나눈 날이었다. 끝나고 옷을 입으면서 별생각 없이 신상에 대해 물은 시게유키에게, 그녀는 등을 반쯤 돌리고 아무 감정이 실리지 않은 말투로 단숨에 말했다.

"갑자기 트럭이 눈앞에서 멈추더니, 괜찮으니까 아무 말 말고 타라면서 억지로 태웠어. 너무 놀라서, 우린 아무 잘못도 안 했는데, 왜 그러냐고 했더니 '할 말이 있으면 천황 폐하에게 하라'고 했어. 갇혀서, 열차를 타고 …… 도착했더니, 옷깃에 별이 두 개 달린 사람이 옷을 벗으라고 해서, 싫다고 울었더니 때리고, 몸부림을 쳤더니 꽉 붙잡고 누르고 …… 강제로 내 몸을 짓밟았어. 별 두 개짜리 사람 다음에는 병사. 그리고 또 병사 몇 명. 그다음에는 정신을 잃어서 아무 기억도 없어."

시게유키는 뭐라 대꾸할 말이 없었다. 안 그래도 좁은 방의 벽이 사방에서 조여드는 듯한 느낌이 들었다.

"나하고 여동생만이 아니야. 다른 아가씨들도 나처럼, 아니면 속아서 끌려왔어. 공장에서 일한다는 꾀임에 빠져서 따라온 아가씨, 아주 많아. 공장이나 간호사 일, 그거 아주 좋은 일이라고, 돈 많이 벌어서 가족에게 보내면 된다고 해서……. 하지만 다 거짓말이었어. 트럭에 탄 많은 조선 여자들, 거의 다 속아서 끌려온 거야. 여동생하고도 억지로 떼어놓았어. 지금 어디 있는지도 몰라."

각반을 감던 손을 멈춘 시게유키를 야에코는 힐끔 돌아보았다. 그러고는 빙그레 미소 지었다.

"하지만 당신은 친절해, 병사 아저씨."

놀란 시게유키가 왜? 하고 묻자,

"아까 내가, 아프다고 하니까 금방 그만두었으니까. 다른 병사들, 아프다고 아무리 애원해도 그만두지 않아. 오늘은 아파서 할 수 없다고 하면, 입으로 하라고 그래. 그걸 빨라고 해. 난 개가 아니야. '조센 조센이라고 바보 취급하지 마라, 천황 폐하는 내게도 천황 폐하, 나도 일본 여자'라고 했더니 웃으면서 때렸어. 하지만 나, 빨지 않았어. 얻어맞으면서도 절대 입을 열지 않았어. 난 개가 아니니까. 병사 아저씨, 이름이 뭐야? 응? 시게, 유키? 아, 시게유키. 아주 좋은 이름이네."

야에코가 있던 위안소는 벽돌 구조의 대형 건물이었다. 들어가면 바로 홀처럼 넓은 곳이 있고, 긴 복도 양쪽에 방이 줄지어 있었다. 늘 공기가 탁하고, 곰팡내와 소독약 냄새와 여자들의 지분 냄새가 섞인, 뭐라 표현하기 어려운 냄새가 가득 차 있었다.

입구에는 여우같이 생긴 중국인 뚜쟁이 할머니가 있었다. 돈을 내면 셀룰로이드 딱지와 함께 '돌격 1번'이라고 쓰여 있는 위생 색(sack)이라 불리는 콘돔을 건네주었다. 군에서는 이 콘돔 없이 여자와 접하는 것을 절대 금하고 있었다. 위생 상태가 엉망인 환경에서 끊임없이 병사들을 상대하다 보니, 위안부 대부분이 심한 성병을 앓고 있었기 때문이다.

그녀들을 공중변소라 칭하는 패거리들이 있는 한편 경험이 없는 젊은 병사들 중에는 꽁무니를 빼는 자도 많았다. 이렇게 더러운 데서 어떻게 여자를 안느냐, 나를 뭘로 보느냐고 화를 내는 자. 끝나고 난 후에 허탈해진다고 한 번 가고 마는 자. 시게유키 자신은 고참을 따라 처음 갔을 때 여자들의 처참한 모습을 두 눈 똑바로 뜨고 볼 수가 없어서 그대로 도망치듯 돌아왔다.

그러나 그런 감각을 끝까지 유지하기란 쉬운 일이 아니었다. 좁고 어두운 방에 갇혀 어제나 오늘이나 피치 못해 병사들을 상대하는 여자를 자신은 안지 않고 견딜 수 있었느냐 하면 그렇지는 않았다. 혼자 위안소에 가지 않는다고 동료들이 따돌려서만도 아니었다. 내일은커녕 일 초 후에 목숨이 붙어 있을지조차 모르는 전쟁터, 작전에 투입되기 직전이나 돌아온 후면 시게유키는 여자가 그리워 참을 수가 없었다. 나는 아직 살아 있다, 아무튼 아직 살아 있다. 그런 실감을 확인하기 위해서는 여자를 안는 것이 가장 빠른 방법이었다.

"여기는 그래도 지난번에 있던 데보다 좋아."

야에코는 그렇게 말했다.

"전에는 병사들이 너무너무 많아서 쉴 틈이 없었어. 하루에 스무 명, 서른 명도 왔어. 줄 서서 차례를 기다렸어."

어떤 얘기를 할 때든, 눈물을 글썽이고 있을 때조차 야에코는 입가에 미소를 머금고 있었다. 아마도 그런 버릇이 있는 것 같았다.

야에코가 태어난 곳은 부산의 북부, 대구시 외곽에 있는 가난한 농촌이었다. 어렸을 때 다닌 야학에서도 일본 말을 하지 않으면 매를 맞고, 날마다 천황이 있다는 황거 쪽을 향해 강제로 절을 했다고 한다. 그런 데다 전쟁이 시작되면서 마을 사내들이 잇따라 전쟁터로 끌려 나갔다. 일본군 병사로 징병을 당한 남자도 있지만, 트럭에 실려 행선지를 알지 못하는 상태에서 끌려간 남자도 많았다. 그들은 일본의 탄광이나 군수물자 공장에서 죽도록 노동을 한다는 것이었다.

"나, 바보라서 잘 모르지만, 천황 폐하에게 할 말이 많아. 하지만 어떻게 하면 만날 수 있는지 모르겠어."

야에코는 야윈 어깨를 자신의 두 팔로 껴안으면서 천천히 고개를 저었다.

"그래도 여기는 괜찮아. 전에는 이렇게 병사하고 얘기할 틈도 없었어. 한 사람당 십오 분. 끝나면 그다음 사람. 한 사람은 옷을 입고 있고, 들어온 사람은 내 위에 있고, 한 사람은 바지 내리고 기다리고 있고. …… 나 같은 조선 여자가 처음에는 스무 명이나 있었는데, 반년 사이에 다섯 명이나 죽었어. 장례식? 그런 게 어덨어? 아무것도 없어. 그저 산속에 갖다 묻으면 그만이지. 아무도 신경 안 써. 어차피 금방 다른 여자가 오니까."

어차피, 금방 …….

같은 신세, 라고 생각했다.

시게유키는 외출하는 날을 손꼽아 기다리면서 그녀를 찾아다니게 되었다. 때로는 배급받은 만두나 양갱을 먹지 않고 놔뒀다가 몰래 갖다 주기도 했다.

그 마음의 절실함에 자신도 당황스러울 정도였다. 여자에게 그런 감정을 품기는 처음이었다.

보초를 서면서 별이 총총한 밤하늘을 올려다보면, 눈시울이 찡하고 가슴이 아릿해졌다. 한 개만 뚝 떨어져 빛나는 별보다 옹기종기 모여 빛나는 자잘한 별들에 마음이 끌렸다. 그런 때면 시게유키는 자신도 모르게 언젠가 이름도 없는 시골에서 야에코와 함께 평범하게 살아가는 자신의 모습을 그려보곤 했다. 때로는 작전 중에도—총알이 빗발치는 때가 아니면—걸으면서, 먹으면서, 자면서 그녀를 생각하는 자신을 깨닫곤 했다. 그것은 현실과 꿈이 교차하는 신비하면서도 잔혹한 감각이었다. 귓가로 총알이 스치고, 바로 옆에 있던 전우가 그 총알에 맞아 죽어간다. 유골로 삼기 위해 그들의 몸에서 잘라낸 싸늘하고 묵직한 팔뚝을 몇 개나 등에 지고 진흙탕을 전진하다가 중국인 병사와 맞닥뜨리면 전우의 적이라 하여 몰살시킨다. 지옥과 연옥을 오가는 그런 나날 속에서, 간신히 살아 돌아와 다시금 따스한 야에코의 몸을 안으면, 그저 그 따스함과 부드러움이 사랑스러워 눈물이 그치지 않았다.

"괜찮아, 괜찮아. 당신은 아직 악마가 아니야."

한심하고 수치스럽다는 생각에 앞서 눈물만 하염없이 넘쳐흘렀다. 시게유키는 이를 악물고 소리 죽여 눈물을 흘리면서도 그동안만큼은 살아 있다는 것을 실감할 수 있었다. 야에코란 존재는 자신을 인간이라는 뭍과 이어주는 닻 같은 것이었다.

"나, 지금은 이런 신세지만, 그래도 남편 있었어."

몇 번째 만났을 때였을까. 물어도 대답을 얼버무리던 야에코가 그날은 무슨 생각을 했는지, 일을 끝내고 시게유키의 품에 안긴 채 자기 얘기를 꺼냈다.

'남편 ……?'

날카로운 아픔이 가슴을 쿡 찔렀지만, 애써 모른 척하려고 야에코의 머리를 껴안은 채 벌렁 드러누웠다.

"우리 남편, 우체국에서 일하는 사람."

부끄러운 듯 입을 오므리고 야에코는 말했다.

"양가 부모가 정해준 사람이었어. 하지만 정말 친절했어. 열일곱 살 내가 결혼하고 싶지 않다고 했더니, 그럼 열여덟이 될 때까지 기다리겠다고 했어."

무슨 즐거운 기억이라도 떠올랐는지 그녀는 후후 하고 웃었다.

"정말, 좋은 사람이었어."

시게유키는 잠자코 그녀의 긴 머리칼만 쓸어내렸다.

"하지만 …… 이제는 만날 수 없겠지."

야에코는 여전히 미소 지으면서 말했다.

"그 사람도 트럭에 실려 어딘가로 끌려갔어. 어디로 갔는지도
몰라. 벌써 죽었는지도 모르지. 살아 있다 해도 두 번 다시 만날
수 없겠지."

"왜?"

"이렇게 더러운 몸으로 어떻게."

감정을 억누르면서 야에코는 약간 코맹맹이 소리로 말했다.

"날마다 …… 몇십 명이나, 몇백 명이나 되는 병사들을 상대했
어. 끌려온 지 벌써 이 년이나 됐으니까. 병사들은 쉬는 날이 기
다려지겠지만, 우리에게 그날은 지옥이야. 몸도 힘들고, 너무 아
프고, 팅팅 부어오르고. 너무 아파서 하고 싶지 않아도, 싫다고
하면 죽어. 도망치고 싶어도 무서워서 도망칠 수도 없고. 내 손
으로 목숨을 끊으려 했지만, 그것도 겁이 나서 죽지 못하고.
…… 왜 아직 살아 있는지 모르겠어. 이렇게 숨을 쉬고 있다는
게 신기할 정도야."

시게유키가 살며시 끌어안자 야에코는 눈물을 흘리면서도 미

소를 짓고, 가냘픈 팔로 시게유키의 몸을 끌어안으며 이마를 맞대었다.

"정말 친절한 사람이야, 시게유키."

시게유키는 할 말이 없었다. 지금까지 무수한 병사들에게도 그런 말을 했을 것이라 생각했다. 질투가 아니었다. 그런 말을 하지 않을 수 없는 그녀가 가여워 견딜 수 없고, 그렇게 만드는 쪽에 있는 자신도 견딜 수가 없었다.

병사들은 ─ 시게유키 자신도 ─ 평소 위안부들을 '조센 피'라 부르며 경멸했다. '피'란 중국 말로 성기를 뜻하는 은어이니, 위안소는 즉 '매춘업소'였다.

그러나,

"난, 개가 아니야."

식민지의 인간에다 위안부란 이중의 쇠사슬에 묶여 사람대접조차 받지 못하는 야에코를 비롯한 위안부 전체에게 '친절한 병사'란 말은 자신의 몸을 지키기 위한 보이지 않는 갑옷 같은 것이 아니었을까. '내게도 천황은 천황'이란 말과 '나도 일본 여자'란 말처럼, 난폭하게 구는 사내들에게 대항하기 위한 유일한 방패가 아니었을까.

하지만 그런 말조차 아무런 도움이 되지 않았을 것이다. 오랜만에 보면 그녀의 볼은 누구에게 맞았는지 시퍼렇게 멍이 들어 있곤 했다.

"…… 당신 나라에 돌아가고 싶지 않아?"

물어놓고도 가혹한 말을 한 것 같아 후회스러웠다.

"응, 돌아가고 싶지. 지금 당장이라도 가고 싶지. …… 하지만 그럴 수 없어."

"왜? 이 전쟁이 끝나면 돌아갈 수 있잖아. 그때까지 내가 살아 있으면 꼭 데려다 줄게. 약속해."

베개에서 머리를 들고 간절하게 말하는 시게유키에게,

"그건 안 돼."

야에코는 고개를 저었다.

"돌아가도, 부모님에게 폐만 될 거야. 그 사람에게도 그렇고. 이렇게 더러운 몸, 이 집안의 딸이 아니라고, 며느리도 아니라고 할 거야. 집안의 수치, 동네의 수치, 너 같은 딸은 모른다고 할 거야."

"설마 그럴 리가."

시게유키는 그렇게 말해놓고도 마음이 씁쓸했다.

"당신이 원해서 온 게 아니잖아? 억지로 끌려온 거잖아? 당신 잘못이 아니야."

"그건 그렇지만."

"그러니까 당당하게 돌아가면 되잖아?"

야에코는 또 고개를 저으며 미소 지었다.

"조선에서는 그렇지 않아. 몸을 더럽히는 건 수치야. 여자가 아니라도 마찬가지야. 게다가 이 전쟁, 언제 끝날지 알 수 없어. 끝날지 어떨지도 알 수 없고. 나는 …… 이대로 여기서 죽기를 기다려야지. 그리고 산에 묻히면 그걸로 끝이야. 아무도 신경 쓰지 않아. 어차피 다른 사람이 오니까."

후 하고 숨을 내쉬고 그녀는 조그만 소리로 아이고, 라고 중얼거렸다.

소리가 나는 순간 깨달은 것이리라. 화들짝 놀라 입을 막으며 시게유키를 올려다보았다.

"괜찮아."

그런데도 겁에 질려 움츠린 야에코의 암사슴처럼 빛나는 눈을 보다가, 시게유키는 자신도 정체를 알 수 없는 감정이 북받쳐 그녀의 머리를 가슴에 꼭 껴안았다.

아무도 신경을 안 쓰다니, 네가 없어지면 내가 신경을 쓴다. 내가 …….

"괜찮아."

시게유키는 말했다.

"나하고 있을 때는 아이고 소리 해도 괜찮아. 하지만 다른 남자 앞에서는 조심해야 돼. 들었다간 또 무슨 짓을 당할지 모르니까."

조심조심 고개를 끄덕이는 자그마한 머리가 애처로웠다.

"시게유키."

야에코가 속삭였다.

"시게유키는 부인 없어?"

"…… 있어."

잠시 머뭇거리다 대답한 것은 주저해서가 아니었다. 시게유키에게 하루요는 그만큼 희박한 존재였다.

"아이는?"

"있나 봐."

"있나 봐?"

"재작년 여름에 편지가 왔어."

9월에 헤어졌을 때 이미 임신을 한 상태였던 모양이다. 하루요가 사내아이를 낳은 것은 이듬해 중반이었다. 미즈시마 가문의 첫 손자에게 시게유키의 아버지는 '가쓰키'란 이름을 지어주었다고 한다.

"간혹 사진을 보내주기는 하는데 ……. 아무리 봐도 내 자식이란 실감이 나지 않아."

시게유키가 그렇게 말하자 야에코는 평소의 그녀답지 않게 소리 내어 웃었다.

"그런 소리를 하다니, 할 것은 다 했을 텐데."

"그렇긴 하지."

살아 돌아가면 사진 속 아이를 내 자식이라고 사랑하게 될까, 하고 시게유키는 생각했다. 내 피를 이어받은 아들이라는 것만으로 사랑이 생기고, 그 아이를 낳은 하루요에게도 애정을 느낄 수 있게 될까.

"당신은 아이 없었어?"

그렇게 묻는 순간 야에코의 얼굴에서 미소가 사라졌다.

"있었지만 …… 겨우 두 살에 죽었어."

조그만 목소리로 그녀는 말했다.

"난 바보 같은 엄마, 정말 바보 같은 엄마야. 내 딸이 죽은 거, 내 잘못이야."

검은 눈망울에 눈물이 고이는 것을 보면서 시게유키는 어쩔 줄을 몰랐다.

"당신 잘못이라니?"

"일본 말로 무슨 병인지 모르겠어. 살짝 다쳤을 뿐인데. 밖에 나갔다가 넘어져서 무릎을 다쳤는데. 나, 바보 같은 엄마라서 금방 나을 줄 알았어. 가난해서 돈도 없으니까 약도 발라주지 못했지만, 그 정도는 핥아주면 나을 줄 알았어. 피도 금방 멈췄고, 상처도 금방 아물었는데. 그런데 ……."

갑자기 야에코가 어디가 짓눌리기라도 한 것처럼 신음했다.

"우리 딸, 열흘도 지나지 않아 죽어버렸어. 이상한 표정으로 웃었어. 볼을 이죽거리면서 어른처럼 웃는다 싶었더니, 그게 아니었어. 그게 바로 병의 증거. 나중에 의사한테 듣고 처음 알았어. 바보 같은 나는 그것도 모르고, 웃는 줄로만 알고 아무것도 하지 않았어. 그러더니 어느 날 밤, 활처럼 몸이 휘더니, 바들바들

떨면서, 떨면서 굳어갔어. 순식간에 죽어버렸어. 정말, 순식간에
……."

"…… 파상풍이었나?"

"일본 말로 그런 병이야? 나는 잘 몰라."

손바닥으로 눈물을 닦은 그녀는 시게유키를 보면서 미소 지으
려 했다.

"나 바보라서, 어쩔 줄을 몰랐어. 활처럼 휜 몸을 버둥거리면
서 끙끙거리는 딸을 껴안고, 멀리 있는 병원까지 뛰어가 살려달
라고, 살려달라고 애원했지만, 이미 늦었다고 그랬어. 왜 더 빨리
오지 않았느냐고 화를 냈어. 하지만 바보 같은 나는, 정말 죽을
줄은 몰랐어. 무릎 다쳤다고 죽을 줄은 몰랐어. 그런데 내 딸, 순
식간에 죽어버렸어. 모든 게 다 바보 같은 내 잘못이야."

야에코의 눈에서 흘러내리는 눈물이 관자놀이를 타고 거적때
기 위로 떨어졌다. 톡 하고 희미한 소리가 났다.

"그래서 나."

그 눈물 얼룩을 보면서 야에코는 말했다.

"여기서 아무리 괴로운 일이 있어도 마음속으로 말해. 이런 것
은 아무것도 아니다. 그때 내 딸은 얼마나 괴로웠을까, 얼마나 아
팠을까. 나보다 훨씬 힘들었을 거라고 말해. 그리고 참아. 그리고
나 여기서 죽으면, 죽으면 딸을 만날 수 있어. 만나면 ……."

그때 문을 쾅쾅 두드리는 소리가 들렸다.

"어이, 빨리 끝내!"

"이거 왜 그렇게 질질 끄는 거야!"

시게유키는 못 들은 척했다.

"만나면?"

야에코는 울다 지친 듯 후 하고 숨을 내쉬었다.

"만나면 …… 미안하다고 사과할 거야. 바보 같은 엄마가 몰라서 그랬다고, 용서해달라고 울면서 사과할 거야. 하지만 그다음에는 내내 같이 있을 수 있겠지."

"어이, 뭐 하는 거야!"

시게유키가 일어나 벗어놓은 아랫도리를 집어 들었다.

그러다 불쑥 돌아본다. 방구석에 놓여 있는 빨간 소독액으로 사타구니를 씻고 있는 야에코의 등에 대고 물었다.

"그런데."

그녀가 고개를 돌렸다.

"응?"

"당신, 이름이 뭐야?"

"응?"

그녀는 모호하게 웃었다.

"내 이름, 야에코지."

"그거 말고 진짜 이름. 부모가 지어준 이름 말이야."

표정이 굳은 그녀가 시게유키를 쳐다본다.

끊어질 듯한 눈길이었다.

"다른 사람에게는 말 안 할 테니까, 괜찮으면 가르쳐줘."

"야, 아직 멀었어?"

고함 소리.

"그만 좀 해!"

"미주."

그녀가 조그만 소리로 중얼거렸다.

그러고는 다시 분명한 목소리로 당당하게 말했다.

"강미주."

시게유키도 그 이름을 입속으로 중얼거렸다.

"…… 음. 좋은 이름인데. 아주 좋은 이름이야."

미소 짓던 그녀가 빠르게 뭐라고 말했다.

"뭐라고?"

그녀는 치맛자락을 모으고 앉아 천천히 눈을 깜박거리며 다시 말했다.

"감사합니다. 우리나라 말로 고맙다는 뜻이야."

전에 이미 요리코를 통해 거절했는데 그 얘기가 다시 나올 줄은 꿈에도 몰랐다.

다만 이번에는 요리코가 말을 꺼내지 않았다. 당사자의 한 사람인 손녀 사토미가 부탁하러 일부러 찾아왔다.

주말, 토요일에 온 사토미는 누가 말하지 않았는데도 불단 앞에 앉아 조용히 향을 피워 할머니에게 올렸다. 어색한 몸짓과 진지한 옆얼굴이 사랑스러워 시게유키는 자기도 모르게 미소를 머금었다.

며느리는 못마땅해도 손주가 귀여운 것은 어찌 된 일일까. 그렇게 생각하다가, 아니지 아니야, 하고 생각을 바꾼다. 손주라고 다 귀여운 것은 아니다. 만난 적도 없는 아키라의 아이들은 차치하고, 첫 손주인 사토미의 오빠 마사카즈는 별로 정이 가지 않는다. 귀여운 손주가 귀여운 것뿐이다.

"세월 참 빠르네요."

사토미가 몸을 돌리면서 진지하게 말했다.

"벌써 일 년이 지나다니."

할머니가 돌아가신 지, 라고 분명하게 말하지 않는 것은 이 아이다운 마음 씀씀이다.

"어, 향이 바뀌었네."

"아, 고모가. 내내 똑같은 것만 피우면 할머니가 싫증이 날 거라면서 바꿨다."

사토미는 웃었다.

"아, 향이 참 좋다. 고모가 좋아할 향이네요. 무슨 향이지, 라벤 더 향인가?"

그렇게 말하며 코를 실룩거린다.

기운을 되찾은 모양이다. 지난달, 당장이라도 쓰러질 것 같은 몸으로 이 집에 왔을 때는 정말 어떻게 되는 줄 알고 걱정했는데, 역시 심지가 굳은 아이였다. 그때 폭행을 당한 아이와도 솔직하게 얘기를 나누고, 둘에게 몹쓸 짓을 한 패거리들도 잘못에 걸맞은 벌을 받게 될 것이라고 들었다. 그들을 고발하는 데 얼마나 많은 용기가 필요했을지 요리코는 알고 있을까. 그리고 아버지인 미쓰구는 ……

"오늘 아침에 아빠가요 ……."

시게유키는 속내를 들킨 듯한 절묘한 타이밍에 놀라 눈을 치떴다.

"이러더라구요. '지금 생각하면 목수를 해도 괜찮았을 것 같다'고요."

시게유키는 미간을 찌푸렸다.

"뭘, 지금 와서 새삼스럽게."

"모르겠어요. 아침밥 먹으면서 오늘 할아버지한테 갈 거라고 했더니, 아무 말 없이 우물우물 밥만 먹다가 무슨 생각을 했는지 갑자기 그런 소리를 하더라고요. 엄마도 깜짝 놀라는 것 같았어요. 그대로 밭에 간다고 나가버렸는데. 아무튼 거동이 수상하기는 하지만, 그래도 요즘 우리 아빠, 전보다 좋아진 것 같아요. 본인에게는 그런 말 안 했지만."

그렇게 말하고 사토미는 수줍은 듯 웃었다.

'목수를 해도 괜찮았을 것 같다'고?

시게유키는 손바닥으로 눈길을 떨어뜨렸다. 총검에서 다시 망치를 든 이 손, 이 손으로 얼마나 많이 미쓰구를 때렸던가.

일본의 패전이 결정되고, 우성관 부근에서 무장해제 통지를 받았다. 마침내 고향으로 돌아온 시게유키를 기다리고 있었던 것은 끝내 얼굴 한 번 보지 못한 첫아들의 조그만 위패와 여전히 표정 하나 없는 아내의 타인을 받아들이듯 경직된 몸이었다.

살아 돌아온 것을 눈물로 반겼던 부모조차 점차 아들을 감당하지 못해 절절매는 가운데, 시게유키는 날이 갈수록 말이 없어졌고 거의 아무것도 하지 않은 채 그해를 보냈다. 어쩌다 그저 충동적으로 화풀이를 하듯 하루요를 안았다. 등을 돌리고 잠이 들려는 순간, 하루요가 훌쩍거리는 소리가 들려도 못 들은 척 상대하지 않았다.

모든 것이 신경에 거슬렸다. 모든 것이 성가시고 허무했다. 저녁밥 냄새. 욕조를 가득 채운 뜨거운 물. 풀 먹인 유카타에, 햇살에 말린 이불. 일상이 마치 아무 일도 없었던 것처럼 흘러가는 것이 이상하고, 그러다 그런 일상에 익숙해져가는 자신을 깨달으면 위에 구멍이 뚫릴 것처럼 짜증이 밀려왔다.

더욱 견딜 수 없었던 것은 바로 뒷집에 사는, 역시 전쟁터에서 살아 돌아온 젊은 사내가 툭하면 불러대는 군가였다.

"나와라 니미츠, 맥아더 나오면 지옥으로 처박 ⋯⋯."

머릿속에 아직도 쇠 파편이 남아 있다는 그는 일본이 졌다는 사실을 잊어버리고는 때로 난동을 피웠다.

"나와라 니미츠, 맥아더 나오면 지옥으로 처박 ⋯⋯."

생채기가 난 레코드 같은 아들을 호되게 꾸짖기도 하고, 때로는 애원하면서 말리는 어머니의 목소리에는 이미 될 대로 되라는 식의 체념이 묻어 있었다.

미쓰구가 태어난 것은 패전 후 오 년이 지나서였다.

이번에는 확실히 자기 아들이라는 실감이 있었음에도 시게유키는 만져보기는커녕 얼굴조차 들여다보지 않았다. 칭얼거리는 갓난아기를 안아 올리다가 정체 모를 촉수 같은 것에 휘감겨 깊은 심연으로 끌려 들어갈 듯한 느낌이 들었다. 그곳은 편안하리라. 물속, 부드럽게 쌓인 흙에 몸을 누이면, 지금은 절대 잊고 싶지 않은 기억도, 몸속에 지니고 있는 죄의식도 그리 오래지 않아 희미해지리라. 상처는 치유되고 아픔도 멀어지고, 마침내 ⋯⋯. 하지만 그것만은 용납할 수 없었다. 절대 자신에게는 그런 편안함을 허락할 수 없었다.

아무것도 모르는 하루요는 남편이 아들을 안아주지 않는 것은 애당초 아내인 자신을 싫어하는 탓이라고 여긴 모양이었다.

그럴 만도 하다.

처음 두 사람에게 손을 댄 것은 미쓰구가 세 살이 될까 말까
할 때였다. 하루가 다르게 말수가 늘면서 어른들이 하는 말을
죄 흉내 내기 시작할 무렵이었다.

그날 아침, 여느 때보다 한결 생생한 꿈에 시달리다 땀에 흠뻑
젖어 깨어난 시게유키의 귀에, 장지문 너머에서 혀 짧은 소리로
부르는 노랫소리가 들려왔다.

"나와라 니미츠, 맥아더 나오면 지옥으로 처박 ……."

그때 가슴속에서 용암처럼 끓어오른 감정을 뭐라 표현하면
좋을까. 다음 순간 시게유키는 짐승의 울음소리 같은 소리를 지
르면서 옆방으로 뛰어 들어갔다.

정신을 차렸을 때 벽 앞에 낯선 아이가 나뒹굴고 있었다.

아니, 낯선 아이가 …… 아니었다. 미쓰구였다.

울음소리를 듣고 달려온 하루요가 아들을 부둥켜안고 겁에
질려 몸을 움츠렸다. 하지만 그녀는 남편을 나무라지도 달래지
도 않았다. 시게유키를 마주 쳐다보지도 못하고 퉁퉁 부은 눈을
다른 곳으로 돌린 채 폭풍우가 지나가기를 기다리듯 떨고 있을
뿐이었다. 그런 모습에 더욱 부아가 치밀었다. 난폭하게 소용돌
이치는 감정이 명하는 대로 아내의 등을 걷어차고 손이 아플 정
도로 때리는 시게유키의 뇌리에 초년병 시절 상관들의 얼굴이
지금 바로 그 자리에 있는 것처럼 떠올랐다. 그리고 그 손으로

찌른 포로들의 얼굴도 떠올랐다. 또 눈앞에서 죽어간 전우들의 얼굴도 떠올랐다. 시게유키는 아내와 아들을 때리는 자신의 충동을 제어할 수 없었다.

그 어린 시절 일을 미쓰구가 기억하고 있는지는 알 수 없다. 아무튼 그는 아버지를 잘 따르지 않았고, 시게유키도 그건 당연한 일이라고 생각했다.

주름진 손가락 끝을 쳐다본다. 오른손 세 손가락, 관절과 관절 사이에 지금도 희미하게 남아 있는 허연 흉터. 미쓰구가 다섯 살 때였다. 온몸에 열이 펄펄 끓더니 경련을 일으켰다. 혀를 깨물 것 같아 순간적으로 손을 집어넣은 결과가 이것이다.

아이러니한 일이다. 뜻도 모르면서 군가를 불렀던 미쓰구가 이십 년도 채 지나지 않아 주먹을 높이 쳐들고 안보 분쇄를 외치게 되다니.

시게유키가 보기에 그 시대에 그들이 벌인 '투쟁'은 축제를 좋아하는 젊은이들의 한바탕 소동에 지나지 않았다.

"이건 우리들의 전쟁이에요."

이렇게 어디서 주워들은 대사를 읊어대는 미쓰구에게 울컥 화가 치밀어 고함을 지른 적도 있었다.

"전쟁이라고? 전쟁을 알지도 못하는 네놈들이 전쟁은 무슨 전쟁! 징병도 없고, 목숨을 잃는 일도 없고, 도중에 빠져나와도 상관없고, 제멋대로 집에 돌아올 수 있는 그런 전쟁이 이 세상 어디에 있단 말이냐!"

그런 말을 들은 미쓰구는 점점 더 열을 올렸다.

"아버지들 세대의 그 특권의식이 잘못된 거라고요! 전쟁을 아는 세대만 아주 특별한 것처럼 사람을 무시하고, 자기네들끼리만 뭉치려고 하잖아요. 아버지 세대는 이미 끝났어요. 그런 노인네들에게 어떻게 일본의 장래를 맡길 수 있겠어요?"

그 미쓰구가 벌써 정년 후를 걱정할 나이가 되다니, 세월이 참 무상하다.

나름대로 취미를 찾아 열심히 살고 있으니 그나마 다행이다.

때때로 요리코가 택배로 보내주는 채소에서는 싱그러운 옛날 맛과 향이 난다. 지금 생각해보면 목수를 해도 괜찮았을 것 같다는 미쓰구의 말은 누구에게 부림을 당하는 것이 아니라 제 몸을 놀리는 생활 속에서 자연스럽게 생겨난 솔직한 감회였을지도 모른다.

그러나 한심한 일 아닌가. 학생 시절에는 그렇게 잘난 척 요란을 떨었으면서, 지금 그 세대들이 하는 일이 대체 뭐란 말인가. 진정으로 나라를 걱정한다면, 이 나라가 다시금 전쟁이 가능한 나라로 조금씩 바뀌어가고 있는 이때 왜 다시 한 번 일어나 외치지 않는단 말인가. 바보 같은 자식들이.

"할아버지?"

부르는 소리에 고개를 들었다. 사토미가 쳐다보고 있다.

"왜 그래요?"

"뭐가?"

"그냥, 표정이 좀 무서운 것 같아서."

"그러냐? 아니다, 아무것도."

"그래요? 그럼 ……."

사토미는 자세를 반듯하게 고쳐 앉았다.

"부탁 하나 들어주세요."

뭐냐고 눈빛으로 묻는 시게유키에게 사토미는 아주 진지하게 말했다.

"지난번에 엄마도 얘기한 적이 있을 텐데, 사실은 우리 선생님에게 할아버지를 추천한 거, 바로 저예요."

놀랐지만, 시게유키는 아무 대꾸도 하지 않았다.

"제가 중학교 1학년 때였나, 할머니가 얘기해준 일이 있었잖아요. 전쟁 중에, 항구에서 배를 그리고 있던 학생이 간첩으로 오인받아 끌려간 채 끝내 돌아오지 못했다는 얘기 말이에요. 그때 할머니가 그 사람을 조금 좋아했기 때문에 많이 울었다고. 할아버지, 그때 저한테 말씀하셨잖아요. '이런 시대에 태어나서 좋아하는 그림을 마음껏 그릴 수 있는 너는 행복한 거다.' 이렇게 말이에요. 그래서 저 난생처음으로 생각해봤어요. 지금은 당연한 일인데, 그렇게 당연한 일이 허용되지 않는 끔찍한 시대가 있었구나 하고 말이에요. 학교에서도 배우기는 했지만, 제가 스스로 생각한 것은 그때가 처음이었어요. 그래서 선생님에게 그런 얘기를 했더니, 할아버지의 말씀을 꼭 듣고 싶다고 해서 ……. 그래서 일이 그렇게 된 거예요."

시게유키가 아무 반응이 없자, 사토미의 말투가 조심스러워졌다.

"제가 괜한 짓 해서 화나셨어요? 그야, 저도 할아버지가 사람들 앞에서 얘기하는 거 별로 좋아하지 않는다는 거 알아요. 하지만 우리 반이 이런 식으로 한데 뭉치는 일은 처음이에요. 엄마도 얘기했을 테지만, 처음에는 어떤 남학생이 야스쿠니 신사 얘기를 꺼냈고, 그리고 뭐였더라 …… 아, 정교 분리라는 것을 배우고, 옛날에 한국이 일본의 식민지였다는 것, 진주만 공격, 원폭 얘기 같은 것들이 나왔는데, 가나코가, 아, 지난번 그 친구요. 그 가나코가 '미국에서는 그런 식으로 배우지 않았다'라고 했어요. 그 친구, 미국에서 오래 살았거든요. 가나코가 다닌 학교에서는 나가사키와 히로시마에 원폭을 투하한 거, 물론 비참한 일이기는 하지만 어쩔 수 없는 경우였다고 배웠대요. 원폭을 투하했기 때문에 일본이 항복한 것이고, 그래서 오랜 전쟁이 끝났으니까, 미국은 정당한 일을 한 것이라고요. 가나코의 얘기를 들은 우리 반 아이들은 무슨 소리냐며 다들 흥분했어요. 열이 오른 거죠. 마침 축제도 멀지 않았고, 그래서 우리 반 연구 발표회를 그런 내용으로 하기로 한 거예요. 물론 별 관심 없는 애들도 있어요. 있지만, 대부분 얼마나 진지한지 몰라요. 전쟁에 대해서 사실대로 알고 싶어 한달까, 지금 이대로 마냥 무관심하게 있어서는 안 된다는 분위기죠. 설명하기가 좀 어려운데, 아무튼 다들 처음이에요. 이렇게 자발적으로 뭔가를 알려고 하는 거."

마당 저편에서 전화벨이 울리는 소리가 들렸다. 활짝 열려 있는 문밖으로 툇마루가 보이고, 그 너머에 있는 사무실에서 울리는 소리였다. 벨 소리가 끊기면서 전화를 받는 사에의 목소리가 희미하게 들린다.

시게유키는 무거운 목소리로 말했다.

"너희들이 듣고 싶어 하는 얘기를 할아버지는 할 수가 없다."

"듣고 싶어 하는 얘기요?"

"너희들은 그런 얘기를 듣고 싶은 것 아니냐. 그쪽에서 그쪽의 정의를 내세운다면, 우리 쪽에서도 할 말이 있다는 식의 얘기 말이다. 그렇다면 할아버지는 할 수 없다는 말이다. 할아버지는 미군하고 직접 싸운 일도 없고, 아는 것이라고는 일본이 대륙에서 어떤 짓을 했느냐, 그것뿐이다. 그것도 들으면 속이 울렁거리고 구역질이 올라올 얘기들뿐이지. 그런 얘기를 듣고 싶어 하는 것은 아닐 테지?"

"아니요, 왜요? 무슨 얘긴데요?"

사토미가 몸을 앞으로 쑥 내밀고 다그쳐 물었다.

"듣고 싶어요. 학교에서는 절대 배울 수 없는 거니까, 더 알고 싶다고요. 할아버지, 네? 부탁해요. 교실에서 많은 애들 앞에서 얘기하는 게 싫으면, 몇 명만 모여서 할아버지 집으로 올게요. 다른 애들한테는 녹음해서 나중에 들려줘도 괜찮으니까, 네? 할아버지, 부탁이에요. 듣고 싶어요. 사실을 알고 있는 사람에게서 더 늦기 전에 제대로 듣고 싶다고요."

시게유키는 눈을 내리깔고 다다미 솔기를 쳐다보았다. 바짝 몸이 단 사토미가 무심코 내뱉은 마지막 말에, 남은 시간이 많지 않다는 것을 깨닫는다.

그래 …… 이제 얼마 남지 않았겠지. 내 머리 위로 떨어지는 흙더미가 눈에 보이는 듯하다.

그러니까 소네하라도 한 해에 두 번씩이나 자리를 마련하려 애쓰는 것이겠지. 전우회란 명분하에 다들 모여서 옛 추억을 아름답게 얘기하고, 서로의 상처를 핥아주고 ……. 그런 그들을 비난할 수는 없다. 과거 자신의 행위가 옳지 못했다고 인정한다는 것은 인생 그 자체를 부정하는 것이나 마찬가지니, 누구든 두렵지 않을 수 없다. 그 자리에 나가면 나 역시 그 분위기에 섞여 애매모호하게 처신하게 될 것을 알기에 작년의 그날까지 단 한 번도 전우회에 나가지 않았던 것이다.

'만세 …….'

시게유키는 한숨을 내쉬며 마당을 내다본다.

'만세, 만세.'

다실 입구 옆에 심어놓은 소국에 어느새 두세 송이 보라색 꽃 봉오리가 맺혔다.

패전 직전의 격전지였던 사이판에는 기묘한 이름으로 불리는 절벽이 있다고 들었다. 만세 절벽. 살아서 포로로 잡히는 굴욕을 겪지 말라는 전장 수칙에 세뇌된 일본군 병사들과 노인, 그리고 부녀자들까지 입을 모아 만세를 부르면서 몸을 던진 절벽이라고 한다.

그러나 지명까지는 되지 못했어도, 당시 만세를 외치며 죽어간 병사들이 각지에 수만 명은 있었다. 일본이 패전했다는 것을 알자 수류탄의 핀을 뽑아 집단 자결한 소대도 있고, 서로를 쏘아 죽인 자들도, 할복으로 목숨을 버린 자들도 있었다. 아니, 일본 병사들만이 아니었다. 시게유키가 잡은 포로 중에도 '중국 만세!'를 외치며 숨이 끊어져간 자가 몇 명이나 있었다.

그래서 지금도 시게유키는 그 말을 들을 때마다 감당하기 어려운 거부감을 느낀다. 전철의 플랫폼 같은 곳에서 배웅하는 집단이 두 손을 높이 쳐들고 만세삼창을 하는 소리를 들을 때면 가슴속이 뒤집히는 듯한 씁쓸함에 사로잡혔다. 대체 왜 만세를 부르며 죽어야 했단 말인가. 죽으면 만세고 뭐고 다 소용없는 것을 ······.

소네하라에게서 온 전화를 받지 않은 것도 그런 이유에서였다.

열예닐곱에 지원할 작정이었는데, 어머니가 울면서 말리는 통에 징병 통지가 나올 때까지 기다렸다는 소네하라 미쓰오의 집안은 오기쿠보에서 두부 가게를 하고 있었다. 동기 중에서 가장 친한 호탕한 사내였는데, 전쟁이 끝나고 취직한 회사에서 상사의 파벌 싸움에 휘말려 좌천이나 다름없이 브라질로 발령이 떨어졌다. 그 후로는 고작 연하장이나 주고받는 사이가 되어버렸다. 세월이란 그런 것이다.

그런데 재작년 소네하라가 귀국했다. 그는 현지에서 영주권을 받기는 했지만 부인이 먼저 세상을 떠난 데다 자식도 없는 터라, 역시 뼈는 고향에 묻어야 하지 않겠느냐며 허탈하게 웃었다. 몸을 의지할 수 있는 곳은 육십 대 중반의 막내 여동생이 혼자 살고 있는 니가타뿐이었다. 추운 곳이기도 하고, 이런 나이에 일자리가 있을 리도 없지만, 여동생과 둘이서 검소하게 살면 죽을 때까지는 지금으로 버틸 수 있을 것이라고 했다.

그리고 작년 여름, 소네하라는 전우회 모임에 시게유키를 불러냈다. 한 번도 참가한 적이 없다고 했지만, 그렇다고 못 나갈 것이 뭐 있느냐고 고집을 꺾지 않았다.

"벌써 저세상으로 간 녀석들이 더 많아. 올해 만났다고 내년에 또 만날 수 있으리라는 보장도 없고."

병 주고 약 주는 전화 공세에 넌더리를 내고 있자, 시즈코가 웃으면서 이렇게 말했다.

"딱 부러지게 거절을 못 하는 것을 보면, 당신도 나갈 마음이 조금은 있는 모양이네요. 그렇게 나오라고 하는데, 한 번쯤 가보는 것도 좋지 않겠어요?"

중국인 가족이 요코하마에서 경영하는 중국 음식점 이층에, 젊다고 해야 칠십 대 중반인 노인 서른 명 정도가 모였다. 일개 중대의 삼분의 일도 채 안 되는 수였다.

금방 기억나는 얼굴도 그렇지 않은 얼굴도 있었다. 당시 시게유키를 비롯한 초년병들을 잘 대해준 상등병은 피부도 반들반들하고 건강해 보였지만, 그와 재회한 기쁨보다 툭하면 구둣발로 걷어찼던 분대장과 소대장이 지난봄에 잇따라 죽었다는 소식이 오히려 충격적이었다.

"원한 맺힌 말 한마디 정도는 듣고 갔어야지."

그렇게 툭 내뱉은 시게유키에게 스미다에서 철공소를 하는 집안의 아들이었던 아리사와란 사내가 잠자코 술을 따라주었다.

막상 나가보니 그리 나쁜 자리는 아니었다. 시게유키는 괜히 꽁무니 빼지 말고 진작 나올 것을 그랬다고 생각했다. 어떤 인연으로 만났든 옛 친구란 좋은 것이다. 같은 시간을 공유했던 자들만이 알 수 있는 언어, 알 수 있는 공기, 알 수 있는 아픔. 그 자리에는 분명하게 그런 것이 존재했다.

줄줄이 붙여놓은 상에는 온갖 요리가 즐비했지만, 그래 봐야 틀니 낀 노인네들뿐이라 좀처럼 줄어들지 않았다. 다들 먹지는 않고 마시기만 한 탓에 일찌감치 술기운이 돌았고, 몇 명은 한구석에 모여 큰 소리로 예의 군가를 불러대기 시작했다.

그때 소네하라가 숨을 크게 들이쉬는가 싶더니 자리에서 벌떡 일어났다. 놀라 올려다보는 시게유키 옆에서 그는 큰 소리로 외쳤다.

"천황 폐하, 만세! 만세! 만세!"

두 팔을 힘차게 쳐들 때마다 낡은 양복 겨드랑이가 끌려 올라가면서 터진 실밥이 보였다. 저쪽에서 부르는 군가 소리가 만세 소리에 더욱 드높아졌다.

대체 누구의 가게인데 이런 소란이란 말인가.

아직도 만세를 더 외치려는 소네하라의 허리띠를 잡고 말했다.

"그만해."

시게유키는 소네하라를 억지로 자리에 앉혔다.

"가게에 폐가 되잖아."

"뭐가 들린다고 그래."

"알았으니까, 그만해."

소네하라는 불끈한 듯 입을 다물었다.

"여전하군, 이 사람."

아리사와가 쓸쓸하게 웃는다.

그러고 보니 소네하라는 옛날에도 주사가 심했다. 외출을 하면 술에 취해 작부를 상대로 소동을 피워 헌병에게 얻어맞기도 하고 나무에 매달리기도 했다. 평소에는 정말 성실하고, 아침이 되어 술이 깨면 잘못했다고 울면서 사과하지만 술을 마시면 또 같은 짓을 되풀이했다.

"여전한 것은 우리도 마찬가지지."

허연 백발의 아리사와는 야윈 볼을 이죽거리며 술을 들이켰다.

"이 나이가 되도록 이렇게 모여서 불평들을 하고 있으니."

"말은 그렇게 하지만 말이야."

옆에서 요네다가 끼어들었다. 동기 중에서 사관학교로 진학한 사람은 야간대학을 중퇴하고 입대한 이 사내와 다른 한 사람뿐이었다.

"말은 그렇게 하지만 모일 수밖에 없잖아. 그 시절 얘기를 나눌 수 있는 상대가 주위에 있기를 해야지."

"그렇지, 맞는 말이야."

소네하라가 늘어진 목소리로 맞장구를 쳤다.

"그런가 하면 머리에 피도 안 마른 젊은것들이 뭘 안다고 이러쿵저러쿵 말들이 많으니."

요네다는 피골이 상접한 팔을 걷어붙이며 못마땅하다는 듯이 혀를 찼다.

"얼마 전에 밤에 잠이 안 와서 텔레비전을 켰더니, 우리 손자만 한 젊은것이 나와서 뭐라는 줄 알아? '천황과 군 상층부에 책임이 있는 것은 당연하지만, 그저 위에서 하라는 대로 돌진한 병사와 국민 한 명 한 명에게도 전쟁 책임은 있다'는 거야. 원 참, 부아가 치밀어서."

아리사와가 또 볼을 이죽거렸다.

"그런 시대가 아니었다고 해봐야, 알 리가 없지."

시게유키는 아무 말도 하지 않았다.

'그런 시대가 아니었다.'

물론 그렇다.

'나는 죽이고 싶지 않았다.'

지금까지 마음속으로 몇 번이나 되뇌었는지 모른다.

'명령이라서 어쩔 수 없이 한 것이다. 저항이 용납되지 않는 시대였다.'

'전쟁이니까 어쩔 수 없었다.'

'그런 것이 전쟁이다.'

하지만 악몽은 사라지지 않았다. 그것은 어쩌면 그런 이유를 자신조차 수긍하지 못해서가 아니었을까. 사실은 모두가 빌미에 지나지 않다는 것을 자신이 가장 잘 알고 있어서가 아니었을까.

"서주, 서주로 인마人馬는 전진한다."

노래가 「보리와 병대」로 바뀌었다.

"그건 그렇고, 미즈시마."

아리사와가 말했다.

"자네, 손주 있나?"

"암, 있고말고."

간신히 화제가 정상으로 돌아왔다고 안심하면서 시게유키는 말했다.

"못난 아들자식의 애들이 합해서 네 명이나 있지."

"둘째 아들네 손주는 얼굴도 모르지만, 안 그래?"

소네하라가 혀 꼬인 소리로 말했다.

"딸이 둘 있는데, 얼마나 미인인지. 후처하고 사이에 낳은 딸들이라는데."

"오호, 그렇게 미인이야?"

아리사와가 웃었다.

"그렇다면 마누라가 대단한 미인이었다는 소린데."

"시끄러워."

시게유키는 쓸쓸히 웃었지만, 기분이 나쁜 것은 아니었다.

"그야, 이 자식 옛날에도 여자에게 인기가 많았잖아."

소네하라가 싱글거리며 몸을 앞으로 내밀었다.

"이름이 뭐였더라, 그 위안소에 …… 아, 생각났다. 야에코였어, 맞아 야에코."

"자네, 기억력도 참 좋구만."

아리사와가 질렸다는 목소리로 말했다.

"그야, 굉장한 미인이었으니까. 나는 처음부터 하나코라고, 호박꽃이었잖아. 결국은 내내 그 호박꽃하고 일을 치렀다니까. 그 시절에는 위안부들 사이에서도 의리 같은 게 있었잖아."

소네하라가 별안간 교태를 부리며 말했다.

"당신은 하나코에게 가셔야죠, 하고 말이야."

그만해, 라는 목소리가 목구멍에 휘감겼다.

"그런데 미즈시마는 처음부터 야에코가 걸렸으니 얼마나 운이 좋아. 게다가 반하고 홀리고."

"그만해."

"보는 것은 1마오치엔, 하는 것은 5마오치엔."

소네하라가 마치 노래하듯 가락을 붙여 말하자 요네다가 웃음을 터뜨렸다.

"그렇지, 아마 1엔 50전이었을 거야. 소대장이 성병에 걸렸다고 소문이 나돌았지. 사타구니를 벌리고 게걸음으로 걸어다녔으니, 아마 사실이었을 거야. 난 겁이 나서 고추 끝에다 항생제 606호 넣고 위안소에 갔다니까. 어이 미즈시마, 자네는 어차피 매번 공짜로 했을 테지, 어? 어디 털어놔 봐."

"그만하라잖아!"

주위에 있던 몇 명이 놀란 듯 시게유키를 보았을 때였다.

다른 노랫소리가 흘러나왔다.

"너와 나아는 벚꽃 동기 ……."

옆에서 소네하라가 또 숨을 크게 들이쉬고 일어나려고 하자 시게유키는 팔을 꽉 잡아 앉혔다.

"피이인 꽃은 떠러어질 각오

보오란 듯 지자꾸나 조국을 위해."

하나, 둘 목소리를 합했다. 마침내 전원이 팔을 휘두르며 박자를 맞추기 시작했다.

"피이이를 나눈 사이이가 아닌가."

요네다가 아리사와의 어깨에 팔을 두른다.

"마아아음 맞아 헤어질 수 어어없네."

"만세!"

끝내 소네하라가 앉은 채 소리를 지르기 시작했다.

"만세!"

눈시울이 불그죽죽했다. 술기운 때문만은 아니었다.

"만세! 만세!"

그만들 해, 라고 말하지 못했다. 그렇다고 자리를 박차고 돌아 갈 용기도 없었다.

온 것이 잘못이었다.

아리사와까지 눈을 감고 미간을 찌푸린 채 노래를 부르기 시작했다. 그 옆에서 시게유키 혼자만 입을 꾹 다물고 앉아 있었다.

딸들에게 말하면 또 성가시게 굴 것 같아 아무 말 안 했지만, 그해 여름 밖에서 돌아오자마자 현관에서 푹 고꾸라지고 만 그날, 실은 사전에 징후 비슷한 것이 있었다. 아침에 뒷마당에 있는 목재 적치장에서 라디오를 켜놓고 작업할 때였다.

시선을 조금만 움직여도 사방이 빙글빙글 돌았다. 눅눅한 식은땀이 배어 나왔다. 아무래도 좀 이상하다 싶었지만, 그렇다고 아픈 곳도 없고 열이 있는 것도 아니어서 마음먹기 나름이라 여기고 점심때가 지나 그대로 현장으로 나갔다. 자신의 체력을 과신한다는 요리코의 지적이 못마땅했지만, 옳을지도 모른다.

의사가 괜한 헛소리를 늘어놓고 간 후, 시게유키는 벌렁 누워 천장을 올려다보면서, 다른 이에게는 들리지 않는 노랫소리를 듣고 있었다. 오늘 아침 라디오에서 불쑥 흘러나온 그리운 선율.

"아리랑 아리랑 아라리요 ……."

현기증이 난 것은 바로 그 직후였다. 그렇게 따져보니, 마치 그녀가 자신을 데리러 온 것처럼 여겨졌고, 자신의 어처구니없는 해석에 피식 웃음이 나왔다.

"일부러 나를 맞으러 올 만한 의리 따위 있을 리 없지."

시게유키의 팔을 베고 방 밖에서는 들리지 않게 조그만 소리로 노래를 불러준 미주를 떠올렸다. 고향에서 부르던 노래를 하나 가르쳐달라고 했을 때였다.

"아리랑 아리랑 아라리요 아리랑 고개로 넘어간다."

다 듣고 난 후에 뜻을 묻자 그녀는 말했다.

"아리랑 고개를 넘어가는데, 나를 두고 가는 그 사람은 십 리도 못 가서 발이 아플 것이란 뜻. 하지만 이런 노래 부르다가 들키면 죽겠지."

조선말이라서 그렇게 생각하는 줄 알았다.

"그래서만은 아니야. 이건 아주 오래된 노래. 옛날에 성을 짓는다고 억지로 부역에 끌려간 남편을 배웅하는 여자의 슬픈 노래. 좋아하는 사람을 생각하는 노래지만, 동시에 한의 노래, 저항의 노래야. 아주 오래전부터 있었던 노래인데, 자주 불리게 된 건 요즘 들어서야."

미주는 그렇게 말해주었다.

시게유키는 구슬픈 노래라고 생각했다. 구슬프지만 그 속에 강인함을 담고 있는 아름다운 노래라고.

마치 미주 같았다. 그런 노래를 부를 수 있는 그녀의 고향 역시 아름다운 곳이리라. 이 년 전, 군용열차에 실려 올 때는 느긋하게 경치를 바라볼 여유도 없었지만.

"어렸을 때, 어머니가 가르쳐줬어. 조선은 아침 경치가 아주 아름다우니까, 그래서 조선이야."

그렇게 말하면서 그녀는 꿈을 꾸듯 미소 지었다.

"빨간 수수밭에 아침 해가 떠오르면 하얀 나비가 팔랑팔랑 날아다니고. 얼마나 아름다운지 몰라. 당신에게도 보여주고 싶어……."

시게유키는 미주가 죽었다는 소식을 다른 사람을 통해 들었다. 토벌 작전에 끌려 나가 오래도록 만나지 못했기 때문이었다.

사건의 전말을 들려준 것은 미주의 동료 위안부였다.

그 전날, 위안소에 열세 살짜리 소녀가 새로 끌려왔다. 그녀가 있을 방을 채 소독하지 못해 일단 미주와 함께 지내기로 했다. 다음 날 어린 소녀의 몸이 병사에게 짓밟혔다. 미주가 막으려고 들어가려 했지만, 물론 허사였다. 소녀의 비명 소리가 시끄럽다고 사내는 손으로 그 입을 막고 일을 치렀다. 그리고 끝났을 때 소녀는 눈을 치뜬 채 죽어 있었다. 충격 때문이었는지 질식사였는지 알 수 없었다.

"뭐 드문 일도 아니지."

동료 위안부는 그렇게 말했다.

"그렇게 죽은 여자가 아주 많아. 그녀도 아주 많이많이 봤을 거야. 그런데 그 어린것이 거적때기에 둘둘 말려서 들려 나가는 것을 보더니 머리가 이상해졌어."

갑자기 고함을 지르듯 울음을 터뜨리더니 미주는 모국어로 욕을 해대면서 사내를 붙잡았다. 맞고 걷어차여 봉당에 나뒹굴어도 벌떡 일어나 멱살을 잡았다. 그러다 마침내 셋이 달려들어 몸싸움을 한 끝에 포박되어 마당에 있는 나무에 매달렸다. 사내가 군도를 들이밀고서, 두 번 다시 거역하지 않겠다, 조선말도 쓰지 않겠다고 맹세를 하지 않으면 죽이겠다고 하자 미주는 그 얼굴에다 침을 뱉었다.

"죽이고 싶으면 죽여. 내 이름은 야에코가 아니야, 강미주! 강미주! 개만도 못한 짐승은 우리가 아니야, 너희들이야! 이 쪽바리! 왜놈!"

그런 다음 목숨이 끊길 때까지 미주는 고향 말만 썼다며 위안부는 울었다.

"마지막에는 물고기처럼 배가 쫙 갈라져서 죽었어. 얌전하게 있었으면 그래도 목숨은 건졌을 텐데, 바보처럼 …… 바보처럼."

시게유키는 위안소 밖으로 뛰쳐나왔다. 잡초 더미에 엎드려 뻘건 흙을 움켜쥐고 엉엉 통곡했다.

'괜찮아, 괜찮아, 당신은 악마가 아니야.'

그렇게 속삭이면서 등을 쓰다듬어주던 그 여자가 이제 여기에 없다는 말인가.

풀을 쥐어뜯고 두 주먹으로 땅을 치면서 우는 시게유키를, 위안소를 드나드는 병사들이 멀찌감치서 바라보았다. 비웃음인지 동정의 웃음인지 모를 표정을 띠고 있는 그들의 얼굴이 넘쳐흐르는 눈물에 일그러졌다가 번지는 것을 부릅뜬 눈으로 쏘아보면서, 시게유키는 마구 고함을 질렀다.

"너희들은 모두 짐승이야! 너희들도, 나도, 다, 다 짐승이야!"

격세지감이란 이런 것을 두고 하는 말일까.

지난여름, 사토미와 함께 젊은이들이 좋아하는 텔레비전 프로그램을 처음 본 시게유키는 그저 어이가 없을 뿐이었다.

한국의 맛집 찾아다니기, 면세점에서 살 수 있는 브랜드 제품, 때밀이 미용법, 화제의 영화, 그리고 축구. 인기 탤런트가 한글을 배우고, 일본의 젊은 밴드가 한국에서 콘서트를 갖는다.

"애개, 할아버지 아직도 몰랐어요? 얼마 전부터 한국 붐인데."

당연하다는 듯 말하는 사토미의 말을 처음에는 믿기가 어려웠다. 고향 말을 한 죄, 부모가 지어준 이름을 쓴 죄, 자신은 개가 아니라고 외친 죄. 그런 죄로 미주가 죽임을 당한 것이 바로 엊그제 일 같기만 한데.

그녀가 죽은 후 시게유키는 오래도록 자신을 책망하고 후회했다. 그녀가 무심결에 '아이고'란 말을 내뱉었을 때 가차 없이 혼을 냈어야 했다. 진짜 이름도 묻지 말았어야 했다.

자신과 있을 때만이란 어중간한 동정을 한 것이 그녀를 죽음으로 몰아넣은 것은 아닐까. 그녀가 애써 잠재우려 했던 것을 들

쑤셔 그런 결과를 초래한 것은 아닐까. 그런 생각이 들어 견딜 수가 없었다.

그런데 언제부터였을까. 조금씩 다른 식으로 생각하게 되었다. 그렇게 여기는 자체가 핵심에서 벗어난 오만함이고 근본적인 원인을 착각한 …… 뭐라고 말하기는 어렵지만, 아무튼 오히려 그녀를 폄훼하는 것이란 기분이 들기 시작한 것이다.

애당초 마음속으로 몇 번이고 거듭한 사과조차, 그녀를 위해서가 아니라 나 자신을 위한 것은 아니었을까. 사과를 해서 다소나마 마음이 편해진 것은 바로 내가 아닐까. 스스로 자신을 책망하면서 실은 용서받고 싶어 한 것이 아닐까. '이제 됐어'라고. '사과 많이많이 받았으니까, 이제 괜찮아'라고.

용서받는 것을 전제로 하는 사과는 사과라고 할 수 없다. 나따위가 아무리 몸부림을 치고 괴로워한다 한들, 미주의 배는 좍 갈린 채 변하지 않는다. 영원히.

'개만도 못한 짐승은 우리가 아니야, 너희들이야.'

그래, 네 말이 맞아, 하고 시게유키는 생각한다.

그렇다, 그 어떤 사과의 말도 죽은 자에게는 들리지 않는다.

고요한 참배 길에 간간이 때까치 소리가 울린다.

어제 저녁때부터 오늘 아침까지 내린 비에 땅도 나무도 촉촉하게 젖어 있는데, 머리 위 나뭇가지 사이로 보이는 하늘은 말끔하게 닦아놓은 듯 파랗다. 높은 곳에 있는 절로 올라가는 시게유키와 사에의 얼굴에 나뭇잎 사이사이로 비치는 햇살이 어른거린다.

아래에 있는 주차장에 차를 세우고 걸어가자고 한 것은 시게유키였다. 혼자 갈 때는 늘 그랬다. 일주문에서 올려다보면 본당 정면을 향해 똑바로 솟아 있는 코가 스칠 듯 경사가 급한 돌계단이 보이는데, 그 옆으로 빙 돌아가는 좁은 참배 길 입구가 있다. 본당 뒤쪽으로 이어지는 비교적 경사가 덜한 오르막길이다.

포장은 되어 있지만, 산길이라 불러야 어울릴 정도로 양옆에는 숲이 무성하고 공기도 짙다. 가끔 아랫길을 지나가는 차 소리만 들리지 않는다면, 여기가 사람이 사는 동네라는 것을 잊어버릴 듯하다.

간신히 오르막길을 다 올랐는데, 사에가 멈춰 서서 허리를 폈다.

"와, 저것 좀 봐요. 아버지."

시게유키가 고개를 들었다. 멋들어지게 물이 든 고로쇠나무가 목이 새빨간 우산처럼 가지를 뻗고 햇살을 받고 있다.

"아버지, 모처럼 왔는데 경치 구경 좀 하고 가요. 숨도 차고."

"이런, 아직 젊은 것이 한심하구나."

어느새 디딤돌로 바뀐 길가, 고로쇠나무를 바라보기에 딱 좋은 위치에 그 옛날의 다실 같은 달개 지붕의 오두막이 있다. 그 안에는 통나무를 두 쪽으로 가른 벤치가 놓여 있고, 벽에는 '경내 화기 엄금, 담배는 이곳에서'라고 쓰인 종이가 붙어 있다는 것을 시게유키는 익히 알고 있다.

신문지에 싼 꽃을 살며시 옆에 내려놓고 벤치에 걸터앉은 사에가 눈을 가늘게 뜨고 고로쇠나무를 바라본다. 시게유키는 그 옆에 앉아 낡은 점퍼의 안주머니에서 담배를 꺼냈다.

말은 그렇게 했지만 사에의 숨은 고르다.

담배를 피워 물고 살짝 연기를 빨아들인다. 딸 쪽으로 연기가 흘러가지 않게 천천히 고개를 옆으로 돌리고 연기를 토해낸다.

아침이라기에는 조금 늦고 낮이라고 하기에는 조금 이른 이 시간, 사방에는 인기척 하나 없다. 새소리와 사락거리는 나뭇잎 소리, 그리고 본당 쪽에서 누가 낙엽을 쓰는 소리가 희미하게 들려올 뿐이다.

"아차. 빗자루."

사에가 말했다.

"빌리면 되지."

지난 일 년 동안 될 수 있으면 다달이 성묘를 하기는 했지만, 그때마다 비석 뒤까지 구석구석 닦은 것은 아니었다. 시즈코의 일주기를 이틀 앞두고, 오랜만에 꼼꼼하게 청소를 하자 싶어 찾아온 것이다.

"정말 보기 좋네요. 우리 집 단풍나무도 이 정도로만 물이 들면 좋겠는데."

"아직 나무가 어리지 않냐."

"그래도 그 나무, 엄마가 시집올 즈음에 심은 거잖아요?"

"그때가 뭐 얼마나 됐다고."

사에가 후후 웃었다. 그러고는 미소를 띤 채 아무 말이 없다.

"왜?"

"아니요."

"왜 웃는 거냐?"

"그냥. 엄마가 한 말이 생각나서."

"뭐라고 했는데?"

"아주 오래전 일이에요. 여고생 땐가, 아무튼 무슨 말을 하다가 내가 '저렇게 무뚝뚝한 소리밖에 안 하는 사람을 어떻게 좋아하게 되었어요?' 하고 물었더니 엄마가 큰 소리로 웃으면서 뭐라고 대답했는 줄 아세요?"

다소 기분이 복잡했지만, 아무튼 되물었다.

"나야 모르지."

"'얘는, 알지도 못하면서, 그래서 남자가 귀여운 거지'라고 했어요. 그 말 듣고 가슴이 다 두근거렸어요. 엄마가 갑자기 여자로 보여서 그랬을까요?"

시게유키는 손을 뻗어 재를 떨었다.

"이렇게 먼저 갈 줄이야."

정말 상상조차 못 한 일이었다. 열 살이나 나이가 아래인 시즈코가 앞서 가게 되리라고는.

다리를 절게 되면서부터 부부 관계가 거의 없었던 탓인지 사이가 서먹했던 시기도 있었지만, 지난 몇 년은 모든 것이 평화롭고 안정돼 있었다. 사토미가 '할아버지 부부는 정말 사이가 좋네요' 하고 놀리기까지 할 정도였는데 ……

"하기야 나도 시간문제지."

그러자 사에가 말했다.

"하지만 나는, 우리 아버지는 절대 죽지 않을 것 같은데요."

"뭐라고?"

시게유키는 자기도 모르게 쓴웃음이 새어 나왔다.

"정말이에요."

사에는 진지하게 말을 이었다.

"철들었을 때부터 아버지는 내내 이런 모습이었던 것 같은걸요 뭐. 앞으로도 하나도 안 변할 것 같아요. 우리 집 문 옆에 소나무 있잖아요, 그런 느낌."

눈길을 돌리고 시게유키는 잠자코 담배를 피웠다.

모습이 해마다 엄마를 닮아가는 것 같다. 특히 쓸쓸해 보이는 눈매와 수줍은 듯 웃는 웃음이 꼭 닮았다.

하지만 닮아 보이는 것은 당연한 일인지도 모른다. 시즈코는 꼭 사에의 지금 나이에 내게로 왔다.

나이를 먹어도 소녀 같은 구석이 있는 여자였다. 시즈코가 어쩌다 한 번씩 보여주는 수줍어하는 모습 때문이었으리라. 웃을 때는 입을 가리고 목을 움츠리는 버릇이 있어서 입을 열고 소리 내어 웃는 것보다 소리 없이 미소 짓는 일이 많았지만, 정작 무슨 일이 생기면 황소고집에다 잘못된 일을 그냥 넘기는 일도 없었다. 옛날에 동네 아이들이 우리 집에 드나들던 목수 조 씨에게 조심성 없는 말을 한 적이 있었다. 어느 모로 보나 부모들이 한 말을 그대로 흉내 낸 것일 텐데, 그 무렵 파출부로 왔다 갔다 하던 시즈코는 아이들을 모두 붙잡아다 엉덩이를 때리면서 혼을 내었다.

"빌어라 아저씨에게! 너희들은 지금 사람으로서 아주 부끄러운 말을 했어!"

나중에 그 사건 때문에 아이들의 부모에게 잔뜩 못 들을 소리를 들었지만, 어쩌면 그런 일이 있어 시즈코를 주시하게 되었는지도 모른다. 당시에 이미 누워 지내는 일이 많았던 하루요가 어디까지 눈치를 챘는지는 알 수 없다. 하루요는 죽을 때도 어린 아키라를 남겨두고 가는 것만 안타까워했지, 시게유키에게는 이별의 말조차 하지 않았다.

그러나 생각해보면 그 점은 시즈코가 죽을 때도 마찬가지였다.

쓰러지기 며칠 전부터 시즈코는 찻잔을 잡으려다 차를 쏟고, 젓가락으로 집은 반찬을 자꾸 떨어뜨리기도 했다. 머리가 아프다는 소리도 한 것 같다. 한여름을 보내면서 피로가 몰려왔나 싶어, 불현듯 정말 불현듯 마음이 동해 온천에라도 가자고 말하려고 했는데, 끝내 말하지 못했다. 늙은 아내가 기뻐하는 모습을 굳이 보자니 어째 겸연쩍어서 그녀가 끓여준 차를 마시면서, 나중에 가면 되지 하고 생각한 것이 끝이었다.

그때 말을 꺼냈어도 어차피 가지 못했을 것이다. 그래도 기뻐하는 얼굴만이라도 봐둘 것을 하고 지금에야 후회한다. 훗날 이렇게 떠올리는 얼굴이, 아프다고 신음하면서 그대로 의식을 잃은 그 핏기 없는 창백한 얼굴뿐이라니.

자기도 모르는 새 또 눈매가 매서워진 모양이었다.

"아버지."

조심스럽게 사에가 불렀다.

"응?"

"엄마가 살아 계셨다면 그 아이들에게 무슨 말을 했을까요?"

사에의 말에 시게유키는 엊그제 토요일에 찾아온 사토미와 친구들의 얼굴을 떠올렸다.

"틀림없이 그 빨간 치마 얘기도 했겠죠?"

"…… 그랬겠지."

사토미를 포함해서 다섯 명. 여학생 셋에 남학생 둘이었다. 그중에 한 명, 아주 영리하겠다 싶은 아이가 있었는데, 그 아이가 바로 사토미가 말한 가나코라는 친구였다.

처음에는 아이들 모두 바짝 긴장하고 있었다. 시게유키가 일단 거절했던 탓에 까다로운 할아버지라 여겼던 모양이다. 사토미까지 다소 표정이 굳어 있었는데, 친구들과 할아버지 사이에서 다리 역할을 해야 한다는 부담 때문이었을 테지만, 아무튼 반에서 뽑힌 아이들이라 그런지 준비는 철저하게 해온 것 같았다.

하지만 그들이 미국이나 독일에 대해 아는 양에 비하면 중국이나 한국에 대해 아는 양은 아주 미미했다. 예상한 일이었지만, 설마 그 정도일 줄은 몰랐다. 얘기를 나누다가 공연히 화가 날 정도였다.

"그래도 뭔가 전해졌을 거예요."

시게유키는 아무 대꾸도 하지 않았다. 마지막에 남학생이 한 말이 지금도 마음에 걸린다.

"그런데도 왜 누구 하나 전쟁이 싫다는 말을 하지 않았나요?"

그 남학생은 정말 이상하다는 듯이 그렇게 물었다.

"가고 싶지 않다, 아들을 보내고 싶지 않다, 왜 아무도 그런 말을 하지 않았을까요?"

그 순간, 그런 시대가, 하고 말을 꺼내려다가 삼키고 말았다.

"글쎄다, 정말 그렇구나. 너희들에게 부탁하마. 너희들은 용감하게 말해다오."

겨우 그런 대답밖에 할 수 없었다.

"저, 뒤에서 줄곧 보고 있었는데, 그 아이들 거의 숨소리도 내지 않고 듣고 있었어요. 포로로 잡은 남자 얘기도 그렇고, 아버지가 그 조선 여자 얘기할 때는 우는 아이도 있었잖아요."

그러나 그것이 전부가 아니다. 애써 하지 않은 얘기도 있고, 말할 수 없는 얘기도 있었다. 물론 그런 자리에서조차 솔직하게 할 수 없었던 얘기도 있었다. 눈앞에서 녹음기가 돌아가고 있다 생각하니 더욱 그랬다.

"하지만 저, 조금 뜻밖이었어요."

사에가 중얼거렸다.

"뭐가?"

"그 여자 얘기했을 때, 아빠 표정."

"뜻밖이었다니?"

사에는 시게유키의 심중을 살피듯 쳐다보면서 물었다.

"화 안 낼 거죠?"

"그래."

"이런 말 하긴 좀 뭣하지만, 나 지금까지 우리 아버지는 그런 일에 무관심하달까, 신경을 별로 쓰지 않는 사람이라고 생각했어요. 그래서 그런 입장에 있는 사람에게도, 훨씬 더 남자의 논리를 내세우지 않을까 하고."

"남자의?"

"그러니까 속은 쪽도 나쁘다든지, 그녀들도 돈을 받았으니까, 그렇게요."

역시 불끈 화가 치밀어 곁눈으로 쳐다보자 사에는 비난하듯 말했다.

"아버지가 옛날에 그랬잖아요. 내가 어떤 남자에게 이상한 짓 당했을 때 그랬어요. 너에게 빈틈이 있으니까 그렇다고. 엄마한테도 당신이 칠칠치 못하게 키워서 그렇다고 그랬어요. 기억나요?"

"······ 아니."

사에는 어깨를 살짝 움츠렸다.

"아버지가 그 아이들에게 한 말, 그거 정말 그래요?"

"응?"

"말했잖아요. 다리를 밟은 쪽은 금방 잊어버리지만, 밟힌 쪽은 그리 쉬 잊지 못한다고요."

시게유키는 다리 사이로 보이는 땅으로 시선을 떨어뜨렸다. 어느새 짤막해진 담배에 하마터면 손가락까지 타들어 갈 뻔했다는 것을 알고는 재떨이에 비벼 끈다.

"하지만."

후, 하고 심호흡하는 소리가 들렸다.

"이제 됐어요."

사에가 말했다.

"나도 이제 잊을 거예요. 미안해요 아버지. 그런 얘기 하라고 해서. 아버지도 이제 그만 잊어요."

그리고 일어섰다.

"안 가요? 엄마가 기다리다 지쳤겠어요."

주지승에게 왔다는 인사를 하고 물통과 바가지와 조그만 빗자루를 빌려 묘지로 향했다.

비석 사이를 지나 미즈시마 집안의 묘 앞에 도착하자, 시게유키는 물통을 내려놓고 우선 합장을 했다. 옆에서 사에도 합장을 한다.

그리고 두 사람은 묵묵히 청소를 시작했다. 사방에 돋은 잡초를 뽑고 낙엽과 모래를 쓸어낸다. 세월에 빛바랜 비석에 물을 끼얹고 솔로 닦는다. 바람이 부는 데다 물이 생각보다 차가워, 사에의 손가락 끝이 매실 장아찌를 담갔을 때처럼 발갛게 물들었다.

마른걸레로 비석을 닦고, 꽃병을 씻어 가져온 꽃을 꽂았다. 그리고 향을 피우려 할 때였다.

"어머, 아이 어떡해."

사에가 조그맣게 소리를 질렀다.

"다 젖었네."

청소한 물이 흐른 모양이다. 꽃 옆에 놓아두었던 향이 상자째 물을 먹어 색이 변해버리고 말았다.

"아까워라."

맥 빠진 목소리로 사에가 말했다.

"잠깐만 기다려요 아버지. 가서 새로 사 올게요."

"오늘 하루만 봐달라고 하지 그러냐."

"음, 그래도. 이렇게 깨끗하게 청소했는데."

지갑만 들고 사에는 온 길을 되돌아갔다.

늘어선 비석 사이를 지나 멀어져가는 사에의 등을 바라보던 시게유키는 구획 주위를 두르고 있는 낮은 울타리에 걸터앉았다. 무심결에 점퍼 안주머니에 손을 넣었다가, 아차 안 되지, 하고 다시 손을 꺼낸다. 따분함을 달래려 옆에 있는 수국 잎을 뜯어 만지작거리며 양옆에 있는 묘를 쳐다보았다. 미즈시마가의 묘만 손질이 잘돼 있다.

'미즈시마가선조대대지묘水島家先祖代代之墓'

시게유키는 벌써 오래전부터 눈에 익은 그 글자를 멍하니 바라본다. 양쪽 끝에 꽂혀 있는 꽃은 사에가 오늘 아침에 마당에서 딴 소국이다. 보라색과 노란색이 절반씩. 보라색은 단정하고 키가 크고, 노란색은 아직 피지 않은 꽃봉오리가 많다.

"엄마가 이 보라색 소국을 좋아했잖아요."

실은 그렇지 않다, 고 시게유키는 생각했다.

보라색 소국을 좋아했던 것은 전처인 하루요였다.

하루요가 몸져누운 채 일어나지 못하게 되자, 시즈코가 별채

뒤쪽에 돋아 있는 소국을 캐다가 하루요가 누워 있는 방 앞에 옮겨 심었다. 결국 하루요가 죽자 어린 사에를 데리고 이 집으로 들어온 후에도, 시즈코는 해마다 정성스럽게 꺾꽂이를 해서 소국을 늘려갔다. 지금 석등 옆에 피어 있는 것도 그렇게 뿌리를 내린 것이다.

전처에 대한 시즈코 나름의 사죄였을 것이다. 나중에 끼어든 자신이 할 수 있는 최대한의 공양이라 여겼을 것이다. 시게유키는 그런 시즈코의 심중을 헤아리고 있었다. 하지만 단 한 번도 그렇다는 말은 하지 않았다. 아키라를 자기 자식처럼 사랑해준 것에 대해서도, 불편한 다리를 끌면서 긴 세월 정성을 다해준 것에 대해서도 따스한 한마디 말조차…….

바람이 무성한 수국 잎을 흔들며 지나간다.

이렇게 혼자 있다 보면 눈앞에 떠오르는 것은 두 아내의 굽은 등뿐이다. 뒤집어진 밥상 옆에서, 다다미에 흩어진 반찬을 그러모아 다시 먹었던 하루요의 등. 어린아이들을 껴안고 시게유키가 휘두르는 대빗자루를 그저 견디고 있었던 시즈코의 등. 지울 수 없는 미주에 대한 죄책감과 누가 되었든 애착을 갖게 될까 두려운 마음에 가족에게도 자상하게 굴지 못하고, 그렇다고 잃는 것은 더욱 두려워 속박하지 않을 수 없었다.

가슴속에서 난동을 부리는 짐승을 스스로 감당할 수 없었던 남편의 유약함을 그녀들은 그 등으로 받아주었다.

그 집에서 실려 나갔던 두 개의 관. 그러고 보니 하루요 때도 시즈코 때도 지붕 위로는 새파란 하늘이 한없이 펼쳐져 있었다. 남정네들이 천천히 마당으로 들고 나온 관은 마치 지금 고요한 흐름을 따라 길 떠나려는 작은 배처럼 보였다.

"아빠가 얼마나 대단한 목수인데."

젊은 시절 시즈코의 목소리가 되살아난다.

"온 일본 사람들을 위해서 멋진 집을 지어주는 훌륭한 분이셔. 자, 그럼 오늘도 아빠 덕분에 맛있게 먹자."

잘 먹겠습니다.

세 아이의 합창 소리.

그 목소리의 여운을 밀쳐내듯 멀리 가두 선전차에서 흘러나오는 노랫소리가 다가왔다.

"너와 나아는 벚꽃 동기 ……."

저 아랫길을 지나가는 모양이다. 쿵쿵거리는 반주 소리가 점점 커지더니 마침내 사방에 왕왕 울린다.

눈을 꼭 감았다. 귀청이 찢어져라 커졌던 소리가 갑자기 작아지면서 꼬리를 늘어뜨리고 멀어진다.

"그토록 맹세한 그날을 기다리지 못하고

왜 죽었는가 졌는가 ……."

이윽고 시게유키는 떨리는 숨을 천천히 내쉬었다.

눈을 뜬다. 묘 앞에 바친 과일의 색이 유난히 짙게 보인다.

그때 뒤에서 발소리가 났다. 화들짝 놀라면서 말했다.

"사 왔냐?"

대답이 없다.

돌아보았다.

자기도 모르게 벌어진 입, 그러나 말은 혀 위에서 구르다가 이내 사라지고 만다.

슬며시 묘로 눈길을 돌린다.

발소리가 다가와 옆에서 멈춘다.

"일부러 기일을 피해서 왔는데."

쉰 목소리였다.

"뭐하러 왔느냐?"

머리 위에서 훗 하고 웃는 소리가 들렸다.

"인연을 끊으려고 왔죠."

얼떨결에 고개를 들자 눈이 마주쳤다.

"농담이에요, 농담."

아키라가 말했다.

"한동안 밖에 나가 있게 될 것 같아서 인사나 하려고 온 겁니다."

청바지에 스웨터 차림이라 그런지 마치 학생처럼 보인다.

"밖에 나가 있다니, 어디로 가는데?"

"인도요."

"인도?"

"그다음에는 파리, 자바, 여기저기. 하는 일이 바뀌었어요. 내용은 별 차이가 없지만, 아는 사람이 같이 해보자고 그래서, 현지에서 구매하는 쪽을 주로 맡게 되었습니다."

아키라는 허리를 굽히고 합장했다.

그러고는 눈을 찌푸리고 묘를 바라본다. 옆얼굴의 윤곽이 방금 전 비슷한 자세로 고로쇠나무를 올려다보았던 사에의 그것과 겹쳐진다.

"아이들은 어쩌고 있냐?"

"네, 잘 있어요. 가끔씩 만나고 있습니다."

"그러냐."

시게유키는 자기도 모르게 손바닥으로 주물럭거리고 있던 수국 잎을 발치에 버렸다. 풀 냄새가 코끝을 스친다.

"잘 대해주거라."

시게유키가 말했다.

"만날 때마다 꼭 안아줘."

아키라가 놀랍다는 듯이 시게유키 쪽으로 몸을 돌린다.

"후후, 아버지가 그런 말씀도 하시네요."

시게유키는 아무 말이 없었다.

"반성하는 마음으로, 그런 뜻인가요?"

그렇게 말하는데도 시게유키가 아무 반응이 없자 아키라는 후후, 하고 낮게 웃었다. 그리고 마지막에는 짧은 한숨을 쉰다.

"옛날에 말이죠. 다섯 살 때였나 여섯 살 때였나. 아버지가 제 손에 망치니 끌을 쥐여줬더니, 어머니가 못 하게 말렸잖아요. 다치면 어쩌려고 그러느냐면서요."

시게유키는 미간을 찌푸렸다.

"기억 안 나세요? 그때 아버지가 어머니에게 소리를 버럭 지르셨어요. '아픔은 몸으로 배우는 것이다, 한 번도 위험에 부닥치지 않고 어떻게 위험하다는 것을 알겠느냐'고 말이죠."

목소리는 낮고 볼은 일그러져 있었지만, 어딘가 모르게 명랑한 투였다.

"그 말, 지금도 아버지 일생일대의 명언이었다고 생각합니다."

가만히 묘를 바라보면서 아키라는 말했다.

"언제였는지는 모르겠지만, 나오코에게 내가 똑같은 소리를 하고 있다는 것을 알고는 어처구니가 없었지만요. 덕분에 우리 아이들 보통이 아닙니다. 사과도 연필도 쓱쓱 잘 깎아요."

물려받았나, 하고 중얼거리고 아키라는 또 웃었다.

시게유키는 안주머니에 손을 집어넣어 담배를 꺼냈다. 잠시 생각하다가 불을 붙인다. 담배는 안 되고 향은 괜찮다는 이유를 모르겠다.

"그런데 어쩐 일이냐? 죽을 때가 된 거 아닌가 모르겠구나. 이렇게 순순한 것을 보니, 너."

아키라가 웃음을 터뜨렸다.

"아버지는 …… 불길한 말씀 마세요. 당분간 외국에서 돌아오지도 못할 몸인데."

"언제 출발이냐?"

"오늘, 지금 바로요."

별일 아니라는 듯 아키라는 말했다.

"오늘 밤, 일곱 시 뭄바이행 비행기입니다."

"농담이지?"

뒤에서 목소리가 들려 퍼뜩 놀란 시게유키가 엉덩이를 들었다. 무리 진 수국 너머로 고개를 쑥 내밀자, 언제부터였는지 저만치 불탑 뒤에 사에가 서 있었다.

아키라가 천천히 일어난다.

"야, 오랜만이네."

활기찬 말투였지만, 방금 전과는 목소리가 약간 달랐다.

"너, 향 사러 갔었다면서?"

안 가져왔어? 멍청하긴, 이라고 아키라가 놀리자 간신히 마음을 가다듬은 듯 사에가 다가왔다.

바로 옆까지 걸어온 그 얼굴이 몹시 창백했다. 눈을 내리깐 채 사 들고 온 상자를 열고 초록색 다발을 꺼낸다. 새 양초를 손에 쥐고, 시게유키에게 뭐라고 말하려는 사에의 눈앞에 아키라는 아무 말 없이 자신의 지포라이터를 내밀었다.

사에의 목이 움찔했다.

받아 든 그녀는 양초에 불을 붙이고, 향 다발에도 불을 붙여 시게유키와 아키라에게 나눠주었다.

묘비 앞에 피운 향에서 가느다란 연기가 몇 줄기나 피어올라 투명한 공기에 섞여들었다. 경내에 떨어진 느티나무 잎이 바람에 마른 소리를 내면서 흩날렸다.

아키라는 또다시 합장을 했다. 아주 잠깐 동안이었다.

"그럼, 전 갈게요."

사에의 눈이 재빨리 움직였다.

시게유키는 '가끔은 연락하고, 건강 조심해라'란 말이 나오지 않았다.

"마시는 물, 조심해라."

벌써 걸음을 내디딘 아키라는 아버지의 그 말에 소리 내어 웃었다.

"알았어요, 명심할게요."

그때였다.

"오빠."

아키라가 움찔하며 그 자리에서 걸음을 멈췄다.

시게유키에게는 사에의 얼굴이 보이지 않았다. 다만 가녀린 어깨의 뒷모습이 가슴 아팠다.

"다시 ……."

기도하듯, 꺼져 들어갈 듯한 목소리로 사에는 말했다.

"다시, 만날 수 있는 거지?"

아키라가 돌아보았다.

그 볼이 어색하게 일그러진다.

"당연한 걸 왜 물어, 형제인데."

자갈길을 걸어 멀어지는 아키라의 모습이 비석들 사이로 보였다가 사라지곤 한다. 그 앞에서 날아오르는 새 소리가 들려온다.

시게유키는 끝내 담배를 한 개비 꺼냈다. 이번에는 주저 없이 불을 붙인다.

그 소리에 사에가 돌아본다.

"아니, 아버지."

마치 아무 일도 없었던 것처럼 말하면서 다가온다.

그 볼에 눈물 자국은 없었다. 하지만 시게유키는 그녀가 오른손에 꼭 쥐고 있는 것이 무엇인지 알 수 있었다. 손가락 마디가 하얘질 정도로 꼭 쥔 주먹 사이로, 은색 네모난 것이 언뜻 보였다.

"사에."

"네?"

"너 ……."

'너 정말, 시집 안 갈 작정이냐?'

"왜요?"

천진한 밝음을 가장하고 사에가 묻는다.

'너 정말 괜찮은 거냐? 정말, 이렇게 살아도 행복한 거야?'

그러나 물어본다고 무슨 수가 있는 것도 아니다.

"아니다. 아무것도 아니야."

사에의 긴장한 옆얼굴을 슬쩍 훔쳐본다. 창백한 볼에 미소를 띠고 있는 그녀는 자기 딸이라 여겨지지 않을 만큼 아름다웠다.

행복이라 할 수 없는 행복도 있을 수 있지.

시게유키는 슬며시 손을 내밀어 꽃의 방향을 바꿨다.

이루어질 사랑만이 사랑이 아닌 것처럼, 활짝 피어나지 못하고 그저 늙어 사라질 인생에도 나름의 의미는 있을 수 있다. 어떤 …… 이렇게 살아남아 있는 나름의 어떤 의미가.

시게유키는 해묵은 비석을 쳐다보았다.

지금 한 묘 안에서 두 아내는 무슨 얘기를 나누고 있을까. 설마 시즈코가 괴롭힘을 당하는 일은 없을 테지. 하루요는 그런 여자가 아니었으니까.

새삼 채근하지 않아도, 하고 생각한다. 아내들을 태우고 떠난 배는 언젠가 나를 맞으러 돌아오리라. 그것도 그리 멀지 않아.

서늘한 바람이 묘지를 훑고 지나간다. 애써 쓸어놓은 묘 주위에 노란 낙엽이 몇 장 날아와 앉는다.

'또 오리다.'

시게유키는 마음속으로 중얼거렸다.

'가슴에 맺힌 말은 내가 그쪽에 가거든 한꺼번에 느긋하게 들

어줄 테니.'

　주름진 손가락으로 보라색 소국을 더듬는다.

　발치에서 바스락거리며 맴도는 마른 잎 소리가 마치 그녀들이
소곤거리며 웃는 소리처럼 들렸다. 🖋 *end.*

가족사와 사랑의 모자이크

사랑의 모양에는 다양한 변주가 있어 사랑을 하는 사람의 품
성과 놓인 상황, 경험의 밀도에 따라 각기 다른 울림이 퍼져 나
옵니다. 사랑을 일컫는 언어도 그래서 짝사랑, 불륜, 금단의 사랑,
열애, 이루어질 수 없는 사랑, 행복한 결혼 등 풍성하지요.

그런데 또 하나의 변수로 가족사가 지니고 있는 '카르마'를 생
각할 수 있습니다.

그 가족만이 걸머지고 있는 특수한 카르마가 눈에 보이지 않
는 영향력을 행사하며 대대로 이어지는 것이죠. 이 카르마는 표
면으로 나타나지 않는 것이 보통이어서, 사랑이 왜곡된 모양으
로 일탈한 후에야 그 정체를 드러내고는 사람을 후회와 절망의
나락으로 빠뜨립니다.

《별을 담은 배》에서 '그래도 사랑이니까'는 가족사가 안고 있는 어두운 비밀을 모르는 채 서로를 미치도록 사랑하고 만 배다른 오누이 아키라와 사에의 이야기입니다. 이 사랑은 금단의 사랑이었기에 더욱 뜨겁게 타올랐지만, 끝내는 각자의 인생마저 비틀어버리는 결과를 낳습니다.

'그래도 사랑이니까'의 극단적으로 일탈된 사랑을 발단으로 이야기는 점차 이 오누이의 형제자매인 미키와 미쓰구, 그리고 당사자인 사에, 조카 사토미, 아버지 시게유키에게로 확대되어가면서 동시대를 사는 각기 다른 세대의 사랑의 모습을 보여줍니다.

결혼할 나이를 훌쩍 넘기고도 사랑에 겁이 나서 한 남자에게 자신의 모든 것을 걸지 못하고 다른 여자의 남자와만 연애를 하는 미키, 중년을 넘긴 오십 나이에 매사에 반듯한 아내에게 염증을 느끼고 젊은 부하 여직원과 꿈같은, 그러나 허망한 풋사랑에 빠지며 자신의 정체성을 찾아 헤매는 미쓰구, 어렸을 적 소꿉친구인 세타로와 장래를 약속해놓고도 아키라에 대한 미련을 끊지 못하여 결국 파혼하고 마는 사에, 어린 시절부터 친구였던 겐스케에게 뒤늦게 사랑을 느끼지만, 이미 절친한 친구인 가나코의 남자 친구가 되어버린 그를 바라보며 질투와 후회에 몸부림치는 사토미.

그리고 마지막으로 아버지 시게유키가 가슴 깊이 간직하고 있던 오랜 비밀이 밝혀지면서, 이 삼대에 걸친 가족을 무겁게 짓눌렀던 카르마의 근원이 역사의 오류 혹은 역사가 개인에게 진 빚에 유인한다는 작가의 목소리를 듣게 됩니다.

역사에 유린당한 개인의 인생과 사랑이 또 다른 뒤틀린 인생과 사랑의 모습을 낳고 대물림되면서 온전한 사랑을 하지 못하는 왜곡된 인생이 양산된 것이죠.

하지만 이 작품이 주는 여운이 그리 어두운 것만은 아닙니다.

시게유키, 사에, 아키라, 미쓰구, 미키, 사토미 그리고 이미 세월의 저편에 묻혀버린 시게유키의 두 아내 하루요와 시즈코.

이 모든 등장인물들에게 어긋난 사랑과 인생의 질곡은 오히려 자신을 수용하고 성찰하게 해주는 중요한 단서가 되기 때문입니다. 또 동시에 이 가족에게 드리운 카르마의 그림자를 각기 나누어 짊어지게 하면서 나아가 그림자의 무게를 밟고 넘어 새로운 인생을 헤쳐 나가게 하는 힘의 원천이 되기 때문이지요.

여섯 편의 작품이 완결된 하나하나의 단편이면서 서로 얽히고 설켜 서서히 그 모습을 드러내는 완벽한 한 편의 대서사시를 읊어내는 작품의 형식도 아주 흥미롭습니다. 그리고 그 모자이크 구석구석마다 잔가지처럼 박혀 있는 현대의 다양한 세태와 미궁 같은 인간관계에서 오는 개개인의 애잔한 외로움도 읽는 이의 가슴에 찡하게 다가오지 않을까 싶습니다.

2005년 초여름

김난주

현대를 사는 우리의 아픔

이십 년 넘게 '번역'이라는 한 가지 일을 줄곧 하면서, 아쉬움
이 남는 책이 더러 있었다.

작업 자체에 대한 아쉬움은 흐르는 시간과 함께 무책임하게도
잊혀가는데, 책에 대한 아쉬움은 여운이 참 길다.

《별을 담은 배》는 책에 대한 아쉬움이 컸던 경우다.

이 작품이 달고 있는 '나오키상 수상작'이라는 화려한 명패보
다는, 이 책이 담고 있는 수많은 메시지와 재미와 드라마가 제대
로 전달되지 못했다는 아쉬움이 오래도록 가슴을 짓누르고 있
었다.

때문에 또 한 번의 기회를 얻었을 때는 처음 작업 때보다 한

결 설레었다.

여섯 편의 단편이면서 또 하나의 장편인 이 작품을 한마디로 아우르기는 쉽지 않다. 아키라, 미키, 사에, 미쓰구, 사토미, 시게유키. 삼대에 걸친 이 등장인물들의 연결고리를 한 단어로 정의하는 것도 쉽지 않다.

하지만 이 삼대에 걸친 가족이 안고 있는 아픔이 바로 현대를 사는 우리의 아픔이며, 그 아픔의 깊은 뿌리가 뒤틀린 역사의 카르마에서 비롯된다는 것은 분명하다.

세월은 흐르고, 개인의 삶도 어제와 오늘이 다르다.

개인이 살면서 입은 상처는 때가 되면 아물고 딱지도 앉지만, 국가나 역사가 입은 상처는 오래도록 아물지 않을뿐더러, 개인의 삶에도 암울한 그림자를 드리운다.

언뜻, 가족 간의 왜곡된 사랑으로 또는 도피로서 사랑의 행각을 선택한 사람들의 이야기로 보일 수도 있는 이 작품이 실은 그 밑바닥에 암울한 그림자를 깔고 있었다는 것은 마지막 페이지를 덮었을 때야 알게 된다.

그리고 그제야 이 작품이 그려온 거대한 모자이크의 그림이 불행한 역사를 딛고 일어선 개인과 가족의 화합의 이야기라는 것을 깨닫게 된다.

2014년 이 땅의 곱디고운 꽃망울들이 우수수 떨어지던 날

김난주

별을 담은 배

초판 1쇄 펴냄 2014년 5월 15일
초판 3쇄 펴냄 2016년 3월 20일

지은이 무라야마 유카
옮긴이 김난주
표지그린이 오노다 타다시
펴낸이 정용수
펴낸곳 도서출판 예문사

출판등록 1993. 2. 19. 제11-76호
주소   경기도 파주시 직지길 460(출판도시) 도서출판 예문사
대표전화 031-955-0550
대표팩스 031-955-0660
이메일   yms1993@chol.com
홈페이지 www.yeamoonsa.com

ISBN   978-89-274-0983-0   03830

한국어판 ⓒ 도서출판 예문사, 2014

'나오키상' 수상작, 그 이상의 가치를 지닌 소설

이 책에서 관심 있게 읽어야 할 부분은 바로 마지막 시게유키의 이야기이다. 일본
의 조선 식민지 얘기, 위안부 얘기가 자세하게 다루어져 있는데 여기서 작가의 생
각을 조금이나마 알 수가 있다. 그저 흔한 사랑 이야기가 아닌, 역사를 접목시켰다
는, 그것도 자신들의 과오를 반성하는 글을 썼다는 것만으로도 이 책은 충분히 주
목받을 만하다.
– 예스24 독자 리뷰(ID_하토리상) 중

소소하면서도 설득력 있는 에피소드와 인간 심리를 그려내는 작가의 솜씨가 대단
하다. 마지막에는 전쟁과 위안부에 대한 이야기를 다루면서 전쟁의 추악함을 다루
는 역사의식을 보면 이 작가가 그저 이야기를 만드는 장인에 멈추려 하지 않는다
는 생각에 감탄을 한다. '나오키상' 수상작, 그 이상의 가치를 지닌 소설이다.
– 알라딘 독자 리뷰(ID_한솔로) 중

2차 대전이라는 세계적 비극 속에서 집안의 어른인 시게유키를 시작으로 미쓰구,
아키라, 사에, 사토미 등 3대(代)가 엮이게 된 이야기를 풀어 나간다. 숨 막히는 몰
입도와 전개, 그리고 다 읽고 난 뒤에 남는 여운 …… 무엇 하나 빼놓을 수 없다. 가
족 소설의 방식을 취하면서도 그 내용은 가히 대하소설을 생각나게 할 정도로 과
거와 현재의 조화를 이용하는 데 매우 뛰어난 책이다.
– 예스24 독자 리뷰(ID_BZdays) 중

가족이라는 이름 안에서, 그 울타리 안에서 상처받고 쓰러지지만 결국은 가족인
것이다. 그 이름으로 치유받고, 그 울타리 안에서 일어서는 것이다. 그것이 가족임
을 나는 이 한 권의 책에서 배웠다.
– 교보문고 독자 리뷰(ID_js**odlove) 중

'읽는 즐거움'의 힘에 책장을 빠른 속도로 넘겨버리고 말았다. 가족 개개인의 삶이
하나의 도화지 위에 오버랩되는 듯한, 평범함을 지극히 평범치 않게, 가슴 저림을
지극히 가슴을 후벼 파듯. 이 작가! 왜 미처 몰랐던 걸까.
– 알라딘 독자 리뷰(ID_fauxnaif) 중